Positive Thinking
द्वारा
अपार सफलता

Positive Thinking द्वारा अपार सफलता

रवींद्र नाथ प्रसाद सिंह

नमस्कार
बुक्स

प्रकाशक : **नमस्कार बुक्स**

भवन संख्या 2/42 (दूसरी मंजिल), अंसारी रोड, दरियागंज, नई दिल्ली–110002

 / संस्करण : 2025 / पेपरबैक मूल्य : चार सौ रुपए

मुद्रक : यश प्रिंटोग्राफिक्स, नोएडा ISBN 978-93-94871-91-5

POSITIVE THINKING DWARA APAAR SAFALATA

by Shri Ravindra Nath Prasad Singh ₹ 400.00 (PB)

Published by **NAMASKAR BOOKS**

Building No. 2/42 (Second Floor), Ansari Road, Daryaganj, New Delhi-2

मेरे अनमोल रत्न

'ई. पीयूष' (आई.आई.टी.)
डॉ. शुभम सुप्रिया,
डॉ. प्रीति प्रियदर्शी
को
सप्रेम समर्पित

भूमिका

'Positive Thinking द्वारा अपार सफलता' अमिट एवं अविस्मरणीय है। इस दुनिया में ऐसा कोई मंत्र या जादू नहीं है, जिसका प्रभाव हर क्षेत्र में पड़ता हो। परंतु सकारात्मक सोच का जादू ऐसा है, जिसका प्रभाव हर क्षेत्र में पड़ता है। चाहे वह सुंदर व्यक्तित्व की बात हो या समस्या-समाधान की बात, चिंता-तनाव एवं अवसाद से बाहर निकलने की बात हो या सुख, आनंद एवं शांति प्राप्ति की बात हो, व्यक्तिगत, पारिवारिक, सामाजिक, सांस्कृतिक, आर्थिक या अध्यात्मिक जीवन के उत्थान की बात हो, इसके जादू का प्रभाव हर जगह और हर क्षेत्र में देखने को मिलता है। अगर इसका कमाल देखना है तो सदैव बड़ा सोचो, अच्छा सोचो, ऊँचा सोचो और दूर की सोचो! तब देखें, इसके जादू का प्रभाव इतना अद्‌भुत है कि इसका कोई तोड़ नहीं! कहा भी गया है—'बड़ी सोच का बड़ा जादू, जितनी बड़ी सोच, उतना विराट् जादू'! सोच के जादू का कमाल देखना है तो सिर्फ सोच को सकारात्मक, रचनात्मक, व्यापक एवं दूरदर्शी बनाकर देखें। आपको खुद आश्चर्यजनक परिवर्तन दिखाई देगा।

आइए, इस संदर्भ पर मैं आपको एक कहानी सुनाता हूँ। एक अमेरिकन महिला थी, जिसकी उम्र 94 वर्ष की थी। वह लोगों के बीच काफी लोकप्रिय एवं समाज के लिए आदर्श महिला थी। इस उम्र में भी उनके चेहरे पर युवा जैसी ताजगी एवं मुसकराहट थी। उनका 94वाँ जन्मदिन मनाया जा रहा था। उनके उल्लास, उमंग एवं उत्साह को देखते हुए पत्रकारों ने पूछा-मैडम! इस उम्र में आपकी खुशी, उत्साह एवं आनंद का राज क्या है ? उस महिला ने कहा—मेरे आनंदित एवं प्रफुल्लित जीवन का राज सकारात्मक सोच है। पत्रकार ने कहा—यह तो आपके वक्तव्य से ही लग रहा है कि आप सकारात्मक सोच की धनी महिला हैं। क्या आप इसका श्रेय किसी और को देना चाहेंगी ? महिला ने कहा—हाँ! मैं इसका श्रेय अपने

बॉयफ्रेंड को भी देना चाहूँगी। मीडियावाले चौक गए। मैडम! इस उम्र में भी आपके बॉयफ्रेंड! हाँ, हाँ! इस उम्र में भी मेरा बॉयफ्रेंड है। पत्रकारों ने पूछा—वह कौन है? महिला ने मुसकराते हुए कहा—मेरा पहला बॉयफ्रेंड-सकारात्मक सोच, दूसरा बॉयफ्रेंड-दृढ़ संकल्प, तीसरा बॉयफ्रेंड-खुद पर विश्वास और चौथा बॉयफ्रेंड-आप सब हैं। सामने बैठा हर व्यक्ति और मीडिया कर्मी। मेरी मुसकराहट का कारण आप सभी का प्यार और ताजगी का कारण खुद की उमंग, उल्लास एवं उत्साह है, जिस कारण मुझे लगता है कि खुद के लिए, लोगों के लिए, समाज के लिए और राष्ट्र के लिए अभी बहुत कुछ करना है। यही उत्साह हमें जीने की चाह देता है। मुझसे कोई पूछता है कि आपकी उम्र कितनी है, तो मैं 5 साल बताती हूँ। वह कैसे? तो जवाब देती हैं कि मैं उस उम्र की चर्चा नहीं करती, जो बीत चुकी है। मैं उस उम्र की चर्चा करती हूँ, जो अभी जीना बाकी है। इसी को कहते हैं, "जिंदगी जीने की कला और सकारात्मक सोच का जादू!"

आप खुद को कितना चार्ज रखते हैं? खुद के उत्साह, उमंग एवं उल्लास को कैसे बनाए रखते हैं? यह आपके सकारात्मक सोच से प्रभावी होता है। खुद को ऊर्जावान् एवं मूल्यवान् बनाए रखने का मूलमंत्र सकारात्मक सोच है। इसके जादू का कमाल देखना है, तो खुद को सकारात्मक बनाएँ और खुद सकारात्मक रहें, सकारात्मक सोचें और सकारात्मक करें। आप खुद महसूस करेंगे कि दुनिया में हर खुशी का राज सकारात्मक सोच है। व्यक्ति अपनी सोच के कारण ही सफल है, खुश है, आनंद में है, और सोच के कारण ही असफल, निराश या दुःखी है। जिन व्यक्तियों ने सकारात्मक सोच का महत्त्व समझा, वे नकारात्मक सोच का त्यागकर सुखद, सफल, आनंदमय जीवन जीने में सफल रहें। उन्हें जीवन अनमोल, अवसर, उत्सव और सौभाग्य दिखता है। ठीक इसके विपरीत आपको बहुत सारे लोग मिल जाएँगे, जिनकी उम्र ज्यादा नहीं है, लेकिन वे मन और सोच से बूढ़े दिखते हैं। उनके मन में जीने की कोई चाह, उत्साह एवं उमंग नहीं होती। जबकि कुछ लोग 80 साल की उम्र में भी बहुत कुछ करने की तमन्ना रखते हैं और असंभव को संभव कर जाते है। इस अंतर का कारण सोच है। जिन व्यक्तियों ने सकारात्मक सोचा, उनकी सोच का जादू उन्हें युवा एवं उत्साही बनाए रखता है। वे सदैव रचनात्मक करने और कुछ नया कर दिखाने का जज्बा रखते हैं। ठीक इसके विपरीत, जिन व्यक्तियों की सोच नकारात्मक होती है, वे कम उम्र में ही बूढ़े हो जाते हैं। उनके अंदर कोई चाह एवं उत्साह नहीं होता।

नतीजा, वे शारीरिक एवं मानसिक रूप से बीमार रहते हैं। यह है, सकारात्मक सोच के जादू का प्रभाव!

प्रश्न यह उठता है कि क्या हर सोच जादू के रूप में काम करती है? यदि सोच जादू है तो कैसी सोच? इसका जवाब है—बड़ी सोच, अच्छी सोच, सकारात्मक सोच, ऊँची सोच, रचनात्मक सोच। ठीक इसके विपरीत, संकीर्ण सोच, नकारात्मक सोच जहर है। अतः सोच के जादू का कमाल देखना है तो हमेशा बड़ा सोचो, उत्तम सोचो और आगे की सोचो। तब देखें, सकारात्मक सोच का कमाल कि यह आपको आकाश की ऊँचाइयों पर ले जाता है! संकीर्ण सोचवाले व्यक्ति पुरानी बातों, पुरानी यादों, पुरानी चीजों में खोए रहते हैं। उन्हें मौका मिलता है तो वे अपनी पुरानी गाड़ी, पुराना मकान और लिवास बदल लेते हैं, परंतु अपनी घटिया सोच नहीं बदल पाते हैं। जिस कारण उनकी जीवन-शैली एवं चेहरे का रंग नहीं बदलता। नतीजा, वे घुट-घुट कर जीवन जीते हैं। अतः खुद को बदलने के लिए सोच बदलें। अच्छा करने एवं अच्छा पाने के लिए सोच बदलें, अच्छी जीवन-शैली और सुंदर व्यक्तित्व-निर्माण के लिए सोच बदलें। दुनिया को बदलने के लिए सोच बदलें।

आइए, इस संदर्भ पर एक कहानी सुनाता हूँ। यह कहानी एक सास-बहू की है। जब नई-नई बहू सासू के घर आई तो एक दिन उसने सलवार-कमीज पहन ली। यह देखकर सासू माँ ने अपनी बहू को बहुत डाँट लगाई और बोली-कान खोलकर सुन लो। मेरे जीते जी इस घर में तुम सलवार-कमीज नहीं पहन सकती, सिर्फ साड़ी ही पहननी होगी। बहू की इच्छा सलवार-कमीज पहनने की थी, परंतु सास उसे सलवार-कमीज पहनने नहीं देना चाहती थी। जरा सोचें! ऐसी सास मंदिर जाएँगी तो बहू क्या सोचेगी कि वह अमर रहें? बहू यही सोचेगी कि मेरी सास जितनी जल्दी हो, स्वर्ग चली जाए, ताकि मुझे सलवार-सूट पहनने का मौका मिल जाए! इसी सोच में दोनों जिंदगी जी रहे थे। एक दिन उसके गाँव में एक संत आए। शाम को उनका प्रवचन था। सासू माँ प्रवचन सुनने गईं। प्रवचन सोच के जादू पर चल रहा था। प्रवचन सुनने से उसकी सोच बदल गई। प्रवचन सुनकर लौटते समय सास ने दो सलवार-सूट खरीदे और अपने बहू को ले जाकर दी और बोली—लो बेटा, यह सलवार-सूट पहनो। यह सुनकर बहू के आश्चर्य की सीमा न रहीं। उसने सासू माँ से पूछा—माँ! सचमुच यह सलवार-सूट आप मेरे लिए लाई हैं? सास बोली—हाँ, बेटा। यह सलवार सूट मैं तेरे लिए ही लाई हूँ। तब बहू ने कहा—माँ आप तो कहती थीं कि मेरे जीते जी तुम सलवार-सूट नहीं पहन सकती! आखिर यह परिवर्तन कैसे

हुआ? सास बोली, आज मैं प्रवचन सुनने गई थी। ललित प्रभु महाराज का प्रवचन सुना तो मेरी सोच बदल गई। मैं दकियानूसी विचारों से ऊपर उठ गई हूँ। मैंने अपनी पुरानी सोच को बदल लिया है, जिस सोच से, मैं 20 साल से जकड़ी थी। जिस सोच में तुम राजी और खुश रहो, वही मेरी भी खुशी हैं। अब तुम सलवार-सूट पहन सकती हो और जहाँ मन हो पहनकर जा सकती हो। जो व्यक्ति या परिवार अपनी नकारात्मक सोच को सकारात्मक सोच में बदल लेते हैं, उस घर में खुशहाली आ जाती है। यह है सकारात्मक सोच का जादू! खुद और दूसरों को खुश रहने के लिए सकारात्मक सोचें, और बड़ा सोचें।

आप अपनी ऊँचाई अर्थात् मान-सम्मान, किसी मंत्र, योगासन या प्राणयाम से नहीं बढ़ा सकते। आपकी ऊँचाई सोच से बढ़ती है। आपकी सोच जितनी ऊँची, बड़ी और उत्तम होगी, उतना बड़ा कद होगा। उन्नत सोच से सुंदर व्यक्तित्व और उत्तम जीवन-शैली का निर्माण होता है। आचरण शिष्ट एवं वाणी मधुर होती है और आपका मान-सम्मान बढ़ता है। आपकी लोकप्रियता बढ़ती हैं। यह है सकारात्मक सोच का जादू। आप भी मान-सम्मान पाना चाहते हैं, ऊँचा कद और सुंदर व्यक्तित्व का मालिक बनना चाहते हैं तो सकारात्मक सोचें, बड़ा सोचें, ऊँचा सोचें। आप बड़ा करना चाहते हैं तो बड़ा सोचें। जितना ऊँचा उठना चाहते हैं, उतना ऊँचा सोचें। आपको खुद सकारात्मक सोच के जादू का महत्त्व समझ में आ जाएगा। आप सोच बदलकर किसी भी ऊँचाई पर जा सकते हैं।

सकारात्मक सोच का जादू ऐसा है कि आप जो चाहते हैं, प्राप्त कर सकते हैं। जिस ऊँचाई पर जाना चाहते हैं, जा सकते हैं। किसी भी परिस्थिति से बाहर निकल सकते हैं और दुःखद हालात को सुखद हालात में बदल सकते हैं। आप खुद को सकारात्मक और खुद पर विश्वास बनाए रखें। मन को सकारात्मक सोच से ओत-प्रोत रखें और खुद सकारात्मक रहें। आप किसी चीज की कमी के लिए ईश्वर को दोष न दें, बल्कि आपके पास जो कुछ है, उसके लिए ईश्वर का शुक्रिया करें। उनसे यह प्रार्थना करें कि वे आपको सकारात्मक सोचने, बड़ा सोचने एवं रचनात्मक करने की शक्ति दें। अपने उत्साह एवं उमंग को बनाए रखें। यह संभव है, सकारात्मक सोच से, इसलिए आप जो भी सोचें, सकारात्मक सोचें और दृढ़ संकल्प के साथ लक्ष्य की ओर आगे बढ़ें।

सकारात्मक सोच के जादू का ही कमाल है कि आप विकट परिस्थिति को भी अपने अनुकूल मोड़ लेते हैं। विपरीत हालात से बाहर निकल पाते हैं, दुःखद हालात

को सुखद हालात में बदल विपदा में भी नए अवसर का निर्माण कर लेते हैं। असंभव को संभव में बदलने की शक्ति सकारात्मक सोच में हैं। आप खुद की नकारात्मक सोच को सकारात्मक सोच में बदलकर देखें, आप खुद को क्या, दुनिया को भी बदल सकते हैं ? आप परिस्थिति को परखकर, समझकर किसी भी परिस्थिति में नए अवसर का निर्माण कर सकते हैं।

याद रखें—

परिस्थितियाँ कभी भी समस्या नहीं बनतीं, यह समस्या तब बनती हैं,
जब आप समस्या-समाधान हेतु सकारात्मक नहीं सोचते।

सकारात्मक सोच का कमाल है कि आप किसी भी चिंता से बाहर निकल सकते हैं, थकान से उबर सकते हैं और खुद को तरोताजा बनाए रख सकते हैं। सकारात्मक सोच के जादू का प्रभाव ऐसा है कि यह आपके अंदर सकारात्मक ऊर्जा का संचार कर चिंता को खा जाता है और थकान दूर कर चेहरे पर मुसकान लाता है। नतीजा, आप चिंता, तनाव से मुक्त होकर प्रसन्नचित रहते हैं।

"जिंदगी में अगर कुछ बड़ा करना है, तो बड़ा
सोचो और बड़ा बनना है तो उत्तम सोचो।"

सकारात्मक सोच के जादू का प्रभाव देखना है तो आप हर क्षेत्र में देख सकते हैं। इस संसार का ऐसा कोई भी क्षेत्र नहीं है, जहाँ इसके जादू का कमाल देखने को नहीं मिले। आपके व्यक्तिगत, सामाजिक, सांस्कृतिक, राजनीतिक जीवन की बात हो या विज्ञान, तकनीकी, संचार का क्षेत्र हो, हर क्षेत्र में सकारात्मक सोच का ही जादू चलता है। आपकी जीवन-शैली, रहने का ढंग, बोलने का ढंग, व्यवहार करने का ढंग, सबकुछ सोच से प्रभावित होता है। आइए, हम बोलने के संदर्भ पर सकारात्मक सोच के जादू का कमाल देखते हैं! सोच सकारात्मक हैं तो आप किसी के बारे में अच्छा सोचते है और मीठा बोलते हैं। आपकी भाषा संयमित एवं शिष्ट होती हैं। नतीजा, हर व्यक्ति आपकी प्रशंसा करता है। हर व्यक्ति आपसे दोस्ती करना चाहता है। सभी आपको प्यार करते है और आपके बारे में अच्छी सोच रखते हैं। वहीं नकारात्मक सोच एवं अमर्यादित शब्दों से आपसी तनाव और मन-मुटाव बढ़ता है। संबंध बिगड़ जाते हैं। यह है शब्द की शक्ति और सोच के जादू का प्रभाव! आप जैसा सोचते हैं, वैसा बोलते हैं, और जैसा बोलते हैं, उसका प्रभाव आपके व्यवहार और जीवन-शैली पर पड़ता है।

अगर आप विकास के क्षेत्र में सोच के जादू का कमाल देखना चाहते हैं तो

किसी भी क्षेत्र को ले लें, जिन लोगों ने सकारात्मक सोचा, वे सफलता की ऊँचाइयों को छूने में कामयाब रहें। नभ, तल, जल में अपना झंडा फहाराने में सफल रहे। सकारात्मक सोच का ही कमाल है कि आज हम हजारों मील की दूरी मिनटों में तय कर लेते हैं। एक जगह से दूसरी जगह थल, जल या नभ मार्ग से आसानी से पहुँच जाते हैं। गगनचुंबी इमारत एवं बड़ी-बड़ी फैक्ट्रियों का निर्माण आदि इसी सोच के जादू का ही कमाल है।

सकारात्मक सोच के जादू का कमाल आप खुद के अंदर देख सकते है। आप जैसे ही किसी संदर्भ पर सकारात्मक सोचना शुरू कर देते हैं, यह अपना जादू दिखाना शुरू कर देता है। यह आपके अंदर अतिरिक्त ऊर्जा का संचार करता है। नई, उमंग, उत्साह एवं चाहत पैदा करता है। आपको कुछ बेहतर करने के लिए प्रेरित करता है। आपकी चिंताओं को दूर कर समस्या-समाधान में मदद करता है। आपके देखने, सुनने और कार्य करने का नजरिया बदल जाता है। आपको हर व्यक्ति में अच्छाई दिखती है और उसकी अच्छाई से सीख लेकर आप बेहतर करते हैं। ऐसी स्थिति में आपको जीवन अनमोल, सौभाग्य, अवसर दिखता है। ठीक इसके विपरीत, आप नकारात्मक सोचते हैं तो चिंता एवं तनाव में रहते हैं। उस स्थिति में यह अनमोल जीवन बोझ लगने लगता है।

सकारात्मक सोच के जादू के फायदा की बात करें तो इससे कोई नुकसान नहीं है। यह हर परिस्थिति और हर जगह लाभदायक ही है। चाहे वह व्यक्तिगत मामला हो या समाष्टि का मामला हो, स्वहित की बात हो या परहित की, समस्या-समाधान की बात हो या किसी भी क्षेत्र में बेहतर करने की बात हो। हर जगह सकारात्मक सोच आपको लाभ ही पहुँचाती है। उपर्युक्त तथ्यों से स्पष्ट है कि सकारात्मक सोच का कोई विकल्प नहीं है। इस पुस्तक में उद्धृत बातें आपको सदैव सकारात्मक सोचने, सकारात्मक रहने एवं रचनात्मक करने के लिए प्रेरित करती रहेंगी।

असीम शुभकामनाओं सहित।

—रवींद्र नाथ प्रसाद सिंह
विशेष सचिव
राजस्व एवं भूमि-सुधार विभाग, बिहार, पटना
मो. नं.-7488626302

दो शब्द

दोस्तो–महापुरुषों की अमृत वाणी एवं जीवन में प्राप्त अनुभवों से मैंने समझा कि इस दुनिया में, समाज में, परिवार में या खुद के अंदर जो कुछ भी परिवर्तन हो रहा है, वह सब सोच की प्रतिकृति है। इस संसार का कोई भी क्षेत्र ऐसा नहीं है, जो सोच के प्रभाव से अछूता हो। वेदों में भी इस बात का उल्लेख मिलता है कि सृष्टि की उत्पत्ति भी प्रभु की इच्छा से हुई। मैंने भी अपने बड़ों से, इतिहास से, महापुरुषों की जीवनी से तथा खुद और दूसरों में हो रहे बदलाव को देखते हुए अनुभूत किया कि इस संसार में हर बदलाव का मूल स्रोत सोच है। चाहे वह विकास का क्षेत्र हो या विनाश का, उत्थान की बात हो या पतन का, स्वर्ग की बात हो या नरक का, भौतिक, सांस्कृतिक या आध्यात्मिक उत्थान की बातें हो या दानवीय प्रवृति की, सबकुछ मानव के सोच का प्रतिरूप है। इस संसार में कोई व्यक्ति सुखी है या दुःखी, सफल है या असफल, सफलता की ऊँचाइयों को छू रहा है या असफलता का रोना रो रहा है, सबकुछ उसके खुद की सोच का ही प्रभाव है।

सोच के आधार पर ही कोई व्यक्ति इस जीवन को अनमोल, सौभाग्य या अवसर मानता है और कोई इसे बोझ या दुर्भाग्य। यह उसकी सोच पर निर्भर करता है कि वह क्या करना चाहता है ? कैसा बनना चाहता है ? किसी संदर्भ पर क्या सोचता है और सोच का महत्त्व क्या समझता है ? कोई भी व्यक्ति जन्म से अच्छा या बुरा नहीं होता। अच्छे या बुरे का आधार उसकी सोच है। कहने का तात्पर्य यह है कि जो व्यक्ति जैसा सोचता है, वैसा बन जाता है। आप भी अच्छा करना, अच्छा बनना और अच्छा पाना चाहते हैं, जीवन का नवनिर्माण करना चाहते हैं, सुंदर व्यक्तित्व का मालिक बनना चाहते हैं, खुद की सार्थकता साकार करना चाहते हैं, तो सकारात्मक सोचें। सकारात्मक सोच के जादू का कमाल देखना है तो मन में उठ रही नकारात्मक सोच का त्यागकर सदैव सकारात्मक सोचें।

यह पुस्तक 'Positive Thinking द्वारा अपार सफलता' अद्भुत है। विशेषकर ऐसे लोगों के लिए, जो चिंता, तनाव एवं अवसाद से घिरे हुए हैं। खुद को हालात के हाथों सौंप दिया है और भाग्य का रोना रोते रहते हैं। निराशा के अँधेरे में डूबे हुए हैं। इस अनमोल जीवन को बोझ मानते हैं और निहित असफलता या गरीबी के लिए दूसरों पर दोषारोपण करते हैं। वैसे लोगों के लिए यह पुस्तक किसी जादू से कम नहीं है। इस पुस्तक में उन तथ्यों एवं उदाहरणों का उल्लेख किया गया है, जो बुझते दीपक को प्रकाश से भर देगा। निराशा के अंधकार को दूर कर उमंग, उल्लास एवं उत्साह से भर देगा। नकारात्मक ऊर्जा के संचार को रोककर सकारात्मक ऊर्जा का संचार करेगा। मन में बैठे हुए सारे भ्रम एवं भ्रांतियाँ को दूर कर, नया विश्वास एवं आशा का संचार करेगा। पुस्तक में उल्लेखित बातें अमृत के समान हैं, जो आपको अँधेरे से निकालकर प्रकाशवान बनाएँगी। यह पुस्तक आपको जीवन-मूल्य, कर्म-मूल्य एवं समय-मूल्य की महत्ता समझकर बेहतर करने और बेहतर पाने के लिए प्रेरित करेगी। यह आपको अहसास कराएगी कि सकारात्मक सोच ही सर्वश्रेष्ठ शक्ति है। सचमुच मानव जीवन अनमोल और अन्य प्राणियों से श्रेष्ठ हैं, तो इसका कारण सकारात्मक सोच है। यह पुस्तक आपको खुद की श्रेष्ठता को साकार करने के लिए प्रेरित तथा खुद को विशिष्ट एवं अनमोल बनाने में मदद करेगी।

इस पुस्तक में उद्धृत बातों को आसानी से समझने के लिए इसे 6 अध्यायों में विभक्त किया गया है—

1 सोच बदलें
2 सोच कैसे बदलें?
3 सोच को प्रभावित करने वाले कारक
4 सोच का महत्त्व
5 सोच का प्रभाव
6 सकारात्मक सोच से फायदे

संक्षेप में—

1. सोच बदलें

इस अध्याय में इस बात की विस्तृत चर्चा की गई है कि सोच क्या है? किस विषय पर हम क्या सोचें, क्यों सोचें और कब सोचें? अगर हमारी सोच संकुचित,

निम्न एवं अदूरदर्शी है तो सोच बदलें। अन्यथा हम इस अनमोल जीवन को बोझ बना लेंगे। हमारी हर क्रिया सोच का स्वरूप है और हम जैसा सोचते हैं, वैसा ही बन जाते हैं। हम अच्छा सोचते हैं तो अच्छा और बुरा सोचते हैं तो बुरा बन जाते हैं। इसलिए बुरी सोच को बदलें। इस जीवन का उद्देश्य अच्छा सोचना, अच्छा करना और अच्छा बनना है। बेहतर करने और बेहतर पाने के लिए सोच बदलें। सुंदर व्यक्तित्व, उत्तम चरित्र-निर्माण के लिए सोच बदलें। मूल्यों की कसौटी पर खरा उतरने के लिए सोच बदलें। जीवन के नवनिर्माण के लिए सोच बदलें। खुद को जानने और छुपी शक्तियों को पहचानने के लिए सोच बदलें। अगर आप नकारात्मक सोच को सकारात्मक सोच में नहीं बदलेंगे, तो सोच को व्यापक एवं उत्कृष्ट नहीं बना पाएँगे। उस स्थिति में आप बेहतर जीवन-शैली, बेहतर प्राप्ति की बात कैसे करेंगे? उन्नत समाज एवं सबल राष्ट्र का निर्माण कैसे करेंगे? खुद की अनमोलता एवं श्रेष्ठता को कैसे साबित करेंगे? समस्त क्षेत्रों में बेहतर करने के लिए सोच बदलने की जरूरत है।

2. सोच कैसे बदलें?

सोच कैसे बदलें? यह प्रश्न अति महत्त्वपूर्ण एवं विचारणीय है। इस संदर्भ पर बताया गया है कि 'सकारात्मक सोच का कोई विकल्प नहीं है।' इसके लिए आप खुद के कृत्य, व्यवहार एवं व्यक्तित्व की समीक्षा करें और देखें कि आपकी सोच कितनी सकारात्मक, उन्नत, व्यापक, रचनात्मक एवं दूरदर्शी है! आपकी सोच खुद और दूसरों के लिए कितना सार्थक है! अगर आपकी सोच सार्थक एव रचनात्मक नहीं है तो सोच बदलने की जरूरत है। आप वैसा सोचें, जो आपको सकारात्मक एवं रचनात्मक बनाए, अतिरिक्त ऊर्जा एवं उत्साह का संचार करे, सद्मार्ग पर चलने की शक्ति दे और रचनात्मक करने के लिए प्रेरित करे। खुद की अनमोलता एवं श्रेष्ठता का अहसास कराएँ। अगर आपकी सोच ऐसी नहीं है तो सोच बदलें और सोच बदलने के लिए निम्न कार्य करें—

- खुद को जानें
- खुद का मूल्य समझें
- खुद का नजरिया बदलें
- अच्छे लोगों की संगत करें
- ज्ञान-अर्जन करें

- ज्ञान को विवेक में बदलें
- व्यक्तित्व-निर्माण पर ध्यान दें
- परिस्थिति से सीख लें
- प्रकृति से सीख लें
- समय-प्रबंधन का गुण सीखें
- मूल्यवान् बनें
- गलती से सीख लें, और
- खुद को सकारात्मक बनाएँ।

3. सोच को प्रभावित करने वाले कारक

यह स्वीकृत तथ्य है कि एक ही विषय पर विभिन्न व्यक्तियों की सोच अलग-अलग होती है। सोच अलग-अलग होने के अनेक कारण हैं और जिन कारणों से व्यक्ति प्रभावित होता है, उसी अनुरूप उसकी सोच होती है। सोच अलग-अलग होने के कारण ही व्यक्ति की जीवन-शैली, रहने, बोलने, चलने का ढंग, व्यक्तित्व, भाषा, आचरण अलग-अलग होते हैं। इस अध्याय में सोच को प्रभावित करने वाले निम्न कारकों (Factors) की चर्चा की गई है। वे कारक निम्न हैं—

- संगत,
- परिवेश/माहौल
- परिस्थिति
- दृष्टिकोण/नजरिया
- ज्ञान/विवेक
- तजुरबा/अनुभव
- जीवन-शैली
- संकल्प/आत्मविश्वास
- संस्कार एवं संस्कृति।

सोच को प्रभावित करने में उपर्युक्त कारकों की भूमिका महत्त्वपूर्ण है। अगर आप उपरोक्त कारकों पर गौर करें तो अच्छी सोच के मालिक बन सकते हैं, सोच में निखार लाकर, सुंदर व्यक्तित्व को निर्माण कर सकते हैं। जो व्यक्ति जिन कारकों से प्रभावित होता है, उसी अनुरूप उसकी सोच होता है। विशेषकर संगत, परिवेश, परिस्थिति, ज्ञान और दृष्टिकोण से हमारी सोच ज्यादा प्रभावित होती है।

4. सकारात्मक सोच का महत्त्व

सकारात्मक सोच का महत्त्व हर जगह और हर क्षेत्र में है। आप क्या बनना चाहते हैं—अच्छा या बुरा? क्या करना चाहते हैं—सही या गलत? किस मार्ग पर चलना चाहते हैं—धर्म या अधर्म? कैसी जीवन-शैली जीना चाहते हैं—उत्कृष्ट या निम्न? कैसे व्यक्तित्व का मालिक बनना चाहते हैं—ऊँचा या निम्न? आपका आचरण शिष्ट है या अशिष्ट, कुशल है या अकुशल? आप खुद को श्रेष्ठ बनाना चाहते हैं कि तुच्छ? खुद को साहसी बनाना चाहते हैं कि कायर? सबकुछ आपकी सोच पर निर्भर करता है कि आपकी सोच कैसी है? आप सोच का महत्त्व क्या समझते हैं?

अगर आप सोच का महत्त्व समझते हैं तो असफलता को सफलता में, बुराई को अच्छाई में और खमियों को खूबियों में बदल सकते हैं। अच्छे गुणों को धारण करने, अच्छी आदतों को विकसित करने और सुंदर व्यक्तित्व का मालिक बनने में सोच की भूमिका महत्त्वपूर्ण है। सोच का महत्त्व इतना विराट् एवं विशाल है कि आप किसी भी क्षेत्र में सफलता की ऊँचाइयों को छु सकते हैं, दुःखद हालात को सुखद हालात में, विपरीत परिस्थिति को अनुकूल परिस्थिति में तथा गरीबी को अमीरी में बदल सकते हैं। आप जैसा चाहते हैं, बन जाते हैं और जो चाहते हैं, प्राप्त कर लेते हैं। यही है सोच का महत्त्व और इसका महत्त्व हर जगह और हर क्षेत्र में है।

जैसें—

- लक्ष्य-निर्धारण एवं प्राप्ति में,
- सुंदर व्यक्तित्व-निर्माण में,
- सपने को साकार करने में,
- जीवन के नवनिर्माण में,
- सही-गलत का निर्णय लेने में,
- खुद को जानने और पहचानने में,
- सत्य-असत्य, अर्द्ध सत्य को जानने में,
- धर्म-अधर्म, उचित-अनुचित का विभेद समझने में।

दोस्तो! विचार-बल संसार का सर्वश्रेष्ठ बल है और विचार-शक्ति ही मानव को अन्य प्राणियों से अलग और श्रेष्ठ बनाती है। अतः सकारात्मक सोच का महत्त्व समझें और सदैव सकारात्मक सोचें।

5. सोच का प्रभाव

सोच का प्रभाव अद्‍भुत एवं विशिष्ट है। दुनिया का ऐसा कोई भी क्षेत्र नहीं है, जो सोच के प्रभाव से वंचित हो। इस जहाँ में कोई भी व्यक्ति, जैसा और जिस स्थिति में है—सफल या असफल, साहसी या कायर, सबल या निर्बल, अमीर या गरीब, ऊँचे व्यक्तित्व का मालिक या निम्न व्यक्तित्व का, सबकुछ सोच के प्रभाव का कमाल है। जैसी उसकी सोच होती है, उसी अनुसार वह ढलता चला जाता है और उसी अनुसार उसका व्यक्तित्व बन जाता है। किसी व्यक्ति के रहने, बोलने, चलने एवं कार्य करने का ढंग, उसकी जीवन-शैली, कृत्य, व्यवहार एवं व्यक्तित्व, सबकुछ सोच से प्रभावित होता हैं। कहने का अभिप्राय है कि किसी व्यक्ति की सफलता-असफलता, उन्नति-अवनति, महानता-तुच्छता, अमीरी-गरीबी, खुशहाली-दुःखहाली, शांति-अशांति समस्त बातें सोच से प्रभावित होती हैं। जैसी उसकी सोच होती है, वैसी ही उसकी जीवन-शैली, कृत्य, व्यवहार एवं व्यक्तित्व बन जाता है।

सोच का प्रभाव हर कृत्य पर पड़ता है और हर क्रिया-कलाप सोच से प्रभावित होता है। सोच का प्रभाव सकारात्मक, नकारात्मक, रचनात्मक, विध्वांसात्मक कुछ भी हो सकता है। यह सोच की प्रकृति पर निर्भर करता है कि आपकी सोच कैसी है ? और किस संदर्भ पर क्या सोचते हैं ? जैसा आप सोचते हैं, वैसा ही प्रभाव आपके हर क्रिया-कलाप पर पड़ता है। उसका प्रभाव सकारात्मक, रचनात्मक, दुःखद, सुखद, कम या ज्यादा कुछ भी हो सकता है, परंतु प्रभाव सुनिश्चित है। इसके प्रभाव को इनकार नहीं किया जा सकता।

6. सकारात्मक सोच से फायदे

सकारात्मक सोचने से कोई नुकसान नहीं, फायदे-ही-फायदे हैं। जैसे ही हम किसी संदर्भ पर सकारात्मक सोचना शुरू कर देते हैं, हमारे अंदर अतिरिक्त ऊर्जा एवं उत्साह का संचार होता है। यह हमें अच्छा करने और अच्छा बनने के लिए प्रेरित करता है। सकारात्मक सोच का व्यक्ति खुद के कृत्य, व्यवहार एवं व्यक्तित्व की समीक्षा करता है और निहित खामियों को दूर कर जीवन में बेहतर करता है। ठीक इसके विपरीत, नकारात्मक सोच से ग्रसित व्यक्ति जीवन में कुछ भी बेहतर नहीं कर पाता है। सकारात्मक सोच से निम्न फायदे हैं—

- जीवन-मूल्य की समझ,
- कर्म-मूल्य की समझ,

- समय–मूल्य की समझ,
- खुद की समझ,
- व्यक्तित्व–निर्माण की समझ,
- बेहतर करने की समझ,
- बेहतर पाने की समझ,
- संसाधन–प्रबंधन की समझ,
- परिस्थिति को परखने की समझ,
- इनसानियत की समझ।

उपर्युक्त बातों की समझ उसी व्यक्ति को होती है, जिनकी सोच सकारात्मक होते हैं। इसीलिए हर समस्या का समाधान सकारात्मक सोच है और किसी भी क्षेत्र में सफल होने का मूलमंत्र–सकारात्मक सोच को माना गया है।

आभार

सर्वप्रथम, मैं पूज्य पिता श्री स्व. ब्रह्मदेव सिंह एवं माँ स्व. जानकी देवी के चरणकमलों में सादर नमन एवं आभार प्रकट करता हूँ। उनके द्वारा दी गई शिक्षा एवं संस्कार के कारण ही मैं यह पुस्तक 'Positive Thinking द्वारा अपार सफलता' लिख पाया।

मैं अपने समस्त मित्रों एवं गुरुजनों को नमन करता हूँ। विशेषकर श्री दिलीप कुमार सिंह, श्री नीतीश सिंह, श्री पंकज बिहारी, श्री हरे कृष्ण यादव, श्री राणा प्रताप सिंह का विशेष आभारी हूँ कि उनके सान्निध्य में रहकर सकारात्मक सोच के जादू का कमाल देखा और प्राप्त अनुभूति को लिपिबद्ध कर पाया।

मैं बिहार प्रशासनिक सेवा के समस्त अधिकारियों, विशेषकर सर्वश्री राधा मोहन प्रसाद, विनय राय, रवि राकेश, भूपेंद्र प्रसाद यादव, विभूति रंजन चौधरी, अखिलेश सिंह, अरूण कुमार सिंह, मनोज कुमार, नंद किशोर साह का आभारी हूँ। मैं भारतीय प्रशासनिक सेवा के पदाधिकारीगण श्री अतिश चंद्रा, श्री ब्रजेश मेहरोत्रा, श्री अरविंद्र चौधरी, श्री पंकज पाल, श्री कुंदन कुमार, पूर्व मुख्य सचिव श्री अंजनी कुमार सिंह एवं श्री दीपक कुमार, पूर्व मुख्य सचिव-सह-माननीय मुख्यमंत्री के प्रधान सचिव का विशेष आभारी हूँ, जिनके व्यक्तित्व से बहुत कुछ सीखने का अवसर प्राप्त हुआ।

मैं हर दिल अजीज प्रियतमा आरती उर्फ लवली का शुक्रगुजार हूँ, जिन्होंने हमेशा नई ऊर्जा प्रदान की और सतत् रचनात्मक करने के लिए प्रेरित की। उनकी प्रेरणा से ही मैं 'Positive Thinking द्वारा अपार सफलता' जैसी पुस्तक लिख पाया।

मैं अपने प्रकाशक मंडली के साथ-साथ सर्वप्रिय पीयूषजी के प्रति आभार प्रकट करता हूँ, जिन्होंने पुस्तक को सुंदर एवं सुव्यवस्थित रूप में पाठकों के समक्ष ससमय रखकर अनुगृहित किया।

इस पुस्तक को लिखने में समस्त सहयोगी जन के प्रति आभार प्रकट करता हूँ, विशेषकर श्री नीतीश कुमार, आशुलिपिक, राजस्व एवं भूमि सुधार विभाग, बिहार, पटना एवं कुमारी चंद्रकांता, डाटा एंट्री ऑपरेटर का आभारी हूँ, जिन्होंने इस पुस्तक को लिखने में अपेक्षित सहयोग प्रदान किया।

मैं जगद्जननी माँ जानकी की पावन भूमि एवं विद्यादायिनी माँ शारदे के चरणकमलों में शत्-शत् नमन करता हूँ, जिनकी प्रेरणा एवं आशीष से मैं यह पुस्तक लिख पाया।

सादर अभिनंदन।

आपका ही

—रवींद्र

विशेष सचिव

राजस्व एवं भूमि सुधार विभाग,

पटना, बिहार

अनुक्रम

1

सोच बदलें

सोच बदलने के लिए यह जानना महत्त्वपूर्ण है कि सोच क्या है? हम किस विषय पर क्या सोचें, क्यों सोचें और कब सोचें? हमारी सोच कैसी है—सकारात्मक या नकारात्मक, उत्कृष्ट या निम्न, संकुचित या व्यापक, अच्छी या बुरी। अगर हमारी सोच अच्छी नहीं है तो सोच कैसे बदलें? और सोच बदलने के लिए क्या करने की जरूरत है? हमारी सोच खुद और दूसरों के लिए कितनी महत्त्वपूर्ण है? सोच किन-किन कारकों से प्रभावित होती है और सोच को प्रभावित करने में किन कारकों की भूमिका अति महत्त्वपूर्ण है? वे कौन से कारक है, जो हमारी सोच को ज्यादा प्रभावित करते हैं? हमारी सोच खुद, परिवार, समाज और देश को कैसे प्रभावित करती है? सोच का व्यक्तिगत, सामाजिक, आर्थिक एवं राजनीतिक जीवन पर क्या प्रभाव पड़ता है? इत्यादि प्रश्नों को जानना-समझना अति आवश्यक है। आइए, हम इन प्रश्नों पर विचार करें और यह जानने का प्रयास करें कि सोच क्या है?

सोच क्या है?

सोच का शाब्दिक अर्थ है—विचार, ध्यान, चिंता, चिंतन, मनन, परेशानी, पश्चाताप अर्थात् किसी भी विषय या घटना के संदर्भ पर, हमारे मन में जो परिकल्पना या अवधारणा उत्पन्न होती है, वह सोच है। अवधारणा, सकारात्मक, नकारात्मक, रचनात्मक, व्यापक एवं संकुचित कुछ भी हो सकता है। किसी भी विषय पर विभिन्न ज्ञानेंद्रियों द्वारा मन को भेजी गई सूचना पर उठ रहे संकल्प या विकल्प ही सोच है। कर्मेंद्रियों द्वारा किया जाने वाला कर्म सोच की परिणति है। कृत्य और सोच की

परिणति सकारात्मक, नकारात्मक, संकुचित, व्यापक, दूरदर्शी या अदूरदर्शी कुछ भी हो सकती है। मनोविज्ञान के अनुसार, सोच की अनुभूति खुद की परिकल्पना या अवधारणा है। सूचना संधारित करने, ध्यान करने, संपत्तियों को संगृहित करने या किसी क्रिया को करने हेतु मन में उठ रहे विभिन्न प्रकार के उद्वेग, संकल्प या विकल्प, सुखद या दुःखद भाव ही सोच है। दैनिक जीवन में किया जाने वाली हर क्रिया और प्रतिक्रिया सोच का ही स्वरूप हैं। कहने का तात्पर्य है कि सकर्म, विकर्म या अकर्म क्रिया करने की अवधारणा सोच है। यह हमारे कृत, व्यवहार, व्यक्तित्व एवं चरित्र-निर्माण में अहम भूमिका निभाती है।

उपर्युक्त तथ्यों से स्पष्ट है कि किसी भी विषय या घटना के संदर्भ पर हमारे मनः संस्थान में जो भाव उत्पन्न होता है या जो अवधारणा फलीभूत होती है, सोच कहलाती है। सही मायने में सोच किसी व्यक्ति, विषय, वस्तु या घटना के संदर्भ का विश्लेषण, तुलना, वर्गीकरण, निर्देशन है। किसी व्यक्ति या वस्तु को देखने, सुनने, समझने एवं जानने का नजरिया है। खुद की संवेदनाओं और भावनाओं को शब्दों के माध्यम से अभिव्यक्त करने की प्रक्रिया है। हम किसी व्यक्ति, वस्तु या घटना के संदर्भ पर जो प्रतिक्रिया देते हैं या जो धारणा या अवधारणा बनाते हैं, सोच कहलाता है।

आप किसी व्यक्ति या वस्तु को किस नजरिए से देखते हैं और उसके अंदर निहित गुणों या अवगुणों को कितनी गहराई से समझते हैं? यह सोच है। किसी व्यक्ति के बारे में आप कितना जानते हैं और उसके प्रति कितनी सकारात्मक, व्यापक एवं दूरदर्शी सोच रखते हैं। ये बातें आपकी सोच की व्यापकता को दरशाता हैं। आपके देखने, सुनने, जानने और समझने का जैसा नजरिया होता है, उसी अनुरूप आप अपनी अवधारणा बनाते हैं या अपनी प्रतिक्रिया देते हैं। कहने का अभिप्राय है कि आपकी हर क्रिया और प्रतिक्रिया सोच का ही स्वरूप है। सही मायने में सोच एक प्रकार की मानसिक क्रिया है, जो हमारी कर्मेंद्रियों को निर्देशित एवं नियमित करती है। हम अपनी सोच को मूर्तरूप देकर ही खुद की श्रेष्ठता सिद्ध कर पाते हैं। हम सोच के माध्यम से ही किसी भी मूर्त या अमूर्त वस्तुओं को प्रत्यक्ष या अप्रत्यक्ष रूप में देखने और समझने की क्रिया करते हैं। अपनी धारणा या अवधारणा प्रस्तुत करते हैं। अवधारणा हमारा सही या गलत कुछ भी हो सकती है। अगर अवधारणा गलत है तो बदलें और सही है तो मूर्तरूप दें। न्यूटन का तीसरा नियम भी कहता है क्रिया और प्रतिक्रिया समान, परंतु विपरीत दिशा में होती है, अर्थात् किसी भी प्रकार की क्रिया कर्म है। हम जो क्रिया करते हैं, वह हमारी सोच है और दूसरों द्वारा दी गई प्रतिक्रिया उनकी सोच है।

कहने का अभिप्राय है कि हमारी हर क्रिया का स्वरूप सोच है और जैसी हमारी सोच होती है, वैसी ही आदतें विकसित होती हैं। वैसा ही हम कर्म करते हैं और वैसा ही हमारा चरित्र और व्यक्तित्व-निर्माण होता है। हमारे मनः संस्थान में जिस श्रेणी के विचार उत्पन्न होते हैं, वैसा ही हमारा स्वभाव एवं आदत बन जाती है। हमारे जीवन में जो प्रकाश या अंधकार, प्रतिकूलता या अनुकूलता, सफलता या असफलता, जो कुछ भी दृष्टिगोचर होता है, वह सब विचार का ही प्रतिफल है। मनुष्य के सर्वश्रेष्ठ प्राणी होने का अहसास, जीवन के सर्वोत्तम कर्त्तव्य, व्यक्तित्व में निहित गुण या अवगुण, आदर्श आचरण और जीवन-शैली उसके प्रबल स्थायी विचारों की ही परिणति हैं।

प्रत्येक व्यक्ति स्वयं या दूसरों के बारे में कुछ-न-कुछ सोचता है। आप बिना सोचे एक क्षण भी नहीं रह सकते। सोचना जीवन की नियति है, परंतु हम कब, क्या और क्यों सोचें? उन प्रश्नों पर मनन करना जीवन का सार है। हमें खुद और दूसरों के बारे, में परिवार, समाज और राष्ट्र के बारे में सोचना चाहिए। सोचने के उपरांत ही हम खुद और दूसरों को जान पाते हैं। परिवार, समाज और राष्ट्र के विकास में योगदान दे पाते हैं। इस सृष्टि में केवल मनुष्य ही ऐसा प्राणी है, जो सोच सकता है और सोच-समझकर सही-गलत में विभेद कर सकता है। हालात को परख और समझ सकता है, उचित-अनुचित का निर्णय ले सकता है। खुद और दूसरों का कल्याण कर सकता है। यही कारण है कि मानव को अन्य प्राणियों से श्रेष्ठ माना गया है। सोचने-समझने की शक्ति ही मानव को अनमोल और विशिष्ट बनाती है। ऐसी अद्भुत शक्ति किसी अन्य प्राणी को प्राप्त नहीं है। अगर दूसरा प्राणी सोचे भी तो सोच को व्यापक एवं दूरदर्शी नहीं बना सकता और न ही सोच को मूर्त रूप दे सकता है। चेतनशील प्राणी होने के नाते हमारे लिए विचारण हेतु महत्त्वपूर्ण बिंदु यह है कि—

- हम क्या सोचें, कब सोचें और क्यों सोचें?
- सोचना महत्त्वपूर्ण है, तो कैसे?
- हमारी सोच की सार्थकता खुद और दूसरों के लिए कितनी महत्त्वपूर्ण है?
- क्या हमारा सोच सकारात्मक, रचनात्मक एवं लोक-कल्याणकारी है?

उपरोक्त सारे प्रश्नों पर सोचना महत्त्वपूर्ण है। यदि हम उपर्युक्त प्रश्नों पर नहीं सोचें और बिना सोचे-समझे कार्य करें तो ज्यादा संभावना है कि कृत कार्य की परिणति बेहतर नहीं होगी। हम खुद में उलझे रहेंगे, सद्मार्ग पर नहीं चल पाएँगे और

दूसरों को सही दिशा नहीं दे पाएँगे। हमारी सोच सकारात्मक, रचनात्मक, दूरदर्शी एवं व्यापक होनी चाहिए, ताकि कार्य की परिणति बेहतर हो, खुद और दूसरों के लिए महत्त्वपूर्ण हो, दूसरों को नई दिशा एवं गति दे सकें। हम खुद और दूसरों के मूल्यों को जान सकें तथा जीवन-मूल्यों की कसौटी पर खरा उतरकर सुंदर व्यक्तित्व एवं उत्तम चरित्र का निर्माण कर सकें। यदि हमारी सोच सकारात्मक, रचनात्मक एवं दूरदर्शी नहीं है तो सोच बदलें। बेहतर करने और बेहतर पाने के लिए सोच बदलें। खुद और दुनिया को बदलने के लिए सोच बदलें। खुद की शक्तियों को जानने और क्षमता को पहचानने के लिए सोच बदलें। बेहतर जीवन जीने के लिए सोच बदलें। आत्मा के मूल स्वरूप को जानने के लिए सोच बदलें। अगर हम नकारात्मक सोच को सकारात्मक सोच में नहीं बदलेंगे, सोच में निखार नहीं लाएँगे तो बेहतर जीवन-शैली, बेहतर स्वास्थ्य एवं बेहतर सुख-सुविधा प्राप्ति की बात कैसे करेंगे? उन्नत समाज एवं सबल राष्ट्र का निर्माण कैसे करेंगे? खुद की श्रेष्ठता कैसे साबित करेंगे? यह तो ईश्वर की अनुपम कृपा है कि उन्होंने हमें सोचने-समझने की शक्ति दी है। इसकी महत्ता समझकर हम विविध क्षेत्रों में प्रगति का इतिहास रचकर खुद की सार्थकता साकार कर सकते हैं। सोच बदलने का ही नतीजा है कि आज हम नभ, थल, जल तीनों क्षेत्रों में प्रगति का नया इतिहास रच रहे हैं और नित्य नई उड़ान भर रहे हैं।

आप भी बेहतर जीवन जीना चाहते हैं, जीवन का औचित्य साकार करना चाहते हैं, नई उड़ान भरना चाहते हैं, सपनों को हकीकत में बदलना चाहते हैं, खुद की श्रेष्ठता साबित करना चाहते हैं, तो सोच बदलें। सोच बदलने से हमारा तात्पर्य सकारात्मक, उन्नत, व्यापक, दूरदर्शी एवं रचनात्मक सोच से है। जैसे ही आप नकारात्मक सोच को सकारात्मक सोच में बदल लेते हैं, आपके अंदर अतिरिक्त ऊर्जा एवं उत्साह का संचार होता है। आप हर कार्य पूरे उत्साह, उमंग एवं मनोयोग से करते हैं। सोच की दिशा बदलने से आपका कार्य उत्कृष्ट एवं ससमय निष्पादित होता है। नतीजा, आप जो चाहते हैं, प्राप्त कर लेते हैं। अगर आप सोच नहीं बदलते और नकारात्मक सोच से घिरे रहते हैं तो जीवन में कुछ भी नहीं कर पाते हैं। आप जहाँ खड़े हैं, वहीं रह जाते हैं। आपको कोई जानने-पहचानने वाला नहीं मिलता और न ही कोई आपकी संगत करने को तैयार होता है। आप केवल सपने देखते हैं, परंतु सपने को यथार्थ में नहीं बदल पाते हैं। नतीजतन सुंदर एवं अनमोल जीवन भी आपको दुःख का पहाड़ लगता है। अगर आप अपनी पहचान आम नहीं, खास

बनाना चाहते हैं, खुद की सार्थकता और औचित्य साकार करना चाहते हैं, तो सोच बदलें। सकारात्मक सोचें एवं रचनात्मक करें। आप ऐसा करके ही आम से खास और साधारण से असाधारण बन सकते हैं।

याद रखें—

"सोच ही अद्‌भुत शक्ति है, जो आपको अनमोल बनाती है। अगर आप खुद और दुनिया को बदलना चाहते हैं तो सोच बदलें।"

आपके भीतर इतनी शक्ति एवं प्रतिभा है कि आप कुछ भी कर सकते हैं, परंतु खुद और दुनिया को बदलने के लिए सोच बदलनी होगी। खुद पर विश्वास करना होगा तथा सोच का महत्त्व समझना होगा। सोच को सकारात्मक, रचनात्मक, व्यापक एवं दूरदर्शी बनाना होगा। बिना सोच बदले आप दुनिया को क्या, खुद को भी नहीं बदल पाएँगे। आप जीवन में कुछ भी अच्छा नहीं कर पाएँगे और इस अनमोल जीवन को बोझ बना लेंगे। आप खुद अच्छा करें और दूसरे भी अच्छा करें, इसके लिए खुद की नकारात्मकता को सकारात्मकता में बदलें। सोच में निखार लाएँ और साधारण सोच को विशिष्ट एवं व्यापक बनाएँ, ताकि आप खुद के जीवन को अनमोल बना सकें। जैसे-आप सोचते हैं कि मैं यह काम नहीं कर सकता तो वह काम नहीं कर सकते। ठीक इसके विपरीत, आप सोचते हैं कि मैं यह काम कर सकता हूँ तो आप वह कार्य सहजतापूर्वक कर पाते हैं। अगर आप सोचते हैं कि मैं यह काम दूसरों से बेहतर और ससमय कर सकता हूँ, तो निश्चित रूप से आप वह काम दूसरों से बेहतर कर पाते हैं। अगर आप सोचते हैं कि मैं इस काम में सफलता प्राप्त करके ही रहूँगा तो उस काम में सफल होते हैं। ठीक इसके विपरीत, आप सोचते हैं कि मैं इस कार्य में सफल नहीं हो सकता तो आप उस कार्य में असफल होते हैं। अगर आप सोचते हैं कि मैं अच्छा आदमी बनूँगा तो अच्छा आदमी बनते हैं।

कहने का अभिप्राय है कि आप जैसा सोचते हैं, वैसा बन जाते हैं। आपकी सफलता-असफलता, अच्छा या बुरा बनना, धर्म या अधर्म के मार्ग पर चलना, सारी बातें आपकी सोच पर निर्भर करता है कि आप उपर्युक्त संदर्भ पर कैसा सोचते हैं? आप जैसा सोचते हैं, वैसा ही करते हैं और जैसा करते हैं, वैसा ही पाते हैं। मेरा भी आपसे अनुरोध है कि खुद की अनमोलता एवं श्रेष्ठता को साकार करने के लिए सदैव सकारात्मक सोचें, रचनात्मक सोचें, उत्कृष्ट सोचें, व्यापक सोचें एवं दूरदर्शी सोचें। निश्चित रूप से आपकी सोच सकारात्मक, रचनात्मक, दूरदर्शी एवं व्यापक है तो आप सुंदर व्यक्तित्व के मालिक बनेंगे और सफलता आपके कदमों को चूमेगी।

याद रखें—

"सोच ही सफलता का मूल आधार है,
और सोच ही व्यक्तित्व की पहचान है।"

अतः सुंदर व्यक्तित्व का मालिक बनने के लिए सोच बदलें। सफलता पाने के लिए सोच बदलें, खुद का औचित्य साकार करने के लिए सोच बदलें। नकारात्मक सोच से बाहर निकलने के लिए सोच बदलें और सदैव सकारात्मक एवं रचनात्मक सोचें। नकारात्मक सोच आपको गलत दिशा में ले जाती है और निरर्थक भय, भ्रम और अहंकार उत्पन्न करती है। निरर्थक भय, भ्रम, अहंकार आपको निर्बल, कमजोर एवं शक्तिहीन बना देता है। याद रहे–आप निर्बल, कमजोर एवं कायर नहीं, सबल एवं शक्तिमान हैं। सकारात्मक सोच से आप दुःख को सुख में तथा हारी हुई बाजी को जीत में बदल सकते हैं। इस संदर्भ में नेपोलियन की उक्ति अति प्रासंगिक है। उनकी सोच "मैं किसी भी युद्ध को रणक्षेत्र में जीतने से पूर्व मन–मस्तिष्क में जीत लेता हूँ," कितनी प्रेरक, महत्त्वपूर्ण और प्रशंसनीय है! आप भी जिंदगी की जंग जीतना चाहतें हैं तो सोच बदलें। किसी भी युद्ध को रणक्षेत्र में जीतने से पूर्व मन में जीतें। कहा भी गया है—'मन के जीते जीत है, मन के हारे हार।' जीत और हार का सेहरा आपकी सोच है। आप जीतना चाहते हैं तो सोच बदलें और जिस क्षेत्र में बेहतर करना चाहते हैं, व्यापक सोचें। उत्तम जीवन–शैली और सुंदर व्यक्तित्व का मालिक बनने के लिए सोच बदलें। बेहतर करने और बेहतर पाने के लिए सोच बदलें। कहने का अभिप्राय है कि आप जीवन में बेहतर करना तथा खुद और दूसरों को बदलना चाहते हैं तो सोच बदलें।

याद रखें—

"आपकी सोच सकारात्मक एवं कुछ कर दिखाने का जज्बा है,
तो विकट परिस्थितियाँ भी सफल होने से रोक नहीं पाएँगी।"

आपने देखा, सुना या पढ़ा होगा, इसी संसार में कोई व्यक्ति सफलता का इतिहास रचता है, कोई हिमालय की ऊँची चोटी माउंट एवरेस्ट को छूता है। कोई चाँद पर नया जहाँ बसाने की बात करता है और कोई हिंद महासागर में गोते लगाकर मूल्यवान् संपदा की खोज करने में सफल होता है। कोई विभिन्न आविष्कार कर खुद का इतिहास रच जाता है और कोई भाग्य का रोना रोता है; ऐसा क्यों है ? इतने बड़े अंतर का मुख्य कारण क्या है ? आप गंभीरतापूर्वक गौर करें तो पाएँगे कि इस अंतर का मुख्य कारण सोच है। जिस व्यक्ति ने जैसा सोचा, वैसा किया! आप भी खुद का

इतिहास रचना चाहते हैं तो सोच बदलें। आपके अंदर इतनी क्षमता एवं ऊर्जा है कि आप कुछ भी कर सकते हैं। आप केवल अपनी नकारात्मक सोच को सकारात्मक सोच में बदलकर देखें। आपको असंभव कार्य भी संभव और कठिन कार्य भी सहज दिखेगा। इसी दुनिया में रह रहे कुछ लोगों ने सबित करके दिखाया है कि असंभव कुछ भी नहीं है। इसका कारण है कि उन्होंने सकारात्मक सोच के जादू का महत्त्व समझा तथा अपनी सोच को रचनात्मक, व्यापक एवं दूरदर्शी बनाया। वैसे उच्च विचारवान् व्यक्ति को हम बड़े ही आदर से याद करते हैं।

आप भी जीवन में बेहतर करना और बेहतर पाना चाहते हैं तो सोच बदलें। सोच को व्यापक, रचनात्मक एवं दूरदर्शी बनाएँ। अगर आपको कोई कार्य कठिन लगता है, इसका अभिप्राय है कि आप नकारात्मक सोच से ग्रसित हैं। आपके अंदर इच्छाशक्ति की कमी है और आपको खुद पर विश्वास नहीं है। आपको सोच के जादू का महत्त्व और खुद के अंदर छुपी शक्तियों का अहसास नहीं है। आप छुपी शक्तियों को बाहर निकालने में असमर्थ हैं। आपके मन में विभिन्न प्रकार का भय और भ्रम बैठा हुआ है, जिस भय से आप कुछ भी कर पाने की स्थिति में नहीं हैं। अगर आपको कोई राह कठिन और असंभव लग रही है तो इसका कारण है कि आप ऐसा सोचते हैं। आप ऐसे सोच से बाहर निकलें और खुद की नकारात्मकता को सकारात्मकता में बदलें। जैसे ही आप नकारात्मक सोच को सकारात्मक सोच में बदल लेंगे, आपके मन में बैठा डर ओझल हो जाएगा। नतीजा, आपको असंभव कार्य संभव और कठिन कार्य सरल दिखेगा।

आपने कभी गौर किया है कि कुछ लोग अपनी अलग पहचान बनाने में सफल और कुछ लोग लगातार असफल क्यों होते हैं? कुछ लोग अपना नाम इतिहास के पन्नों पर स्वर्ण अक्षरों में लिख जाते हैं, जबकि अधिकांश व्यक्ति सिर्फ देखते रह जाते हैं! अखिर ऐसा क्यों? इतने बड़े अंतर का मुख्य कारण सोच है। जिन व्यक्तियों ने सकारात्मक सोचा और रचनात्मक किया, वे खुद का इतिहास रचने में सफल रहें। जो व्यक्ति अपनी सोच को रचनात्मक, व्यापक एवं दूरदर्शी नहीं बना पाए और नकारात्मक सोच में उलझे रहे, वे गरीबी एवं भाग्य का रोना रोने में मशगूल रहें। ऐसे व्यक्ति जीवन का लक्ष्य नहीं बनाते, सोच में निखार नहीं लाते, और न ही खुद का मूल्य समझते हैं। उन्हें कर्म एवं समय का मूल्य मालूम नहीं होता और न ही इस बात का ज्ञान होता कि सोच ही शक्ति है और सोच ही सुख-दुःख का कारण है। यही शक्ति हमें अन्य प्राणियों से अलग पहचान दिलाती है। हमें आम से खास

और साधारण से असाधारण बनाती है। जो व्यक्ति सोच के जादू का कमाल नहीं जानते और सोच का महत्त्व नहीं समझते। वे दर-दर की ठोकरें खाते हैं और जीवन में असफल होते हैं। ऐसे व्यक्ति खुद की सोच नहीं बदल पाते और नकारात्मक बने रहते हैं तथा असफलता हाथ लगने पर दूसरों पर दोषारोपण करते हैं।

दोस्तो! सोचना जीवन की नियति है। आप किस विषय पर क्या सोचें? कब सोचें? अपनी सोच को मूर्तरूप कैसे दें? इसका निर्णय भी आपको ही लेना है। ऐसा नहीं है कि आपकी जगह दूसरा सोचेगा और दूसरा उसे मूर्तरूप देगा! अगर आप अच्छा नहीं सोचते, सकारात्मक नहीं सोचते, रचनात्मक नहीं सोचते तो इसके लिए दूसरा दोषी कैसे है? दोषी आप हैं क्योंकि आप अपनी सोच नहीं बदलते और न ही खुद की गलती स्वीकार करते हैं। नकारात्मक व्यक्ति गलती से सीख नहीं लेते और न ही लोगों की सलाह मानते हैं। नतीजा, उनकी संगत करने या बात सुनने को कोई तैयार नहीं होता है। अगर आप चाहते हैं कि लोग आपको सुनें, आपकी संगत करें, आपको जानें-पहचानें और मान-सम्मान दें, तो अपनी सोच बदलें।

आप गौर करें तो पाएँगे कि कुछ व्यक्तियों की बात सुनने को कोई तैयार नहीं होता और किसी व्यक्ति की बात सुनने लोग दूर-दूर तक जाते हैं। किसी व्यक्ति की संगत पाने के लिए लोग लालायित रहते हैं और किसी की संगत करना तो दूर, उसे देखना तक पसंद नहीं करते। उनको देखकर ही मुँह छुपा लेते हैं या कन्नी काट लेते हैं। यही कारण है कि कुछ व्यक्ति सफलता की ऊँचाइयों को छू रहे होते हैं और कुछ असफलता का रोना रोते हैं। कुछ व्यक्तियों को हर कदम पर सफलता मिलती है और कोई सफलता का स्वाद भी नहीं चख पाता। कुछ व्यक्ति की जीवन-शैली इतनी उत्कृष्ट होती है कि हम उनकी प्रशंसा करते नहीं थकते और कुछ व्यक्ति जिंदगी कैसे जीएँ? सोच-सोचकर परेशान रहते हैं। कुछ व्यक्ति खुद का इतिहास रच जाते हैं और किसी को कोई जानता भी नहीं। कोई व्यक्ति असंभव को संभव कर दिखाता है और किसी को संभव कार्य भी असंभव लगता है। उपर्युक्त सारे अंतर का मुख्य कारण सोच है।

इस प्रकार हम देखते हैं कि जिन व्यक्तियों ने अपनी सोच बदली, अमूल्य जीवन का मूल्य समझा, व्यक्तित्व को निखारा और खुद को सँवारा, वे सफलता की ऊँचाइयों को छूने और खुद का इतिहास लिखने में सफल रहे। ठीक इसके विपरीत, जिन व्यक्तियों ने सोच को नहीं बदला, जीवन का मूल्य नहीं समझा और दूसरों की सफलता देख ईर्ष्या-द्वेष से ग्रसित रहे, उनका जीवन खुद के लिए बोझ और दूसरों

के लिए पहाड़ बन गया। आप खुद के जीवन को हसीन एवं रंगीन बनाना चाहते हैं तो सोच बदलें। मेरा भी मानना है कि सुंदर व्यक्तित्व का मालिक बनने, सफलता की ऊँचाइयों को छुने और खुद का इतिहास लिखने के लिए सोच बदलने की जरूरत है।

आप सिर्फ अपनी सोच बदलकर देखें। आपको सबकुछ बदला हुआ दिखाई देगा। कल तक जो चीजें आपको अच्छी नहीं दिख रही थीं, वो अच्छी दिखें। आज आप जिस आधुनिकता की बात कर रहे हैं या विकास एवं प्रगति का जो स्वरूप देख रहे हैं, वह सब किसी व्यक्ति के सोच की परिणति है। जैसे ही आप नकारात्मक सोच को सकारात्मक सोच में बदल लेते हैं, आपके व्यक्तित्व से बहुत सारे अवगुण, जैसे—ईर्ष्या, द्वेष, स्वार्थ, क्रोध, अहंकार गायब होने लगते हैं तथा बहुत सारे सद्गुण जैसे—बेहतर करने की तमन्ना, गलती स्वीकार करने एवं गलती से सीख लेने की इच्छा प्रबल होने लगती है। फलतः आपके व्यक्तित्व में दया, क्षमा, त्याग, परोपकार, विनम्रता जैसे गुण समाहित हो जाते हैं। नतीजतन आप जीवन में बेहतर करते और बेहतर पाते हैं।

इस प्रकार हम देखते हैं कि चाहे व्यक्तित्व-निर्माण की बात हो या मूल्यों की बात हो, प्रगतिशील समाज बनाने की बात हो या इतिहास रचने की बात हो, हर क्षेत्र में सोच बदलने की जरूरत है। कहने का अभिप्राय है कि किसी भी क्षेत्र में बेहतर करने और बेहतर पाने, जीवन की सार्थकता सबित करने या खुद का इतिहास रचने के लिए सोच बदलें। विचारण हेतु महत्त्वपूर्ण विषय यह है कि हम किसी व्यक्ति, विषय, वस्तु या घटना के संदर्भ पर—

- क्या सोचें,
- क्यों सोचें,
- कब सोचें, और
- कैसा सोचें ?

उपर्युक्त प्रश्नों पर सोचें-विचारें और सोच के जादू की महत्ता स्वीकार करें। प्रश्न यह उठता है कि किसी विषय, वस्तु या घटना के संदर्भ पर क्यों सोचें? सोचना क्यों जरूरी है ? सोचने का उद्देश्य एवं औचित्य क्या है ? सोच की दिशा सकारात्मक है या नकारात्मक ? हम किस विषय पर क्या, कब और क्यों सोचें? सोचने की सार्थकता खुद और दूसरों के लिए कितनी महत्त्वपूर्ण है ? उन सारे प्रश्नों का उत्तर जानने के लिए सोचें। हमारी सोच खुद और दूसरों के लिए कितना सार्थक है ? उन सारे प्रश्नों का उत्तर जानने के लिए सोचें। अगर आपको लगता है कि इन

प्रश्नों पर सोचने की जरूरत नहीं है तो नहीं सोचें। सोचना बंद कर दें। शून्य और महाशून्य की अवस्था में आने का प्रयास करें। ईमानदारीपूर्वक बताएँ कि क्या आप इस स्थिति में आ सके? क्या आप इस अवस्था में रह सकते हैं? आपका भी जवाब होगा—नहीं। यह सहज नहीं, दुसाध्य भी है। अतः खुद की सार्थकता एवं खुद का औचित्य साकार करने के लिए सकारात्मक सोचें।

सोचना मनुष्य की सहज प्रकृति है। इसलिए हमने इसे जीवन की नियति कहा है। कुछ नहीं सोचना जीवन की नियति नहीं हो सकता। कुछ नहीं सोचना संप्रति हमारा विषय नहीं है और न ही सहज साध्य भी है। इस संसार में हम आए हैं तो जीवन जीना है और जीवन जीने के लिए कुछ-न-कुछ सोचना हमारा कर्म और बेहतर सोचना हमारा धर्म है। हमें खुद और दूसरों के बारे में सोचना होगा। भूत और भविष्य के बारे में न सही तो वर्तमान के बारे में ही सोचना होगा। हम कब, क्या और क्यों सोचें? इस प्रश्न का उत्तर जानने के लिए सोचना होगा। सोचने के लिए ही ईश्वर ने हमें दिमाग दिया है। ध्यान रखें, आपके पास सोचने के लिए मात्र पाँच ही विषय है—शब्द, रूप, रस, गंध और स्पर्श, इसी संदर्भ पर आपको सोचना है। इन्हीं विषयों पर आप कुछ-न-कुछ सोचते रहते हैं। सोचने से व्यक्ति मुक्त नहीं हो सकता। महत्त्वपूर्ण यह है कि हम क्या सोचें और क्यों सोचें? इस प्रश्न पर गंभीरतापूर्वक विचार करें।

याद रखें—

सोचना हर क्रिया का प्रारंभ और बेहतर
सोचना हर क्रिया की सुखद परिणति है।

क. क्या सोचें?

मेरे विचार से किसी भी कार्य को करने के पूर्व सोचें कि हम जो कार्य करने जा रहे हैं, उसका मूल्य क्या है? उसके औचित्य परिणति और प्रभाव जानने के बारे में सोचें। खुद और दूसरों का मूल्य समझने के बारे में सोचें। जीवन-मूल्य, नैतिक-मूल्य एवं समय-मूल्य के बारे में सोचें। बेहतर करने और बेहतर पाने के संदर्भ पर सोचें। यदि आप उपर्युक्त विषयों पर नहीं सोचते तो सोचना बेकार है। आप सोचते हैं, परंतु आपकी सोच नकारात्मक है, तो आपका सोचना व्यर्थ है। ऐसी सोच का त्यागकरें। अगर आप विभिन्न वस्तुओं, विषयों और घटनाओं के संदर्भ पर सकारात्मक सोचने की बजाय, नकारात्मक सोचते हैं या सोच की एकाग्रता एक

दिशा में नहीं, विभिन्न दिशाओं में होती है, तो यह मन का भटकाव है। इस प्रकार की सोच आपको किसी परिणाम पर नहीं ले जाएगी, उल्टे आपकी जीवन-यात्रा को उलझाकर रख देगी। दूसरे शब्दों में, हम कह सकते हैं कि जो सोच सार्थक एवं रचनात्मक नहीं होती, वह हमें सिर्फ दिग्भ्रमित करती है।

हमेषा सकारात्मक सोचें, ताकि हम सहीं दिशा में चलकर कार्य की परिणति बेहतर प्राप्त कर सकें। खुद को बेहतर बनाने के लिए सकारात्मक सोचें। लक्ष्य-निर्धारण एवं प्राप्ति हेतु सकारात्मक सोचें। सोच को व्यापक एवं उन्नत बनाने के लिए सकारात्मक सोचें। बेहतर जीवन जीने तथा जीवन-शैली उत्तम बनाने के लिए सकारात्मक सोचें। कहने का अभिप्राय है कि किसी भी क्षेत्र में बेहतर करने और बेहतर पाने के लिए सकारात्मक सोचें। सकारात्मक सोच का कोई विकल्प नहीं है। इसका जादू इतना प्रभावी है कि इसकी तुलना किसी दूसरी चीज से नहीं की जा सकती।

हम एक विवेकशील प्राणी हैं और विवेकशील प्राणी होने के नाते यह हमारा कर्त्तव्य है कि हम खुद को जानें। जीवन के विभिन्न आयामों को जानें और यह जानने का प्रयास करें कि जीवन संघर्ष है, खेल है, कला है, आनंद है, अमृत है, अवसर है, सीख है, सुख है या दुःख है, तो कैसे ? इन प्रश्नों का उत्तर जानने के लिए सोचें, ताकि आप खुद और दूसरों को जान सकें। यह जीवन अनमोल और अन्य प्राणियों से श्रेष्ठ है, कैसे ? इसे जानने और समझने के लिए सकारात्मक सोचें। मन चंचल है और मन को काबू में रखने के लिए सतत् अभ्यास की जरूरत है, अन्यथा मौका पाते ही चंचल मन सोच को अस्थिर कर देगा। छोटी-सी असफलता मिलने पर भी चंचल मन आपकी सोच को नकारात्मक बनाकर प्रगति पथ को अवरूद्ध कर देगा। अतः जब भी सोचें, सकारात्मक सोचें।

हम सभी जानते हैं कि जीवन जीने के लिए कर्म करना आवश्यक है। हम क्या करें और क्या नहीं करें, के संदर्भ पर सकारात्मक सोचें ? हमारे कर्म का मूल्य खुद और दूसरों के लिए कितना महत्त्वपूर्ण है, इस संदर्भ पर सोचें। अगर हम उपरोक्त प्रश्नों पर नहीं सोचें और जो मन में आए, वह करें तो सोचना निरर्थक है। ऐसी स्थिति में कार्य की परिणति बेहतर नहीं होती है। कार्य परिणति बेहतर प्राप्त नहीं होने से धन, समय एवं ऊर्जा की बरबादी होती है। अतः कार्य को ससमय एवं उत्कृष्ट रूप में करने के लिए सोचें। अर्जित ज्ञान का बेहतर सदुपयोग करने के लिए सकारात्मक सोचें। हम अन्य प्राणियों से श्रेष्ठ हैं, तो खुद की श्रेष्ठता साबित करने के लिए सोचें।

उपर्युक्त तथ्यों से स्पष्ट है कि अच्छा आदमी बनने, बेहतर जीवन जीने तथा मूल्यों की महत्ता जानने के लिए सकारात्मक सोचें।

प्राय: व्यक्ति की इच्छा धन कमाने की होती है, लेकिन धन कैसे कमाएँ? अर्जित धन की उपयोगिता खुद और दूसरों के लिए कैसे महत्त्वपूर्ण हैं? उसकी सार्थकता कैसे साबित करें? उसका निवेश हम कहाँ और कैसे करें? इत्यादि प्रश्नों पर गंभीरतापूर्वक सोचें। अगर कोई व्यक्ति इन प्रश्नों पर बिना सोचे-विचारे गलत रास्ते पर चलकर धन प्राप्त करने की बात सोचता है, तो दु:खद परिणति भी उसे खुद ही भुगतनी होती है। ठीक इसके विपरीत, जो व्यक्ति कड़ी मेहनत से धन प्राप्त करता है और धन का महत्त्व समझता है। वह अर्जित धन का सदुपयोग बेहतर कार्यों में करते हुए अपनी जिंदगी मजे में जीता है। यह सच्चाई है कि हर व्यक्ति जीवन में सफल होना चाहता है, परंतु सफल कैसे बनें? और प्राप्त सफलता को कैसे बनाए रखें? इस प्रश्न पर विचार नहीं करता। अत: सफल होने तथा सफलता को बनाए रखने के लिए सकारात्मक सोचें और जो भी कार्य करें, सोच-समझकर करें, अन्यथा सफलता प्राप्ति में संदेह बना रहेगा। असफल होने पर आप असफलता के कारणों को दूर करने की सोचें। जो व्यक्ति सफलता के मार्ग में आनेवाली रूकावटों को दूर करते हैं, वे ही जीवन में सफल होते हैं।

हम सभी स्वीकार करते हैं कि यह जीवन सुंदर, अनमोल तथा प्रकृति-प्रदत्त अद्भुत उपहार है। जीवन को सुंदर एवं अनमोल बनाए रखने के लिए सकारात्मक एवं रचनात्मक सोचें, अन्यथा आपका जीवन नरक बन जाएगा। आप दूसरों पर बोझ बन जाएँगें। ध्यान रखें—जीवन सुख है तो दु:ख भी, खेल है तो संघर्ष भी, विष है तो अमृत भी, अवसर है तो दुर्भाग्य भी, खुशी है तो गम भी, समस्या है तो समाधान भी, पहाड़ है तो आनंद का सागर भी। यह आपकी सोच पर निर्भर करता है कि आप उपर्युक्त संदर्भ पर क्या सोचते हैं? और जीवन को किस रूप में स्वीकार करते है? हम खुद की सोच को कितना व्यापक एवं सकारात्मक बनाते हैं? हम खुद को अनमोल कैसे बनाते हैं? इन प्रश्नों पर सोचें और खुद की सोच को सकारात्मक, रचनात्मक एवं व्यापाक बनाएँ। याद रखें, आप जैसा सोचेंगे, वैसा ही जीवन दिखेगा और जैसा दिखेगा, वैसा ही जीवन का निर्माण होगा। कहने का अभिप्राय है कि जीवन के विभिन्न आयामों को जानने तथा जीवन को सुंदर बनाने के लिए सोचें। खुद को जानने और जीवन का औचित्य साकार करने के लिए सोचें। इस दुनिया का हर व्यक्ति सुखद जिंदगी जीना चाहता है और हर व्यक्ति नाम, धन, यश कमाना चाहता

है। वह चाहता है कि उसे लोग जानें-पहचानें और सम्मान दें। आप भी चाहते हैं कि दुनिया आपको जानें-पहचानें, सम्मान करे, तो सकारात्मक सोचें।

उपर्युक्त तथ्यों से स्पष्ट है कि किसी भी संदर्भ पर हमें क्या सोचना है और सोचना है तो क्यों? इस संदर्भ पर हमेशा सकारात्मक सोचें। अगर हम किसी व्यक्ति, विषय या घटना के संदर्भ पर साचेंगे ही नहीं तो कैसे जानेंगे कि क्या अच्छा और क्या बुरा है? क्या सार्थक और क्या निरर्थक है? क्या सही और क्या गलत है? इन सभी बातों को जानने के लिए सोचें। हर व्यक्ति के जीवन में कुछ-न-कुछ घटनाएँ घटित होती हैं। घटित घटना का कारण क्या है? उसके लिए दोषी कौन है? घटित घटना से क्या सीख लेने की जरूरत है? घटित घटना हमें किस स्तर तक प्रभावित करती है? उपर्युक्त प्रश्नों का उत्तर जानने के लिए सोचना जरूरी है। अगर हम खुद और दूसरों के बारे में, कृत्य के बारे में, घटित घटना के बारे में नहीं सोचेंगे, तो कैसे समझेंगे कि हमारा कृत्य सही है या गलत? कृत्य कार्य की परिणति अच्छी है या बुरी? कृत्य की महत्ता व्यक्तिगत है या सामाजिक? कहने का अभिप्राय है कि सही-गलत, अच्छे-बुरे, उचित-अनुचित, धर्म-अधर्म में अंतर समझने के लिए सोचें। खुद को जानने, जीवन के विभिन्न आयामों को समझने, किसी भी क्षेत्र में बेहतर करने तथा खुद का औचित्य साकार करने के लिए जो भी सोचें, सकारात्मक सोचें।

आप गौर करें तो पाएँगे कि हर समस्या का समाधान सकारात्मक सोच है। हर समस्या से बाहर निकलने के लिए सकारात्मक सोचना जरूरी है। सुखद एवं सफल जिंदगी जीने के लिए सकारात्मक सोचना जरूरी है। विपरीत हालात और विकट समस्या से बाहर निकलने के लिए सकारात्मक सोचना जरूरी है। दुःखद हालात से बाहर निकलने के लिए सकारात्मक सोचना जरूरी है। अगर हम विपरीत हालात से बाहर निकलने के लिए नहीं सोचें तो उत्पन्न हालात से बाहर नहीं निकल पाएँगे। दुःखद हालात एवं विकट परिस्थिति से बाहर निकलने के लिए सोचना आवश्यक है। जब हम सोचेंगे ही नहीं तो दुःखद हालात से बाहर नहीं निकल पाएँगे और न ही उत्पन्न हालात का सामना कर पाएँगे।

ध्यान रखें—परिस्थितियाँ कितनी भी बुरी क्यों न हों, आप परिस्थितियों के दास नहीं, स्वामी हैं। आप परिस्थिति को परखें-समझें और हालात से बाहर निकलने के लिए सोचें। जैसे-हम किसी कार्य में असफल होते हैं, तो असफलता के कारणों की पहचान करें। असफलता से सीख लें और उन कारणों को दूर करें। अगर हम असफलता को सफलता में बदलने के लिए नहीं सोचें और दूसरों पर दोषारोपण

करते रहे तो असफलता के भँवरजाल में उलझते चले जाएँगे। उस स्थिति में हम चाहकर भी इससे बाहर नहीं निकल पाएँगे। समस्या दु:ख और दर्द का कारण बन जाएगी। हम सफलता का स्वाद नहीं चख पाएँगे और सदैव तनाव, चिंता, अवसाद में डूबे रहेंगे। सफलता का स्वाद चखने के लिए असफलता के कारणों की समीक्षा करें। उन कारणों को दूर करने की सोचें, अन्यथा असफलता जीवन की नियति बन जाएगी। ध्यान रखें—जो व्यक्ति असफलता के कारणों की समीक्षा करते हैं और यह सोचते हैं कि असफलता से बाहर कैसे निकला जाए, वे असफलता को सफलता में तथा दु:खद हालात को सुखद हालात में बदलने में कामयाब होते हैं।

कहने का अभिप्राय है कि किसी भी क्षेत्र में बेहतर करने, जीवन का औचित्य साकार करने, मूल्यों क़ो जानने और खुद की पहचान स्थापित करने के लिए सकारात्मक सोचें। खुद की अनमोलता एवं श्रेष्ठता साकार करने के लिए सकारात्मक सोचें। अच्छा करने, अच्छा बनने और अच्छा पाने के लिए सोचें, और जो भी सोचें, सकारात्मक सोचें। सकारात्मक सोच का कोई विकल्प नहीं है। जैसे ही आप नकारात्मक सोच को सकारात्मक सोच में बदल लेते हैं, तो सकारात्मक सोच का जादू अपना कमाल दिखाने लगता है। सही मायने में खुद की अलग पहचान बनाने, खुद को अनमोल बनाने, खुद की श्रेष्ठता साबित करने तथा बेहतर पाने के लिए सोचना महत्त्वपूर्ण है। आप सदैव सकारात्मक सोचें और सोच को नई दिशा एवं गति दें, नई उड़ान और नया रूप दें। सोच को व्यापक एवं दूरदर्शी बनाएँ। आप किसी भी संदर्भ पर सदैव सकारात्मक, रचनात्मक एवं व्यापक सोचें।

याद रखें—

"सोचना जीवन की नियति है, परंतु सार्थक, रचनात्मक,
व्यापक एवं दूरदर्शी सोचना जीवन का सार।"

हम किसी विषय या संदर्भ पर क्या सोचें? यह खुद और दूसरों के लिए अति महत्त्वपूर्ण है। हमेशा खुद के बारे में, मूल्यों के बारे में, दुनिया के बारे में, घटित, घटना के बारे में, उत्पन्न हालात के बारे में सकारात्मक और रचनात्मक सोचें। यदि हम उपर्युक्त संदर्भ पर रचनात्मक नहीं सोचते तो सोचना व्यर्थ है। आप खुद और दूसरों के बारे में, उत्पन्न हालात के बारे में क्या सोचते हैं, इससे दूसरे को कोई लेना-देना नहीं है? लेना-देना आपको है कि आप किस संदर्भ पर क्या सोचते हैं? दूसरों को तब लेना-देना होता है, जब आपकी सोच सार्थक, उन्नत, दूरदर्शी एवं व्यापक हो।

हम अच्छी जिंदगी कैसे जीएँ, के संदर्भ पर सोचें। खुद का औचित्य साकार करने के संदर्भ पर सोचें, अच्छे लोगों की संगत करने के संदर्भ पर सोचें, अच्छा माहौल बनाने के बारे में सोचें। पर्यावरण के संरक्षण एवं संवर्धन के बारे में सोचें। दूसरे शब्दों में, हम कह सकते हैं कि सदैव अच्छे लोगों की संगत करें और अच्छी जिंदगी जीने के बारे में सोचें। अच्छे लोगों की संगत कर हम अच्छे व्यक्तित्व का मालिक बनते हैं। रचनात्मक कार्य करने के बारे में सोचते हैं। कृत कार्य का मूल्य समझते हैं और उसकी परिणति एवं प्रभाव की समीक्षा कर खुद की खामियों को दूर करने तथा बेहतर करने की बात सोचते हैं। नतीजा, हम अच्छा आदमी बनने में सफल होते हैं। हमारा कृत्य खुद और दूसरों के लिए कितना मूल्यवान् है, इस संदर्भ पर सोचते हैं तो हम बेहतर आदमी बनते हैं। जब हम कार्य के बारे में सोचेगें-समझेंगे ही नहीं, कार्य की परिणति एवं प्रभाव का विश्लेषण ही नहीं करेंगे, तो कैसे कह सकते हैं कि हमारा कार्य सार्थक एवं मूल्यवान् है? जीवन में बेहतर करने, अच्छा जीवन जीने तथा जीवन का औचित्य साकार करने के लिए सोचना जरूरी है। कहने का अभिप्राय है कि हम खुद के बारे में, कृत्य के बारे में, समय-प्रबंधन के बारे में, परिस्थिति के बारे में सोचें, उत्पन्न हालात तथा सुंदर व्यक्तित्व-निर्माण करने के बारे में सोचें। जीवन-मूल्य, कार्य-मूल्य एवं समय-मूल्य के बारे में सोचें। जीवन का औचित्य साकार करने के बारे में सोचें।

हम क्या सोचें? यह प्रश्न विचारण हेतु अति महत्त्वपूर्ण है। हमारी सोच वैसी हो, जो हमें बेहतर इनसान बनाए, खुद का मूल्य समझाएँ, खुद का औचित्य बताएँ, श्रेष्ठ कर्म करने को प्रेरित करें, खुद की अनमोलता एवं श्रेष्ठता को साकार करने में मदद करें। खुद और दूसरों के लिए आदर्श एवं अनुकरणीय हो। हम सदैव सकारात्मक एवं रचनात्मक सोचें, जिससे खुद और दूसरों का कल्याण हो, नई ऊर्जा एवं गति मिले, दूसरों की भावनाओं का सम्मान और सृष्टि की निरंतरता बनी रहे। हम किसी विषय पर क्या सोचें, इसका निर्णय स्थान, समय और परिस्थिति को ध्यान में रखकर करें, ताकि हमारा सोचना सारगर्भित एवं लोककल्याणकारी हो। मेरे विचार से हम जिस विषय पर सोचें—

सदैव सकारात्मक एवं रचनात्मक सोचें।

(Always think positive and creative)

आप सकारात्मक और रचनात्मक सोचेंगे तो सकारात्मक और रचनात्मक बने रहेंगे। सोचना आपको है और किस विषय पर क्या सोचें, इसका निर्णय भी

आपको लेना है। इसके लिए ईश्वर ने आपको चेतना दी है। आप अपनी चेतना का सदुपयोग बेहतर सोचने में करें। अगर आप सकारात्मक सोचने में अपनी चेतनशक्ति का सदुपयोग नहीं करें तो इसके लिए दूसरा दोषी नहीं है। दोषी आप हैं कि रचनात्मक नहीं सोचते। आप अपनी सोच का विश्लेषण करें कि इसकी परिणति खुद और दूसरों के लिए कितनी महत्त्वपूर्ण है? खुद और दूसरों के लिए कितनी कल्याणकारी है? खुद और दूसरों की दशा सुधारने में कितनी कारगर है? खुद का औचित्य साकार करने में कितनी उपयोगी हैं? उपर्युक्त प्रश्नों पर सोचने की जिम्मेवारी हमारी खुद की है। मैं तो सिर्फ इतना कहुँगा कि आप अपनी चेतन शक्ति का सदुपयोग बेहतर सोचने, सार्थक सोचने, रचनात्मक सोचने, व्यापक सोचने और दूरदर्शी सोचने में करें; ताकि आप किसी विषय पर समुचित निर्णय ले सकें। आप खुद को, परिवार को एवं समाज को नई दिशा एवं गति दे सकें। खुद के लिए बेहतर दुनिया बना सकें और दूसरों के लिए आदर्श एवं उदाहरण बन सकें।

ध्यान रखें—आप किसी व्यक्ति, वस्तु या घटित घटना के संदर्भ पर जितना बेहतर सोचेंगे और जितना बेहतर जानेंगे, उसके प्रभाव की विवेचना जितना सूक्ष्मतापूर्वक करेंगे, उसकी अच्छाई एवं खामियों को जितना बेहतर समझेंगे, उतना ही बेहतर निर्णय लेने में कामयाब होगें। याद रखें—बेहतर निर्णय सफलता का द्वार खोलता है, तो गलत निर्णय असफलता के गर्त में ले जाता है। यदि आप किसी विषय पर बेहतर नहीं सोचते, काल, समय और परिस्थिति को ध्यान में रखकर नहीं सोचते, कृत कार्य की परिणति के बारे में नहीं सोचते, समस्या-समाधान के बारे में नहीं सोचतें, लक्ष्य-निर्धारण एवं प्राप्ति के बारे में नहीं सोचते, आप केवल सपने देखते हैं और सपने को साकार करने के बारे में नहीं सोचते, तो फिर आपका सोचना, निरर्थक एवं औचित्यहीन है। कहने का अभिप्राय है कि आप उपर्युक्त संदर्भ पर सकारात्मक एवं रचनात्मक सोचें, ताकि आपको खुद की सोच पर पछताना न पड़ें।

ख. क्यों सोचें?

हम क्यों सोचें? इस प्रश्न पर गंभीरतापूर्वक विचार करें। यदि इस प्रश्न पर मनन नहीं करते तो सोचना निरर्थक और व्यर्थ है। ऐसी स्थिति में हम सोच को रचनात्मक एवं दूरदर्शी नहीं बना पाएँगे। जब हम स्वयं एवं दूसरों के बारे में नहीं सोचेंगे, अपने अंदर छुपी प्रतिभा के बारे में नहीं सोचेंगे, अपने अंदर अच्छे गुणों को निखारने के बारे में नहीं सोचेंगे, जीवन में बेहतर करने और बेहतर पाने के बारे में नहीं सोचेंगे, जीवन

का औचित्य साकार करने के बारे में नहीं सोचेंगे, तो जीवन में बेहतर कैसे पाएँगे? सदैव बेहतर करने एवं बेहतर पाने के संदर्भ पर सोचें। अगर हम स्वयं के बारे में, कृत कार्य के बारे में नहीं सोचें तो दूसरों को क्या जरूरत पड़ी है कि वे हमारे बारे में सोचें! हम जीवन में कैसे अच्छा करें और खुद की श्रेष्ठता कैसे साबित करें, इसके बारे में हमें सोचना है। आप अच्छा करें और जीवन का औचित्य साकार करें, इसके लिए आपको सोचना है। अगर आप सकारात्मक सोचते और रचनात्मक करते हैं तो बेहतर आप पाते हैं और ऐसा नहीं करते तो खोते आप हैं। अतः हमेशा अच्छा बनने और अच्छा करने की सोचें। हम क्यों सोचें, इस प्रश्न का सहज जवाब है—

- खुद को जानने के लिए सोचें।
- जीवन को सुंदर एवं अनमोल बनाने के लिए सोचें।
- लक्ष्य-निर्धारण एवं प्राप्ति के लिए सोचें।
- सही-गलत, उचित-अनुचित में अंतर समझने के लिए सोचें।
- खुद और दूसरों का मूल्य समझने के लिए सोचें।
- जीवन का औचित्य साकार करने के लिए सोचें।
- जीवन-मूल्य, कर्म-मूल्य एवं समय-मूल्य को जानने के लिए सोचें।
- खुद की अनमोलता एवं श्रेष्ठता साबित करने के लिए सोचें।
- सत्य को जानने के लिए सोचें।
- मन को संयमित एवं नियंत्रित करने के लिए सोचें।
- दूसरों का परोपकार करने के लिए सोचें।
- सत्य, न्याय और धर्म के मार्ग पर चलने के लिए सोचें।
- धर्म, अर्थ, काम और मोक्ष के बारे में सोचें।
- सांसारिक और आध्यात्मिक जगत् के बारे में सोचें।

सोचने से हमारा तात्पर्य किसी खास दिशा में, किसी खास उद्देश्य की प्राप्ति से है। मन को नियंत्रित करने से है, ताकि मन में किसी प्रकार का भटकाव उत्पन्न न हो। सोचना जरूरी है, ताकि हम खुद का औचित्य साकार कर सकें। सोचना जरूरी है, ताकि हम समस्या-समाधान की दिशा में सार्थक प्रयास कर सकें। खुद को जानने, खुद को पहचानने एवं मूल्यों को समझने के लिए सोचना जरूरी हैं। लक्ष्य-निर्धारण एवं जीवन का उद्देश्य समझने के लिए सोचना जरूरी है, ताकि हम निर्धारित लक्ष्य एवं उद्देश्य की प्राप्ति कर दूसरों के लिए आदर्श एवं उदाहरण बन सकें। सोचना जरूरी है, ताकि हम सत्य, असत्य, अर्द्ध सत्य को जान सकें,

अच्छे-बुरे, सही-गलत की पहचान कर सकें, उचित-अनुचित, न्याय-अन्याय का विभेद कर सकें और धर्म के मार्ग पर चलकर खुद की श्रेष्ठता साकार कर सकें। सोचना जरूरी है, ताकि हम क्या करें और क्या नहीं करें, के संदर्भ पर उचित निर्णय ले सकें। उचित-अनुचित का विभेद कर सही-गलत की पहचान कर सकें। उपर्युक्त विश्लेषण से स्पष्ट है कि हम किस संदर्भ पर क्या सोचें और सोचना क्यों जरूरी हैं!

ग. कब सोचें?

दोस्तो! आपने देखा कि हम किसी विषय पर क्या सोचें, क्यों सोचें और सोचना क्यों जरूरी है? परंतु विचारण हेतु महत्त्वपूर्ण प्रश्न यह है कि सोचना जरूरी है तो कब और कैसे? जब गंभीरता पूर्व इस प्रश्न पर विचार करते हैं तो पाते हैं कि समय पर सोचना अति महत्त्वपूर्ण है। समय पर सोचने की सार्थकता है और रचनात्मक सोचना ही शक्ति है। अगर हम किसी विषय पर ससमय नहीं सोचते और समय उपरांत सोचते हैं तो सोचना निरर्थक है। समय एवं ऊर्जा की बरबादी है। अत: जब भी सोचें और जिस विषय पर सोचें, ससमय और सकारात्मक सोचें। समय पर सोचना एवं समय पर कार्य करना खुद और दूसरों के लिए महत्त्वपूर्ण है। अगर हम समय पर नहीं सोचे तो सोचना व्यर्थ है। भले ही हमारी सोच सकारात्मक, रचनात्मक, व्यापक एवं उत्कृष्ट क्यों न हो!

कहने का अभिप्राय है कि हमारी सोच सकारात्मक, रचनात्मक, उत्कृष्ट एवं दूरदर्शी हैं, परंतु हम समय पर नहीं सोचें तो उत्कृष्ट सोच भी बेकार है। इसकी महत्ता तब है, जब हम समय पर सोचें और समय पर इसे मूर्तरूप दें। अगर हम समय पर नहीं सोचें और समय पर सोच को मूर्तरूप नहीं दें तो कृत की परिणति बेहतर नहीं होगी और सफलता प्राप्ति में संशय बना रहेगा। अत: किसी भी संदर्भ पर ससमय सोचें और ससमय सोच को मूर्त रूप दें। जो भी कार्य करें, उसकी सार्थकता पर सोचें, कार्य उपरांत सोचना निरर्थक है। अत: कोई भी निर्णय लेने के पूर्व, किसी भी कार्य को करने के पूर्व, किसी भी मार्ग पर चलने से पूर्व ससमय सोचें। जब आप सोचेंगे ही नहीं तो कार्य को मूर्त रूप कैसे देंगे, सही राह का चयन कैसे करेंगे और समुचित निर्णय कैसे लेंगे? अत: आप जब भी सोचें, समय पर सोचें और सोच-समझकर उचित निर्णय लें। आप इस बात पर मनन करें कि जो कार्य करने जा रहे हैं, उसे करें या नहीं करें? करें तो कब और कैसे करें? आपने जिस राह को चुना है, उस पर विचार करें कि आपकी सोच खुद और दूसरों के लिए कितनी महत्त्वपूर्ण है?

कार्य की परिणति बेहतर हो, इसके लिए समय पर सोचना जरूरी है। हमारी सोच खुद, परिवार एवं समाज को सद्मार्ग पर ले जाएगी या कुमार्ग पर, इस प्रश्न पर सोचना जरूरी है। अगर हम समय पर नहीं सोचते तो सोचना व्यर्थ है। कहने का अभिप्राय है कि किसी भी विषय या संदर्भ पर उचित निर्णय लेने के लिए समय पर सोचें। यदि हम समय पर नहीं सोचते और समय उपरांत सोचते हैं तो हमारी उत्कृष्ट सोच और सही निर्णय भी बेकार साबित होगा। अतः किसी भी संदर्भ पर बेहतर निर्णय लेने और बेहतर पाने के लिए समय पर सोचें। ससमय सोचकर ही हम निम्न प्रश्नों का उत्तर ढूँढ़ सकते हैं—

- क्या हमारी सोच सार्थक एवं सोद्देश्यपूर्ण है ?
- क्या हमारी सोच मानवीय एवं जीवन-मूल्यों पर खरी उतरती है ?
- हमारी सोच सही निर्णय लेने में कितनी कारगर है ?
- क्या हमारा कृत्य खुद और दूसरों को शांति पहुँचता है ?
- क्या हमारा कृत्य, व्यवहार, आचरण खुद और दूसरों के लिए महत्त्वपूर्ण है ?
- क्या हमारा कृत्य समाज एवं राष्ट्र-हित में है ?
- क्या हमारी सोच जीवन का औचित्य साकार करने में सफल है ?

उपर्युक्त प्रश्नों का उत्तर जानने के लिए समय पर सोचना महत्त्वपूर्ण है। अगर आप समय पर सोचते हैं तो आपका निर्णय तार्किक एवं कृत्य उत्कृष्ट होता है। अगर आप समय पर नहीं सोचते या कार्य उपरांत सोचते हैं तो ज्यादा संभावना है कि आपका कृत्य निरर्थक और निर्णय सारहीन हो। ऐसी स्थिति में हम न केवल अपने समय एवं ऊर्जा की बरबादी करते हैं, बल्कि कठिनाइयों के जाल में घिरते चले जाते हैं। अतः निहित धन, समय एवं ऊर्जा की बरबादी न हो, इसके लिए समय पर सोचें और समय पर सोच को मूर्तरूप दें। हम क्या करें और क्या नहीं करें ? किस कार्य को कब और कैसे करें ? किस कार्य को पहले और किसे बाद में करें ? किस संदर्भ पर कब और क्या सोचें ? इन प्रश्नों पर ससमय सोचें। ऐसा करने से आप जीवन में बेहतर करते हैं तथा धन, यश, समृद्धि की प्राप्ति होती है। अगर आप समय पर नहीं सोचते तो कार्य की परिणति बेहतर प्राप्त नहीं होती और व्यर्थ में कीमती समय एवं ऊर्जा की बरबादी होती है।

अतः किसी भी संदर्भ पर ससमय सोचें, खुद के बारे में, कृत्य कार्य के बारे में, ससमय सोचना महत्त्वपूर्ण है, ताकि कार्य की परिणति बेहतर हो। कार्य की परिणति बेहतर होने से लोग आपको जानते और पहचानते हैं। मेरे विचार से आप केवल

अपने बारे में ही नहीं, दूसरों के बारे में भी सोचें। हर कार्य और हर विषय पर ससमय सोचें, ताकि आप जीवन में बेहतर पा सकें। जैसे हम पढ़ना चाहते हैं तो क्यों और कैसे पढ़ें ? पढ़ना क्यों जरूरी है ? हम जो पढ़ना चाहते हैं, उसका औचित्य क्या है ? हमें किस विषय की डिग्री कब और क्यों लेनी चाहिए ? हम जो डिग्री लेना चाहते हैं, उसकी सार्थकता खुद और दूसरों के लिए कितनी महत्त्वपूर्ण है ? इत्यादि प्रश्नों का उत्तर जानने के लिए सोचना महत्त्वपूर्ण है। इससे भी महत्त्वपूर्ण है कि उपर्युक्त प्रश्नों का उत्तर जानने हेतु हम समय पर सोचें और समय पर सोच को मूर्तरूप दें। यदि हम समय पर नहीं सोचते और समय उपरांत सोचते हैं या बिना सोचे कार्य करते हैं तो कार्य की परिणति बेहतर नहीं होती है।

हम किसी विषय या घटना के संदर्भ पर कब सोचें, यह प्रश्न अति महत्त्वपूर्ण एवं विचारणीय है। मेरे विचार से आप किसी व्यक्ति या वस्तु के बारे में, कृत्य-कार्य के बारे में, लक्ष्य-निर्धारण के बारे में, खुद और दूसरों के बारे में, घटित घटना के बारे में समय पर सोचें। समय पर सोचने की सार्थकता है। समय उपरांत सोचना निरर्थक है। धन, ऊर्जा एवं समय की बरबादी करना है। अत: जब भी सोचें, ससमय सोचें। समय उपरांत सोचनेवाला व्यक्ति कुछ भी नहीं कर पाता, जबकि समय पर सोचनेवाला और समय पर कार्य करनेवाला व्यक्ति खुद का इतिहास रच जाता है।

दोस्तो! समय पर सोचने एवं समय पर कार्य करने की सार्थकता है। अगर आप समय पर नहीं सोचते और समय पर कार्य नहीं करते तो कार्य की परिणति बेहतर नहीं होती है। अगर आप कार्य की परिणति बेहतर पाना चाहते हैं तो समय पर सोचें और समय पर कार्य करें। अगर आप समय पर नहीं सोचते और समय पर कार्य नहीं करते तो सोचना निरर्थक है।

जैसे, आप एक अच्छा आदमी बनना चाहते हैं, परंतु समय पर नहीं सोचें कि अच्छा आदमी कैसे बने ? इसके लिए क्या करने की जरूरत है ? इस स्थिति में आप अच्छा आदमी कैसे बन पाएँगे ? कोई व्यक्ति डॉक्टर बनना चाहता है, लेकिन समय पर नहीं सोचें तो क्या फायदा ? अगर कोई व्यक्ति वृद्धावस्था में सफलता की ऊँचाइयों को छूने की योजना बनाता है तो ऐसी योजना निरर्थक है। कोई व्यक्ति पढ़ना चाहता है, परंतु समय पर नहीं सोचता कि क्या पढ़ें, क्यों पढ़ें और कैसे पढ़ें ? 50 वर्ष की उम्र के बाद पढ़ने और स्नातक करने की योजना बनाएँ तो क्या लाभ ? किसी भी कार्य को करने का लाभ तब है, जब आप समय पर सोचें और समय पर करें। अगर आप ससमय नहीं सोचें कि मैं कौन हूँ ? कहाँ से आया हूँ ? क्यों आया

हूँ ? मेरे आने का उद्देश्य क्या है ? जीवन का औचित्य क्या है ? यह जीवन अनमोल है, अवसर है, सीख है, चुनाव है, संघर्ष है, तो कैसे ? यह जीवन रहस्य है या कला, अमृत है या विष, सुख है या दु:ख या कुछ और है ? अगर आप इन प्रश्नों पर नहीं सोचें तो इस अनमोल जीवन की श्रेष्ठता कैसे साकार कर पाएँगे ? आप खुद को जानना चाहते हैं तो उपर्युक्त प्रश्नों पर ससमय सोचें और सोच को ससमय मूर्तरूप दें। यदि आप समय पर नहीं सोचेंगे तो बाद में सोचने से कोई लाभ नहीं।

याद रखें—

समय पर सोचने और समय पर कार्य करने का ही लाभ है।

कहने का अभिप्राय है कि आप किसी भी विषय पर ससमय सोचें। जब आप खुद और दूसरों के बारे में ससमय सोचते और ससमय कार्य करते हैं, तभी आप समझ पाते हैं कि मानव जीवन कितना अनमोल, सुंदर और हसीन है ! अगर आप उपर्युक्त संदर्भ पर ससमय नहीं सोचते तो अनमोल जीवन भी नीरस लगता है। आप समय पर सोचेंगे और समय पर कार्य करेंगे तो खुद का, जीवन का, कार्य का औचित्य साकार कर पाएँगें। आप खुद बेहतर करेंगे और दूसरों को भी बेहतर करने में मदद करेंगे। अन्यथा पश्चाताप करने के सिवाय कुछ भी नहीं मिलेगा। किसी भी कार्य का लाभ हमें कब प्राप्त होता है, जब हम समय पर सोचते एवं समय पर अपने कर्त्तव्यों एवं दायित्वों का निर्वहन करते हैं। अत: किसी विषय-वस्तु के संदर्भ पर ससमय सोचना अति महत्त्वपूर्ण है। इसी संदर्भ पर गोस्वामी तुलसीदास की पंक्तियाँ स्मरणीय हैं—

"का बरखा जब कृषि सुखानी,
समय चूँकि पुनि का पछतानी।"

जैसे आप समय पर खेती नहीं करें या खेती करें तो समय पर खाद-पानी न दें। फसल सूख जाने के उपरांत खाद-पानी देने की बात सोचें तो ऐसी खेती करने से क्या लाभ ? आपने खाद, बीज एवं मजदूरी में जो भी पैसा खर्च किया, वह भी बेकार हो जाएगा। महत्त्वपूर्ण यह है कि आप फसल लगाने के पूर्व खाद-पानी और सुरक्षा की व्यवस्था करें। अगर आप समय पर खेती करते हैं, समय पर खाद-पानी डालते हैं और समय पर फसल-सुरक्षा की व्यवस्था करते हैं तो परिणति अच्छी होती है। अगर आप समय पर खेती नहीं करें या फसल सुरक्षा की बात नहीं सोचे तो कोई लाभ नहीं होगा। कहने का अभिप्राय है कि आप जिस क्षेत्र में कॅरियर बनाना चाहते हैं, उसके बारे में समय पर सोचें और समय पर करें। समय उपरांत सोचने या कार्य करने से कोई लाभ नहीं मिलने वाला है।

उपर्युक्त विश्लेषण से स्पष्ट है कि आप जीवन में जो कुछ भी करना चाहते हैं और जिस क्षेत्र में कॅरियर बनाना चाहते हैं, उस क्षेत्र में बेहतर पाने के लिए समय पर सोचें। समय पर कार्य एवं समय-योजना बनाएँ। समय पर कार्य-योजना को मूर्तरूप दें। कहने का अभिप्राय है कि आप जो भी कार्य करना चाहते हैं, उसके बारे में ससमय सोचें। सोच को समय पर मूर्तरूप देकर ही किसी कार्य को बेहतर कर सकते हैं। इतनी सामर्थ्य एवं क्षमता आपके अंदर है। आप केवल समय पर सोचें और समय पर करें। परंतु आप समय पर नहीं सोचें और समय पर कार्य नहीं करें तो कार्य करने का कोई औचित्य नहीं है। आप किसी भी कार्य को कब और कैसे करें, पहले इसका निर्धारण करें, तदुपरांत कार्य को मूर्त रूप दें। अगर आप किसी संदर्भ पर ससमय और गंभीरतापूर्वक नहीं सोचते और समय पर उसे मूर्त रूप नहीं देते तो केवल खोते हैं। ठीक इसके विपरीत, आप किसी भी कार्य के बारे में, समय पर सोचते और समय पर सोच को मूर्तरूप देते हैं तो बेहतर पाते हैं। अतः बेहतर पाने के लिए समय पर सोचें और समय पर कार्य करें।

आइए, हम इसे एक उदाहरण से समझने का प्रयास करें। राम और मोहन एक ही गाँव में रहते थे। दोनों के माता-पिता ने उन्हें पढ़ने हेतु आवासीय विद्यालय में दाखिला करा दिया। दोनों पढ़ने में तेज भी थे। राम ने सोचा कि माता-पिता ने बड़े अरमान से शहर में पढ़ने के लिए भेजा है, मैं पढ़-लिखकर बड़ा डॉक्टर बनूँगा। लोगों की सेवा करूँगा और धन-यश अर्जित कर माता-पिता का नाम रौशन करूँगा। उसने पढ़ाई का महत्त्व समझा और अच्छे बच्चों से संगत की। मन लगाकर पढ़ना शुरू किया और जी-जान से पढ़ाई में जुट गया। नतीजा, उसने मैट्रिक और उच्च माध्यमिक परीक्षा अच्छे अंक से उत्तीर्ण कर मेडिकल परीक्षा की तैयारी में जुट गया। राम की मेहनत रंग लाई और मेडिकल परीक्षा उत्तीर्ण कर उसने एम.बी.बी.एस. एवं मास्टर इन सर्जरी की डिग्री प्राप्त करने में सफल रहा। तदुपरांत निजी अस्पताल खोलकर रोगियों की सेवा कर शुरू कर दिया। इस कार्य में उसने यथेष्ट नाम, धन एवं यश कमाया। जबकि मोहन ने पढ़ाई का महत्त्व नहीं समझा। उसने सोचा कि यह समय खेलने का है। वह अपना समय खेल-कूद एवं मौज-मस्ती में ज्यादा देता था। नतीजा, वह पढ़ाई में पिछड़ता गया। 18-19 वर्षों के बाद जब उसे इस बात का अहसास हुआ कि वह उम्र खेलने के साथ-साथ पढ़ने की भी थी! मैंने पढ़ाई नहीं कर बहुत बड़ी गलती की है, तब तक समय उसके हाथ से निकल गया था।

आपने उपर्युक्त उदाहरण में देखा कि राम ने समय पर सोचा, तो सफल रहा और मोहन ने समय पर नहीं सोचा तो वह पछताता रहा। यह है सोच का जादू। मेरा भी आपसे अनुरोध है कि किसी विषय-वस्तु या घटना के संदर्भ पर ससमय सोचें और उसे ससमय करें, और जो भी सोचें, सकारात्मक सोचें। समय बीत जाने के उपरांत पश्चाताप करने के सिवाय कोई चारा नहीं रहेगा।

दोस्तो! याद रखें—

"समय पर सोचने एवं समय पर
कार्य करने की परिणति बेहतर होती है।"

आप हर विषय-वस्तु एवं घटना के संदर्भ पर ससमय सोचें। समय पर सोचने वाला व्यक्ति ही जीवन में बेहतर पाता है। जब आप समय पर सोचेंगे ही नहीं तो जीवन में बेहतर पाएँगे कैसे? सगय पर सोचना एवं समय उपरांत सोचना, समय पर कार्य करना और समय उपरांत कार्य करना, दोनों की परिणति में बहुत बड़ा अंतर है। इस अंतर को आप पाट नहीं सकते। जब हमें मालूम है कि समय पर सोचना महत्त्वपूर्ण है और बिना सोचे-समझे बेहतर नहीं कर सकते, तो हम बेहतर क्यों नहीं सोचते? आप हमेशा बेहतर सोचें और समय पर सोचें और समय पर सोचने को जीवन की नियति बनाएँ। जब हम किसी विषय पर ससमय सोचते हैं और ससमय सोच को मूर्त रूप देते हैं तो वह जीवन की उपलब्धि बन जाती है। यह उपलब्धि खुद के लिए गर्व और दूसरों के लिए सीख बन जाती है। हम दूसरों के लिए आदर्श एवं उदाहरण बन जाते हैं। बेहतर परिणति प्राप्त कर हम खुद गौरवान्वित होते हैं और दूसरे हम पर गर्व करते हैं।

घ. कैसा सोचें?

हम किसी व्यक्ति या विषय-वस्तु के संदर्भ पर कैसा सोचें? यह प्रश्न अति महत्त्वपूर्ण एवं विचारणीय है। मेरे विचार से किसी भी विषय-वस्तु के संदर्भ पर हमेशा अच्छा सोचें, सकारात्मक सोचें, रचनात्मक सोचें, व्यापक सोचें और ससमय पर सोचें। सोचने के लिए ही ईश्वर ने दिमाग दिया है। आप काल, समय और परिस्थिति को ध्यान में रखकर सोचें। व्यक्तिगत विकास के साथ-साथ सार्वजनिक मुद्दों को भी ध्यान में रखकर सोचें। केवल अपने कल्याण की नहीं, सर्वकल्याण की सोचें। किसी भी विषय पर उचित निर्णय लेने के लिए सोचें और बिना सोचे-समझे कोई भी निर्णय न लें और न ही कोई काम करें।

कहा भी गया है—

"बिना सोचे जो करे, सो पाछे पछताय।"

अतः खुद के बारे में, दूसरों के बारे में, कृत्य के बारे में, प्रकृति एवं पर्यावरण संरक्षण के बारे में सकारात्मक एवं रचनात्मक सोचें। कहने का अभिप्राय है कि आप जो भी करना चाहते हैं, उसके बारे में उत्कृष्ट सोचें। खुद को बेहतर बनाने के लिए सोचें और किसी भी कार्य को ससमय एवं गुणवत्तापूर्वक संपन्न करने के लिए सोचें। बिना सोचे-समझे कोई भी कार्य न करें। सोच-समझकर कार्य करने से कार्य की गुणवत्ता और परिणति बेहतर होती है। जब आप उपर्युक्त बातों पर रचनात्मक सोचते हैं तो कार्य की परिणति बेहतर होती है। अतः कार्य की परिणति बेहतर हो, इसके बारे में बड़ा सोचें। जैसे, आप पढ़ना चाहते हैं। माता-पिता आपको पढ़ाना भी चाहते हैं। परंतु क्या, क्यों, कब और कैसे पढ़ें? पढ़ने का उद्देश्य एवं औचित्य क्या है? पढ़ना क्यों जरूरी है? इत्यादि प्रश्नों पर गंभीरतापूर्वक नहीं सोचते तो पढ़ना औचित्यहीन बनकर रह जाएगा। कहने का अभिप्राय है कि आप पढ़ने को गंभीरता से नहीं लेंगे, पढ़ाई का महत्त्व नहीं समझेंगे और जैसे-तैसे डिग्री प्राप्त कर लेंगे तो प्राप्त डिग्री का कोई औचित्य नहीं रहेगा। प्राप्त डिग्री खुद और दूसरों के लिए निरर्थक साबित होगा। ठीक इसके विपरीत, आप सोच-समझकर विषय का चयन करते हैं, प्राप्त डिग्री की सार्थकता खुद और दूसरों के कल्याण में लगाते हैं तो पढ़ना सार्थक होता है।

दोस्तो! ध्यान रखें, आपका पढ़ना सार्थक तब है, जब आप सोच-समझकर विषय का चयन करते हैं। अधिक-से-अधिक ज्ञानार्जन करते हैं, पढ़ने का अर्थ एवं औचित्य समझते हैं तो प्राप्त डिग्री की सार्थकता साकार कर खुद को मूल्यवान् बनाते हैं। कहने का अभिप्राय है कि जिन लोगों को मालूम होता है कि जीवन में बेहतर करने के लिए पढ़ना जरूरी है, वे पढ़-लिखकर खुद और दुनिया के बारे में, कृत्य-कार्य के बारे में, लक्ष्य-निर्धारण के बारे में बेहतर सोचते हैं। ज्ञान अर्जन कर खुद का औचित्य साकार करते हैं और नया समाज बनाने में अपना योगदान देते हैं। आप भी पढ़-लिखकर सही-गलत की पहचान कर, उचित-अनुचित, न्याय-अन्याय में विभेद कर सकते हैं। अर्जित ज्ञान का सदुपयोग स्वहित और परहित में कर अपनी अलग पहचान बना सकते हैं। प्राप्त ज्ञान को विवेक में बदलकर खुद की सार्थकता साबित कर सकते हैं। किसी भी विषय पर जितना बेहतर ज्ञान होगा, उतनी व्यापक सोच होगी। व्यापक सोच होने से आपका नजरिया बदलता हैं तथा खुद एवं दूसरों का मूल्य समझ आता है।

याद रखें—

"मूल्य ही नहीं रहेगा, तो जीकर क्या करेंगे!"

आप जानते हैं कि जीवन जीने के लिए, धन एवं सपनों को पूरा करने के लिए कर्म करना आवश्यक है। परंतु हम क्या करें और क्या नहीं करें, के संदर्भ पर नहीं सोचें तो सोचना व्यर्थ है। ऐसी स्थिति में अर्जित धन एवं कर्म व्यर्थ है। उपर्युक्त बातों पर सोचना अति महत्त्वपूर्ण है, ताकि हम अपने सपनों को पूरा कर धन, यश की प्राप्ति कर सकें। खुद की सार्थकता साबित कर सकें, अपनी अलग पहचान बना सकें। परंतु दुःख की बात है कि प्रायः लोग इस विषय पर मनन नहीं करते और जो मन में आता है, वह करते हैं। नतीजा, ऐसे व्यक्ति मेहनत करने के बावजूद भी असफल होते हैं। ठीक इसके विपरीत, जो व्यक्ति जीवन-मूल्य, कर्म-मूल्य एवं समय का मूल्य समझते हैं, वे हर कार्य सोच-समझकर करते हैं और खुद की अलग पहचान बना पाने में सफल होते हैं। ऐसे व्यक्ति कार्य की परिणति और कार्य के प्रभाव की समीक्षा करते हैं। समीक्षोपरांत कार्य की गुणवता में सुधार लाते हैं। कहने का अभिप्राय है कि जो व्यक्ति कार्य के बारे में नहीं सोचते, उनके कार्य की परिणति बेहतर नहीं होती। परिणति प्राप्त भी होती है तो आधी-अधूरी, जिसका कोई औचित्य नहीं होता है। ऐसे व्यक्ति बाद में पछताते हैं और कहते हैं 'काश! मैं भी सोच-समझकर कार्य किया होता तो ये दिन देखने को नहीं मिलते।' अतः आप जो भी कार्य करें, उसके बारे में अच्छा सोचें।

आप कैसा सोचें? इस संदर्भ पर मैं कहूँगा कि आप हमेशा बड़ा सोचें। सकारात्मक, रचनात्मक एवं दूरदर्शी सोचें। जीवन-मूल्य, कर्म-मूल्य एवं समय-मूल्य के बारे में सोचें। आप यह सोचें कि 'कर्म ही धर्म और कर्म ही पूजा है।' 'श्रीमद्‌भागवद् गीता' में भी भगवान् श्रीकृष्ण ने कर्म की प्रधानता को मानव का परम धर्म बताया है। इस पावन ग्रंथ में बताया गया है, 'कर्मण्ये वाधिकारस्ते, माँ फलेषु कदाचन।' 'तुम कर्म करो, फल की चिंता मत करो।' कर्म करना तुम्हारे हाथ में है, फल तुम्हारे हाथ में नहीं है। इसलिए कर्म के बारे में सोचें और निष्काम कर्म करें। आप जैसा सोचेंगे, वैसा करेंगे, और जैसा करेंगे, उसी अनुरूप फल की प्राप्ति होगी। कर्म करने के उपरांत भी मनोनुकूल फल की प्राप्ति नहीं हो, तो भी जीवन से हताश एवं निराश होकर कर्म करना नहीं छोड़ें। कर्म करना ही धर्म और कर्त्तव्य है। फल कब और कैसा मिलेगा, यह आपके अधिकार क्षेत्र में नहीं, लेकिन कर्म करना आपके अधिकार क्षेत्र में है, इसलिए कर्म करें। फल-प्राप्ति के संदर्भ पर कोई

संदेह न करें। यह कर्म का विधान है कि आप जैसा करेंगे, वैसा फल मिलेगा। संत तुलसीदास जी ने भी 'रामचरितमानस' में लिखा है—

'कर्म प्रधान विश्व रचि राखा,
जो जस करहिं, सो तस फल चाखा।'

आप उपर्युक्त पंक्ति से सीख लें और कर्म की उत्कृष्ठता पर सोचें। आप जैसा सोचेंगे, वैसा करेंगे, और जैसा करेंगे, वैसा ही फल चखने को मिलेगा। अगर आपको कर्म के अनुरूप फल नहीं मिलता तो निराश न हों। अपने भाग्य को दोष न दें और न ही दूसरों पर दोषारोपण करें। आप विकल्प खोजें और बेहतर विकल्प यह है कि मनोनुकूल फल की प्राप्ति नहीं होने पर उन कारणों को जानें और उसे दूर करें। गलती से सीख लें और गलती दूर करने की सोचें। तत्पश्चात् दुगने उत्साह एवं दृढ़ इच्छाशक्ति के साथ कर्म में लग जाएँ।

याद रखें, कर्म ही धर्म है और कर्म ही पूजा है। कर्म ही बंधन और मोक्ष प्राप्ति का साधन है। कर्म करना आपका कर्त्तव्य है। आप फल की नहीं, कर्म की चिंता करें। जब आप बेहतर सोचेंगे तो बेहतर करेंगे। कहने का अभिप्राय है कि आप कर्म-मूल्य को जानें एवं निष्काम कर्म करने की सोचें। कार्य करने में समय लगता है और बिना समय दिए कोई कार्य संपन्न नहीं होता। आप समय का मूल्य समझें और समय-प्रबंधन के बारे में बेहतर सोचें। समय का बेहतर प्रबंधन करने से कार्य उत्कृष्ट और समय पर होता है। अतः समय का मूल्य समझें और समय-प्रबंधन के बारे में सोचें।

'जो व्यक्ति समय का मूल्य समझते हैं,
वे ही जीवन में बेहतर पाते हैं।'

अतः समय का समुचित प्रबंधन करने के बारे में सोचें। दोस्तो! हर व्यक्ति सुंदर बनना एवं सुंदर दिखना चाहता है। अतः सुंदर व्यक्तित्व का मालिक बनने के बारे में सोचें। अगर जीवन में उत्कृष्ट करना चाहते हैं तो कृत्य कार्य के बारे में सोचें। आप जब भी सोचें, सकारात्मक, रचनात्मक एवं समय पर सोचें। आप जो भी करें, उत्कृष्ट और ससमय करें। समय पर सकारात्मक सोचने एवं रचनात्मक करने से फायदे-ही-फायदे हैं। आप कैसा सोचें? इस प्रश्न का निराकरण उपर्युक्त विवेचना से हो गया होगा। अभी भी आपके मन में कोई संशय है कि किसी संदर्भ पर कैसा सोचें, तो मैं सिर्फ इतना कहूँगा कि आप सदैव सकारात्मक एवं रचनात्मक सोचें। समय पर सोचने और समय पर कार्य करने की आदत डालें। इससे आपका

व्यक्तित्व निखरेगा और भविष्य सुंदर बनेगा। अभी भी आपके मन में किसी प्रकार का संशय हो कि किसी विषय के संदर्भ पर कब, क्या और कैसा सोचें? तो मेरे विचार से किसी भी संदर्भ पर आप ससमय, उत्कृष्ट एवं रचनात्मक सोचें।

2. सोचना क्यों जरूरी?

आइए, हम विभिन्न विषय के संदर्भ पर यह जानने का प्रयास करें कि सोचना क्यों जरूरी है? और किस विषय पर सोचना जरूरी है? जैसे, क्या हमें खुद और मूल्यों की समझ हैं? क्या हमें मानवीय मूल्यों की समझ है? क्या हम मानवीय मूल्यों पर खरा उतर पा रहे हैं? यह जीवन अनमोल है तो कैसे? हम अन्य प्राणियों से श्रेष्ठ हैं तो कैसे? अगर हम अन्य प्राणियों से श्रेष्ठ है तो इसे कैसे साबित करेंगे? इत्यादि प्रश्नों का उत्तर जानने के लिए सोचना जरूरी है। उपर्युक्त प्रश्नों का उत्तर जानने के लिए सोचने और क्या करने की जरूरत है? विविध मूल्यों को जाननें एवं मूल्यों पर चलने के लिए क्या करने की जरूरत है? इत्यादि प्रश्नों का उत्तर जानने के लिए सोचने की जरूरत है। हम एक चेतनशील प्राणी और अन्य प्राणियों से श्रेष्ठ हैं, तो खुद की श्रेष्ठता साबित करने के लिए क्या करने की जरूरत है? उपर्युक्त प्रश्नों पर सोचना जरूरी है। सही मायने में मानव जीवन अनमोल और अन्य प्राणियों से श्रेष्ठ है तो इसका आधार हमारी सोच है।

याद रखें—

"विचारण-शक्ति का सदुपयोग करके ही हम,
खुद को अनमोल एवं श्रेष्ठ बना सकते हैं।"

खुद की चेतनशक्ति का सदुपयोग सोच बदलने और अपनी क्षमता निखारने में करें। हम एक चेतनशील प्राणी हैं, तो यह जानना महत्त्वपूर्ण है कि इस जीवन का मूल्य क्या है? यह जीवन-मूल्यवान् और अनमोल कैसे है? इस जीवन का उद्देश्य एवं औचित्य क्या है? क्या हम अपने उद्देश्य और औचित्य पर खरा उतर पा रहे हैं? हम अन्य प्राणियों से श्रेष्ठ हैं तो कैसे? इत्यादि प्रश्नों का उत्तर जानने के लिए सोचें और सोच को रचनात्मक, व्यापक एवं उन्नत बनाएँ। हम सोच को उन्नत एवं व्यापक बनाकर ही मानव जीवन का औचित्य एवं सार्थकता साबित कर सकते हैं। यदि हम इन प्रश्नों पर मनन नहीं करें और इसका उत्तर जानने का प्रयास नहीं करें तो कैसे जान पाएँगे कि यह जीवन अनमोल और अन्य प्राणियों से श्रेष्ठ है?

दोस्तो! याद रखें—

"खुद की अनमोलता एवं श्रेष्ठता साबित करने के लिए,
सोच को सकारात्मक, रचनात्मक एवं व्यापक बनाएँ।"

शायद आपको नहीं मालूम, समय ही सबसे कीमती संसाधन है। इस संसाधन का समुचित प्रबंधन करके ही हम खुद को मूल्यवान् और जीवन का औचित्य साकार कर सकते हैं। अतः समय का मूल्य समझने और समय का समुचित प्रबंधन करने के लिए सकारात्मक सोचें। हम समय का समुचित प्रबंधन करके ही खुद और जग का कल्याण कर सकते हैं। जीवन-शैली को सुंदर, आदर्श एवं अनुकरणीय बना सकते हैं। दूसरों के लिए आदर्श एवं उदाहरण बन सकते हैं। बेहतर जीवन जीने और खुद की श्रेष्ठता साबित करने के लिए सकारात्मक और ससमय सोचें। यदि हम समय-प्रबंधन के संदर्भ पर नहीं सोचते हैं तो समय का मूल्य नहीं समझ पाते हैं। व्यर्थ में हम अपना कीमती समय एवं ऊर्जा बरबाद करते हैं। नकारात्मक सोचवाले व्यक्ति को समय की कीमत मालूम नहीं होती और न ही समय-प्रबंधन की कला आती है। ऐसे व्यक्ति को कोई जानने-पहचानने वाला नहीं होता और न ही कोई संगत करने को तैयार होता है। ऐसे व्यक्ति जिस कार्य में हाथ डालते हैं, उन्हें असफलता हाथ लगती है। फलतः वे जिंदगी से हताश एवं निराश रहते हैं। वे कर्म पर नहीं, भाग्य पर विश्वास करते हैं। ठीक इसके विपरीत, जो व्यक्ति समय का मूल्य समझते हैं, वे समय का समुचित प्रबंधन कर जीवन में बेहतर पाते हैं। नतीजा, वे जीवन में सफल होते हैं। अतः समय का मूल्य समझने एवं समय का समुचित प्रबंधन करने हेतु ससमय सोचें।

याद रखें—

"कार्य एवं समय-मूल्य की महत्ता समझनेवाला
व्यक्ति ही जीवन का औचित्य साकार कर पाता है।"

हम खुद और दूसरों के बारे में क्या सोचें? कार्य एवं समय-मूल्य के बारे में क्या सोचें? किसी व्यक्ति या विषय के बारे में क्यों सोचें? घटित घटना या संभावित घटनाओं के बारे में कब सोचें? इत्यादि प्रश्नों का उत्तर जानने के लिए सोचना जरूरी है। ईश्वर ने हमें सोचने-समझने की शक्ति उपर्युक्त प्रश्नों का उत्तर जानने के लिए ही दी है। आप खुद और दुनिया के बारे में, कृत कार्य के बारे में, घटित घटना के बारे में, विविध मूल्यों के बारे में, ससमय सोचें, ताकि आप किसी भी संदर्भ पर समुचित निर्णय ले सकें। सोचना क्यों जरूरी है? इसका सहज जवाब है—खुद को

जानने, खुद को पहचानने और अपने अंदर छिपी शक्तियों को बाहर निकालने के लिए सोचें। साथ ही निम्न प्रश्नों का उत्तर जानने के लिए भी सोचें—

- मैं कौन हूँ?
- कहाँ आया हूँ?
- क्यों आया हूँ?
- हमारे आने का उद्‌देश्य क्या है?
- क्या हम अपने उद्‌देश्य में सफल हो पा रहे हैं?

दोस्तो! याद रखें—

"सोच-समझकर कार्य करने की परिणति सुखद और
बिना सोचे-समझे कार्य की परिणति दुःखद होती है।"

अतः बिना सोच-समझे कोई भी कार्य न करें। अगर बिना सोचे-समझे कार्य करते हैं तो कार्य की परिणति बेहतर नहीं होती। हम खुद की अनमोलता एवं श्रेष्ठता साबित नहीं कर पाते और खुद की चेतनशीलता पर प्रश्नचिह्न खड़ा करते हैं। जैसे-हम सभी जानते हैं कि जीवन जीने के लिए भोजन की नितांत आवश्यकता है। समस्त प्राणी जीवन को बनाए रखने के लिए भोजन भी करते हैं, लेकिन कब, क्या और कैसा भोजन करें? इन प्रश्नों पर विचार नहीं करते। नतीजा, हम विभिन्न बीमारियों को खुद आमंत्रित करते हैं। भोजन गुणवत्तापूर्ण एवं संतुलित नहीं होने के कारण हमारा तन और मन दोनों अस्वस्थ रहते हैं। हमारा मन किसी भी कार्य में नहीं लगता है। हम किसी भी कार्य को बेहतर ढंग से नहीं कर पाते हैं। ठीक इसके विपरीत, जो व्यक्ति सोच-समझकर भोजन करते हैं, उनका तन और मन दोनों स्वस्थ रहते हैं।

याद रहे—किसी भी क्षेत्र में बेहतर करने के लिए स्वस्थ रहना आवश्यक है, इसलिए सोच-विचारकर भोजन करें। अगर आपके पास पर्याप्त भोजन है तो उसे बरबाद न करें, जरूरतमंदों को उपलब्ध करा दें। अगर आप जरूरतमंदों को भोजन नहीं देते और भोजन बरबाद करते हैं तो इसका अभिप्राय है कि आपके अंदर मानवता नहीं है। आपको खुद का मूल्य और भोजन की कीमत मालूम नहीं है। ऐसी स्थिति में आप चेतनशील प्राणी होकर भी पशु सदृश्य हैं। आप यह सोचें कि ईश्वर ने हमें पर्याप्त भोजन दिया है, तो इसका सदुपयोग जन-कल्याण में करें। मेरा भी आपसे अनुरोध है कि आप उपर्युक्त बातों पर गंभीरतापूर्वक सोचें तथा सोच-समझकर निर्णय लें। आइए, इस संदर्भ पर, मैं आपको एक शिक्षाप्रद घटना सुनाता हूँ—

दुनिया के जाने-माने उद्योगपति रतन टाटा ने जीवन में घटित-घटना का ट्वीट करते हुए लोगों को संदेश दिया कि—

"पैसा आपका है, लेकिन संसाधन समाज का है,
आप संसाधन का दुरुपयोग नहीं, सदुपयोग करें।"

इस संदर्भ में उन्होंने जर्मन के हैमबर्ग शहर की एक घटना का उल्लेख करते हुए सोशल मीडिया पर पोस्ट लिखा कि मैं अपनी टीम के साथ हैमबर्ग शहर के एक रेस्टोरेंट में खाना खाने गया। वहाँ देखा कि एक टेबल पर यंग कपल खाना खा रहे थे। उनके टेबल पर मात्र दो प्रकार के व्यंजन और दो बीयर की बोतलें थीं। हम लोगों को लग रहा था कि ऐसा साधारण खाना क्या रोमांटिक हो सकता है? एक दूसरी टेबल पर कुछ औरतें खाना खा रही थीं, जब कोई डिश सर्व की जाती तो वेटर सभी लोगों के प्लेट में खाना डाल देता। परोसा गया खाना समाप्त हो जाने के उपरांत ही वे वेटर को अन्य डिश का ऑर्डर करते थे। मैं और मेरे साथी भूखे थे, और आदत के अनुसार हम लोगों ने बहुत सारे व्यंजनों का ऑर्डर कर दिया। पेट भर जाने के उपरांत भी लगभग एक-तिहाई खाना टेबल पर बच गया। भोजन के बिल का भुगतान कर हम लोग रेस्टोरेंट से बाहर निकल रहे थे, तभी रेस्टोरेंट में खा रही औरतें, जो बहुत नाराज थीं, वे जानना चाह रही थीं, कि हम लोगों ने खाना क्यों बरबाद किया? मेरे साथियों ने कहा—खाने के पैसे हमने चुका दिए हैं। कितना खाया और कितना छोड़ा, इससे आपको क्या लेना-देना है? ऐसा सुनकर औरतें बहुत गुस्से में आ गईं और तुरंत किसी को कॉल किया। कुछ ही देर बाद एक आदमी यूनिफॉर्म में पहुँचा और मामला समझने के बाद 50 यूरो का जुरमाना लगा दिया। हम सभी स्तब्ध थे कि जब हम लोगों ने भोजन का पैसा दे दिया तो जुरमाना किस बात का?

ऑफिसर ने कठोर आवाज में कहा—

"उतना ही ऑर्डर कीजिए, जितना आप खा सकें,
पैसा आपका है, लेकिन संसाधन सोसाइटी का है।"

इस दुनिया में बहुत से ऐसे लोग हैं, जो संसाधनों की कमी का सामना कर रहे हैं। आपके पास संसाधनों को बरबाद करने का कोई कारण नहीं है। विकसित देशों के लोगों का माइंडसेट हमें लज्जित करता है कि उनकी सोच कितनी दूरदर्शी और रचनात्मक है! हमें भी उनकी सोच एवं कृत्य से सीख लेनी चाहिए कि संसाधनों का बेहतर सदुपयोग कैसे करें? निहित संसाधनों का दुरुपयोग कर हम दूसरों को क्या सीख देना चाहते हैं? हम तो ऐसे देश से हैं, जो संसाधनों में बहुत समृद्ध नहीं है। परंतु

हम झूठी शान और दिखावे में संसाधनों का दुरुपयोग करते रहते हैं। अनावश्यक चीजों का ऑर्डर देकर झूठी अमीरी का प्रदर्शन करते हैं। हम दूसरों को दिखाने के चक्कर में बहुत-सी चीजें बरबाद करते हैं। थाली में खाना छोड़ना और फिजूल खर्ची को अपनी शान समझते हैं। सचमुच यह वाकया कितना महत्त्वपूर्ण है! इस वाकया पर हमें गंभीरता से सोचने और सीख लेने की जरूरत है।

आप हर कदम पर सकारात्मक और रचनात्मक रहें। जब भी गलती का अहसास हो, स्वीकार करें और गलती से सीख लें। गलती में सुधार लाएँ और गलत आदतों को छोड़ने के लिए सोच बदलने की जरूरत है। हमें खराब आदतों को छोड़ना और अच्छी आदतों को ग्राह्य करना चाहिए। हमें खुद को बदलने के बारे में गंभीरता से सोचना चाहिए और सकारात्मक एवं रचनात्मक सोच के साथ आगे बढ़ना चाहिए। दोस्तो। कोई भी देश महान् तब बनता है, जब उनके नागरिकों की सोच उन्नत होती है। उसके नागरिक सभ्य एवं सुसंस्कृत होते हैं। खुद और दूसरों के प्रति संवेदनशील तथा हर छोटी-छोटी बातों का खयाल रखते हैं। सोच में निखार लाते हैं, हर घटना से सीख लेते हैं और जो भी कार्य करते हैं, सोच-समझकर करते हैं। वे खुद अच्छा करते हैं और दूसरों को भी आगे बढ़ने में मदद करते हैं।

जैसे भोजन की बरबादी को रोकना, पानी को बचाना, बिजली की फिजूल खर्ची रोकना, सार्वजनिक संपत्ति की सुरक्षा करना, पर्यावरण का संरक्षण एवं संवर्धन करना। ये छोटे-छोटे कदम हैं, जो समाज और राष्ट्र को सुदृढ़ एवं सबल बनाते हैं। कहने का अभिप्राय है कि हम सिर्फ बड़ी-बड़ी उपलब्धियाँ हासिल कर महान् नहीं बन सकते, बल्कि छोटे-छोटे कार्यों को बेहतर ढंग से निष्पादित कर महान् बन सकते हैं। अत: कोई भी कार्य करने से पहले सोचें-समझें और हर कार्य को ससमय एवं उत्कृष्ट रूप में निष्पादित कर समाज एवं देश को आगे बढ़ाने में योगदान दें। खुद की सोच बदलें और हर कार्य सोच-समझकर करें। कार्य के तत्कालीन एवं दूरगामी प्रभाव की विवेचना करें, तत्पश्चात कार्य को मूर्त रूप दें। सोच-समझकर कार्य करने से आपको और समाज, दोनों को लाभ होता है। अत: किसी भी कार्य को ससमय और बेहतर ढंग से करने के लिए सोच बदलें। उपर्युक्त तथ्यों से स्पष्ट है कि खुद को जानने, पहचानने, जीवन में बेहतर करने, संसाधन का सदुपयोग करने, विविध मूल्यों की महत्ता समझने और खुद की अनमोलता एवं श्रेष्ठता साकार करने के लिए सकारात्मक सोचना जरूरी है।

□

2

सोच कैसे बदलें?

विश्लेषण

हम सभी जानते हैं कि सोच ही वह शक्ति है, जिसके सहारे हम जो चाहे कर सकते हैं और जो चाहे, प्राप्त कर सकते हैं। विचारणीय प्रश्न यह है कौन-सी सोच और कैसी सोच? निश्चित रूप से वह सोच, जो हमें सकारात्मक और रचनात्मक रखे, अतिरिक्त ऊर्जा एवं उत्साह का संचार करें, आत्मविश्वास को बढ़ाए, सद्मार्ग पर चलने की शक्ति दे तथा रचनात्मक करने के लिए प्रेरित करें। हमारे उमंग, उत्साह एवं उल्लास को बनाए रखे। जीवन-मूल्य, कर्म-मूल्य एवं समय-मूल्य की महत्ता समझाए। खुद का मूल्य और जीवन का औचित्य समझाए। समय-प्रबंधन की कला और समय के साथ चलना सिखाए। खुद की श्रेष्ठता एवं अनमोलता का अहसास कराए। हर सफलता का मूल स्रोत सोच है। आप भी ऐसी सोच विकसित करें और खुद की सार्थकता एवं जीवन का औचित्य साकार करें। अगर आपकी सोच ऐसी नहीं है और निरर्थक सोचते हैं, तो इसका अभिप्राय है कि आपकी सोच संकीर्ण, संकुचित एवं अदूरदर्शी है। आपकी सोच नकारात्मक है और आप धर्म, सत्य, न्याय और मानवता के विरूद्ध सोचते हैं और मूल्यों के विरूद्ध कार्य करते हैं! तो सोच बदलें! नकारात्मक, अदूरदर्शी एवं संकीर्ण सोच का त्यागकरें और सदैव सकारात्मक सोचें।

याद रखें—

"सकारात्मक सोच का कोई विकल्प नहीं है।"

दोस्तो! बदलाव प्रकृति का नियम और सोच परिवर्तन का स्वरूप है। महत्त्वपूर्ण बिंदु यह है कि हम किस बदलाव को स्वीकार करें और किसे अस्वीकार

करें? इसका निर्णय हम अपनी सोच से तय करते हैं। अतः जीवन में बेहतर करने और बेहतर पाने हेतु सोच बदलें। खुद और दुनिया को बदलने के लिए सोच बदलें। किसी भी विषय पर समुचित निर्णय लेने के लिए सोच बदलें। सोच ही शक्ति है, साहस है, उमंग है, उत्साह है, आनंद है। हर क्रिया का आधार सोच और हर सोच का मूर्त रूप क्रिया है। आप सकारात्मक सोच की महत्ता समझें और इसकी शक्ति को पहचानें। सदैव अच्छा सोचें और अच्छा करें। यही सफल जीवन जीने का मूलमंत्र है। विचारणीय प्रश्न यह है कि अगर हमारी सोच अच्छी नहीं है तो हम अपनी सोच कैसे बदलें? हम अपनी नकारात्मक सोच को सकारात्मक, रचनात्मक एवं उन्नत कैसे बनाएँ? इसके लिए क्या करने की जरूरत है? हमारी सोच की सार्थकता खुद और दूसरों के लिए कितनी महत्त्वपूर्ण है? इत्यादि प्रश्नों पर विचार करने की जरूरत है। जब हम इन प्रश्नों पर विचार करते हैं, तब हमें अच्छे-बुरे का अंतर और महत्त्व समझ आता है।

आप खुद की समीक्षा करें और देखें कि आपकी सोच कितना सकारात्मक, उन्नत, व्यापक, सुसंस्कृत, रचनात्मक एवं दूरदर्शी है? आपकी सोच खुद और दूसरों के लिए कितनी महत्त्वपूर्ण है? अगर आपकी सोच नकारात्मक, संकुचित एवं अदूरदर्शी है तो सोच बदलने की जरूरत है। सोच बदलकर ही आप खुद और दूसरों को बदल सकते हैं। नकारात्मक सोच को सकारात्मक सोच में बदलकर ही कुमार्ग से सुमार्ग पर तथा अधर्म से धर्म के मार्ग पर चल सकते हैं, बुरा से अच्छा बन सकते हैं। सही-गलत में विभेद कर सकते हैं, न्याय-अन्याय में अंतर समझ सकते हैं। असफलता को सफलता में तथा दुर्भाग्य को सौभाग्य में बदल सकते हैं।

कहने का तात्पर्य है कि बेहतर करने और बेहतर पाने के लिए सोच बदलने की जरूरत है। सोच बदलकर ही आप वर्तमान को सुंदर और भविष्य को उज्जवल बना सकते हैं। सोच बदलकर ही निराशा को आशा में, उदासी को खुशहाली में और असफलता को सफलता में बदल सकते हैं। सोच बदलकर ही निम्न व्यक्तित्व को उत्तम व्यक्तित्व में, अशिष्ट व्यवहार को शिष्ट व्यवहार में, बुरी आदतों को अच्छी आदतों में तथा कटु वाणी को मधुर वाणी में बदल सकते हैं। आप भी जीवन में अच्छा करना, अच्छा बनना एवं अच्छा पाना चाहते हैं तो सोच बदलें। खुद का औचित्य साकार करना चाहते हैं तो सोच बदलें। खुद की सोच को उन्नत, व्यापक दूरदर्शी एवं रचनात्मक बनाएँ। कहने का अभिप्राय है कि अच्छा करने, अच्छा बनने एवं अच्छा पाने के लिए सोच बदलने की जरूरत है।

आप जानते हैं कि जीवन में विभिन्न प्रकार की परिस्थितियाँ आती हैं—सुखद, दु:खद, अनुकूल एवं प्रतिकूल। महत्त्वपूर्ण यह है कि हम दु:खद स्थिति को सुखद स्थिति में और प्रतिकूल परिस्थिति को अनुकूल परिस्थिति में कैसे बदलें? परिस्थिति को परखना और विपरीत परिस्थिति से बाहर निकलना हमारी सोच पर निर्भर करता है। अगर हमारी सोच सकारात्मक है तो हम हर समस्या का समाधान ढूँढ़ लेते हैं और विपरीत हालात से बाहर निकलने में सफल होते हैं। ठीक इसके विपरीत यदि हमारी सोच नकारात्मक है तो हम परिस्थिति का रोना रोते हैं। दोस्तो! सोच ही अभिधारित करता है कि क्या अच्छा और क्या बुरा है? क्या सही और क्या गलत है? किस परिस्थिति से क्या सीख लेने की जरूरत है? हम क्या करें और क्या नहीं करें? हम सुंदर व्यक्तित्व के मालिक कैसे बनें? हम समय का प्रबंधन कैसे करें? जीवन का उद्देश्य एवं औचित्य कैसे साकार करें? इत्यादि प्रश्नों का उत्तर जानने के लिए सोच बदलें। आपके मन में जो भी प्रश्न उठ रहे हैं, उसका उत्तर जानने के लिए 'सोच बदलें' और बेहतर सोचें?

सोच बदलने के लिए किन-किन बातों पर ध्यान देने और क्या करने की जरूरत है? सोच का स्वरूप कैसा हो? हम कैसी सोच को अभिधारित करें? खुद का औचित्य साकार करने हेतु क्या सोचें और क्या करें? उपर्युक्त सारे प्रश्नों पर सोचना एवं इसका उत्तर जानना आवश्यक है, अन्यथा हम अपनी सोच नहीं बदल पाएँगे। मेरे विचार से उपर्युक्त प्रश्नों का उत्तर जानने के लिए नकारात्मक सोच से बाहर निकलें और सदैव सकारात्मक सोचें। हम जैसे ही नकारात्मक सोच को सकारात्मक सोच में बदल लेते हैं, हमारे अंदर अतिरिक्त ऊर्जा एवं उत्साह का संचार होने लगता है। नतीजा, हम जीवन में बेहतर करते हैं। अत: किसी भी विषय या घटना के संदर्भ पर जैसे ही हमारे मन में नकारात्मक सोच का अभ्युदय हो, उसका त्यागकरें और नकारात्मक सोच को सकारात्मक सोच में बदलें।

याद रखें—

"खुद और दुनिया को बदलने के लिए,
सोच बदलें एवं रचनात्मक सोचें।"

स्वयं को जानने, पहचानने तथा अपने अंदर छुपी शक्तियों को बाहर निकालने के लिए सोच बदलनी होगी। खुद को नियमित तथा बेहतर जीवन-शैली जीने के लिए सोच बदलनी होगी। अपनी खामियाँ को दूर करने के लिए सोच बदलनी होगी। खुद की अनमोलता एवं श्रेष्ठता को साकार करने के लिए सोच बदलना होगा।

याद रखें—

"बेहतर करने के लिए सोच बदलना होगा तथा
सोच बदलने के लिए खुद को बदलना होगा।"

सोच बदलने के लिए महत्त्वपूर्ण यह है कि खुद को जानें और अपने अंदर छुपी शक्तियों को पहचानें। स्वयं के अंदर निहित बुराई को ढूँढ़ें और उन बुराइयों का त्यागकर, सद्गुणों को धारण करें। खुद का मूल्य समझें और विविध मूल्यों को जानें। जीवन-मूल्य, कर्म-मूल्य एवं समय-मूल्य की महत्ता समझें। जिस क्षेत्र में आप अच्छा करना चाहते हैं, उसके बारे में अधिक-से-अधिक जानकारी हासिल करें। ऐसा करके ही आप अपनी सोच बदल सकते हैं। सोच को सकारात्मक, रचनात्मक एवं दूरदर्शी बना सकते हैं। हर बदलाव का मूल-मंत्र सोच है। अगर आपकी सोच सकारात्मक है तो हर बदलाव में अवसर मिल जाएँगें। अतः किसी भी संदर्भ पर दूर की सोचें, सकारात्मक सोचें, रचनात्मक एवं व्यापक सोचें। कदापि संकीर्ण सोच नहीं रखें, अन्यथा आपकी स्थिति कुएँ के मेढ़क की तरह होगी। आप खुद और दुनिया को नहीं जान पाएँगे और खुद में सिमटकर रह जाएँगे। आप खुद और दुनिया को नहीं समझ पाएँगे और न ही दुनिया का व्यापक रूप देख पाएँगे। संकीर्ण, संकुचित और अदूरदर्शी सोच आपकी अनमोलता पर प्रश्नचिह्न खड़ा करती है। अतः संकीर्ण सोच से बाहर निकलें तथा खुद और दुनिया को बदलें। संकीर्ण सोच का व्यक्ति खुद की दुनिया से बाहर नहीं निकल पाता। अतः बेहतर करने और बेहतर बनने लिए सोच बदलें। खुद और दुनिया को जानने के लिए सोच बदलें और सदैव सकारात्मक एवं रचनात्मक सोचें। जिस व्यक्ति की सोच उन्नत, व्यापक एवं दूरदर्शी होती है, वे खुद की श्रेष्ठता साकार करने में सफल होते हैं। ऐसे लोग ही खुद और दुनिया को बदल पाते हैं।

अतः खुद को सकारात्मक एवं रचनात्मक बनाने के लिए सोच बदलें। खुद और दुनिया को बदलने के लिए सोच बदलें। खुद का इतिहास रचने के लिए सोच बदलें। खुद की दृष्टि बदलने के लिए सोच बदलें। खुद को दृष्टा बनने के लिए सोच बदलें। दुःख को सुख में, असफलता को सफलता में तथा प्रतिकूल हालात को अनुकूल हालात में बदलने के लिए सोच बदलें। बिना सोच बदले आप खुद को नहीं बदल सकते और न ही जीवन में बेहतर कर सकते हैं। अतः खुद को, दूसरों को और दुनिया को बदलने के लिए सोच बदलें। इस दुनिया में आप जो भी बदलाव देख रहे हैं, खुद में, दूसरों में, प्रकृति में हो रहे समस्त बदलाव सोच का ही नतीजा हैं।

आप प्रकृति में या दुनिया में हो रहे बदलाव पर गौर करें तो पाएँगे कि विभिन्न क्षेत्रों में प्रगति का जो इतिहास रचा जा रहा है, वह सब किसी-न-किसी व्यक्ति की सोच का कमाल है। जिन लोगों ने सोच बदला और खुद को सकारात्मक बनाए रखा, उन्हें जीवन सुंदर, सौभाग्य, अवसर एवं अनमोल दिखता है। ठीक इसके विपरीत जिन व्यक्तियों ने अपनी सोच नहीं बदली और नकारात्मक बने रहे, उन्हें अनमोल जीवन दुर्भाग्य दिखता है, श्रेष्ठ जीवन तुच्छ लगता है। अत: किसी भी व्यक्ति, वस्तु या प्रकृति में निहित सुंदरता को देखने के लिए सोच बदलें।

आपने देखा या सुना होगा कि कुछ व्यक्ति कम उम्र में ही नई खोज एवं आविष्कार कर दूसरों को अचंभित कर जाते हैं। कोई बहुत बड़ा संगीतकार, गीतकार एवं लेखक बन जाता है और कोई व्यक्ति कम उम्र में ही असभंव को संभव कर जाता है। कोई ताउम्र, कुछ भी बेहतर नहीं कर पाता। कोई असंभव को संभव कर जाता है और कोई संभव को भी संभव नहीं कर पाता। इस अंतर का मुख्य कारण सोच है। जिन व्यक्तियों ने अपनी सोच बदली, खुद को सकारात्मक बनाया और नकारात्मक सोच को सकारात्मक रूप दिया, वे असंभव को संभव कर गए। ठीक इसके विपरीत, जिन व्यक्तियों ने अपनी सोच नहीं बदली और नकारात्मक सोच में उलझे रहें, वे जैसे के तैसे रह गए। ऐसे व्यक्ति को कोई जानने-पहचानने और याद करनेवाला नहीं होता। यदि आप चाहते हैं कि लोग आपको जानें-पहचानें और याद रखे तो सोच बदलें। क्या आप नहीं चाहते कि दुनिया आपको जानें-पहचानें और आपको याद रखे? यदि आप ऐसा चाहते हैं तो सोच बदलें। सचमुच आप अपनी पहचान आम नहीं, खास बनना चाहते हैं तो सोच बदलें।

आप खुद और दुनिया को बदलना चाहते हैं तो सोच बदलें। आम से खास बनना चाहते हैं तो सोच बदलें, कुछ नया करना चाहते हैं तो सोच बदलें। खुद का इतिहास लिखना चाहते हैं, तो सोच बदलें। बेहतर करना और बेहतर पाना चाहते हैं तो सोच बदलें। सोच बदलने के लिए अच्छे लोगों की संगत करें। खुद को सकारात्मक बनाएँ और अधिक-से-अधिक जानकारी प्राप्त करें। व्यक्तित्व-निर्माण पर ध्यान दें तथा सद्गुणों को धारण करें। गलती से सीख लें और खामियों को दूर करें। अधिक-से-अधिक ज्ञान अर्जन करें तथा अर्जित ज्ञान को विवेक में बदलें। परिस्थिति को परखें-समझें और उत्पन्न हालात से सीख लें। सफल एवं अनुभवी व्यक्ति से सीख लें तथा अर्जित ज्ञान का सदुपयोग रचनात्मक कार्यों में करें। स्वयं के बारे में जानें और इतिहास से सीख लें। स्वयं एवं दूसरों का मूल्य समझें और जिंदगी

जीने की कला सीखें। कार्य एवं समय-प्रबंधन की योजना बनाएँ और परिस्थितियों की उलझन में उलझने की बजाय, हालात से बाहर निकलने की सोच रखें। सीखने को जीवन की नियति बनाएँ तथा प्रकृति में स्थित हर प्राणी और हर वस्तु से सीख लें। आप उपर्युक्त बातों को आत्मसात् करके ही सोच में बदलाव ला सकते हैं।

सोच बदलने के कारगर उपाय

आइए, हम सोच बदलने के उपाय की चर्चा करें। हम सोच कैसे बदलें? सोच बदलने के लिए हमें क्या करने और किन-किन बातों पर ध्यान देने की जरूरत है? कैसे परिवेश में रहने और कैसे लोगों से संगत करने की जरूरत है? अगर हम उपर्युक्त प्रश्नों पर विचार करें तो पाते हैं कि सोच बदलने के लिए निम्न बातों को जानने और जीवन में आत्मसात् करने की जरूरत है—

- खुद को जानें।
- खुद का मूल्य समझें।
- खुद का नजरिया बदलें।
- अच्छे लोगों की संगत करें।
- ज्ञान-अर्जन करें।
- ज्ञान को विवेक में बदलें।
- व्यक्तित्व-निर्माण पर ध्यान दें।
- परिस्थितियों से सीख लें।
- इतिहास से सीख लें।
- समय-प्रबंधन का गुढ़ सीखें।
- प्रकृति से सीख लें।
- मूल्यवान् बनें।
- गलती से सीख लें, और
- खुद को सकारात्मक बनाएँ।

1. खुद को जानें

सोच बदलने के लिए महत्त्वपूर्ण है कि हम खुद को जानें और खुद को पहचानें। मैं कौन हूँ? कहाँ आया हूँ? क्यों आया हूँ? हमारे आने का उद्‌देश्य एवं औचित्य क्या है? इन प्रश्नों का उत्तर ढूँढ़ें और इस अनमोल जीवन का मूल्य समझें।

खुद के अंदर छुपी शक्तियों को बाहर निकालें और निहित शक्तियों की परीक्षा लें। जिस दिन आप यह जान लेंगे कि यह जीवन अनमोल एवं श्रेष्ठ है, आप सफल हो जाएँगे। आपके अंदर अपरिमित शक्ति एवं विविध गुण छुपे हैं, जिसकी पहचानकर आप कुछ भी कर सकते हैं। इसके लिए आप नकारात्मक सोच को सकारात्मक सोच में बदलें। जब आप सकारात्मक सोचेंगे, तो आपके देखने, समझने और कार्य करने का नजरिया बदल जाएगा। आप बेहतर सोचेंगे और बेहतर करेंगे।

खुद को जानने के लिए सोच बदलें। खुद की श्रेष्ठता साबित करने के लिए खुद पर विश्वास करें। सदैव बेहतर सोचें और बेहतर करें। खुद को जानने के लिए खुद के कृत्य, व्यवहार एवं आचरण की समीक्षा करें और समीक्षा उपरांत जो खामियाँ दिखाई दें, उन्हें दूर करें। निहित अवगुणों का त्याग करें तथा सद्गुणों को धारण करें। जीवन-शैली में सुधार लाएँ। हमारे महापुरुषों ने ठीक ही कहा है—"दूसरों की खामियाँ ढूँढ़ने से बेहतर है, खुद की खामियों को ढूँढ़ना। दूसरों को जानने से बेहतर है, खुद को जानना और दूसरों को पढ़ने से बेहतर है, खुद को पढ़ना।" जिस दिन आप खुद को जान लेंगे, खुद को पढ़ लेंगे, खुद को समझ लेंगे और खुद की खामियों को दूर कर लेंगे, उस दिन से आपकी सोच में व्यापक बदलाव आएगा। आपकी सोच सकारात्मक, रचनात्मक और दूरदर्शी बन जाएगी। आप दूसरों से अलग सोचेंगे और अलग करेंगे। नतीजा, आप आम से खास बन जाएँगे और आपके कदम महानता की राह पर चल निकलेंगे।

याद रखें—दूसरों को सुनने से बेहतर है, खुद को सुनना और दूसरों को समझने से बेहतर है, खुद को समझना। आप दूसरे की नहीं, अंतरात्मा की आवाज सुनें। यह आपको बेहतर सोचने के लिए प्रेरित करेगी। दूसरों को देखने के पूर्व खुद को देखें कि आप अपने आज को कितना सुंदर बना पाए? दूसरों की बुराई देखने से बेहतर है कि खुद की बुराई देखें और उन बुराइयों का दूर करें। दूसरों को जानने से बेहतर खुद को जानना और पहचानना है। जिस दिन आप खुद को जान और पहचान लेंगे, आपके अंदर स्थित दिव्य ज्योति के दर्शन होंगे। आपका आत्मविश्वास जाग उठेगा और आपको खुद पर विश्वास होने लगेगा। ऐसे कृत्य से आपकी सोच में व्यापक बदलाव आएगा तथा आपके देखने एवं कार्य करने का नजरिया बदल जाएगा। आप हर कार्य पूरी उमंग, उत्साह, उल्लास, आनंद एवं मनोयोग से करेंगे। नतीजा, आप जीवन में बेहतर करेंगे और बेहतर पाएँगे।

अतः सोच बदलने के लिए खुद को जानें, खुद को पहचानें और खुद पर

विश्वास रखें। आप ईश्वर की अनुपम कृति हैं। आपका मूल्य अमूल्य है। आप साधारण नहीं, असाधारण हैं। आप दूसरों से अलग एवं विशिष्ट हैं। आपके अंदर अपरिमित शक्ति एवं गुण छिपे हैं, जिसे जानकर-पहचानकर और छिपी शक्तियों को बाहर निकाल खुद की सार्थकता साबित कर सकते हैं। सचमुच आप कुछ अलग सोचना एवं अलग करना चाहते हैं, खुद को विशिष्ट और सुंदर बनाना चाहते हैं, तो खुद को जानें। आप उस परमपिता परमेश्वर के अंश हैं, जिनके अंदर दिव्य ज्ञान, दिव्य प्रकाश, अपरिमित ऊर्जा एवं अपरिमित शक्ति छिपी है। जिसका दर्शन कर आप खुद को विराट् एवं वैभवशाली बना सकते हैं। आप दिव्य ज्ञान एवं प्रकाश की प्राप्ति कर खुद को जान सकते हैं। इतनी क्षमता आपके अंदर है, आप खुद को जानें और अपनी शक्तियों को पहचानें। निहित गुणों को निखारें और स्वयं के अंदर स्थित दिव्य ज्योति का दर्शन करें। आप ऐसा कर खुद को क्या, पूरी दुनिया को प्रकाशित कर सकते हैं।

सोच बदलने के लिए खुद को जानना और खुद को पहचानना जरूरी है। दोनों एक-दूसरे से पूरक हैं। आप खुद को जानकर सोच बदल सकते हैं तथा सोच बदलकर स्वयं को जान सकते हैं। हम स्वयं को जानकर ही दूसरों को जान सकते हैं। दूसरों का मूल्य समझ सकते है। स्वयं को जानना ही आत्मज्ञान है। हम आत्म तत्त्व को जानकर ही परम ब्रह्म को जान सकते हैं। स्वयं को जानकर ही सोच बदल सकते हैं। आप सदैव यह सोचें कि मैं यहाँ क्यों आया हूँ ? मुझे यह अनमोल जीवन क्यों मिला है ? मेरे आने का उद्‌देश्य क्या है ? मेरे जीने की सार्थकता क्या है ? जिस दिन आप इन प्रश्नों पर सोचना शुरू कर देंगे और इसका उत्तर जान जाएँगे, आपके सोच की दिशा एवं दशा बदल जाएगी।

शायद आपको नहीं मालूम—यह जीवन अद्‌भुत, अनमोल एवं सुंदर है। इसके अंदर सोचने, समझने, निर्णय लेने और कुछ कर दिखाने की अपरिमित शक्ति है। इन शक्तियों की पहचान कर आप कुछ भी कर सकते हैं, परंतु आपको इन शक्तियों की जानकारी नहीं हैं। आप भ्रम और अज्ञानता में खोए हुए हैं। आपको खुद तथा ईश्वर प्रदत्त शक्तियों पर विश्वास नहीं है और अँधेरे में भटक रहे हैं। अज्ञान से ज्ञान में जाने के लिए सोच बदलें। अविश्वास को विश्वास में बदलने के लिए सोच बदलें। जिस दिन आप स्वयं को जान लेंगे, अपने अंदर छुपी शक्तियाँ को पहचान लेंगे, निहित गुणों को निखार लेंगे। आपको इस अनमोल जीवन का मूल्य समझ में आ जाएगा। उस स्थिति में आपको यह जीवन साधारण नहीं, असाधारण दिखेगा। आनंद, उत्सव और ऐश्वर्य का सागर दिखेगा। आप खुद की अनमोलता एवं श्रेष्ठता साबित करने

में सफल होंगे। आपके कार्य की परिणति उत्कृष्ट होगी तथा आपको सुख-शांति, धन एवं यश की प्राप्ति होगी। दुनिया आपको जानने एवं पहचानने लगेगी। नतीजा, आप आम से खास बन जाएँगे।

मेरा भी आपसे अनुरोध है कि आप संकीर्ण सोच को व्यापक बनाना चाहते हैं खुद की अनमोलता एवं श्रेष्ठता साकार करना चाहते हैं, तो सोच बदलें। खुद की नकारात्मकता से बाहर निकलें और खुद को सकारात्मक बनाएँ। अगर ऐसा नहीं करेंगे तो कैसे समझ पाएँगे कि यह जीवन अनमोल, सुंदर और अन्य प्राणियों से श्रेष्ठ है? आपकी सोच ही आपको अलग पहचान दिलाती है और अन्य प्राणियों से श्रेष्ठ बनाती है। नतीजा आप खुद और दुनिया को समझ पाते हैं। जीवन के विभिन्न आयामों जैसे-जीवन खेल है, सीख है, संघर्ष है, आनंद है, अमृत है, विष है, स्वर्ग है या नरक आदि बातों का मर्म जान पाते हैं। दोस्तो! यह शरीर नश्वर और आत्मा शाश्वत है। इस सत्य का बोध सोच ही कराता है और जिसे यह बोध होता है, वही आत्मज्ञानी है।

जीवन के विभिन्न आयामों को जानने और समझने के लिए सोच बदलने की जरूरत है। सोच बदलने के लिए खुद को पहचानने की जरूरत है। अपने अंदर छुपी शक्तियों को जानने की जरूरत है, जिस दिन आप स्वयं को जान लेंगे, आपके सोच की दिशा एवं दशा बदल जाएगी। आप सोच बदलकर ही खुद एवं दुनिया को जान पाएँगे और खुद को जानकर ही सोच में निखार ला पाएँगे। अतः खुद और दुनिया को जानने के लिए सोच बदलें। अगर आप खुद एवं दूसरों के बारे में नहीं सोचेंगे, खुद का मूल्य नहीं समझेंगे तो कैसे समझेंगे कि दुनिया सुंदर और जीवन अनमोल है? खुद और दुनिया को जानने के लिए सोच बदलना होगा तथा सोच बदलने के लिए स्वयं को जानना होगा।

ध्यान रखें—जैसे ही आप सोच बदल लेते हैं, अर्थात् नकारात्मक सोच को सकारात्मक सोच में बदल लेते हैं, आपके अंदर सकारात्मक ऊर्जा सक्रिय हो जाती है और समस्त क्रियाएँ रचनात्मक दिशा में कार्य करने लगती हैं। आपके देखने, समझने और कार्य करने का नजरिया बदल जाता है। आपकी दृष्टि में द्रष्टा का गुण आ जाता है और किसी भी विषय पर आप दूर की सोचने लगते हैं। जैसे ही आप दूर की सोचने लगते हैं, आपके देखने और सुनने का नजरिया बदल जाता है।

आप अद्वितीय एवं अनमोल हैं। दूसरों से अलग, विशिष्ट और मूल्यवान् हैं। आप खुद का मूल्य समझें। जिस दिन आप खुद का मूल्य समझ जाएँगे, आपके सोच की दिशा बदल जाएगी। जो व्यक्ति खुद को जानते और खुद का मूल्य समझते

हैं, वे ही दूसरों का मूल्य समझ पाते हैं। आप भी मूल्यों को जानें और मूल्यों को समझें। कीमत (Price) और मूल्य (Values) में बहुत बड़ा अंतर है, इस अंतर को समझें। किसी वस्तु की कीमत उसकी उपयोगिता एवं माँग के अनुरूप होती है। किसी वस्तु की कीमत माँग घटने पर कम और बढ़ने पर ज्यादा हो सकती है, परंतु उसका मूल्य शाश्वत रहता है। किसी भी वस्तु का मूल्य उसकी सार्थकता और उसकी सोच पर निर्भर करता है। किसी भी परिस्थिति में, व्यक्ति या वस्तु का मूल्य नहीं बदलता, परंतु इस जगत् में मनुष्य ही एक ऐसा प्राणी है, जिसकी कोई कीमत नहीं, सिर्फ मूल्य होता है।

अगर आपको मूल्य और कीमत में अंतर नहीं मालूम है, इसका मतलब है कि आप नकारात्मक सोच से ग्रसित हैं। आप इस अंतर को समझने के लिए सोच बदलें। प्रायः लोगों को मूल्य और कीमत में अंतर मालूम नहीं होता, इसलिए वे हर वस्तु की कीमत लगाते हैं और हर चीज पैसे से खरीदना चाहते हैं। ऐसे लोगों की सोच घटिया होती है। उन्हें यह समझ नहीं होती कि कोई वस्तु कीमती है तो यह जरूरी नहीं कि वह मूल्यवान् हो, लेकिन कोई वस्तु मूल्यवान् है तो वह कीमती भी होगी, इसमें कोई संदेह नहीं है, जैसे-हीरा। यह समस्त वस्तुओं में सबसे ज्यादा कीमती है, लेकिन सबसे मूल्यवान् नहीं हो सकता। यह निर्जीव है और इसके पास कोई संवेदना नहीं होती और न ही सोचने-समझने की क्षमता होती है। इस कीमती पत्थर का सदुपयोग मानव अपनी सोच के अनुरूप करता है और सोच के अनुरूप उसके मूल्य में संवर्धन करता है।

याद रखें—

"इस दुनिया में मनुष्य ही एक ऐसा प्राणी है,
जिसकी कोई कीमत नहीं, सिर्फ मूल्य होता है।"

इस जगत् का सबसे मूल्यवान् प्राणी मानव है। इसका कारण है कि उसे सोचने-समझने की शक्ति प्राप्त है। उसके अंदर संवेदना है, भावना है और निर्णय लेने की क्षमता है। सही-गलत में विभेद करने की क्षमता है। उचित-अनुचित, न्याय-अन्याय, धर्म-अधर्म, पाप-पुण्य में अंतर समझ वह अपनी राह खुद बना सकता है। इसके अंदर मूल्य ही मूल्य हैं और गुणों का खान है। आप खुद का मूल्य समझें और खुद को मूल्यवान् बनाएँ इसके लिए सोच बदलें।

याद रखें—आप वस्तु की कीमत लगा सकते हैं, परंतु गुणों की कीमत नहीं लगा सकते हैं। आप किसी व्यक्ति द्वारा दिए गए समय की कीमत लगा सकते

हैं। लेकिन उसकी भावनाओं और संवेदनाओं की कीमत नहीं लगा सकते। इस अंतर को समझने के लिए सोच बदलें तथा खुद और दूसरों का मूल्य समझें। आप किसी व्यक्ति की कीमत नहीं, उसका मूल्य समझें। जैसे-चरित्र, ईमानदारी, निष्ठा, समर्पण, यह कोई वस्तु नहीं है कि आप इसकी कीमत लगाएँ। गुणों की कोई कीमत नहीं होती और गुण आपका कृत्य, व्यवहार, व्यक्तित्व एवं चरित्र है। यदि कोई व्यक्ति किसी के चरित्र एवं ईमानदारी की कीमत लगाता है, इसका अभिप्राय है कि वह खुद बिकाऊ है और उसकी सोच घटिया और अदूरदर्शी है। सचमुच आप बिकना नहीं, खुद का मूल्य समझना चाहते हैं, तो सोच बदलें और सोच बदलने के लिए खुद का मूल्य समझें।

आप गहनतापूर्वक सोचें तो पाएँगे कि किसी भी वस्तु की कीमत नहीं, उसका मूल्य महत्त्वपूर्ण है। आप मूल्यों की महत्ता समझकर सोच बदल सकते हैं और सोच बदलकर खुद को मूल्यवान् बना सकते हैं। दुनिया को जानने तथा दूसरों का मूल्य समझने के लिए खुद का मूल्य समझना होगा। खुद का मूल्य समझे बिना, आप दूसरों का मूल्य नहीं समझ सकते हैं। अतः स्वयं को जानने तथा दूसरों का मूल्य समझने के लिए सोच बदलें। दूसरे शब्दों में, हम कह सकते हैं कि जिस दिन आप खुद और दूसरों का मूल्य समझ जाएँगे, उस दिन आपके सोचने का ढंग और देखने का नजरिया बदल जाएगा। दूसरों शब्दों में, हम कह सकते हैं कि जैसे ही हम अपनी सोच को सकारात्मक बना लेते हैं, हमें खुद और दूसरों का मूल्य समझ में आने लगता है।

उदाहरण के तौर पर, आप समाज में रह रहे लोगों को देखें। एक ही समाज में रहनेवाले लोगों में से कुछ का व्यक्तित्व और जीवन-शैली सुंदर होती है। वैसे लोग जीवन में बेहतर करते और बेहतर पाते हैं, जबकि अधिकांश लोग केवल देखते रह जाते हैं। इसका प्रमुख कारण सोच नहीं बदलना और नकारात्मक सोच में उलझे रहना है। खुद और दूसरों का मूल्य नहीं समझना है। जिन लोगों ने खुद और दूसरों का मूल्य समझा, खुद को जाना-पहचाना, वे सोच बदलने में कामयाब रहें। ऐसे लोग अपना हर कार्य ससमय और उत्कृष्ट रूप में निष्पादित करने में सफल होते हैं। आप भी खुद का मूल्य, कार्य का मूल्य एवं समय का मूल्य समझें। खुद का मूल्य समझने और खुद को मूल्यवान् बनाने के लिए सोच बदलें।

मूल्यवान् व्यक्ति की सोच 'खुद बेहतर करें और दूसरें भी बेहतर करें,' की होती है। उनकी नजर में खुद का औचित्य साकार करना ही जीवन का उद्देश्य है।

इन उद्देश्यों की प्राप्ति हेतु वे खुद और दूसरों का मूल्य समझते हैं। वे अपनी सोच को व्यापक एवं दूरदर्शी बनाकर सदैव दूसरों के परोपकार में लगे रहते हैं। ठीक इसके विपरीत, जो व्यक्ति अपनी सोच में बदलाव नहीं लाते, उन्हें कार्य एवं समय-मूल्य की समझ नहीं होती है। यही कारण है कि उनके सामने से कीमती समय एवं अवसर निकल जाता है, परंतु उन्हें अवसर दिखाई नहीं देता। नतीजा, वे आम से खास नहीं बन पाते हैं। आप आम नहीं, खास बनना चाहते हैं तो सोच बदलें, खुद का मूल्य समझें और खुद को मूल्यवान् बनाएँ।

व्यक्तित्व-निर्माण पर ध्यान दें

सोच बदलने के लिए व्यक्तित्व-निर्माण पर शुरू से ही ध्यान देने की जरूरत है। इसके लिए व्यक्तित्व में निहित गुणों और अवगुणों की समीक्षा करें और समीक्षोपरांत निहित खामियों को दूर करें। जैसे ही आप अपनी खामियों को दूर कर अच्छी आदतों को ग्राह्य कर लेते हैं, आपका व्यक्तित्व सुंदर हो जाता है। आपकी जीवन-शैली, भाषा और व्यवहार बदल जाता है। दूसरे आपकी प्रशंसा करते हैं। प्रशंसा पाने पर आप और अच्छा करने का प्रयास करते हैं। कहने का अभिप्राय है कि जिस व्यक्ति की सोच सकारात्मक होती है, उनका व्यक्तित्व सुंदर एवं उन्नत होता है। ठीक इसके विपरीत, जिस व्यक्ति की सोच घटिया होती है, उसके रहने, बोलने और चलने का ढंग घटिया होता है। उसका व्यक्तित्व निम्न होता है। यही कारण है कि एक ही परिवेश में रहनेवाले व्यक्तियों की सोच अलग-अलग होने के कारण उनका व्यक्तित्व भी अलग-अलग होता है।

कहने का अभिप्राय है कि जिस व्यक्ति की सोच जैसी होती है, उसी अनुरूप उसका व्यक्तित्व होता है। आप भी ऊँचे व्यक्तित्व का मालिक बनना चाहते हैं, तो सोच बदलें। व्यक्तित्व-निर्माण के लिए सकारात्मक सोचने और रचनात्मक करने की जरूरत है। किसी भी व्यक्ति का व्यक्तित्व उसकी सोच एवं संगत पर निर्भर करता है। जैसी सोच एवं संगत होती है, उसी अनुरूप उसका व्यक्तित्व होता है। अतः व्यक्तित्व-निर्माण के लिए सोच बदलें। जैसे ही आप व्यक्तित्व को सुंदर बनाने की बात सोचते हैं और उस दिशा में प्रयास करते हैं, आपके सोचने का ढंग बदल जाता है। आपकी सोच व्यापक, रचनात्मक एवं दूरदर्शी तथा देखने और कार्य करने का नजरिया बदल जाता है। आप हर कार्य ससमय और उत्कृष्ट ढंग से करने की बात सोचते हैं। सोच बदलने के लिए खुद को बदलें और जिंदगी जीने

की कला सीखें, जीवन-शैली को सुंदर बनाएँ, सोच में निखार लाएँ और सोच को उत्तम बनाएँ। सोच में निखार लाए बिना आप अच्छे व्यक्तित्व के मालिक नहीं बन सकते। अच्छे व्यक्तित्व का मालिक बनने के लिए सोच बदलने तथा व्यक्तित्व में अच्छे गुणों को समाहित करने की जरूरत है। किसी भी व्यक्ति की पहचान उसके धन-दौलत से नहीं, व्यक्तित्व से होती है। जैसी उसकी सोच होती है, वैसा ही व्यक्तित्व, अर्थात् उत्तम सोच-उत्तम व्यक्तित्व और निम्न सोच-निम्न व्यक्तित्व। आप नकारात्मक सोच से बाहर निकलें और ऊँचे व्यक्तित्व के मालिक बनें।

शायद आपको नहीं मालूम—

"व्यक्तित्व एक ऐसा दर्पण है, जिसमें व्यक्ति खुद अपनी
तसवीर देखता है और दूसरे भी उसकी तसवीर देखते हैं।"

व्यक्तित्व से हमारा अभिप्राय केवल बाहरी सुंदरता से नहीं, आंतरिक सुंदरता से है। अगर आप केवल बाह्य व्यक्तित्व को सुंदर बनाने की बात सोचते हैं, तो यह बुद्धिमानी नहीं है। आप बाह्य व्यक्तित्व के साथ-साथ अंतः व्यक्तित्व को सुंदर बनाने की सोच रखें। बाह्य सुंदरता क्षणभंगुर और आंतरिक सुंदरता स्थायी है। कुछ लोगों को आपकी बाह्य सुंदरता भले ही आकर्षक व प्रिय लगे, लेकिन जब आप अंतः व्यक्तित्व को सुंदर बनाते हैं तो सर्वप्रिय हो जाते हैं। अतः बाह्य व्यक्तित्व की अपेक्षा, अतंः व्यक्तित्व को सुंदर बनाएँ।

याद रखें—

"किसी व्यक्ति का व्यक्तित्व उसके मृदुल, सौम्य, शालीन व्यवहार, सहनशीलता, विनम्रता एवं ईमानदारी जैसे गुणों से झलकता है, कीमती पोशाक हीरे-जवाहरात या बेशकीमती आभूषणों से नहीं।"

ऐसा व्यक्तित्व उसी व्यक्ति का हो सकता है, जिसकी सोच सकारात्मक एवं रचनात्मक हो। आप अपने व्यक्तित्व को सुंदर बनाना चाहते हैं तो सोच बदलें। अपने व्यक्तित्व में विनम्रता, सहनशीलता, ईमानदारी, क्षमा, त्याग जैसे गुणों को शामिल करें। ये गुण आपको सर्वत्र मान-सम्मान दिलाते हैं। आप ईर्ष्या-द्वेष, क्रोध-अहंकार जैसे अवगुणों का त्यागकर खुद प्रकाशित होते हैं। आप जैसा चाहते हैं, वैसे व्यक्तित्व का निर्माण कर सकते हैं, अगर आपकी सोच उन्नत, सकारात्मक एवं रचनात्मक है तथा आपको स्वयं के अंदर छुपी शक्तियों का अहसास है। मैं तो सिर्फ इतना कहूँगा कि सुंदर व्यक्तित्व-निर्माण के लिए उपर्युक्त बातों पर मनन करें और नकारात्मक सोच को सकारात्मक सोच में बदलें।

याद रखें—कोई भी व्यक्ति जन्म से अच्छा या बुरा नहीं होता और न ही कोई माँ के गर्भ से ऊँचे व्यक्तित्व का मालिक बनकर आता है। कोई भी व्यक्ति अच्छा या बुरा बनता है, अपनी सोच के कारण, जैसा सोचता है, वैसा बन जाता है। अत: अच्छा बनने के लिए अच्छा सोचें। कहने का अभिप्राय है कि अच्छा या बुरा बनना आपकी सोच पर निर्भर करता है। आप खुद और दूसरों के बारे में क्या सोचते हैं? आप कैसे बनना और क्या करना चाहते हैं? कैसे लोगों की संगत और कैसे गुणों को ग्रहण करना चाहते हैं? आप कैसे व्यक्तित्व के मालिक बनना चाहते हैं? ये सारी बातें आपकी सोच पर निर्भर करती है। जैसी आपकी सोच होती है, वैसा ही आपका व्यक्तित्व बन जाता है।

कहने का अभिप्राय है कि—

"आप जैसा सोचते हैं, वैसा करते हैं,
और जैसा करते हैं, वैसा बनते हैं।"

इसलिए हमेशा अच्छा सोचें एवं अच्छा करें। मेरा मानना है कि आप सुंदर व्यक्तित्व का मालिक बनना चाहते हैं तो अपनी सोच बदलें। अच्छा सोचें, अच्छा करें और अच्छा बनें। निहित खामियों को खूबियों में बदलें। गलती से सीख लें और गलती में सुधार लाएँ। आप समस्त प्राणियों में श्रेष्ठ एवं अनमोल हैं, अत: खुद की श्रेष्ठता साबित करें। यह संभव है, सकारात्मक सोच से। जब आप नकारात्मक सोच को सकारात्मक सोच में बदल लेते हैं, सोच को सही दिशा में ले जाते हैं और सोच में निखार लाकर सोच को व्यापक बनाते हैं तो आप सुंदर व्यक्तित्व के मालिक बन जाते हैं। जिस व्यक्ति की सोच जितनी सार्थक, प्रभावी एवं दूरदर्शी होती है, उसका व्यक्तित्व उतना ही सुंदर होता है। आप जब भी सोचें, सकारात्मक, रचनात्मक एवं दूरदर्शी सोचें।

आप गौर करें तो पाएँगे कि सकारात्मक सोचवाले व्यक्ति हमेशा ऊर्जावान् होते हैं। उनके चेहरे पर खुशी, आभा व तेज, आँखों में स्वाभिमान और वाणी में मिठास होता है। उनके होठों पर मधुर मुसकान और चेहरे पर गजब का आत्मविश्वास झलकता है। ठीक इसके विपरीत, जिस व्यक्ति की सोच घटिया होती है, उसके चेहरे पर शिकन, आँखों में सन्नाटा, वाणी में कठोरता और व्यवहार रूखा होता है। ऐसे व्यक्ति से कोई भी मिलना नहीं चाहते और मुँह छुपाकर चल देते हैं। आप खुद बताएँ कि क्या ऐसे व्यक्तित्व का मालिक बनना चाहेंगे? आपका भी जवाब होगा, नहीं। निश्चित रूप से आप अच्छे व्यक्तित्व का मालिक बनना चाहेंगे। आप चाहते

हैं कि हर व्यक्ति आपको सम्मान दें और प्रशंसा करे, तो सोच बदलें और ऊँचे व्यक्तित्व का मालिक बनें।

"ऊँचे व्यक्तित्व का मालिक बनने के लिए सोच बदलें,
और सोच बदलने के लिए अच्छे व्यक्तित्व के मालिक बनें।"

4. परिस्थितियों से सीख लें

सोच बदलने में परिस्थिति की भूमिका महत्त्वपूर्ण है। यह हमें बहुत कुछ सिखाती हैं तथा उत्पन्न हालात पर बहुत कुछ सोचने और बहुत कुछ करने के लिए मजबूर करती है। हर परिस्थिति से सीख लेकर हम अपनी सोच में व्यापक बदलाव ला सकते हैं। इसका कारण है कि हर परिस्थिति के हालात अलग-अलग होते हैं और जैसे हालात होते हैं, उसी अनुरूप हम सोचते हैं। परंतु दुःख की बात है कि प्राय: व्यक्ति परिस्थिति से सीख नहीं लेते और विपरीत हालात में उलझकर रह जाते हैं। उनकी हिम्मत जवाब दे जाती है। प्रतिकूल परिस्थिति में वे यह नहीं समझ पाते कि क्या करना उचित और क्या करना अनुचित है? इसका कारण है कि वे विपरीत हालात में बेहतर सोच नहीं पाते और धैर्य खो देते हैं। हिम्मत रखें और भूलकर भी धैर्य न खोएँ। हर परिस्थिति में सदैव सकारात्मक सोचें और खुद को सकारात्मक बनाए रखें।

याद रखें—परिस्थितियाँ कितनी भी विपरीत क्यों न हों, सकारात्मक सोच ही हमें विपरीत हालात से बाहर निकालती है। यह हर हालात में बेहतर करने की सीख देता है। अतः परिस्थितियों से सीख लेने, हालात से बाहर निकलने और उत्पन्न हालात से निष्प्रभावी रहने के लिए सोच बदलने की जरूरत है। परंतु दुःख की बात है कि अधिकांश व्यक्ति दुःखद और प्रतिकूल परिस्थिति से सीख नहीं लेते। वे नकारात्मक सोच में उलझे रहते हैं और अपनी सोच को सकारात्मक नहीं बना पाते। यही कारण है कि वे हालात का रोना रोते रहते हैं।

याद रखें—परिस्थितियाँ कैसी भी हो, अनुकूल या प्रतिकूल, दुःखद या सुखद। हर परिस्थिति से सीख लें और हर हालात पर सकारात्मक सोचें। जब आप परिस्थिति से सीख लेंगे तो सोच में बदलाव आएगा और सीख नहीं लेंगे तो सोच में कोई बदलाव नहीं आएगा। आप सोच बदलकर विपरीत परिस्थिति में भी नए अवसर का निर्माण कर सकते हैं। दुःखद हालात को सुखद हालात में बदल सकते है। जब आप हालात से सीख लेंगे तो हालात से बहुत कुछ सीख सकते

हैं। परिस्थिति से सीख लेने वाला व्यक्ति ही सोच को व्यापक एवं दूरदर्शी बना पाता है। अतः सोच बदलने के लिए परिस्थिति से सीख लें। हम परिस्थिति से क्या सीख लें और उत्पन्न हालात का मुकाबला कैसे करें, यह खुद की सोच पर निर्भर करता है। उत्पन्न हालात के संदर्भ पर जैसी हमारी सोच होती है, उसी अनुरूप हम हालात से सीख लेते हैं और उसका सामना करते हैं। कहने का अभिप्राय है कि हम हालात से जैसा सीख लेते हैं, वैसा ही सोचते हैं। अतः परिस्थिति से सीख लें और सोच बदलें।

सीखना जीवन की नियति है। आप हर परिस्थिति से सीख लेकर सोच में बदलाव ला सकते हैं। अगर आप परिस्थितियों से सीख न लें, उत्पन्न हालात का सामना न करें और हालात को जीवन की नियति मान लें तो सोच में बदलाव नहीं ला सकते। सोच में बदलाव लाकर ही आप दुःखद स्थिति से बाहर निकल सकते हैं। अगर हम सोच में बदलाव नहीं लाएँगे तो दुःखद स्थिति का रोना रोते रहेंगे और हालात से बाहर नहीं निकल पाएँगे। जैसे-आप गरीब हैं तो आजीवन गरीबी में जीने को विवश नहीं हैं। गरीबी से बाहर निकलने के लिए सोच बदलनी होगी। अभाव से सीख लें और अभाव का रोना रोने की बजाय, आगे बढ़ने का संकल्प लें। गरीबी से बाहर निकलना या नहीं निकलना, आपकी खुद की सोच है। परंतु आप गरीबी से बाहर निकलने की सोच ही नहीं रखेंगे तो गरीबी से बाहर कैसे निकल पाएँगे? गरीबी से बाहर निकलने के लिए सोच बदलें और कड़ी मेहनत करें।

आप दुःखद स्थिति से सीख लें कि हालात से बाहर कैसे निकलें और सुखद स्थिति से सीख लें कि इसे कैसे बनाए रखें! जैसे-आप गरीब हैं या आपके पास संसाधनों की कमी है, तो रोने से अमीर नहीं बन जाएँगे या संसाधनों की कमी दूर नहीं हो जाएगी। इसके लिए आपको सोच बदलने और कड़ी मेहनत करने की जरूरत है। अगर आप सोच नहीं बदलें, मेहनत नहीं करें और भाग्य का रोना रोते रहें तो दुःखद हालात से बाहर नहीं निकल पाएँगे और न ही दूसरा कोई आपको हालात से बाहर निकाल पाएगा। विपरीत हालात से बाहर निकलने के लिए आपको खुद की सोच बदलनी होगी। सकारात्मक एवं रचनात्मक सोच के साथ आगे बढ़ना होगा, अन्यथा आप जहाँ और जिस स्थिति में हैं, उसी स्थिति में रह जाएँगे। संसाधनों की कमी और भाग्य का रोना आपके जीवन की नियति बन जाएगी।

जैसे-आप गरीब हैं तो गरीबी से बाहर निकलने के लिए सोचना आपको है। उत्पन्न हालात से बाहर निकलने के लिए कारगर उपाय आपको करने हैं। आपकी

जगह दूसरा कोई नहीं सोचेगा और न ही दूसरा कोई गरीबी से बाहर निकाल पाएगा। अगर आप गरीबी से बाहर निकलने की नहीं सोचें और कहें कि ईश्वर ने मेरे भाग्य में गरीबी लिखी है। उस स्थिति में आप गरीबी से बाहर नहीं निकल पाएँगे। गरीबी से बाहर निकलने के लिए खुद की सोच बदलनी होगी। हालात से बाहर निकलने के लिए खुद आगे बढ़ना होगा और कड़ी मेहनत करनी होगी, अन्यथा आप आजीवन गरीबी का रोना रोते रह जाएँगे। अगर आप गरीबी से बाहर निकल अमीरी का चोंगा पहनना चाहते हैं तो सोच बदलें और सकारात्मक सोच को मूर्तरूप देने हेतु कड़ी मेहनत करें।

आप गौर करें तो पाएँगे कि बहुत से ऐसे लोग हैं, जो गरीबी में पले-बढ़े, लेकिन सोच में बदलाव लाकर अमीर बन गए। दो-चार फैक्ट्रियाँ स्थापित कर लीं। बड़े व्यवसायी और उद्योगपति बन गए। दूसरों को रोजगार का अवसर उपलब्ध कराने और गरीबी से बाहर निकलने में मदद की। जो व्यक्ति ऐसा नहीं कर पाते वे हालात में उलझकर रह जाते हैं। आप भी परिस्थितियों से सीख लें और हालात से बाहर निकलने की सोच रखें। दोस्तो! परिस्थितियाँ तुच्छ हैं, आती और जाती हैं, लेकिन अपना प्रभाव छोड़ जाती हैं। आप उसके प्रभाव से बाहर निकलने के लिए क्या सोचते और क्या करते हैं? यह ज्यादा महत्त्वपूर्ण है। अगर आप परिस्थिति से बाहर निकलने के लिए सकारात्मक सोचते हैं तो विकट परिस्थिति से बाहर निकलने में सफल होते हैं और नकारात्मक सोचते हैं तो हालात में उलझकर रह जाते हैं। अतः विकट परिस्थिति में रोने की बजाय हालात से सीख लेने की जरूरत है। परिस्थितियों से सीख लेनेवाला व्यक्ति सोच में बदलाव लाता है तथा आपदा में भी नए अवसर की तलाश कर दूसरों के लिए अवसर बन जाता है। दूसरे शब्दों में, हम कह सकते हैं कि जिन व्यक्तियों ने अपनी सोच बदली और उत्पन्न हालात के झंझावात में उलझने की बजाय, सामना करना सीखा, वे उत्पन्न हालात से बाहर निकलने में सफल रहे और विकट परिस्थिति में भी नए अवसर का निर्माण कर दूसरों के लिए अवसर बन गए। आप भी ऐसा कर सकते हैं, परंतु कब, जब आप सोच बदलेंगे और सकारात्मक सोच के साथ समस्या-समाधान की दिशा में आगे बढ़ेंगे।

प्रत्येक व्यक्ति के जीवन में सुखद-दुःखद, अनुकूल-प्रतिकूल परिस्थितियाँ आती हैं। हम दुःखद परिस्थिति से बाहर कैसे निकलें, इसके लिए सोच में निखार लाने की जरूरत है। अगर हमारी सोच सकारात्मक एवं रचनात्मक है तो हम किसी

भी हालात से बाहर निकलने में सफल होते हैं। ठीक इसके विपरीत, हमारी सोच नकारात्मक है तो हम हालात में उलझकर रह जाते हैं। अगर हम विकट परिस्थिति से बाहर निकलने की बात नहीं सोचें और हालात को भाग्य की नियति मान लें, तो रोने के सिवाय कुछ भी नहीं मिलेगा। जिन व्यक्तियों की सोच होती है कि परिस्थितियाँ तुच्छ हैं और हम परिस्थिति के दास नहीं, स्वामी हैं, वे विपरीत हालात को भी अपने मनोनुकूल ढाल लेते हैं और कर्म के बल अपना भाग्य लिखने की सोच रखते हैं। नतीजा, वे दुःखद स्थिति को सुखद स्थिति में तथा प्रतिकूल परिस्थिति को अनुकूल परिस्थिति में बदलने में कामयाब होते हैं। ठीक इसके विपरीत, जो व्यक्ति अपनी सोच नहीं बदल पाते और नकारात्मक सोच में उलझे रहते हैं, वे हालात को बदलने में कामयाब नहीं होते हैं।

दोस्तो! ध्यान रखें, परिस्थितियों से लड़ने की शक्ति आपके अंदर है। आप परिस्थितियों के दास नहीं, स्वामी हैं और किसी भी परिस्थिति से बाहर निकलने की क्षमता आपके अंदर है। आप नकारात्मक सोच और निराशा की छाया से बाहर निकलें और सकारात्मक सोचें। इच्छा-शक्ति को दृढ़ करें और सोच को बदलें। परिस्थितियों से सीख लेकर आगे बढ़ें। उत्पन्न हालात का मुकाबला धैर्यपूर्वक करें, आपको आगे बढ़ने से कोई नहीं रोक पाएगा। परिस्थितियों से सीख लेना और हालात से बाहर निकलना ही तो विवेक है।

कहा भी गया है—

"दशा बदलने के लिए दिशा बदलें और,
दिशा बदलने के लिए सोच बदलें।"

अगर आप ऐसा नहीं करते और हाथ-पर-हाथ रखकर बैठे रहते हैं तो परिस्थितियों के झंझावात में उलझकर रह जाते हैं। आपको कोई पूछनेवाला नहीं मिलता। आप परिस्थितियों का स्वामी बनने की बजाए, दास बन जाते हैं और सुखद जिंदगी जीने की बजाय, दुःखद जिंदगी जीने को मजबूर होते हैं। आपके मन में हालात पर विजय पाने की कोई चाह एवं उमंग नहीं होती। नतीजा, आपका जीवन जीना दुष्कर हो जाता है। अतः विकट परिस्थिति में धैर्य नहीं खोएँ, बल्कि आशा एवं उत्साह को बनाए रखें। आशा ही जीवन हैं, आशावादी सोच रखें तथा पूरे आत्मविश्वास के साथ हालात से लड़ना सीखें। आप देखेंगे कि जो परिस्थितियाँ कल तक विकट लग रही थीं, वह सहज लगेंगी और आप अपने मकसद में कामयाब होंगे।

5. इतिहास से सीख लें

सोच बदलने के लिए इतिहास का अध्ययन करें, इतिहास की समीक्षा करें और इतिहास से सीख लें। यह हमें बहुत कुछ सिखाती है। यह हमें अतीत से सीख लेकर वर्तमान को सँवारने तथा भविष्य में सतर्क रहने की सीख देता है। हम अतीत की घटनाओं से सीख लेकर सोच में बदलाव ला सकते हैं। यह हमें बेहतर मार्ग पर चलने का राह दिखाता है। अत: इतिहास में घटित घटनाओं से सीख लेने की जरूरत है, ताकि हम सोच में निखार लाकर वर्तमान को बेहतर बना सकें। खुद के भविष्य को सँवार सकें। क्या आपको मालूम है, हर व्यक्ति का इतिहास नहीं लिखा जाता! इतिहास उसी व्यक्ति का लिखा जाता है, जिसके कृत्य सामाजिक, आर्थिक, सांस्कृतिक, राजनीतिक क्षेत्र में जनमानस तथा राष्ट्र को गौरवान्वित करता है।

आप भी खुद का इतिहास लिखना चाहते हैं तो सोच बदलें। आप इतिहास में घटित घटनाओं से सीख लेकर जीवन में बेहतर कर सकते हैं और दूसरों को भी बेहतर करने की सलाह दे सकते हैं। महत्त्वपूर्ण यह है कि आप घटित घटनाओं का अध्ययन करें और यह सीख लें कि इतिहास में उल्लेखित घटनाओं ने हमारे सामाजिक, आर्थिक, राजनीतिक एवं प्रशासनिक क्षेत्रों को कैसे प्रभावित किया? वर्तमान में उन घटनाओं की सार्थकता क्या है? तत्कालीन परिस्थितियों की तुलना वर्तमान के हालात से करें और देखें कि हम किन क्षेत्रों में आगे और किन क्षेत्रों में पीछे हैं? अगर पूर्व में घटित घटना के कारण मानव समाज या पर्यावरण को क्षति पहुँची है तो वर्तमान में सुधार लाने के लिए, क्या करने की जरूरत है?

उपर्युक्त बातों की विवेचना और घटित घटना से सीख लेकर हम सोच में बदलाव ला सकते हैं। सकारात्मक सोच का धनी व्यक्ति इन घटनाओं के कारण एवं प्रभाव की समीक्षा कर बहुत सी बातें सीखते हैं। यह हमें घटित गलत घटनाओं की पुनरावृति नहीं करने और वर्तमान को बेहतर बनाने की सीख देता है। सोच बदलने, वर्तमान को बेहतर बनाने तथा भविष्य को सँवारने के लिए हमें इतिहास से सीख लेने की जरूरत है। हम घटित घटनाओं से सीख लेकर सोच में बदलाव ला सकते हैं और सोच में बदलाव लाकर वर्तमान को बेहतर बना सकते हैं।

याद रखें—

"सोच बदलने में इतिहास की भूमिका और
इतिहास रचने में सोच की भूमिका महत्त्वपूर्ण है।"

अत: सोच बदलने के लिए इतिहास से सीख लें। इतिहास से यह सीखें

कि हमारे पूवर्जों ने क्या अच्छा और क्या गलत किया? विभिन्न शासकों के शासनकाल के सामाजिक, आर्थिक, राजनीतिक, प्रशासनिक और सांस्कृतिक कार्यों का अध्ययन करें। उनके कार्यों का प्रभाव पूरी दुनिया पर क्या पड़ा? बहुत से शासकों के शासनकाल में कुछ ऐसे कार्य हुए, जिस कारण उनका कार्यकाल स्वर्ण युग के रूप में याद किया जाता है। उनके कृत्य से सीख लेकर हम वर्तमान को और बेहतर बनाने की बात सोचें। इस बात की समीक्षा करें कि किन क्षेत्रों में और बेहतर करने की जरूरत है? हम उनके गलत कृत्यों से सीख लें कि हम वह गलती न करें और भविष्य में उन गलतियों को नहीं दुहराने का संकल्प लें। हम भारतीय इतिहास की बात करें या विश्व इतिहास की बात करें, इतिहास में अनेकों अच्छी और बुरी घटनाएँ घटित हुई हैं, जिसे सीख लेकर हम अपनी सोच में बदलाव ला सकते हैं। सोच में परिवर्तन लाकर हम नया इतिहास लिख सकते हैं। उनके कार्यों से सीख लेकर हम अपनी सोच में व्यापक बदलाव ला सकते हैं, सोच को व्यापक बना सकते हैं। सोच में बदलाव लाकर प्रगति का इतिहास रच सकते हैं और आनेवाली पीढ़ी के लिए सीख एवं उदाहरण बन सकते हैं।

आप भी इतिहास से सीख लें और खुद की सोच बदलें। इतिहास पढ़कर ही हम जानते हैं कि हमारे पूर्वजों ने किन क्षेत्रों में उत्कृष्ट कार्य किया है। सामाजिक, आर्थिक, राजनीतिक, सांस्कृतिक, साहित्य, कला, विज्ञान, तकनीक आदि क्षेत्रों में उनका योगदान कैसा रहा है? उनके कृत से तत्कालीन समाज को क्या लाभ मिला और आज के समाज को क्या लाभ हो रहा है? उपर्युक्त बातों की विवेचना के उपरांत हम जीवन में बहुत सी बातें सीखते हैं, जो हमारे सोच में अमूल्य परिर्वतन लाने में सहायक हैं। मूलभूत सुविधाओं की बात हो या आधुनिक सुविधाओं की बात हो, विज्ञान-तकनीकी की बात हो या विविध क्षेत्रों में आगे बढ़ने की बात हो; आकाश में उड़ने की बात हो या समुद्र में सैर करने की बात हो, या नभ, तल, जल में इतिहास रचने की बात हो। वर्तमान समय में हम विभिन्न क्षेत्रों में विकास की जो गाथा लिख रहे हैं या प्रगति का जो इतिहास रच रहे हैं, इसका कारण है कि हमने इतिहास से सीख ली और अपनी सोच को बदला।

आपने प्रथम, द्वितीय विश्वयुद्ध या अन्य युद्धों के बारे में पढ़ा और सुना होगा। महत्त्वपूर्ण यह है कि आपने वर्णित घटनाओं से क्या सीख ली? विश्वयुद्ध जैसी घटनाओं को कैसे प्रभावित किया? क्या हम विनाशकारी युद्धों से बचने में कामयाब हुए हैं? अगर हम कामयाब हुए हैं तो इसका कारण हमने अपनी

सोच को बदला और नाकमयाब हुए तो इसका कारण हमने अपनी सोच को नहीं बदला। अतः महत्त्वपूर्ण यह है कि हम इतिहास में घटित घटना से सीख लें और एक-दूसरे की मदद करें। हम सीखना चाहें तो हर छोटी-से-छोटी और बड़ी-से-बड़ी घटना से सीख ले सकते हैं। हम विभिन्न शासकों के शासनकाल शैक्षणिक, धार्मिक, प्रशासनिक, सामाजिक, आर्थिक एवं राजनीतिक क्षेत्रों में उल्लेखनीय और विनाशकारी कार्यों से सीख लेकर खुद, समाज और राष्ट्र के विकास में बेहतर योगदान दे सकते हैं। ध्यान रखें, जब हम किसी घटना से सीख नहीं लेते हैं तो सोच में बदलाव नहीं ला पाते हैं। सोच में बदलाव लाने के लिए इतिहास में उल्लेखित घटनाओं से सीख लेने की जरूरत है।

"सीखना जीवन की नियति है और सोच में
बदलाव लाने के लिए सीखना जरूरी है।"

आप इतिहास से सीख लें, स्वयं एवं दूसरों के जीवन में घटित घटना से सीख लें और हर परिस्थिति से सीख लें। इतिहास से सीख लेकर ही हम सोच को रचनात्मक, व्यापक एवं दूरदर्शी बनाने में सफल होते हैं। सोच में बदलाव लाने का नतीजा है कि हम विभिन्न क्षेत्रों में प्रगति पथ पर आगे बढ़ने में सफल हो रहे हैं। आज हम हर क्षेत्र में दिन दुगुना-रात चौगुना आगे बढ़ रहे हैं। विकास की नई कहानी लिख रहे हैं। इसका कारण है कि हमने अपनी सोच को बदला और सोच में दिन-प्रतिदिन निखार लाए। आज भी हमें इतिहास से सीख लेने की जरूरत है, ताकि हम सोच को व्यापक बनाकर जीवन में और बेहतर कर सकें।

6. ज्ञान अर्जन करें

सोच बदलने के लिए ज्ञान अर्जन बहुत ही महत्त्वपूर्ण है। किसी विषय-वस्तु पर बेहतर जानकारी प्राप्त करके ही हम सोच में बदलाव ला सकते हैं। यदि हमें किसी विषय की जानकारी ही नहीं होगी, तो सोच में बदलाव कैसे लाएँगे? सोच में बदलाव लाने और बेहतर सोचने के लिए बेहतर ज्ञान की जरूरत है। शायद आपको नहीं मालूम, किसी भी विषय पर बेहतर सोचने और सोच को व्यापक बनाने में ज्ञान की भूमिका महत्त्वपूर्ण है! अतः सोच बदलने के लिए ज्ञान अर्जन करें और ज्ञान को विवेक में बदलें। अगर आपको किसी विषय की जानकारी नहीं है या आधी-अधुरी जानकारी है तो आप अपनी सोच में बदलाव नहीं ला सकते, सोच को व्यापक एवं रचनात्मक नहीं बना सकते। अतः सोच को उन्नत एवं व्यापक बनाने हेतु ज्ञान अर्जन

महत्त्वपूर्ण है। जब हम किसी विषय में अधिक-से-अधिक जानकारी हासिल करते हैं, तो हमारी सोच दूसरों से उत्कृष्ट और रचनात्मक होती है।

याद रखें—किसी विषय-वस्तु के संदर्भ पर जितना बेहतर ज्ञान होगा, उतनी व्यापक हमारी सोच होगी। ज्ञान की रोशनी हमारी सोच में निखार लाती है। नतीजा, हम उस विषय पर दूर तक सोच पाते हैं और गहराई से समझ पाते हैं। अतः सोच को व्यापक एवं दूरदर्शी बनाने के लिए ज्ञान अर्जन अति महत्त्वपूर्ण है। अगर हमें किसी विषय-वस्तु के संदर्भ पर सही जानकारी नहीं हो तो उस क्षेत्र में हम बेहतर नहीं सोच पाते और न ही बेहतर कर पाते हैं। अतः बेहतर करने और बेहतर पाने के लिए बेहतर सोचना और सोचने के लिए ज्ञान अर्जन अति आवश्यक है।

जैसे, आपने डॉक्टर बनने का लक्ष्य बनाया, परंतु डॉक्टर कैसे बनें, इसके बारे में जानकारी हासिल नहीं की तो डॉक्टर कैसे बनेंगे? डॉक्टर बनने के लिए आपको विहित प्रक्रिया की जानकारी प्राप्त करनी होगी। निर्धारित योग्यता जीव विज्ञान स्ट्रीम से उच्च माध्यमिक परीक्षा उत्तीर्ण करनी होगी। तत्पश्चात् मेडिकल कॉलेज में नामांकन हेतु निर्धारित परीक्षा उत्तीर्ण करनी होगी। अगर इन बातों की जानकारी नहीं है तो आप डॉक्टर नहीं बन पाएँगे। डॉक्टर बनने के लिए उपर्युक्त बातों की जानकारी आवश्यक है। जानकारी होने पर ही आप सोच में परिवर्तन लाकर सोच को मूर्तरूप दे पाते हैं और निर्धारित लक्ष्य की प्राप्ति में सफल होते हैं। अतः किसी भी क्षेत्र में बेहतर करने और बेहतर पाने के लिए जानकारी आवश्यक है। जानकारी होने पर ही हम उस विषय पर बेहतर सोच पाते हैं।

क्या आप जानते हैं, ज्ञान अर्जन की कितनी विधियाँ हैं? ज्ञानार्जन की अनेकों विधियाँ हैं, परंतु मेरे विचार से ज्ञान अर्जन की मुख्यतः चार विधियाँ हैं—पढ़कर, सुनकर, देखकर एवं कार्य निष्पादित करके। विभिन्न समाचार-पत्रों, पत्रिकाओं एवं पुस्तकों को पढ़कर हम देश-विदेश में घटित घटनाओं के बारे में जानते हैं। विभिन्न क्षेत्रों में हो रही प्रगति की जानकारी हम सुनकर, देखकर और पढ़कर प्राप्त करते हैं, जबकि बहुत सारी जानकारियाँ कार्यों को खुद से निष्पादित कर प्राप्त करते हैं। जैसे-ताजमहल, इंडिया गेट, गेट वे ऑफ इंडिया, खजुराहो के मंदिर, पुरी का जगन्नाथ मंदिर, बद्रीनाथ, केदारनाथ, रामेश्वरम् धाम, बौद्ध स्तूप, अशोक स्तंभ इत्यादि देखकर या इन विषयों पर लिखी पुस्तकों का अध्ययन कर ज्ञान प्राप्त करते हैं। हम विभिन्न धार्मिक स्थलों, ऐतिहासिक स्थलों, प्राकृतिक दृश्यों को देखकर ज्ञान अर्जन करते हैं। हम बहुत-सी घटनाओं के बारे में सुनकर और बहुत-सी घटनाओं

को देखकर ज्ञान प्राप्त करते हैं। ज्ञानार्जन की सबसे उत्तम विधि कार्य को स्वयं निष्पादित करना है। जब हम किसी कार्य को स्वयं निष्पादित करते हैं, तब हमें जो अनुभव प्राप्त होता है, तो वह वास्तविक ज्ञान है।

व्यावहारिक ज्ञान ही सच्चा ज्ञान है। इस ज्ञान पर हमें भरोसा होता है और इसे प्राप्त करके ही हम ज्ञान की सार्थकता समझ पाते हैं। हम पढ़कर, देखकर, सुनकर जो ज्ञान अर्जित करते हैं, वह सैद्धांतिक ज्ञान है। इन विधियों से अर्जित ज्ञान को यदि हम मूर्तरूप नहीं देते तो अर्जित ज्ञान बेकार है। जब हम इन विधियों से प्राप्त ज्ञान को मूर्त रूप देते हैं तो वह व्यावहारिक ज्ञान कहलाता है। यह हमारे विश्वास को बढ़ाता है। सैद्धांतिक ज्ञान पर हमारा विश्वास दृढ़ नहीं होता, लेकिन इसका महत्त्व कम नहीं होता है। इसका कारण है कि हम समस्त कार्यों को खुद निष्पादित कर अनुभव नहीं प्राप्त कर सकते हैं। अनुभव ज्ञान का परिष्कृत रूप है, लेकिन अन्य विधियों से प्राप्त ज्ञान भी हमारे लिए महत्त्वपूर्ण है। किसी भी पुस्तक में लिखी बातें किसी-न-किसी व्यक्ति के अनुभव का नतीजा हैं। हम उनके अनुभव को पुस्तकों के माध्यम से जानकर अपनी सोच में आमूलचूल बदलाव ला सकते हैं।

वास्तव में, हम विकास का जो स्वरूप देख रहे हैं, वह किसी-न-किसी व्यक्ति के ज्ञान का मूर्त रूप है। आज हम विकास का जो स्वरूप देख रहे हैं, उसका क्रमिक विकास विभिन्न चरणों में अर्जित ज्ञान और अनुभव से ही हुआ है। समस्त कार्यों को आरंभ से अंत तक पूरा करके ज्ञान प्राप्त करना किसी भी व्यक्ति के वश में नहीं है। महत्त्वपूर्ण यह है कि हमने जो ज्ञान प्राप्त किया है, उसकी सार्थकता खुद और दूसरों के लिए कितनी महत्त्वपूर्ण है ? ज्ञान का बहुत बड़ा हिस्सा हम विभिन्न विधियों से प्राप्त करते हैं। परंतु उसकी सार्थकता तब है, जब हम अर्जित ज्ञान का उपयोग 'बहुजन हिताय-बहुजन सुखाय' के प्रयोजनार्थ करते हैं।

"सैद्धांतिक ज्ञान से ज्यादा विश्वसनीय एवं
सुपरिणामी व्यावहारिक ज्ञान है।"

अत: सोच बदलने के लिए सैद्धांतिक ज्ञान के साथ-साथ व्यावहारिक ज्ञान प्राप्त करें, ताकि आप अपनी सोच को व्यापक बना सकें। यह सच्चाई है कि हम विभिन्न विधियों से जैसे-जैसे ज्ञान अर्जित करते जाते हैं, वैसे-वैसे हमारी सोच और दृष्टि बदलती जाती है। नतीजा, हम खुद को, दूसरों को और संसार को नई दृष्टि से देखने लगते हैं। जब हम किसी व्यक्ति, वस्तु या घटना के संबंध में विस्तृत जानकारी प्राप्त करते हैं, तब हमें उस व्यक्ति या घटना की सच्चाई मालूम होती है। सच्चाई

जानने के उपरांत देखने और सोचने का नजरिया बदल जाता है। हम सही जानकारी प्राप्त करके ही किसी वस्तु या व्यक्ति के बारे में समुचित निर्णय ले पाते हैं। अगर हम ऐसा नहीं करते तो हमारा निर्णय गलत हो सकता है। अतः सोच बदलने, सोच में निखार लाने, बेहतर सोचने, सफल होने तथा खुद को बेहतर साबित करने के लिए ज्ञान अर्जन जरूरी है। उपर्युक्त विश्लेषण से स्पष्ट है कि प्राप्त ज्ञान के अनुरूप ही हमारी सोच अच्छी या बुरी होती है। जिस विषय पर हमारा जैसा ज्ञान होता है, उसी अनुरूप हमारी सोच होती है। अतः किसी व्यक्ति, वस्तु या घटना के संबंध में सही सोच विकसित करने हेतु आवश्यक है कि हम उसके बारे में अधिक-से-अधिक जानकारी प्राप्त करें। अर्जित ज्ञान को सही दिशा एवं गति दें, ताकि हम अपनी सोच में निखार ला सकें।

इस प्रकार हम देखते हैं कि सफल होने, सफलता को बनाए रखने, धन एवं यश अर्जित करने, दूसरों का परोपकार करने, बेहतर जीवन जीने, जीवन-मूल्य को समझने एवं जीवन का औचित्य साकार करने के लिए ज्ञान अर्जन आवश्यक है। सोच को सही दिशा एवं गति देने के लिए ज्ञान अर्जन की जरूरत है। किसी भी व्यवस्था को सुव्यवस्थित ढंग से चलाने के लिए अनकों नियम एवं कानून बनाए जाते हैं। उन कानूनों की जानकारी आवश्यक है, ताकि कोई हमारे साथ गलत करे तो हम कानून का सहारा लें। ठीक इसके विपरीत, जो व्यक्ति नियम-कानून नहीं जानते, उन्हें यह पता नहीं होता कि क्या गलत और क्या सही है? ऐसे व्यक्ति अनजाने में गलती करते हैं और कानून तोड़ने के अपराध में दंड भुगतते हैं। अतः हम सही-गलत की पहचान कर सकें और कानून के साथ चल सकें, इसके लिए ज्ञान अर्जन अति आवश्यक है।

ध्यान रखें, किसी भी कार्य को बेहतर ढंग से निष्पादित करने के लिए ज्ञान अर्जन आवश्यक है। यदि हमें कार्य की जानकारी नहीं होती तो हम बेहतर सोच नहीं पाते। नतीजा, हमारा काम बिगड़ जाता है। हमारी सोच एवं कृत बेहतर हो, इसके लिए ज्ञान अर्जन अति महत्त्वपूर्ण है। इस संदर्भ पर मैं आपको एक रोचक एवं शिक्षाप्रद कहानी सुनाता हूँ। वाराणसी के राजा ब्रहंदत्त के राज्य में एक बहुत ही सुंदर बगीचा था। वह बगीचा दुर्लभ जड़ी-बूटी, सुंदर वृक्षों, फूलों, लताओं आदि से सुशोभित था। बोधिसत्व उसी शहर में अपने शिष्यों के साथ विराजमान थे। उनके सम्मान में भव्य उत्सव का अयोजन किया गया था, जिसे देखने की इच्छा माली को थी। उस उद्यान में बंदरों का एक समूह भी रहता था। बंदरों के नायक से माली

की मित्रता थी। माली ने नायक बंदर से कहा—'मित्र, सिर्फ एक दिन अपने समूह के साथ बगीचे में लगे पेड़-पौधों को पानी से सीच दोगे तो मैं उत्सव देख लूँगा।' बंदर ने प्रसन्नतापूर्वक मित्र को कार्य संपादित करने का वचन दिया। माली उत्सव देखने चला गया और बंदर लताओं की सिंचाई करने लगे। तभी नायक बंदर ने कहा—"मित्रो! हमें विवेकपूर्ण सिंचाई करनी चाहिए, अन्यथा जल की कमी पड़ जाएगी। तुम लोग लताओं को उखाड़कर उनके जड़ों की गहराई देख लो और जो जड़ जितनी गहरी हो, उसी अनुसार सिंचाई करो।" नायक बंदर का निर्देश पाकर बंदरों ने लाताएँ उखाड़ डालीं। नतीजा, बगीचों के सारे पौधे नष्ट हो गए। बोधिसत्व ने आकर बगीचे का विनाश देखा तो लंबी श्वास खींचकर कहा—"जो काम का जानकार नहीं होता, वह काम बिगाड़ ही देता है।" इस कहानी से हमें यही शिक्षा मिलती है कि किसी भी काम को अच्छे ढंग से करने हेतु ज्ञान जरूरी है।

शायद आपको नहीं मालूम मनुष्य वही गुणवान है, जिसके पास विद्यारूपी धन है। बिना ज्ञान का व्यक्ति पशु तुल्य है। ज्ञान से ही मनुष्य का जीवन श्रेष्ठ सिद्ध होता है और ज्ञानी मनुष्य ही चिंतन, संयम एवं विकास के पथ को प्रशस्त करता है। ज्ञान ही आत्म-चिंतन, आत्म-संयम का साधन है। संसार में ज्ञान से बढ़कर कोई मित्र और अज्ञान से बढ़कर कोई शत्रु नहीं है। अत: कोई भी व्यक्ति, चाहे आपसे छोटा हो या बड़ा, उनसे ज्ञान प्राप्त करने में कोई संकोच न करें। आपने पढ़ा या सुना होगा कि कालिदास संस्कृत के मर्मज्ञ विद्वान् एवं विख्यात नाटककार थे। पहले वे महामूर्ख थे और बाद में महाज्ञानी बन गए। आज जनमानस में उनकी स्मृति का कारण उनकी मूर्खता नहीं, विद्वता है। विद्या के कारण ही मनुष्य सर्वत्र मान-सम्मान पाता है। अज्ञानी व्यक्ति को कहीं सम्मान नहीं मिलता, परंतु ज्ञानी व्यक्ति को हर जगह सम्मान मिलता है और सर्वत्र उसकी पूजा होती है।

याद रखें—

"वास्तव में मनुष्य के श्रेष्ठता की परख उसकी निहित धन-दौलत या रूप-सौंदर्य से नहीं, उसकी बुद्धि, सद्ज्ञान, सद्गुण, विवेक और व्यक्तित्व से होती है।"

इस प्रकार हम देखते हैं कि सोच बदलने के लिए ज्ञानार्जन जरूरी है। अगर हम ज्ञान अर्जन नहीं करें तो सोच कैसे बदल पाएँगे? सोच बदलने के लिए ज्ञान अर्जन करें और अर्जित ज्ञान को विवेक में बदलें। ध्यान रखें, सिर्फ ज्ञान अर्जन करने से सोच नहीं बदलती, बल्कि अर्जित ज्ञान का सदुपयोग सही दिशा एवं रचनात्मक कार्यों में करने से सोच बदलती है। अच्छे लोगों की संगत करने से सोच बदलती है।

घटित घटना से सीख लेने से सोच बदलती है। खुद का मूल्य, कार्य का मूल्य एवं समय-मूल्य समझने से सोच बदलती है।

7. ज्ञान को विवेक में बदलें

ध्यान रखें—

"केवल ज्ञान अर्जन से हमारी सोच नहीं बदल जाती, बल्कि ज्ञान को विवेक में बदलने से सोच बदलती है।"

जब हम अर्जित ज्ञान की परीक्षा लेते हैं और उसका सदुपयोग सार्थक दिशा एवं रचनात्मक कार्यों में करते हैं, तदुपरांत जो ज्ञान प्राप्त होता है, वह व्यावहारिक ज्ञान कहलाता है। विवेकी व्यक्ति अपने ज्ञान की सार्थकता खुद को बेहतर बनाने और दूसरों के परोपकार में करते हैं।

याद रखें—

"सोच बदलने के लिए ज्ञान आवश्यक है, परंतु
उससे भी महत्त्वपूर्ण ज्ञान को विवेक में बदलना है।"

ध्यान रखें-आप किसी भी विधि से ज्ञान क्यों न अर्जन करें, परंतु अर्जित ज्ञान को विवेक में नहीं बदलें, उसकी सार्थकता जग कल्याणार्थ सिद्ध नहीं करें तो अर्जित ज्ञान व्यर्थ है। विचारणीय प्रश्न यह है कि विवेक क्या है ? विवेक ज्ञान का वह रूप है, जिसके सहारे हम खुद की सार्थकता सिद्ध करते हैं। सही-गलत की पहचान करते हैं, सत्य-असत्य का ज्ञान और धर्म-अधर्म का महत्त्व समझते हैं। हम उचित-अनुचित और सही-गलत में अंतर समझ पाते हैं। कभी-कभी सत्य और असत्य के बीच इतना सूक्ष्म अंतर होता है कि सत्य की पहचान करना कठिन हो जाता है, लेकिन जिस बलबूते हम सत्य की पहचान करने में समर्थ हो पाते हैं, वही विवेक है। निश्चित रूप से तर्कशक्ति की बदौलत हम सही-गलत की पहचान कर पाते हैं।

मनुष्य के जीवन-काल में अनेकों घड़ियाँ आती हैं, जब उसे कर्त्तव्यपरायणता का बोध होना आवश्यक है। सही-गलत, उचित-अनुचित, न्याय-अन्याय की पहचान आवश्यक है। इसके लिए विवेक जरूरी है। कभी-कभी जीवन में ऐसी भी परिस्थितियाँ आ खड़ी होती हैं कि क्या करें और क्या नहीं करें के संदर्भ पर मनुष्य कर्त्तव्य विमूढ़ हो जाता है। चेतनशील प्राणी होने के नाते यह हमारा कर्त्तव्य एवं धर्म है कि हम सही कार्य का चुनाव करें और सही करें। हम धर्म, सत्य, न्याय पर आधारित कार्यों का चुनाव करें। धर्म के राह पर चलें और न्याय का साथ दें। गलत

कार्यों को करना और दूसरों को कष्ट देना अधर्म और पाप है। लेकिन 'सही' क्या है? धर्म और अधर्म क्या है? इसकी पहचान कैसे करें, इस संबंध में मनीषियों का मार्गदर्शन हमें प्राप्त है। उनके मार्गदर्शन को प्राप्त कर हम अपनी सोच में बदलाव ला सकते हैं। सही-गलत की पहचान कर सकते हैं। महर्षि वेदव्यास ने अठारह पुराणों की रचना करने के बाद धर्म-अधर्म के संदर्भ पर बताया है—

"अष्टादश पुराणेषु व्यासस्य वचनद्वयम्।
परोपकारः पुण्याय, पापाय परनीडनम्॥"

गोस्वामी तुलसीदासजी ने भी कहा है—

"परहित सरिस धरम नहिं भाई,
पर पीड़ा सम नहि अधमाई।"

इसी संदर्भ पर महापुरुषों ने कहा है—

"पीड़ित मानवता की सेवा ही सबसे बड़ा धर्म है।"

उपर्युक्त पंक्तियों से स्पष्ट हो जाता है कि पाप-पुण्य और धर्म क्या है? हमारे मन में जब कभी दुविधा हो कि कौन सा कार्य करें और कौन सा कार्य नहीं करें? तो हमें देखना चाहिए कि किस कार्य से दूसरों का कल्याण होगा? दूसरों को सुख-शांति मिलेगी। अगर आपके कृत्य से दूसरों का कल्याण और सुख-शांति मिलता है, तो वह कार्य अवश्य करें, यही विवेक है। ऐसा निर्णय ही विवेक-सम्मत निर्णय कहलाता है।

याद रखें—

"समष्टि-हित में ही व्यष्टि का हित निहित होता है और स्वहित की तुलना में परहित ज्यादा श्रेष्ठ होता है।"

इस प्रकार हम देखते हैं कि सोच हमारे ज्ञान के अनुरूप बदलता है। जैसा हमारा विवेक होता है, वैसा ही सोच। अतः सोच बदलने तथा सही सोच विकसित करने के लिए विवेक को जाग्रत् करें। आइए, हम इसे उदाहरण से समझने का प्रयास करें।

मान लीजिए, आप किसी विषय के प्रचंड विद्वान् हैं, परंतु आप अपनी विद्वता का उपयोग ज्ञान बाँटने या दूसरों का परोपकार करने में नहीं करते, तो आपकी विद्वता का समाज को क्या लाभ? आपकी विद्वता की सार्थकता तब है, जब आप दूसरों को ज्ञान बाँटें। दूसरों को सही राह दिखाएँ। अपने ज्ञान का सदुपयोग जन-कल्याण के कार्यों में करें। अगर आपको लगता है कि ज्ञान बाँटने से दूसरे ज्ञानी हो

जाएँगे। आपकी महत्ता कम हो जाएगी एवं आपका मान-सम्मान कम हो जाएगा, तो इस प्रकार की सोच घटिया है। आप ज्ञानी होकर भी निम्न सोच के स्वामी हैं। कहने का अभिप्राय है कि आप अपने विवेक का सदुपयोग खुद की सोच बदलने और लोगों के कल्याण में करें। जो व्यक्ति अर्जित ज्ञान का उपयोग सकारात्मक एवं रचनात्मक दिशा में करते हैं, वे ही नई खोज एवं अविष्कार कर पाते हैं। ऐसे व्यक्ति अपने ज्ञान का सदुपयोग सोच को व्यापक बनाने, दूसरों का परोपकार करने, दूसरों को सही दिशा दिखाने तथा खुद और दूसरों के कल्याण में करते हैं। वे अपने ज्ञान का सदुपयोग दूसरों को नई राह दिखाने और नए अवसर निर्माण में करते हैं। ऐसे व्यक्ति का ही समाज सम्मान करती है और श्रद्धा-सुमन के साथ याद रखती है। आप भी मान-सम्मान और प्रशंसा पाना चाहते हैं तो ज्ञान बाँटें और लोगों का कल्याण करें।

याद रखें—

"अगर आप अर्जित ज्ञान का उपयोग समष्टि हित में नहीं,
स्व-हित में करते हैं तो अर्जित ज्ञान व्यर्थ है।"

ध्यान रखें, ज्ञान किसी व्यक्ति की निजी संपति नहीं है। यदि ज्ञान किसी की निजी संपति बनकर रह जाए, अर्थात् जिस ज्ञान से दूसरों को कल्याण न हो, वह ज्ञान निरर्थक है।

संस्कृत में एक श्लोक है—

"विद्या ददाति विनयम्, विनय ददाति पात्रं।
पात्रत्वा धनमाप्नोति, धनम् धर्म ततः सुखम॥"

आशय स्पष्ट है कि विद्या वह धन है, जो व्यक्ति के व्यक्तित्व में विनम्रता लाती है। उसकी पात्रता का संवर्धन करती है और धन, यश दिलाती है। ऐसा व्यक्ति धन का सदुपयोग धार्मिक कार्यों में करके सुख-शांति की प्राप्ति करता है। सारांश यह है कि विद्या ही धन, सुख, समृद्धि और विनम्रता की पहचान है। हर व्यक्ति के जीवन का मुख्य लक्ष्य सुख-शांति की प्राप्ति करना है। अतः महत्त्वपूर्ण यह है कि हम प्राप्त ज्ञान का निवेश परोपकार और धर्मानुकूल कार्यों में करें, जिससे आत्म-सुख एवं आत्म-शांति की प्राप्ति हो। सही मायने में दूसरों का परोपकार करना एवं पीड़ित मानवता की सेवा ही धर्म है।

आइए, हम इसे एक उदाहरण से समझने का प्रयास करें। मान लीजिए, कोई व्यक्ति पढ़-लिखकर डॉक्टर बन जाता है। उसने इस क्षेत्र में विशिष्टता भी

हासिल की है, लेकिन वह मरीजों का इलाज नहीं करें, ज्ञान दूसरों को नहीं बाँटें, दूसरे को नई तकनीक से अवगत नहीं कराएँ और न ही अर्जित ज्ञान का सदुपयोग नई खोज एवं अविष्कार में करें, तो प्राप्त ज्ञान का क्या औचित्य? ज्ञान का औचित्य तब है, जब अर्जित ज्ञान का उपयोग खुद और दूसरों को बेहतर बनाने में करें, दूसरों के कल्याण में करें। ऐसा करके ही आप खुद और दूसरों की सोच में बदलाव ला सकते हैं।

कहने का अभिप्राय है कि सोच बदलने के लिए ज्ञान अर्जन महत्त्वपूर्ण है, परंतु उससे भी ज्यादा महत्त्वपूर्ण अर्जित ज्ञान को विवेक में बदलना है। अगर हम अर्जित ज्ञान को विवेक में नहीं बदलें, उसका सदुपयोग जन-कल्याण के कार्यों में नहीं करें तो प्राप्त ज्ञान का क्या औचित्य? ज्ञान का औचित्य है—प्राप्त ज्ञान को विवेक में बदलना, उसकी उपयोगिता जन-मानस के कल्याणार्थ सिद्ध करना। कहने का आशय स्पष्ट है कि सोच बदलने के लिए ज्ञान अर्जन करें तथा अर्जित ज्ञान को विवेक में बदलें।

8. समय-प्रबंधन का गुढ़ सीखें

आपके मन में यह प्रश्न उठ रहा होगा कि समय-प्रबंधन से सोच का क्या लेना-देना है? दोस्तो! यही तो विचारणीय प्रश्न है। चेतनशील प्राणी होने के नाते यह हमारा कर्त्तव्य एवं दायित्व है कि हम समय के अनुसार सोचें और समय के अनुसार चलें। अगर हम समय के अनुसार नहीं सोचते, तो सोचने से कोई लाभ नहीं। भले ही आपकी सोच कितनी भी उत्कृष्ट एवं रचनात्मक क्यों न हो, अगर हम समय पर नहीं सोचें और समय के अनुसार नहीं चलें तो सोचना व्यर्थ है। समय पर सोचना और समय पर सोच को मूर्त रूप देना सार्थक है। समय उपरांत सोचना निरर्थक और समय एवं ऊर्जा की बरबादी है। अत: समय के अनुरूप सोचें, जिसे खुद, परिवार, समाज और देश का कल्याण हो। जो व्यक्ति समय पर सोचता है, उनका भविष्य सुखद होता है। अत: समय के अनुरूप चलें और समय पर सोचें। अगर आप समय पर नहीं सोचते और समय के अनुरूप नहीं चलते तो जीवन में बेहतर नहीं कर पाते हैं। अत: बेहतर करने के लिए समय पर सोचें। कहने का अभिप्राय है कि समय के अनुरूप सोचना तथा समय के साथ तारतम्य स्थापित करना ही विवेक है। हम जीवन में बेहतर कैसे करें? इसके लिए समय-प्रबंधन का गुण सीखें। जो व्यक्ति समय का मूल्य समझते हैं, वे समय के साथ कदम-से-कदम मिलाकर चलना सीखते हैं।

ऐसे व्यक्ति समय के अनुरूप सोचते हैं और समय का प्रबंधन बेहतर कर पाते हैं। अर्थात्, जो व्यक्ति समय के अनुरूप सोचते और समय का समुचित प्रबंधन करते हैं, वे ही सफल होते हैं।

समय के अनुरूप सोचने का तात्पर्य है—केवल वर्तमान को नहीं, भविष्य को भी ध्यान में रखें। अतीत की घटनाओं से सीख लें और उसकी परिणति एवं प्रभाव के संदर्भ पर सोचें। समय-प्रबंधन में निपुण व्यक्ति हर पल का मूल्य समझते हैं और हर पल का सदुपयोग बेहतर पाने और सोचने में करते हैं। ऐसे व्यक्ति समय को ही दोस्त, गुरु एवं प्रेमिका बना लेते हैं। उन्हें मालूम होता है कि समय के साथ नहीं चलें तो हम पीछे छूट जाएँगे। अत: समय के साथ कदम-से-कदम मिलाकर चलना ही उत्कृष्ट है।

अगर हम आसपास रह रहे लोगों की जीवन-शैली का अध्ययन करें तो पाते हैं कि उनमें से कुछ लोग डॉक्टर, इंजीनियर, अधिकारी बन जाते हैं और कुछ लोग खुद का रोजगार स्थापित कर दूसरों के लिए अवसर बन जाते हैं, जबकि अधिकांश लोग केवल देखते रह जाते हैं। कुछ लोगों का व्यक्तित्व इतना सुंदर, आकर्षक, उत्कृष्ट, आदर्श एवं अनुकरणीय होता है कि उनकी प्रशंसा करते हम नहीं थकते। जबकि अधिकांश लोगों को जीने की कला भी नहीं आती है। हम वैसे लोगों का उदाहरण देते हैं, जिनकी सोच रचनात्मक, व्यक्तित्व सुंदर एवं कर्म उत्कृष्ट होता है। जो व्यक्ति समय का मूल्य समझते हैं, वे सोच में प्रतिदिन निखार लाकर खुद को बेहतर बनाने में सफल होते हैं। आप भी जीवन में बेहतर करना चाहते हैं तो समय अनुरूप सोचें और समय के साथ चलें। समय से दोस्ती करें और समय-प्रबंधन का गुण सीखें। समय-प्रबंधन करनेवाला व्यक्ति न केवल समय के साथ कदम-से-कदम मिलाकर चलता है, बल्कि बीते समय से भी सीख लेता है। वह सीख लेता है कि समय का प्रबंधन नहीं कर हमने क्या खोया और समय का प्रबंधन कर क्या पाया? ऐसे व्यक्ति बीते समय पर गंभीरतापूर्वक विचार करते हैं और सोच में बदलाव लाकर समय का बेहतर प्रबंधन करते हैं।

दोस्तो! जीवन का उद्देश्य बेहतर करना और बेहतर पाना है। बेहतर करने और बेहतर पाने के लिए समय-प्रबंधन आवश्यक है। जिन व्यक्तियों को मालूम होता है कि समय का समुचित प्रबंधन करके हम वर्तमान और भविष्य को सँवार सकते हैं। वे प्रत्येक पल का सदुपयोग बेहतर सोचने, बेहतर करने और बेहतर पाने में करते हैं। ठीक इसक विपरीत, जो व्यक्ति सोच में बदलाव नहीं लाते, जीवन-

मूल्य, कर्म-मूल्य एवं समय-मूल्य की महत्ता नहीं समझते, वे दूसरों से पीछे छूट जाते हैं। ऐसे व्यक्ति अपना बहुमूल्य समय निरर्थक खो देते हैं। जब उन्हें इस बात का अहसास होता है कि समय ही सबसे कीमती संसाधन है और समय का समुचित प्रबंधन करके ही हम खुद को मूल्यवान् बना सकते हैं।

मेरे विचार से समय से कीमती संसाधन कुछ भी नहीं है। आप समय का मूल्य समझें और समयानुकूल सोच में बदलाव लाएँ। आप जैसे ही समय-प्रबंधन की बात सोचते हैं और समय का बेहतर प्रबंधन करते हैं। आप कार्य को ससमय अंजाम देने में सफल होते हैं। फलतः कार्य की परिणति बेहतर होती है। आप खुद सोचें कि समय का प्रबंधन नहीं कर हम किन-किन चीजों को खो देते हैं? हम जिस समय को खो देते हैं, क्या उसे वापस ला सकते हैं? आपका भी जबाब होगा-नहीं। अतः समय-प्रबंधन की कला सीखें और ध्यान रखें, समय पर कार्य करने की सार्थकता है। समय उपरांत कार्य अपनी सार्थकता खो देता है। अतः जीवन में सफल होना और बेहतर पाना चाहते हैं तो सोच बदलें। समय का मूल्य समझें और समय-प्रबंधन का गुर सीखें—"समय से अच्छा कोई दोस्त नहीं है। समय के साथ कदम-से-कदम मिलाकर चलना ही बुद्धिमता है। आप समय को न तो आगे भागने दें और न ही पीछे छोड़ें।"

समय के साथ चलना सीखें और समय के साथ चलकर देखें। आप जीवन के हर मोड़ पर सफल होंगे। आपका हर कार्य समय पर होगा और समय पर कार्य करने से आपको खुशी एवं संतुष्टि मिलेगी। आपको धन, यश की प्राप्ति होगी और दूसरे आपकी प्रशंसा करेंगे। आप ऐसा कर दूसरों के लिए सीख एवं उदाहरण बन जाते हैं।

शायद आपको नहीं मालूम—
समय-प्रबंधन की कला न केवल आपके वर्तमान को
बेहतर बनाती है, बल्कि भविष्य को भी सँवारती है।

9. अच्छे लोगों की संगत करें

आप सोच बदलना चाहते हैं तो अच्छे लोगों की संगत करें। अच्छी सोच एवं ऊँचे व्यक्तित्व का मालिक बनने के लिए सत्संग की जरूरत हैं। आप जीवन में बेहतर करना और बेहतर पाना चाहते हैं, तो दुर्जन की संगत छोड़ें और अच्छे लोगों की संगत करें। अच्छे लोगों की संगत से न केवल आपकी सोच, बल्कि रहन-सहन, आचार-विचार भी बदलता है। आप अच्छी सोच, अच्छे स्वभाव एवं अच्छी आदतों

के मालिक बनते हैं। आपके देखने, सुनने और कार्य करने का नजरिया बदल जाता है और नजरिया बदलने से आपको हर व्यक्ति और वस्तु में सिर्फ अच्छाई दिखती है। अच्छे लोगों की संगत में रहकर आप जिंदगी जीने की कला सीखते हैं, कार्य का मूल्य समझते हैं और व्यक्तित्व में अच्छे गुणों को शामिल करते हैं। नतीजा, आपकी जीवन-शैली सुंदर होती है, आप नियमित एवं अनुशासित होते हैं तो आपके सोचने और कार्य करने का ढंग बदल जाता है।

संगत का हमारी सोच पर व्यापक प्रभाव पड़ता है। जैसी हमारी संगत होती है, उसी अनुरूप सोच विकसित होती है। अच्छी संगत-अच्छी सोच, बुरी संगत-बुरी सोच! इसलिए हमेशा अच्छे लोगों की संगत करें। सोच और संगत में अन्योन्याश्रय संबंध है। यदि आप अच्छे लोगों की संगत करते हैं तो अच्छे गुणों को ग्राह्य करते हैं। आपकी जीवन-शैली सुंदर और सोच सकारात्मक, रचनात्मक एवं व्यापक होती है, तो आप ऊँचे व्यक्तित्व के मालिक बनते हैं। यदि आप बुरे लोगों की संगत करते हैं तो बुरी आदतें ग्रहण करते हैं। आपकी सोच घटिया और जीवन-शैली निम्न होती है। नतीजा, आप निम्न व्यक्तित्व के मालिक बन जाते हैं।

स्मरण रखें—

"अच्छी संगत आपको सबल बनाती है, तो बुरी संगत निर्बल।"

आप कमजोर नहीं, सबल बनना चाहते हैं, नकारात्मक सोच के नहीं, सकारात्मक सोच का मालिक बनना चाहते हैं तो अच्छे लोगों की संगत करें। संगत का हमारी सोच, स्वभाव, आदत पर व्यापक प्रभाव पड़ता है। अच्छी संगत होने से अच्छी आदतें और बुरी संगत होने से बुरी आदतें विकसित होती हैं और धीरे-धीरे ये आदतें हमारा स्वभाव बन जाती हैं। गलत संगत के कारण हम गलत कार्यों को अंजाम देते हैं, जिसकी परिणति भयावह एवं दुःखद होती है। गलत संगत और गलत सोच के कारण हमें अच्छी चीजें बुरी और बुरी चीजें अच्छी लगती हैं। इसलिए भुलकर भी बुरे लोगों की संगत न करें। सत्संग हमें बुरी आदतों से बचाता है और अच्छी आदतों को ग्राह्य करने के लिए प्रेरित करता है। अच्छी संगत में रहनेवाला व्यक्ति विविध मूल्यों की महत्ता समझता है और गलत कार्य करने से डरता है, जिस कारण उसका आचरण शिष्ट एवं व्यवहार उत्तम होता है।

कहने का अभिप्राय है कि जैसी संगत होती है, आप वैसे ही गुणों को धारण करते हैं। उसी अनुरूप सोच एवं जीवन-शैली होती है। अगर आपकी संगत अच्छे लोगों से होती है तो आप अच्छे गुणों को धारण कर ऊँचे व्यक्तित्व के मालिक

बनते हैं। आपको कर्म एवं समय-मूल्य की समझ होती है। आप हर कार्य समय पर करते हैं और ससमय कार्य होने से खुशी मिलती है। ठीक इसके विपरीत, बुरे लोगों की संगत में रहनेवाला व्यक्ति बुरी आदतों को ग्रहण करता है। ऐसा वाकया आपने देखा या सुना होगा कि शराबी का बेटा डॉक्टर और डॉक्टर का बेटा शराबी बन गया। डाकू का बेटा पदाधिकारी और पदाधिकारी का बेटा चोर बन गया। करोड़पति का बेटा भिखारी और भिखारी का बेटा करोड़पति बन गया। रिक्शवाले का बेटा कलक्टर और कलक्टर का बेटा नशेड़ी बन गया। इतने बड़े अंतर का मुख्य कारण संगत और सोच है। जिन व्यक्तियों ने अच्छे लोगों की संगत की, उनकी सोच बदल गई। सोच बदलने के कारण उनके जीवन की दिशा एवं दशा बदल गई। ठीक इसके विपरीत, जिन लोगों ने बुरे लोगों से संगत की, वे गलत आदमी बन गए।

कहने का आशय है कि जो व्यक्ति अच्छे लोगों की संगत करते हैं, उनकी सोच उन्नत होती है। उन्नत सोच के कारण उनके जीने और कार्य करने का ढंग अलग होता है। इस संदर्भ में शिवखेड़ा जैसे लेखक ने अपनी पुस्तक 'जीत आपकी' में लिखा है—

"जीतनेवाले कोई अलग काम नहीं करते,
उनके काम करने का ढंग अलग होता है।"

आप भी कुछ अलग करना चाहते हैं तो सोचने एवं कार्य करने का ढंग बदलें। अच्छे लोगों की संगत करें और अच्छी आदतें ग्रहण करें। अच्छे लोगों की संगत में रहने से आपकी सोच बदलती है। आप सदैव अच्छा करने और अच्छा बनने की बात सोचते हैं। खुद और दूसरों के कल्याण की बात सोचते हैं। खुद को संयमित एवं नियमित बनाते हैं, तो आपके कार्य करने का तरीका और जीवन-शैली बदल जाता है। आप भी अच्छी सोच का मालिक बनना चाहते हैं तो अच्छे लोगों की संगत करें। सोच बदलने से आपका व्यवहार, आचरण, चरित्र सबकुछ बदलने लगता है। फलतः आप जीवन में अच्छा करते और अच्छा पाते हैं। ठीक इसके विपरीत, बुरी संगत में रहनेवाले व्यक्ति की सोच संकीर्ण एवं निम्न होती है, जिस कारण वे खुद और दूसरों का मूल्य नहीं समझ पाते हैं।

याद रखें—

"गलत आदतें एक बार जकड़ लेती हैं तो जल्दी नहीं छोड़तीं।"

इसलिए भूलकर भी गलत लोगों की संगत न करें। प्रश्न यह उठता है कि यदि

सभी लोग अच्छे लोगों की संगत करें तो बुरे लोगों की संगत कौन करेगा? उनके सोच, व्यवहार और आदत में कैसे बदलाव आएगा? वे अच्छे लोगों की संगत कैसे कर पाएँगे? जब वे अच्छे लोगों की संगत नहीं कर पाएँगे तो सोच में बदलाव कैसे आएगा? वे अपनी गलत आदतों को कैसे सुधार पाएँगे? उनके सोचने का ढंग और जीने की शैली कैसे बदलेगी? इस संदर्भ पर संतों ने कहा है—

"व्यक्ति से नहीं, उसकी बुराई से नफरत करें,
बुराई की जड़ व्यक्ति नहीं, उसकी सोच है।"

10. नजरिया का प्रभाव

अत: बुरी सोच बदलने के लिए जरूरी है कि समाज में जो भी अच्छे लोग हैं, वे बुरे लोगों को अपनी संगत में रखकर उन्हें सुधरने का अवसर दें, जिससे संपूर्ण समाज का विकास हो सके। अच्छी संगत पाने का माध्यम पुस्तकें भी हैं। आप महापुरुषों की जीवनी, उनकी वाणी और लिखी पुस्तकों का अध्ययन कर अपने सोच में बदलाव ला सकते हैं। उनके जीवन-सघंर्ष एवं आदर्शों से प्रेरणा प्राप्त कर जीवन-शैली में सकारात्मक बदलाव ला सकते हैं। पुस्तकें हमें महापुरुषों के सहचर्य का अवसर उपलब्ध कराती हैं, जिनकी प्रत्यक्ष संगति संभव नहीं होने पर भी हम उनके विचारों का लाभ उठाकर खुद की सोच एवं आदत में बदलाव लाने में सफल होते हैं।

सचमुच आप सोच बदलना चाहते हैं तो देखने, पढ़ने, सुनने और कार्य करने का नजरिया बदलें। जैसे ही आप देखने का नजरिया बदल लेते हैं, आपको हर व्यक्ति और वस्तु में अच्छाई दिखती है। आप उस व्यक्ति या वस्तु में निहित गुणों को देखते हैं, जिस कारण आपके सोचने और कार्य करने का ढंग बदल जाता है। जब आप अच्छा सोचते हैं तो हर व्यक्ति में आपको अच्छाई दिखती है। आप खुद, प्रकृति और इतिहास से सीख लेते है तो आपका नजरिया बदलता है और नजरिया बदलने से आपकी सोच में बदलाव आता है। आपकी सोच व्यापक, उन्नत एवं रचनात्मक होता है। नतीजा, आप जीवन में बेहतर करते हैं। अत: सोच बदलने के लिए नजरिया बदलें। जैसे, जिस व्यक्ति को हीरे का ज्ञान नहीं होता, उसे वह पत्थर दिखता है। परंतु जिस व्यक्ति की सोच व्यापक होती है और उसके बारे में विस्तार से जानने और समझने का प्रयास करता है। अनुभवी व्यक्ति से उसकी उपयोगिता की जानकारी प्राप्त करता है। वह हीरा का कीमत समझ पाता है। कहने का अभिप्राय है

कि जैसे ही हम किसी व्यक्ति या वस्तु की सार्थकता, उपयोगिता एवं निहित गुणों को जानने का प्रयास करते हैं। हमें उसकी सार्थकता समझ में आती है। नतीजा, सोचने और देखने का हमारा नजरिया बदल जाता है।

नजरिया और सोच एक-दूसरे के पर्याय है। जैसा सोच, वैसा नजरिया और जैसा नजरिया, वैसी सोच! अर्थात् किसी व्यक्ति या वस्तु को देखने का नजरिया अच्छा, व्यापक और दूरदर्शी होता है, तो सोच भी अच्छी, व्यापक और दूरदर्शी होती है। ठीक इसके विपरीत, जिस व्यक्ति के देखने का नजरिया घटिया और निम्न होता है, उसका सोच भी बुरी और संकुचित होती है। याद रखें—"जैसे ही आप देखने का नजरिया बदल लेते हैं, आपके सोचने का ढंग बदल जाता है। अतः खुद का नजरिया बदलें। कहा भी गया है—नजरिया बदलकर देखो, नजारे बदल जाएँगे।"

आइए, हम सोच बदलने के संदर्भ को कुछ उदाहरणों से समझने का प्रयास करें।

केस नं.-1—एक गाँव में राम और मोहन नाम के दो व्यक्ति रहते थे। दोनों का जन्म अत्यंत गरीब परिवार में हुआ था। माता-पिता इतने गरीब थे कि उन्हें अच्छी शिक्षा भी नहीं दे सकते थे। दोनों गरीबी में पले-बढ़े, परंतु जब बड़े हुए तो उनकी आवश्यकताएँ बढ़ती गईं। आवश्यकताओं की पूर्ति हेतु वे रोजगार की खोज में प्रदेश चले गए। बाहर जाने के उपरांत राम की संगत अच्छे लोगों से हुई और अच्छे लोगों की संगत होने से राम ने पढ़ाई का महत्त्व समझा। अच्छी-अच्छी बातों को जाना, कार्य एवं समय का मूल्य समझा। उसने यह समझा कि कड़ी मेहनत का कोई विकल्प नहीं है। कड़ी मेहनत कर हम जो पाना चाहते हैं, प्राप्त कर सकते हैं। आदमी की पहचान उसके कर्म और सोच से होती है। जो व्यक्ति जितना अच्छा कर्म करता है, वह उतना बड़ा आदमी बनता है। राम अच्छे लोगों की संगत में रहकर यह समझने में सफल रहा कि व्यक्ति जन्म से नहीं, कर्म से महान् बनता है।

उसने कड़ी मेहनत प्रारंभ की और जो भी कार्य मिलता, उसे पूरे मनोयोग से करता। नतीजा, कार्य समय पर होता और कार्य ससमय होने से उसे ज्यादा काम मिलने लगा, जिससे उसे अच्छी आमदनी होने लगी। शहर के लोग उसे जानने-पहचानने लगे। राम ने अपनी सोच में प्रतिदिन निखार लाकर अर्जित धन से खुद का व्यवसाय शुरू किया। उसकी मेहनत रंग लाई। नतीजा, उसी शहर में अच्छा मकान बनाकर राम जीवनयापन करने लगा। ठीक इसके विपरीत, मोहन ही संगत

गलत लोगों से हो गई, जिस कारण उसने गलत कार्य शुरू कर दिया। गलत कार्य करने से वह दु:खद हालात में उलझते चला गया। वह समय एवं कर्म का मूल्य नहीं समझ पाया। गलत संगत में उसका जीना दुश्वार हो गया। इस प्रकार हम देखते हैं कि अच्छी संगत के कारण राम सोच बदलने और अच्छा करने में सफल रहा, जबकि मोहन गलत संगत में रहने के कारण नकारात्मक सोच एवं गलत आदतों का शिकार हो गया। नतीजा, वह जीवन में अच्छा नहीं कर पाया। अत: सोच बदलने और गरीबी से बाहर निकलने, धन, यश कमाने तथा अच्छा जीवन जीने के लिए अच्छे लोगों की संगत करें।

केस नं.-2—मोहनपुर गाँव में एक बहुत बड़े खगोलविद् रहते थे, परंतु वे अपना ज्ञान किसी को नहीं बाँटते। उन्हें लगता था कि ज्ञान बाँटने से उनका महत्त्व खत्म हो जाएगा। बहुत लोग उनसे यह विद्या सीखने आते थे, लेकिन वे दूसरे को नहीं सिखाते थे। एक दिन वे ग्रह, नक्षत्र का अध्ययन करते हुए जा रहे थे कि एक कुएँ में गिर पड़े। एक औरत, जो बकरी चरा रही थी, गिरने की आवाज सुन दौड़ी-दौड़ी आई और किसी तरह उन्हें कुएँ से बाहर निकाला। कुएँ से बाहर निकालने के उपरांत औरत ने उस व्यक्ति से पूछा—तुम कौन हो? उस व्यक्ति ने कहा—तुम मुझे नहीं जानती! मैं बहुत बड़ा ज्योतिषाचार्य हूँ। मुझे पुरी दुनिया जानती है और अपना भाग्य जानने मेरे पास आते हैं। तुम्हें भी अपना भाग्य जानना हो तो मेरे पास आ जाना। औरत ने कहा—जिस व्यक्ति को पृथ्वी के गड्ढ़े की जानकारी नहीं है, वह दूसरे का भाग्य क्या बताएगा? औरत की बात सुनकर विद्वान् के माथे पर बल पड़ गया। उन्होंने उस अनपढ़ औरत की बात गाँठ बाँध ली और पृथ्वी पर स्थित चीजों का अध्ययन शुरू किया। नतीजा, वे आगे चलकर भूगर्भवेत्ता के रूप में भी जाने गए। आपने देखा कि एक अनपढ़ औरत की बात ने उस विद्वान् के सोच को बदल दिया! इस घटना के बाद वे विद्यादान भी करने लगे, जिससे उनके यश में वृद्धि हुई। कहने का अभिप्राय है कि सोच बदलने के लिए प्राप्त ज्ञान को रचनात्मक दिशा देने तथा दूसरों के अनुभवों से सीख लेने की जरूरत है।

केस नं.-3—दोस्तो! सोच बदलने के लिए ज्ञानार्जन आवश्यक है, लेकिन उससे भी महत्त्वपूर्ण है, अर्जित ज्ञान को विवेक में बदलना। एक गाँव में राम और श्याम दो दोस्त रहते थे। दोनों ने इंजीनियरिंग की डिग्री प्राप्त की, परंतु राम ने इंजीनियरिंग की डिग्री प्राप्त कर कुछ भी नया निर्माण नहीं किया। उसने प्राप्त डिग्री

की उपयोगिता खुद और दूसरों के लिए साबित नहीं की और न ही कोई नई खोज की। जिस कारण वह जीवन में असफल रहा। इसका कारण है कि राम ने प्राप्त डिग्री की सार्थकता को नहीं समझा और न ही अर्जित ज्ञान को विवेक में बदला। उसने अर्जित ज्ञान का सदुपयोग सकारात्मक दिशा एवं रचनात्मक कार्यों में नहीं किया, जिस कारण वह अपनी सोच नहीं बदल पाया। नतीजा, वह इंजीनियर बनने के पहले जैसी जिंदगी जी रहा था, वैसी ही जिंदगी जीता रहा। सोच नहीं बदलने के कारण उसकी जीवन-शैली जैसी की तैसी रह गई। जबकि श्याम ने प्राप्त डिग्री की महत्ता को समझा और अर्जित ज्ञान को विवेक में बदला। अर्जित ज्ञान से खुद और समाज का परोपकार करने की सोची। उसने गाँव में ही वर्कशॉप खोली और दो-चार लोगों को रखकर अपना धंधा शुरू किया। कार्य चल निकला, क्योंकि उसने अर्जित ज्ञान का उपयोग सकारात्मक दिशा में किया। नतीजा, उसने अपनी सोच बदलकर अपार धन एवं यश अर्जित किया। उसकी जीवन-शैली बदल गई। इस प्रकार आपने देखा कि सोच बदलने के लिए ज्ञान की जरूरत है, लेकिन सोच में निखार लाने के लिए ज्ञान को विवेक में बदलने की जरूरत होती है।

आप किसी भी क्षेत्र के सफल व्यक्ति को लें, जिन्होंने सफलता का झंडा फहराया, उन्होंने अच्छे लोगों से संगत की और परिवेश को बदला, अधिक-से-अधिक जानकारी प्राप्त की और प्राप्त जानकारी को विवेक में बदला। नतीजा, वे सोच बदलने में सफल रहे। उन्होंने अपनी सोच में प्रतिदिन निखार लाया तथा खुद और दूसरों के जीवन में घटित घटनाओं से सीख लिया। परिस्थितियों से मुँह नहीं मोड़ा तथा उत्पन्न हालात का मुकाबला पूरे साहस एवं धैर्य से किया। खुद को जाना, पहचाना तथा दूसरों का मूल्य समझा। जीवन-मूल्य, कार्य-मूल्य एवं समय-मूल्य की महत्ता को समझा तथा समय-प्रबंधन का गुण सीखा। नतीजा, सोच में निखार लाकर सफलता की बुलंदियों को छु लेने में कामयाब रहा।

इस प्रकार हम देखते हैं कि जिन व्यक्तियों ने अपनी सोच को बदला, वे जीवन में सफल रहे। उन्होंने एक से बढ़कर एक अनेक अच्छे कार्य किए और धन, यश अर्जित कर अपना नाम इतिहास के पन्नों पर दर्ज करने में सफल रहे। अगर आप दुनिया में रह रहे लोगों की जीवन-शैली, सोच एवं सफलता-असफलता के परिणामों का अध्ययन करें तो दो प्रकार के आदमी मिलेंगे—

"एक वो हैं, जो केवल सोचते हैं, करते कुछ भी नहीं,
एक वो हैं, जो केवल करते हैं, पर सोचते नहीं।"

कहने का अभिप्राय है कि आप जो भी करें, सोच-समझकर करें, बिना सोचे-समझे कुछ भी नहीं करें। अगर हम बोलने के संदर्भ पर बात करें तो कुछ लोग सोच-समझकर बोलते हैं और कुछ लोग बिना सोचे-समझे बोलते हैं। कुछ लोग दूसरों की बातें आधे-अधूरे सुनकर ही बोलने लगते हैं, जबकि कुछ लोग पूरी बातें सुनकर बोलते हैं। कुछ व्यक्ति दूसरों की बातें बिना सुने ही बोलना शुरू कर देते हैं और कुछ बीच में ही बोलने लगते है। ऐसे व्यक्ति जीवन में अच्छा नहीं कर पाते हैं। आप खुद सोचें और उपर्युक्त बातों पर मनन करें। परंतु दुःख की बात है कि अधिकांश व्यक्ति बिना सोचे-समझे बोलते हैं और बिना सोचे-समझे करते हैं। ऐसे व्यक्ति खुद नुकसान में रहते हैं। कहा भी गया है, "कम बोलें, ज्यादा सुनें और जो भी बोलें, सोच-समझकर बोलें।" ईश्वर ने कम बोलने के लिए एक मुँह, गौर करने के लिए दो आँख, ज्यादा सुनने के लिए दो कान और सोचने-समझने के लिए शक्तिशाली मन दिया है, ताकि जो भी बोलें, सोच-समझकर बोलें। जो भी सुनें ध्यान से सुनें। बोलने के संदर्भ पर निम्न बातें देखने को मिलती हैं—

एक वो है, जो केवल बोलते हैं, पर सोचते नहीं,
एक वो है, जो केवल बोलते हैं, पर सुनते नहीं,
एक वो है, जो सोच-समझकर बोलते हैं और,
एक वो हैं, जो सुनकर और सोचकर बोलते हैं।

याद रखें—

"बोलना जीवन की नियति है, परंतु,
सोच-समझकर बोलना जीवन का सार।"

अगर हम कार्य-क्षेत्र के आधार पर लोगों की पहचान करें तो लोगों को दो श्रेणी में रख सकते हैं—

"एक वो हैं, जो बिना सोचे-समझे करते हैं और,
एक वो हैं, जो हर कार्य सोच-समझकर करते हैं।"

आप उपर्युक्त श्रेणी के लोगों के रहन-सहन, आचार और कार्य करने के व्यवहार पर गौर करें, तो पाएँगे कि जो व्यक्ति सोच-समझकर बोलते और कार्य करते हैं, वे जीवन में सफल होते हैं। ऐसे लोगों की प्रशंसा सर्वत्र होती है। मेरा भी मानना है कि आप जो भी बोलें, सोच-समझकर बोलें और जो भी करें, सोच-समझकर करें। इस दुनिया में सबकुछ सोच का ही कमाल है। अगर आप कहते हैं कि वह व्यक्ति अच्छा है, उसका व्यक्तित्व सुंदर, जीवन-शैली उत्कृष्ट एवं

अनुकरणीय है, तो यह उस व्यक्ति की सोच का कमाल है। उसने हमेशा अच्छा सोचा, सकारात्मक सोचा एवं रचनात्मक सोचा। यदि आप कहते हैं कि वह आदमी बुरा है, उसे इनसानियत की समझ नहीं है, तो यह भी उस व्यक्ति की सोच का कमाल है, क्योंकि उसने अपनी सोच को नहीं बदला और नकारात्मक सोच में उलझा रहा। कहा भी गया है कि अगर आप बिना सोचे-समझे कार्य करते हैं तो पछताना भी आपको ही पड़ता है। आप बुरा नहीं, अच्छा बनना चाहते हैं, तो सोच बदलें। सदैव सकरात्मक सोचे, सोच-समझकर बोलें और सोच-समझकर करें।

शायद आपको नहीं मालूम—

"सोचकर करना और बिना सोचे करना, दोनों की परिणति में बहुत बड़ा अंतर है। यही अंतर उस व्यक्ति को दूसरों से अलग पहचान दिलाती है।"

अतः जीवन में जो कुछ भी करें, सोच-समझकर करें। जो भी बोलें, सोच-समझकर बोलें। बिना सोचे-समझे न तो बोलें और न ही करें। अगर आप बिना सोचे-समझे बोलते और बिना सोचे-समझे करते हैं तो दुःखद परिणति भी आप ही भुगतते हैं। इसलिए आप जो भी करें, सोच-समझकर करें। सोच-समझकर करने की परिणति सुखद होती है। अगर आप उपर्युक्त संदर्भ पर नहीं सोचें तो बेहतर परिणति कैसे प्राप्त होगी? आप नकारात्मक सोच से घिर रहें, अच्छे लोगों की संगत नहीं करें, परिस्थितियों से सीख नहीं लें, स्वयं की क्षमता को नहीं पहचानें, खुद को नहीं जानें, खुद का मूल्य नहीं समझें तो इस जीवन की श्रेष्ठता कैसे साबित कर पाएँगे?

याद रखें—

"परिस्थितियों के झंझावात से बाहर निकलने और
खुद का औचित्य साकार करने के लिए सोच बदलें।"

मेरा भी आपसे अनुरोध है कि आप अपनी सोच बदलें और सोच बदलने के लिए खुद को बदलें, खुद को जानें और खुद को समझें, विविध मूल्यों की महत्ता समझें, इतिहास से सीख लें, समय से दोस्ती करें। सैद्धांतिक एवं व्यावहारिक ज्ञान का अर्जन करें तथा अर्जित ज्ञान को विवेक में बदलें। पढ़ने, देखने, सुनने और समझने का नजरिया बदलें। आप उपर्युक्त बातों को जीवन में आत्मसात् करके देखें। आप सोच बदलने में कामयाब होंगे। मेरे विचार से सोच बदलने के लिए आप निम्न कार्य करें—

- खुद को जानें और खुद का मूल्य समझें।
- हरेक व्यक्ति एवं वस्तु का मूल्य समझें।

- खुद को आदर्श एवं उदाहरण के रूप में स्थापित करने की सोचें।
- धन, यश, समृद्धि हासिल करने की सोचें।
- बेहतर जीवन-शैली जीने की सोचें।
- दूसरों का परोपकार करने की सोचें।
- दीन-दु:खियों की सेवा करने की सोचें।
- जीवन का औचित्य साकार करने की सोचें।
- सत्य और धर्म के मार्ग पर चलने की सोचें।

□

3

सोच को प्रभावित करने वाले कारक

किसी व्यक्ति की सोच जब दुनिया की नजरों में सर्वमान्य एवं सर्वग्राह्य हो जाती है तो वह विचार कहलाता है। इस दुनिया में जितने भी विचार सर्वमान्य हैं, उसे किसी-न-किसी व्यक्ति ने ही अभिव्यक्त किया है। उनके विचार आज भी सर्वमान्य एवं सर्वग्राह्य होने के कारण जन-मानस के बीच प्रशंसनीय एवं अनुकरणीय हैं। ऐसे उत्कृष्ट विचारवान् व्यक्तियों को समाज संत, महासंत एवं महापुरुषों की उपाधि से नवाजता है। उन्हें उदाहरण के रूप में प्रस्तुत करता है और अपना आदर्श मानता है। ऐसी विभूतियों को समाज बड़े ही आदर और श्रद्धा-सुमन के साथ याद करता हैं। हर व्यक्ति उनकी प्रशंसा करता है। उनके विचार भले ही वर्षों पुराने हैं, लेकिन आज भी उतने ही प्रासंगिक एवं अनुकरणीय हैं। आज भी उनके विचारों को दुनिया आदर्श एवं उदाहरण के रूप में प्रस्तुत करती है। हम उनके विचारों को जीवन में आत्मसात् कर बेहतर करते और बेहतर पाते हैं। अगर हम उनके व्यक्तित्व की बात करें तो पाते हैं कि उनकी जीवन-शैली उत्कृष्ट और विचार रचनात्मक, दूरदर्शी एवं व्यापक थे। उनके देखने, सुनने और कार्य करने का नजरिया आम लोगों से अलग था। दूरदर्शी सोच एवं व्यापक नजरिया के कारण उन विभूतियों ने अनेकों उत्कृष्ट कार्य कर, समाज को नई राह दिखा गए। यही कारण है कि आज भी दुनिया उनकी पूजा करती है।

यह स्वीकृत सत्य है कि एक ही विषय-वस्तु पर, विभिन्न व्यक्तियों की सोच अलग-अलग होती है। सोच अलग-अलग होने के अनेकों कारण हैं। लेकिन जिस व्यक्ति की सोच सर्वमान्य एवं सर्वग्राह्य होती है, । वह विचार का रूप ले लेती है और

उस स्थिति में हम कहते हैं कि अमुक विषय पर अमुक व्यक्ति का विचार ज्यादा प्रासंगिक है। ऐसे व्यक्ति अपने विचारों के माध्यम से समाज को नई दिशा एवं नई राह दिखा जाते हैं। सोच के अलग-अलग होने के कारणों का विश्लेषण करें तो पाते हैं कि इसका मुख्य कारण संगत, परिवेश, परिस्थिति तथा देखने, सुनने, पढ़ने एवं कार्य करने का नजरिया है। नजरिया अलग-अलग होने के कारण हर व्यक्ति की सोच अलग-अलग होती है। यही कारण है कि जिस व्यक्ति का नजरिया जैसा होता है, उसी अनुरूप वह सोचता है। दूसरे शब्दों में, हम कह सकते हैं कि किसी विषय के संदर्भ पर जैसी हमारी सोच होती है, वैसा ही नजरिया होता है, और जैसा नजरिया होता है, वैसी ही सोच होती है।

कहने का अभिप्राय है कि सोच और नजरिया एक-दूसरे के पूरक हैं। एक के बिना दूसरे की परिकल्पना नहीं की जा सकती। अगर हम नजरिए की बात करें तो पाते हैं कि एक विषय पर विभिन्न व्यक्तियों का नजरिया अलग-अलग होता है। नजरिया अलग-अलग होने के कारण उनकी सोच, व्यवहार, कृत्य एवं व्यक्तित्व अलग-अलग होता है। उनके जीने और कार्य करने का ढंग अलग होता है। अतः किसी व्यक्ति या वस्तु के संदर्भ पर जैसा हमारा नजरिया होता है, उसी अनुरूप हमारी सोच होती है। सोच विभिन्न कारकों से प्रभावित होती है, जिसमें मुख्यतः शिक्षा, संगत, परिवेश, परिस्थिति और माहौल हैं। उपर्युक्त कारकों के अतिरिक्त अन्य कारकों से भी सोच प्रभावित होती है। जिन कारकों से सोच प्रभावित होती है, उसी अनुरूप हमारी सोच बनती है। यही कारण है कि हर व्यक्ति की सोच एवं नजरिया अलग-अलग होते हैं। सोच और नजरिया अलग-अलग होने के कारण उनके जीने का ढंग, कार्य करने का ढंग और व्यवहार करने का ढंग अलग होता है। विभिन्न व्यक्तियों की सोच एक ही विषय पर अलग-अलग होती है। आइए, हम कुछ खास विभूतियों की चर्चा करें, जिनके विचार आज भी उतने ही प्रासंगिक हैं। आपने यह पंक्ति सुनी होगी—'ज्ञान ही शक्ति है' (Knowledge is power) यह विचार जर्मन दार्शनिक प्रो. हॉब्स ने दिया था। महात्मा बुद्ध ने कहा था—"सद्मार्ग पर चलो।"

महावीर ने कहा था, "अहिंसा परमो धर्म।" भगवान् कृष्ण ने कहा था, "कर्म ही धर्म है।" महात्मा गांधी ने कहा था, "सत्यमेव जयते", पंडित जवाहर लाल नेहरू ने कहा था, "आराम हराम है"। ये विचार आज भी उतने ही प्रासंगिक एवं सर्वमान्य हैं। ईमानदारी सबसे अच्छी नीति है। सदा सत्य बोलें, सद्मार्ग पर चलें, दुःख का

कारण इच्छा है, धर्म का अनुसरण करें। ये सारे विचार किसी-न-किसी व्यक्ति द्वारा प्रतिपादित हैं और आज भी उतने ही सर्वमान्य एवं सर्वग्राही हैं। महापुरुषों के विचार आज भी लोगों के दिलों में बसे हैं। ऐसे विचारों का अनुसरण कर आज भी लोग जीवन में सफलता की ऊँचाइयों को छूते हैं। यही कारण है कि आज भी हम उन्हें अपना आदर्श मानते हैं और उनकी पूजा करते हैं।

ऐसा भी नहीं है कि कोई व्यक्ति जन्म से उन्नत सोचता है या उन्नत सोच के साथ जन्म लेता है। हाँ, यह बात सही है कि किसी व्यक्ति का जन्म अमीर परिवार में होता है तो उसकी परवरिश अच्छी होती है। उसे अच्छे लोगों की संगत मिलती है। अच्छे परिवेश एवं अच्छी संगत का प्रभाव उसकी सोच पर पड़ता है। जिस कारण उनके सोचने और कार्य करने का नजरिया सामान्य परिवार में जनमे बच्चों से अलग होता है। गरीब परिवार में जनमे बच्चों की परवरिश अच्छी नहीं होती, उनके पास संसाधन का अभाव होता है। जिस कारण उनकी सोच संकुचित होती है। परंतु इसका मतलब यह नहीं कि वे अच्छी सोच का मालिक नहीं बन सकते! वे भी अच्छी संगत एवं अच्छे परिवेश में रहकर उन्नत सोच का मालिक बन सकते हैं। कहने का अभिप्राय है कि कोई भी व्यक्ति कभी भी अच्छे लोगों की संगत में रहकर, ज्ञान अर्जित कर, माहौल को सुंदर बनाकर, परिस्थितियों से सीख लेकर, खुद को जानकर-समझकर, समय एवं कार्य का मूल्य समझकर सोच में परिवर्तन ला सकता है। सोच में बदलाव लाकर कोई भी व्यक्ति बेहतर आदमी बन सकता है। सोच को व्यापक एवं दूरदर्शी बनाकर सफलता की ऊँचाइयों को छू सकता है और खुद का इतिहास रच सकता है।

आप भी खुद की दिशा और दशा बदलना चाहते हैं, खुद का इतिहास लिखना चाहते हैं, दूसरों को नई राह दिखाना चाहते हैं, आपदा में अवसर का निर्माण कर, दूसरों के लिए अवसर बनना चाहते हैं, खुद की अलग पहचान एवं जीवन का औचित्य साकार करना चाहते हैं, सफलता की ऊँचाइयों को छूना और खुद की सार्थकता साबित करना चाहते हैं, तो सोच बदलें। सोच बदलकर ही आप खुद और दुनिया को बदल सकते हैं। इसके लिए अच्छे लोगों की संगत करें, अच्छा माहौल बनाएँ, अच्छे परिवेश में रहें और अधिक-से-अधिक ज्ञान अर्जन करें। आगत परिस्थितियों को परखें-समझें और उत्पन्न हालात से सीख लें। खुद को पहचानें, आत्मविश्वास जाग्रत् करें। ईश्वर प्रदत्त शक्तियों पर विश्वास रखें तथा दृढ़-इच्छाशक्ति के साथ आगे बढ़ें। स्वयं को जानें, निहित गुणों को निखारें और अपने

अंदर छुपी शक्ति को पहचानें। आपके अंदर इतनी शक्ति और क्षमता है कि आप हर विषय पर बेहतर सोच सकते है और कुछ भी कर सकते हैं। आप खुद को क्या, दुनिया को बदल सकते हैं।

याद रखें—

"बदलाव प्रकृति का नियम है और बदलाव सोच का स्वरूप है।"

इस धरा-धाम पर हर बदलाव का उद्गम स्रोत सोच है। हर क्रिया-कलाप सोच का स्वरूप है। जैसी हमारी सोच होती है, वैसी ही हमारी क्रिया होती है। हमारी सोच अच्छी है तो दुनिया भी हमें अच्छी दिखती है। हमारे आसपास के लोग अच्छे होते हैं तो हर व्यक्ति हमें अच्छा दिखता है। ठीक इसके विपरीत, हमारी सोच बुरी है तो खुद की दुनिया भी बुरी होती है। हमें दूसरों और आसपास के लोगों में केवल बुराई दिखती है। हमारी सोच की दुनिया अच्छी होती है तो उसमें ज्यादा-से-ज्यादा लोग समाहित होते हैं। हम व्यक्ति के साथ नहीं, समष्टि के साथ होते हैं। हमारी सोच बुरी होती है तो हम समष्टि से बाहर होते हैं। कहने का अभिप्राय है कि जिस व्यक्ति की सोच जैसी होती है, उसी अनुरूप उसकी दुनिया और उसकी पहचान बनती है। उपर्युक्त तथ्यों से स्पष्ट है कि सोच अलग होने के अनेकों कारण हैं। सोच विभिन्न कारकों से प्रभावित होती है और जिन कारकों से हम प्रभावित होते हैं, उसी अनुरूप हम अच्छा या बुरा बनते हैं।

जब हर व्यक्ति को ईश्वर ने ही बनाया है और हर व्यक्ति को ईश्वर ने ही सोचने-समझने की शक्ति दी है, तो फिर उनकी सोच अलग-अलग कैसे होती है? आइए, हम यह जानने का प्रयास करें कि किसी की सोच अच्छी और किसी की बुरी, किसी की रचनात्मक और किसी का विध्वंसात्मक क्यों? इसका कारण क्या है? यदि हम उन कारणों की बात करें तो पाते हैं कि सोच विभिन्न कारकों से प्रभावित होती है और वे कारक निम्न हैं—

- संगत।
- परिवेश/माहौल।
- परिस्थिति।
- दृष्टिकोण/नजरिया।
- ज्ञान/विवेक।
- तजुर्बा/अनुभव।
- जीवन-शैली।

- आत्मविश्वास।
- संस्कार एवं संस्कृति।

1. संगत

सोच को प्रभावित करने में संगत की भूमिका महत्त्वपूर्ण है। आप जैसे व्यक्तियों की संगत करते हैं, वैसी ही सोच होती है। कहा भी गया है, "जैसी संगत-वैसी रंगत।" अर्थात् संगत के अनुरूप आप जैसा सोचते हैं, वैसा ही आपके चेहरे पर रंग खिलता हैं। अर्थात् आप जैसा सोचते हैं, वैसा बनते हैं। अगर आपकी संगत अच्छे लोगों से है तो आप अच्छा सोचते और अच्छा बनते हैं और बुरे लोगों के साथ हैं तो बुरा सोचते और बुरा बनते हैं। बुरी सोच से हमारा अभिप्राय-घटिया, संकीर्ण, नकारात्मक, अदूरदर्शी सोच से है। ऐसी सोच आपको बीमार, चिंताग्रस्त एवं नकारात्मक बना देती है। अच्छी सोच से हमारा अभिप्राय सकारात्मक, रचनात्मक, व्यापक एवं दूरदर्शी सोच से है। ऐसी सोच आपको साहसी, प्रसन्नचित एवं कामयाब बनाती है। कहने का अभिप्राय है कि आप जैसी संगत करते हैं, वैसी ही सोच और जीवन के रंग होते हैं।

जैसे, अगर आप कायर, डरपोक एवं निर्बल के संग रहते हैं तो कायर बन जाते हैं। आपके चेहरे पर भय, चिंता, उदासी का रंग खिलता है। ठीक इसके विपरीत, आप निडर, सबल एवं संकल्पवान् व्यक्ति के साथ रहते हैं, तो साहसी बनते हैं। आपके चेहरे पर साहस एवं आत्म-विश्वास का रंग खिलता है। आप खुद को कैसे रंग में रँगना चाहते हैं—अच्छे या बुरे रंग में? यह आपकी संगत पर निर्भर करता है। चोर के संग रहनेवाला व्यक्ति चोर और साधु के संग रहनेवाला व्यक्ति साधु ही बनता है। साहसी एवं आत्मविश्वास के धनी व्यक्ति के संग रहनेवाला व्यक्ति सफल और कायर व्यक्ति के संग रहनेवाला व्यक्ति डरपोक बन जाता है। इसके अपवाद भी हो सकते हैं, इस बात से इनकार नहीं किया जा सकता है।

प्रायः देखा गया है कि चोर के संग रहनेवाला व्यक्ति साधु नहीं होता और संत के साथ रहनेवाला व्यक्ति चोर नहीं होता। आसपास के लोगों की संगत का अवलोकन करें तो पाएँगे कि जिन व्यक्तियों की संगत अच्छे लोगों से होती है, उनकी सोच, व्यवहार, आचरण एवं कृत्य उत्तम होते हैं। उनके जीने और काम करने का ढंग अलग होता है। ठीक इसके विपरीत, गलत संगत में रहनेवाले व्यक्ति की सोच, व्यवहार, कृत्य घटिया एवं निम्न स्तर का होता है। कहने का अभिप्राय है कि संगत

का व्यापक प्रभाव हमारी सोच पर पड़ता है। अच्छे लोगों की संगत में रहने से हमारी सोच सकारात्मक, उन्नत एवं दूरदर्शी तथा दायरा व्यापक एवं रचनात्मक होता है। सत्संगी खुद सुंदर होते हैं और दूसरे भी उन्हें सुंदर दिखते हैं। यदि हम बुरे लोगों की संगत में रहते हैं तो हमारी सोच गलत और सोच का दायरा संकीर्ण एवं नकारात्मक होता है। जिस कारण हम व्यर्थ की बातों में उलझे रहते हैं और संकीर्ण सोच से बाहर नहीं निकल पाते हैं। नतीजा, हमारे जीवन का रंग फीका होता है। यदि आप चाहते हैं कि जीवन का रंग चटक, आकर्षक एवं सुंदर हो तो अच्छे लोगों की संगत करें।

उपर्युक्त तथ्यों से स्पष्ट है कि आप जैसी संगत में रहते हैं, उसी अनुरूप आपकी सोच अच्छी या बुरी होती है। निर्णय आपको लेना है कि आप कैसे लोगों की संगत में रहना चाहते हैं? कैसी सोच और व्यक्तित्व के मालिक बनना चाहते हैं? कैसे चरित्र और आचरण का निर्माण करना चाहते है? अगर आप अच्छी सोच, उत्तम चरित्र और सुंदर व्यक्तित्व के मालिक बनना चाहते हैं तो अच्छे लोगों की संगत करें। अगर आप अच्छे लोगों की संगत नहीं करते और बुरे लोगों की संगत करतें हैं तो निम्न सोच एवं बुरी आदतों के मालिक बन जाते हैं।

जैसे, आप कोई नशा नहीं लेते हैं, लेकिन गलत व्यसनवाले लोगों के संग रहते हैं तो धीरे-धीरे आप भी नशीले पदार्थों का सेवन करने लगते हैं। कालांतर में आप उसके आदी हो जाते हैं और नशा नहीं मिलने पर बेचैन रहते हैं। इसे पाने के लिए आप गलत कार्यों को अंजाम देते हैं, जिसकी दु:खद परिणति भी खुद भुगतते हैं। याद रखें, आपकी गलत सोच एवं गलत कार्यों का खामियाजा न केवल आपको, बल्कि पूरे परिवार एवं समाज को भुगतना पड़ता है। आइए, इस संदर्भ पर मैं आपको एक रोचक एवं शिक्षाप्रद कहानी सुनाता हूँ—

रामपुर गाँव में मोहन नाम का एक लड़का रहता था। गलत संगत में रहने के कारण वह शराब पीने का आदी हो गया। प्रतिदिन वह शराब पीता और दूसरों के साथ गाली-गलौज करता। शराब पीए बिना एक दिन भी नहीं रह पाता था। शराब खरीदने के लिए पैसे नहीं होने पर वह माता-पिता के साथ मार-पीट करता और बलपूर्वक पैसा छीनकर या घर का समान बेचकर शराब खरीदता और पीता था। माता-पिता उसे बहुत समझाते थे, लेकिन वह शराब छोड़ने को तैयार नहीं था। एक दिन उसके पिताजी ने बहुत समझाया कि शराब सेहत के लिए हानिकारक है, तुम बहुत अस्वस्थ और कमजोर हो गए हो। तुम्हें अनेकों बीमारी हो गई हैं, नशा करना छोड़ दो; परंतु उसने एक भी नहीं सुनी। उल्टे पिताजी को ही समझाता कि दुनिया

में इससे अच्छी कोई चीज नहीं है। आप एक दिन शराब पीकर देखो, उसके बाद कहोगे तो मैं शराब छोड़ दूँगा! बेटे के बारंबार कहने पर पिता ने एक दिन शराब पी ली। धीरे-धीरे पिता भी शराब का आदि हो गया और शराब पीकर दूसरों के साथ मार-पीट करने लगा। पिता की हालात देखकर एक दिन पुत्र ने पिता को समझाया—पिताजी, शराब बहुत बुरी चीज है, इसे छोड़ दो। पिता ने कहा—तुम भले ही छोड़ दो, मैं नहीं छोड़ूँगा। इस प्रकार गलत संगत के कारण पिता भी शराबी बन गया।

याद रखें—

"बुरा व्यसन आदमी को जल्दी जकड़ता है,
और चाहने पर भी जल्दी नहीं छोड़ता है।"

ऐसे व्यक्ति की संगत भूलकर भी न करें, जो आपको अँधेरे में ले जाए। ऐसे व्यक्ति कदापि आपके दोस्त नहीं हो सकते, जो आपको गलत दिशा में ले जाएँ। ऐसे लोगों की संगत करने से बेहतर है कि आप उनसे किसी प्रकार का मेल-जोल न करें। गलत लोगों की संगत हमेशा गलत करने के लिए प्रेरित करती है और गलत दिशा में ले जाती है। भूलकर भी गलत लोगों की संगत में न रहें और न ही उनकी संगत करें। गलत लोगों की संगत करने से आप गलत सोच एवं गलत आदतों के शिकार हो जाते हैं, जिसका नतीजा आपको एवं परिवार को भुगतना पड़ता है। आपको अनेकों उदाहरण मिल जाएँगे, जो गलत संगत में रहकर डाकू, चोर, जुआरी और शराबी बन गए। उनका जीवन जीना दुष्कर हो गया तथा खुद और परिवार के लिए बोझ बन गए। ऐसे व्यक्ति बाद के दिनों में चाहकर भी गलत आदतों को छोड़ नहीं पाते। आपको ऐसे भी लोग मिलेंगे, जो डाकू, चोर, शराबी थे, परंतु अच्छे लोगों की संगत में रहकर साधु-संत बन गए। दीन-दु:खियों की सेवा और परोपकार में लग गए। इसी संदर्भ पर संत कबीर जी ने कहा है:—

"सोना, सज्जन, साधु जन टूटी जुड़े सौ बार
दुर्जन, कुंभ-कुम्हार से एके धक्का दरार।"

उपर्युक्त पंक्ति से हमें यह सीख मिलती है कि किसी भी व्यक्ति की संगत सोच-समझकर करें। जिस प्रकार सोना, सज्जन, साधुजन विपरीत हालात में भी अपने मूल स्वभाव को नहीं छोड़ते, अपने गुण, स्वभाव एवं संस्कार को बनाए रखते हैं, झंझावात में टूट जाने के बाद भी खुद को सँभाल लेते हैं और धैर्य नहीं खोते। वे खुद को हालात के अनुरूप ढाल लेते हैं और हर परिस्थिति को समभाव से लेते हुए खुश रहते हैं। उन्हें न तो मान-सम्मान की चिंता होती है और न ही सुख-दु:ख की।

वे न तो प्रशंसा की परवाह करते हैं और न ही आलोचना की चिंता करते हैं। उनके स्वभाव में विनम्रता, दया, क्षमा, त्याग, सोच में रचनात्मकता और मन में परोपकार का भाव कूट-कूटकर भरा होता है। जबकि दुर्जन व्यक्ति, थोड़ी सी आलोचना पर टूट जाते हैं, ईर्ष्या-द्वेष, से भर जाते हैं और मान--सम्मान से खुद को जोड़ लेते हैं। इसका कारण है कि उनके अंदर अभिमान भरा होता है। इसी संदर्भ पर भोजपुरी कवि मनोज 'भावुक' ने लिखा है—

"प्रीत के रीत रउआ, गजब निभावत वानी
घात मन में, बा पर हाथ मिलावत वानी।"

दोस्तो!

"हाथ मिलाने से कुछ नहीं होता,
मन का मन से मिलन आवश्यक है।"

अगर किसी व्यक्ति से आपका मन नहीं मिलता तो हाथ मिलाने से कोई फायदा नहीं। कहने का अभिप्राय है कि आप हमेशा अच्छे लोगों की संगत करें और अच्छा सोचें। अच्छे लोगों की संगत में रहने से आप अच्छी बातें सीखते हैं, अच्छे गुणों को ग्राह्य करते हैं और अच्छी सोच के मालिक बनते हैं। अच्छे लोगों की संगत में रहने से आपके अंदर बहुत सारे गुण, जैसे-विनम्रता, सहयोग, सद्भाव, सहिष्णुता, दया, क्षमा, त्याग का समावेश होता है। इन गुणों के निपुण व्यक्ति विपरीत हालात में भी विचलित नहीं होते और न ही धैर्य खोते हैं। वे हालात को अपने अनुकूल मोड़ने तथा हालात पर विजय पाने में सफल होते हैं। ऐसे व्यक्ति अन्याय के आगे नहीं झुकते तथा सत्य, न्याय और धर्म के मार्ग पर चलते हैं। ठीक इसके विपरीत, जो व्यक्ति दुर्जन संग रहते हैं, वे आलसी एवं कामचोर बन जाते हैं। उनके व्यक्तित्व में निहित दुर्गुण उन्हें हमेशा के लिए तोड़ देता है और लाख प्रयास के बावजूद भी वे खुद को सँभाल नहीं पाते। इसी संदर्भ पर महापुरुषों ने कहा है—

"संगत से गुण होत है, संगत से गुण जात,
बाँस, फाँस, मिसरी, अरू मोल बिकात।"

आप जैसी संगत में रहते हैं, वैसी सोच और गुणों को धारित करते हैं। आप अच्छे लोगों की संगत में रहते हैं तो अच्छी सोच और अच्छे गुणों को ग्राह्य करते हैं और अगर बुरे लोगों की संगत में रहते है तो बुरी सोच के मालिक बनते हैं। जैसे-आप विद्वानों की संगत में रहते हैं तो खुद और दुनिया के बारे में जानते हैं, नई-नई बातें सीखते हैं। विषय-वस्तु में विशिष्टता हासिल कर खुद की अलग पहचान

स्थापति करते हैं। साधु-संत की संगत में रहते हैं, तो आपका जुड़ाव अध्यात्म की ओर होता है। परोपकार और दीन-दु:खियों की सेवा को परम धर्म मानते हैं। आप व्यवसायी की संगत में रहते हैं, तो अधिक-से-अधिक पैसा कमाने का गुर सीखते हैं। बेईमान के संग रहते हैं तो बेईमानी करना सीखते हैं। ईमानदार के संग रहते हैं तो ईमानदार बनना सीखते हैं। कहने का अभिप्राय है कि आप जैसे व्यक्ति की संगत में रहते हैं, वैसा ही गुणों को धारण करते हैं।

उपर्युक्त तथ्यों से स्पष्ट है कि अच्छे लोगों की संगत में रहनेवाला व्यक्ति अच्छी सोच का और बुरे लोगों की संगत में रहनेवाला व्यक्ति बुरी सोच का मालिक बनता है। यह सच्चाई है कि हम जैसे व्यक्तियों की संगत में रहते हैं, वैसे ही गुणों को ग्राह्य करते हैं। आप अच्छी सोच के मालिक एवं अच्छे गुणों को धारण करना चाहते हैं, ईमानदार और चरित्रवान बनना चाहते हैं, सुंदर व्यक्तित्व के मालिक बनना चाहते हैं, तो अच्छे लोगों की संगत करें। अच्छे लोगों की संगत में रहकर आप अच्छा सोचते हैं और अच्छे गुणों का ग्राह्य करते हैं। नतीजा, आप बेहतर आदमी बनते हैं। बेहतर आदमी बनने के लिए अच्छा सोचने और अच्छा करने की जरूरत है। इसके लिए अच्छे लोगों की संगत करें। अच्छी संगत में रहने से आपकी सोच उन्नत एवं कर्म उत्कृष्ट होते हैं। इस प्रकार हम देखते हैं कि संगत हमारी सोच को उच्चतम स्तर तक प्रभावित करती है।

ध्यान रखें—अगर अच्छे लोग भी बुरे लोगों की संगत में फँस जाते हैं तो व्यक्तित्व में अपेक्षित दृढ़ता न होने के कारण बुरी आदतों के शिकार हो जाते हैं। जैसे-किसी नशा को ही लें। नशे में न कोई फायदा होता है और न ही उसकी आवश्यकता होती है, फिर भी लोग नशा करते हैं! वे केवल नशा ही नहीं करते, बल्कि उसके आदी हो जाते हैं। इसका कारण पूछें तो सौ में से निन्यानबे लोग, अपने यार-दोस्तो के आग्रह पर विभिन्न प्रकार के नशा, जैसे-बीड़ी, सिगरेट, तंबाकू, गुटका, भांग, शराब इत्यादि शुरू करते हैं। धीरे-धीरे यह आदत उनके स्वभाव में इस कदर रच-बस जाती है कि वे चाहकर भी नहीं छोड़ पाते। नशे की तरह ही जुआ खेलना, गाली-गलौज करना, मुफ्तखोरी करना, व्यर्थ में समय बरबाद करना, इत्यादि अनेकों दुष्प्रवृत्तियों हम मित्र मंडली में रहकर ही सीखते हैं।

हम जिन व्यक्तियों की संगत में रहते हैं, स्वभावत: हम उनकी दुष्प्रवृत्तियों से भी मित्रता करने लगते हैं। नतीजा, हम गलत आदतों के शिकार हो जाते हैं। यहाँ तक कि कोई आदमी व्याभिचारी या चरित्रहीन होता है तो उसके पतन का कारण भी

संगत है। आरंभिक जीवन में सभी सदाचारी ही होते हैं, बाद के दिनों में ही व्यक्ति अच्छा या बुरा बनता है। अच्छे लोगों की संगत में रहकर व्यक्ति अच्छा और बुरे लोगों की संगत में आकर दुराचारी बन जाता है। सत्संगी को समाजिक लोक-लाज, मान-अपमान का भय होता है, लेकिन कुसंगत में रहनेवाले लोगों को मान-अपमान या लोक-लाज का कोई भय नहीं होता। बुरे साथियों के साथ बुरी आदतें और हँसी-मजाक से प्राप्त होने वाला रस दिनोदिन उनके पतन का कारण बन जाता है। ऐसे लोगों की सोच एवं कर्म इतने घटिया होते हैं कि वे समाज में घृणा के पात्र बन जाते हैं। इसके विपरीत, अच्छे लोगों की संगत में रहनेवाले व्यक्ति की सोच उन्नत और कर्म उत्कृष्ट होते हैं। नतीजा, उन्हें सर्वत्र मान-सम्मान एवं प्रशंसा मिलती है। संगत के प्रभाव का कमाल है कि फूल की पंखुड़ियाँ जिस मिट्टी में टूट-टूटकर गिरती हैं, वह मिट्टी भी फूलों की सुगंध ग्रहण कर सुवासित हो जाती है। चंदन वृक्ष के आसपास विद्यमान पौधे भी चंदन की सुगंध से सुवासित हो जाते हैं। तो फिर ऐसी कोई बात नहीं कि सद्गुणी और सज्जन व्यक्तियों के संग में रहनेवाले व्यक्ति अच्छा न बनें! यह सुनिश्चित है कि अच्छे व्यक्तियों के संसर्ग में रहने पर सद्गुण और बुरे लोगों के संसर्ग में दुर्गुण आते हैं। सूर्यमूखी का फूल उधर ही मुड़ता है, जिधर सूरज होता है। जिस प्रकार सूर्य का प्रकाश पाकर कमल की कली का मुँह खुल जाता है, उसी प्रकार सत्संग में आकर मनुष्य की अंतरात्मा में विराजमान सद्वृत्तियाँ और सद्गुण बाहर आते हैं।

महत्त्वपूर्ण यह है कि हम संगी-साथियों का चुनाव करते समय उनके व्यक्तित्व, व्यवहार एवं कृत्य की समीक्षा करें। उनकी वृत्तियों, जीवन-शैली, चरित्र और व्यवहार को देखें और समझ-बूझकर ही मित्रों का चुनाव करें, ताकि आप गलत सोच और गलत आदतों के शिकार न बनें। कुसंगति से बचना और अच्छे लोगों की संगत का लाभ उठाना ही दुष्प्रवृत्तियों से बचने का एकमात्र उपाय है।

2. परिवेश

सोच को प्रभावित करने में परिवेश की भूमिका महत्त्वपूर्ण है। आपके आसपास का जैसा माहौल रहता है, उसका प्रभाव आपकी सोच पर पड़ता है। आप जैसे परिवेश में रहते हैं, उसी अनुरूप आपका रहन-सहन, व्यवहार एवं आचार-विचार होता है। आपके घर और समाज का माहौल जैसा रहता है, उसी अनुरूप आपकी सोच बनती एवं बिगड़ती है। अच्छा परिवेश अच्छी सोच और बुरा परिवेश बुरी

सोच! आप जिस समाज में रहते हैं, उस समाज का माहौल जैसा होता है, वैसी ही आपकी सोच एवं विचार बन जाते हैं। परिवेश का प्रभाव समाज में रह रहे लोगों के रहन-सहन, आचार-विचार और संस्कृति पर पड़ता है, और जैसा परिवेश होता है, उसी अनुरूप व्यक्ति की सोच, कृत्य, व्यक्तित्व एवं व्यवहार होता है।

हम सभी जानते हैं कि मनुष्य एक सामाजिक प्राणी है। हर व्यक्ति का घर किसी-न-किसी समाज में होता है और समाज में ही रहकर वह जीवन जीने की विभिन्न बारीकियों को सीखता है। अगर उसे समाज से बाहर निकाल दिया जाए तो जीवन जीना कठिन हो जाता है। वह जिंदगी जीने की कला नहीं सीख पाता है। कहने का अभिप्राय है कि घर और समाज का माहौल जैसा रहता है, व्यक्ति उसी अनुरूप सोचता है। अगर माहौल अच्छा, प्रसन्नचित और खुशनुमा है तो मन में अच्छे विचार आते हैं तथा माहौल खराब है तो मन में बुरे विचार का अभ्युदय होता है। याद रखें—"परिवेश तन और मन दोनों को प्रभावित करता है। सुंदर परिवेश में ही सुंदर विचार का अभ्युदय होता है तथा तन और मन स्वस्थ रहता है। अत: परिवेश को सुंदर बनाने की जरूरत है।

याद रखें—परिवेश को सुंदर बनाने की जिम्मेदारी किसी एक की नहीं, समाज के हर व्यक्ति की है। घर और समाज का माहौल जैसा रहता है, उसी अनुरूप हमारी सोच बनती है। अगर घर और समाज का माहौल खराब है तो हम बुरी सोच के और माहौल अच्छा है तो अच्छी सोच के मालिक बनते हैं। यदि घर का माहौल अच्छा और समाज का माहौल खराब तथा समाज का माहौल अच्छा और घर का माहौल खराब है, तो भी हम गलत सोच और गलत आदतों के शिकार हो जाते हैं। नतीजा, हम अच्छी सोच के मालिक बनने की बजाय, बुरी सोच के मालिक बन जाते हैं। अत: सोच में बदलाव लाने तथा अच्छी सोच के मालिक बनने के लिए घर एवं समाज दोनों का माहौल अच्छा होना जरूरी है। अत: परिवेश को सुंदर बनाने पर ध्यान दें और माहौल को सुंदर बनाएँ।

याद रखें—

"अगर माहौल खराब है तो माहौल को अच्छा बनाने
की जिम्मेदारी किसी एक की नहीं, हर व्यक्ति की है।"

अत: माहौल को स्वच्छ एवं सुंदर बनाने का प्रयास करें। अन्यथा खराब माहौल में हम और हमारे बच्चे बुरी सोच एवं बुरे व्यसन के शिकार हो जाएँगे। इसके लिए महत्त्वपूर्ण है कि हम अपनी सोच बदलें और खराब माहौल को अच्छे

माहौल में परिणत करें। माहौल बदलने की जिम्मेदारी हम सभी की है। हम अपनी जिम्मेदारियों से भागकर या दूसरों पर दोषारोपण कर माहौल में परिवर्तन नहीं ला सकते। खराब माहौल को सुंदर बनाना हमारे वश में है। इसके लिए पॉजिटिव सोचें, पॉजिटिव करें एवं पॉजिटिव रहें। खराब माहौल को अच्छे माहौल में बदलने की जिम्मेदारी हम सभी की है। हम अपनी जिम्मेदारी समझें और उसका निर्वहन करें। ताकि हम खराब माहौल को अच्छे माहौल में बदल सकें।

याद रखें—घर और समाज का माहौल अच्छा होगा तो समाज में रहनेवाले लोगों की सोच भी अच्छी होगी। जब वे अच्छा सोचेंगे तो अच्छा करेंगे और अच्छा करेंगे तो समाज विकास की राह पर आगे बढ़ेगा। हम शारीरिक एवं मानसिक रूप से स्वस्थ होंगे और हर कार्य समय पर करेंगे। नतीजा, हमें हार्दिक खुशी मिलेगी। अच्छे परिवेश में रहने से हमारी सोच और जीवन-शैली अच्छी होती है। नतीजा हम जीवन में अच्छा करते और अच्छा पाते हैं।

याद रखें—

"हम अच्छे माहौल में अच्छा और बुरे माहौल में बुरा बनते हैं,
हमेशा अच्छे माहौल में रहें और अच्छा माहौल बनाएँ।"

माहौल का प्रभाव न केवल हमारी सोच पर, बल्कि रहन-सहन, खान-पान और आचार-विचार पर भी पड़ता है। हमारा घर पहाड़ी, पठारी, मैदानी किसी भी क्षेत्र में हो सकता है और हर क्षेत्र का वातावरण एवं माहौल अलग-अलग होता है। जिस क्षेत्र में हमारा घर होता है, उसी अनुरूप हमारा रहन-सहन और सोच प्रभावित होती है। हमारा घर स्वच्छ, सुंदर, मनोरम परिवेश में है कि दूषित माहौल में, पहाड़ी, पठारी, मरूस्थल क्षेत्र में है कि नदी किनारे, वहाँ का परिवेश एवं वातावरण कैसा है? उसके आसपास का माहौल कैसा है? हमारे पड़ोसी कैसे हैं? उनकी सोच, व्यवहार एवं रहन-सहन कैसा है? उनके साथ हमारा रिश्ता कैसा है? इत्यादि बातें हमारी सोच को प्रभावित करता है। कहने का अभिप्राय है कि जैसे परिवेश और माहौल में हमारा घर होता है, उसी अनुरूप हमारी सोच प्रभावित होती है। अगर हमारा घर प्रकृति की गोद में है तो वहाँ का परिवेश स्वच्छ, सुंदर, शांत एवं मनोरम होता है। हमारा तन और मन दोनों स्वस्थ रहते हैं। फलतः हमारे मन में अच्छे-अच्छे विचारों का अभ्युदय होता है।

शायद आपको नहीं मालूम, स्वस्थ तन में ही स्वस्थ विचारों का अभ्युदय होता है। पहाड़ी क्षेत्रों में ठंड ज्यादा पड़ती है और आवागमन की बेहतर सुविधा

नहीं होती है। ऐसे क्षेत्र में रहनेवाले लोग मेहनती, कर्मठ एवं ईमानदार होते हैं। परिवेश के अनुसार वे खुद को ढाल लेते हैं यही कारण है कि पहाड़ी क्षेत्र के लोग सुंदर, सुखी, स्वस्थ एवं मजबूत होते हैं। जिन लोगों का घर मैदानी क्षेत्र में होता है, उनका रहन-सहन पहाड़ी क्षेत्रों से अलग होता है। इसी प्रकार नदी क्षेत्रों, पठारी क्षेत्रों या मरुस्थलीय क्षेत्रों में रहनेवाले लोगों के रहन-सहन में भिन्नता पाई जाती है। इस भिन्नता का मुख्य कारण परिवेश और सोच है। कहने का अभिप्राय है कि जो व्यक्ति जैसे माहौल में रहता है, उसी अनुरूप उसके सोचने और कार्य करने का ढंग होता है। उपर्युक्त तथ्यों से स्पष्ट है कि परिवेश का प्रभाव हमारी सोच पर पड़ता है।

3. परिस्थिति

हमारे जीवन में विभिन्न प्रकार की परिस्थितियाँ आती हैं। सुखद-दुःखद, अनुकूल-प्रतिकूल। परंतु हर परिस्थिति हमें बहुत कुछ सोचने एवं सीखने को मजबूर करती है। हमारी सोच अच्छी है या बुरी, यह परिस्थिति पर निर्भर करता है। अगर परिस्थिति अनुकूल है तो हमारे मन में अच्छे विचार आते हैं और परिस्थिति प्रतिकूल है तो बुरे विचार आते हैं। जिंदगी में कभी-कभी ऐसी भी परिस्थितियाँ आती हैं, जिसमें हम खुद को असहाय एवं असमर्थ महसूस करते हैं। उस स्थिति में हम यह नहीं समझ पाते कि उत्पन्न हालात में क्या करें और क्या नहीं करें? हम खुद को निर्बल, दीन-हीन एवं निसहाय समझते हैं। यही कारण है कि हम उत्पन्न हालात पर बेहतर नहीं सोच पाते। हमारा आत्मबल कमजोर और मन में अजीब-सी उलझन होती है। हमें न भूख लगती है और न ही नींद आती है। ऐसी स्थिति में हम डिप्रेशन (अवसाद) के शिकार हो जाते हैं। डिप्रेशन एक प्रकार का मानसिक रोग है, जो हमें निर्बल एवं कमजोर बनाता है। हम सही निर्णय लेने की स्थिति में नहीं होते। हमारी चाहत, उमंग, उत्साह एवं उल्लास ठंडा पड़ जाता है। मन में निराशा का भाव होने के कारण हमारे अंदर सकारात्मक सोचने और रचनात्मक करने की क्षमता नहीं रह जाती।

डिप्रेशन के कारण हमें अपनी क्षमताओं व सफलताओं पर संदेह होने लगता है। खुद और ईश्वर से हमारा विश्वास उठ जाता है। हमें परिस्थितियों से सीख लेनी होगी और उत्पन्न हालात पर रचनात्मक सोचना होगा। परिस्थितियों को परखने की समझ विकसित करनी होगी। सोचने-समझने, विचारने, कार्य करने

की शैली एवं जीवन-शैली को ठीक करना होगा। सकारात्मक सोच एवं ऊर्जा के साथ रचनात्मक करने की कला सीखनी होगी। ऐसा करके ही हम अपनी सोच में बदलाव ला सकते हैं।

याद रखें—

यदि हमारी सोच में सकारात्मकता, नवीनता, सृजनात्मकता है तो हम किसी भी परिस्थिति का सामना मुसकराते हुए कर सकते हैं। ऐसी स्थिति में विपरीत परिस्थिति भी हमें अनुकूल और असामान्य परिस्थिति भी सहज दिखती है। हम व्यर्थ की चिंता एवं तनाव से बाहर निकलने में सफल होते हैं और विपरीत हालात में भी हम नए अवसर ढूँढ़ लेते हैं। अतः परिस्थितियों को परखें-समझें एवं उत्पन्न हालात से बाहर निकलने की सोच विकसित करें। दोस्तो! परिस्थितियाँ कितनी भी प्रतिकूल क्यों न हों, परिस्थितियों से लड़ने की सोच रखें। परिस्थितियों को परखें-समझें और उत्पन्न हालात का मुकाबला मुसकराते हुए करें। धैर्य रखें और हिम्मत न हारें। आप एक चैतन्य प्राणी हैं और किसी भी परिस्थिति से बाहर निकलने की क्षमता आपके अंदर है, बशर्ते आप हालात पर सकारात्मक सोचें। परिस्थिति के मकड़जाल में उलझने वाला व्यक्ति सकारात्मक सोच नहीं पाता और हालात का रोना रोता है।

इस संदर्भ में 'दादी मेरी' कहानी बहुत ही शिक्षाप्रद है। 'दादी मेरी' अमेरिकी महिला थीं, जो 18 वर्ष की आयु में विधवा हो गईं। ऐसे हालात में प्रायः व्यक्ति चिंता और अवसाद से घिर जाते हैं, लेकिन दादी मेरी धैर्य नहीं खोईं। परिस्थिति को परखा और उत्पन्न हालात से निपटने के लिए सकारात्मक सोच को मूलमंत्र बनाया। वे ज्यादा पढ़ी-लिखी भी नहीं थी और संसाधन का भी अभाव था। फिर भी हिम्मत नहीं हारी, खुद को सँभाला तथा दुःखद हालात से बाहर निकालने के लिए रचनात्मक सोचा। धैर्य और हिम्मत से काम लिया तथा सोच को मूर्त रूप देने हेतु प्रकृति में निहित पेड़-पौधों को देख-देख कर चित्र बनाना शुरू किए। शुरू में चित्र बहुत कम पैसे में बिके, लेकिन उन्होंने हिम्मत न हारी। अपनी उमंग एवं उत्साह को ठंडा न होने दिया तथा पूरे धैर्य एवं उत्साह के साथ बेहतर चित्र बनाने में व्यस्त रही। नतीजा उनके चित्र में निखार आते गया और बेहतर चित्र बनने से पैसे भी अधिक मिलने लगे। धीरे-धीरे उनकी प्रसिद्धि संसार भर में फैल गई। चित्रों की बिक्री से प्राप्त राशि से उन्होंने महिलाओं के कल्याण हेतु एक ट्रस्ट बनाया। ट्रस्ट के माध्यम से वे दीन-दुःखियों की सेवा में लग गईं। दादी मेरी के चित्र आज भी विश्व विख्यात हैं। इस प्रकार दादी मेरी विकट परिस्थिति में भी सकारात्मक सोच एवं सतत् परिश्रम

के कारण दूसरों के लिए सीख बन गईं। इसका एकमात्र कारण है—उत्पन्न हालात पर उन्होंने सकारात्मक सोचा।

वर्तमान को सार्थक बनाने एवं परिस्थितियों के झंझावात से बाहर निकलने के लिए नकारात्मक सोच से बाहर निकलें। प्रायः व्यक्ति परिस्थिति को परखते नहीं और हालात से सीख नहीं लेते और नकारात्मक सोच में उलझे रहते हैं। महत्त्वपूर्ण यह है कि हम हालात को परखें-समझें और सकारात्मक सोचें। सिर्फ सकारात्मक सोचने से हम लक्ष्य का आधा भाग तय कर लेते हैं। हमें समस्या का समाधान दिखने लगता हैं। हालात को परखने के लिए देखने, सुनने और कार्य करने का नजरिया बदल जाता है। खुद का नजरिया ही सफलता और असफलता की दिशा तय करता है। सफलता की राह में आगत बाधा मन में निराशा का भाव उत्पन्न करती है तो इसका कारण हमारी नकारात्मक सोच है। ध्यान रखें, समस्या-समाधान की दिशा में सकारात्मक सोच की भूमिका महत्त्वपूर्ण है। हम समस्या को समस्या मानकर उसे और विकराल बना देते हैं। ठीक इसके विपरीत, जब हम समस्या को समस्या नहीं मानते और समस्या-समाधान की दिशा में सकारात्मक प्रयास करते हैं तो समस्या सहज और संभव दिखती है। दोस्तो! आप भी प्रतिकूल परिस्थितियों को अनुकूल और समस्या का समाधान करना चाहते हैं तो नकारात्मक सोच से बाहर निकलें। नकारात्मक सोच परिस्थिति को विकट बना देती है, जबकि सकारात्मक सोच हालात से बाहर निकालती है।

याद रखें—

"सकारात्मक सोच न केवल समस्या-समाधान की बात करती है,
बल्कि व्यक्तिगत, सामाजिक, आर्थिक क्षेत्र में भी सफलता दिलाती है।"

आप गौर करें तो पाएँगे कि परिस्थिति-विशेष के अनुरूप हमारी सोच अच्छी या बुरी बनती है। अगर हम परिस्थिति से सीख लेते हैं और सकारात्मक सोचते हैं तो हम हालात का सामना कर साहसी कहलाते हैं, हालात से बाहर निकल भाग्यशाली कहलाते हैं। ठीक इसके विपरीत, हम नकारात्मक सोचते हैं और हालात के डर से रण छोड़कर भाग जाते हैं तो डरपोक एवं कायर कहलाते हैं। कहने का अभिप्राय है कि आपका सकारात्मक या नकारात्मक होना इस बात पर निर्भर करता है कि आप परिस्थिति से क्या सीख लेते हैं? परिस्थिति-विशेष में क्या सोचते हैं और उसके समाधान के लिए खुद को कितना सकारात्मक बनाए रखते हैं, यह महत्त्वपूर्ण है। जैसे, आपको कोई थप्पड़ मारता है या गाली देता है और आप बदले की आग में

जलते रहते हैं। उस स्थिति में बदला लेने की भावना आपको उग्र और अपराधी बना देती है। अगर आप बदले की आग में जलने की बजाय, खुद को बदलने की सोच रखते हैं तो जीवन में बेहतर करते हैं। अतः परिस्थिति को परखें और हालात को समझें। बदला लेने की भावना भूलकर, खुद को बदलें। आपको प्रतिकूल हालात अनुकूल और विकट परिस्थितियाँ सामान्य दिखेंगी। फलतः आपकी सोच, व्यवहार कृत्य में बदलाव आएगा।

आप लोगों की जीवन-शैली का अध्ययन करें तो पाएँगे कि अधिकांश व्यक्ति के अच्छा या बुरा बनने में परिस्थिति की भूमिका महत्त्वपूर्ण है। जो व्यक्ति परिस्थिति से सीख नहीं लेते और सकारात्मक नहीं सोचते, वे हालात का रोना रोते हैं। जो व्यक्ति परिस्थिति से सीख लेते हैं और हालात पर सकारात्मक सोचते हैं, वे विपरीत हालात में भी अवसर ढूँढ़ लेते हैं, इस प्रकार हम देखते है कि व्यक्ति विशेष की सोच, जीवन-शैली, सफलता-असफलता में परिस्थिति की भूमिका महत्त्वपूर्ण है। यदि कोई व्यक्ति बुरा या अपराधी बनता है तो उसके पीछे आगत परिस्थितियों का हाथ होता है। इस बात से इनकार नहीं किया जा सकता है कि हालात व्यक्ति को अच्छा या बुरा बनाने में सहायक हैं।

याद रखें—कोई भी व्यक्ति जन्म से बुरा या अपराधी नहीं होता, बल्कि जीवन में उत्पन्न हालातों से बुरा या अपराधी बन जाता है। मेरा मानना है कि सुखद परिस्थिति से बेहतर दुःखद परिस्थिति है, अगर आप दुःखद हालात से सीख लें और बेहतर करने की सोच रखें। लेकिन दुर्भाग्य की बात यह है कि दुःखद परिस्थिति में प्रायः व्यक्ति हिम्मत हार जाते हैं और धैर्य खो देते है। उनकी सोच नकारात्मक, संकुचित एवं अदूरदर्शी होती है। नतीजा, वे हालात से सीख नहीं ले पाते हैं। हालात से सीख लेनेवाला व्यक्ति सकारात्मक सोचता है और खुद को सकारात्मक बनाए रखता है। ठीक इसके विपरीत, जिन व्यक्तियों की सोच नकारात्मक होती है और बदले की आग में जलते रहते हैं, वे हालात से सीख नहीं ले पाते और गलत कर बैठते हैं। आप हालात से सीख लें और सकारात्मक सोचें। बदले की आग में जलने के बजाय, खुद को बदलकर देखें। आप खुद की सोच और नजरिया बदलकर विकट परिस्थिति को अनुकूल तथा नकारात्मक सोच को सकारात्मक सोच में बदल सकते हैं। आप विपरीत परिस्थिति में नए अवसर की तलाश कर दूसरों के लिए आदर्श एवं उदाहरण बनें। जो व्यक्ति परिस्थितियों से सीख नहीं लेते और हालात की मार से हताश एवं निराश रहते हैं, वे अंततः जीवन की बाजी हार जाते हैं।

याद रखें—

"हारना जीवन की नियति नहीं,

हार से सीख लेना जीवन की नियति है।"

आप जिंदगी से हार नही मानें, बल्कि हार से सीख लें और हार को जीत में बदलने के लिए सोच बदलें। हमेशा अच्छा सीखने एवं अच्छा करने की इच्छा रखें। हालात को परखें-समझें और दृढ़ इच्छाशक्ति के साथ आगे बढ़ें। आप हार को जीत में और गम को खुशी में बदल सकते हैं। जैसे, किसी व्यक्ति का जन्म गरीब परिवार में हुआ है, तो इसका मतलब यह नहीं है कि वह आजीवन गरीबी में जीने को अभिशप्त है। वह गरीबी की दलदल से बाहर निकल अमीर बन सकता है। इसके लिए हालात से सीख लेना होगा और सोच बदलनी होगी। कड़ी मेहनत, दृढ़ इच्छाशक्ति एवं आत्मविश्वास के साथ आगे बढ़ना होगा। सोच-समझकर समुचित निर्णय लेना होगा। ऐसा व्यक्ति गरीबी से बाहर निकलने में सफल होता है। ठीक इसके विपरीत, जो व्यक्ति गरीबी की दलदल से बाहर निकलने की बात नहीं सोचते और हालात का रोना रोते हैं। वे आजीवन गरीबी की मार झेलते हैं। यह सच्चाई है कि परिस्थितियाँ हमारे सोच को प्रभावित करती है, परंतु सोचना आपको है। आप किस परिस्थिति में क्या सोचते हैं—"हालात से बाहर निकलना या हालात के गर्त में समा जाना।"

यह आपके सोच पर निर्भर करता है कि आप आगत परिस्थिति पर क्या सोचते हैं और उत्पन्न हालात का सामना कैसे करते हैं? अगर आप हालात से सीख नहीं लेते और नकारात्मक सोचते हैं, हालात से डर जाते हैं और भाग्य का रोना रोते हैं तो आप गरीबी में जीने को अभिशप्त हैं। सकारात्मक सोच वाले व्यक्ति परिस्थिति से सीख लेते हैं और हालात का सामना कर अमीर बन जाते हैं। कुछ लोग परिस्थिति में उलझकर अपराधी और कुछ परिस्थिति से सीख लेकर साधु, संत, महात्मा बन जाते हैं। कुछ हालात से सीख लेकर खुद का इतिहास रच जाते हैं और कुछ इस कदर टूट जाते हैं कि उठ भी नहीं पाते हैं। कुछ व्यक्ति टूटकर भी दूसरों के कल्याण में लगे रहते हैं; ऐसा क्यों है, क्या आपने कभी उपर्युक्त बातों पर सोचा है? यदि आप उपर्युक्त बातों पर सोचेंगे तो पाएँगे कि जिन व्यक्तियों ने हालात से सीख लिया; वे हालात से बाहर निकलने में सफल रहे।

जैसे, आपके परिवार में कोई घटना घटती है और आप सोचते हैं कि यह घटना अमुक व्यक्ति के कारण हुई। मैं उसे नहीं छोड़ूँगा। इस प्रकार की सोच आपके अंदर

बदला लेने की भावना जाग्रत् करती है। आप बदले की आग में जलते रहते हैं और बदला लेने हेतु कुछ भी करने को तैयार रहते हैं। जैसे-को-तैसा सोच रखनेवाला व्यक्ति खुद में उलझा रहता है। शायद ऐसे व्यक्ति को यह नहीं मालूम कि दूसरों को बरबाद करने की सोच रखनेवाला व्यक्ति खुद बरबाद हो जाता है। क्या आपको मालूम है, विकट से विकट परिस्थिति से बाहर निकलने के लिए आपके पास मात्र दो विकल्प होते हैं—

पहला विकल्प—आप बदला लेने की आग में जलते रहते हैं तो उसके पीछे हाथ धोकर पड़ जाते हैं। कभी आप उसे और कभी वह आपको मारता है। कभी आप उसे मारकर खुश होते हैं और कभी वह आपको मारकर खुश होता है। बदला लेने की भावना के कारण आपके अंदर ईर्ष्या, द्वेष, क्रोध, अहंकार जैसी दुष्प्रवृतियाँ जन्म ले लेती हैं, जो आपको सकारात्मक सोचने नहीं देतीं। नतीजा, आप हर क्षण चिंता एवं तनाव में रहते हैं और हर क्षण बदला लेने की सोच में जीते हैं। बदला लेने की आग में आप उसकी हत्या तक कर देते हैं। आप ऐसा कर प्रतिशोध का बदला तो ले लेते हैं, लेकिन पकड़े जाने पर जेल जाना पड़ता है। नहीं पकड़े जाने पर भी आप चैन से नहीं रहते और इधर-उधर भागते फिरते हैं। व्यर्थ में आपके समय, ऊर्जा एवं धन की बरबादी होती है। ऐसा भी संभव है कि जिस व्यक्ति की हत्या आपने की है, उसका लड़का आपके जेल जाने से संतुष्ट न हो और वह भी बदला लेने की आग में जल रहा हो! ऐसी स्थिति में जेल से बाहर निकलने पर, वह आपकी हत्या कर सकता है। इस प्रकार बदला लेने की सोच एक-दूसरे को समस्त रूप से बरबाद करके ही दम लेती है।

दोस्तो! ईश्वर ने हमें यह जीवन खुद या दूसरों को बरबाद करने के लिए नहीं दिया है। प्रतिशोध की आग में जलने के लिए नहीं दिया है। हम खुद अच्छा करें और दूसरे भी अच्छा करें, इसके लिए दिया है। यह जीवन नकारात्मक कार्यों को करने के लिए नहीं, रचनात्मक कार्यों को करने के लिए मिला है। खुद और दूसरों का कल्याण करने के लिए मिला है। इसके लिए सोच बदलें और सोच-समझकर निर्णय लें, ताकि आपको अपने निर्णय पर पछताना न पड़े।

दूसरा विकल्प—आप सोचते हैं कि उस व्यक्ति ने मेरे पिताजी की हत्या कर दी है। इसका दंड ईश्वर उसे जरूर देंगे। ऐसी स्थिति में आप अपना समय, ऊर्जा एवं धन रचनात्मक कार्यों में लगाते हैं। आप सोचते हैं, जो घटना घटित हो चुकी है, उसे मैं वापस नहीं ला सकता। मृत व्यक्ति को किसी भी कीमत पर जीवित नहीं किया

जा सकता। उस स्थिति में आप बदला लेने की बात भूलकर, खुद को सकारात्मक बनाए रखने की सोचते हैं। हालात से बाहर निकलने की सोचते हैं और यह सोचते हैं कि जो जैसा करेगा, वैसा पाएगा! उसने मेरे पिताजी की हत्या की है, तो दुष्परिणाम भी खुद भुगतेगा। गलती मेरे पिताजी की थी या उस व्यक्ति की थी, इसका फैसला ईश्वर करेंगे। आप हालात पर सकारात्मक सोच रखते हुए कानूनी प्रक्रिया अपनाते हैं या खुद को बदलकर देखते हैं और यह सोचते हैं कि उसने जो गलती की है, वह मैं नहीं करूँगा। उस स्थिति में आप उत्पन्न हालात से बाहर निकलने में कामयाब होते हैं। दोस्तो! किसी भी घटना पर सकारात्मक सोचना और रचनात्मक सीखना ही बुद्धिमानी है।

याद रखें—

"बदला लेने का अर्थ, जैसा का तैसा करना नहीं,
खुद को बदलकर देखना है।"

अगर आपके साथ उपर्युक्त परिस्थितियाँ उत्पन्न होती हैं, तो मेरे विचार से आप दूसरे विकल्प का चयन करें। इससे आप बेहतर जीवन जीएँगे और दूसरों के लिए सीख बन जाएँगे।

ध्यान रखें—परिस्थितियाँ तुच्छ हैं। परिस्थितियों आती और जाती है, परंतु अपना प्रभाव छोड़ जाती हैं। परिस्थितियों की चपेट में उलझनेवाला व्यक्ति नकारात्मक सोच में उलझकर रह जाता है और इसकी चपेट से बाहर निकलनेवाला व्यक्ति सुखद जिंदगी जीता है। मेरा भी आपसे अनुरोध है कि परिस्थितियों के झंझावात में उलझें नहीं, इससे बाहर निकलने की सोचें। अगर आप दुःखद हालात में घिरे हैं, तो इसका मतलब यह नहीं है कि आप हालात से बाहर नहीं निकल सकते। परिस्थिति से बाहर निकलना आपके हाथ में है। अगर आपको किसी कार्य में असफलता हाथ लगती है तो इसका मलतब यह नहीं कि आप जीवन में सफल नहीं हो सकते!

याद रखें—

"असफलता ही सफलता की जननी है।"

असफलता से घबराने की जरूरत नहीं, बल्कि असफलता से सीख लेने की जरूरत है। आप असफलता के कारणों की समीक्षा करें और समीक्षोपरांत उन कारणों को दूर करें, जो आपको सफलता से दूर ले जाते हैं। असफलता ही सफलता की जननी है। अगर कोई व्यक्ति असफल नहीं होगा तो सफल कैसे होगा? सफलता और असफलता जीवन की नियति है और एक-दूसरे की पूरक है। जीवन में विभिन्न

प्रकार की परिस्थितियाँ आती हैं और ये परिस्थितियाँ हमें बहुत कुछ सीखा जाती हैं। यदि जीवन में विपरीत परिस्थितियाँ न आएँ तो हम विभिन्न प्रकार की अनुभूतियाँ कैसे प्राप्त करेंगे? अनुभव ही तो वास्तविक ज्ञान है। अगर आप किसी कार्य में असफल होने पर सोचते हैं कि मैं सफल नहीं हो सकता, तो आप सफल नहीं हो सकते हैं। सफल होने के लिए सोच बदलनी होगी और सकारात्मक सोचना होगा। ठीक इसके विपरीत, आप सोचते हैं कि दूसरा सफल हो सकता है तो मैं क्यों नहीं? मैं भी सफल हो सकता हूँ! इस सोच को मूर्तरूप देने हेतु दृढ़ इच्छाशक्ति के साथ आगे बढ़ें। निश्चित रूप से सफलता आपके चरणों को चूमेगी। कठिन परिश्रम एवं दृढ़-इच्छाशक्ति के बावजूद भी असफलता हाथ लगती है तो निराश न हों! आशा रखें और सोच बदलें। दशा बदलने के लिए दिशा बदलें, कार्य क्षेत्र बदलें, परिस्थिति से सीख लें और सोच बदलें।

शायद आपको नहीं मालूम—"दशा बदलने के लिए दिशा बदलने की जरूरत है।"

मैं तो सिर्फ इतना कहूँगा कि नकारात्मक सोच का त्यागकरें और हालात से सीख लें। धैर्य रखें और कड़ी मेहनत करें। सदैव सकारात्मक सोचें एवं रचनात्मक करें। सकारात्मक सोच आपके अंदर अतिरिक्त ऊर्जा एवं उत्साह का संचार कर आगे बढ़ने के लिए प्रेरित करती है। जीवन में सुखद और दुःखद परिस्थितियाँ आएँगी। परिस्थितियों से घबराने की नहीं, सीख लेने एवं सोच बदलने की जरूरत है। आप परिस्थितियों से सीख लें और यह सोचें कि उत्पन्न हालात से कैसे निपटा जा सकता है? हालात से निबटने के लिए आप कितने तैयार हैं और आपकी तैयारी कैसी है? तैयारी को मूर्तरूप देने हेतु कार्य एवं समय-योजना कैसी है? आपकी उमंग, उल्लास, उत्साह एवं जज्बा कैसा है? आप किन जज्बों के साथ परिस्थितियों का मुकाबला करते हैं? इत्यादि बातें आपकी सोच से प्रभावित होती हैं। आइए हम उन हालातों की चर्चा करें, जो हमारे सोच को प्रभावित करते हैं।

केस नं.-1 आप अपनी जिंदगी मजे में जी रहे हैं। आपको कोई तकलीफ नहीं है, लेकिन अचानक भूकंप आता है। भूकंप में आपके साथ बहुत बड़ा हादसा हो जाता है। उस हादसे में आप अपना एक पैर गँवा बैठते हैं। इसमें आपकी कोई गलती नहीं है; परंतु आपका बहुत कुछ बरबाद हो चुका होता है। आपने किसी का कुछ बिगाड़ा नहीं है और न ही आपदा लाने में आपकी कोई भूमिका है। फिर भी आपको विपरीत परिस्थिति का सामना करना पड़ता है।

केस नं.-2 आप सुखद एवं सफल जिंदगी जी रहे हैं। हँसता-खेलता परिवार है। आपको अचानक सूचना मिलती है कि सड़क दुर्घटना में आपके एक बच्चे की मृत्यु हो गई। घटनास्थल जाने पर पता चलता है कि आपके बेटे की कोई गलती नहीं थी। वह गाड़ी सही दिशा में चला रहा था और गाड़ी की गति भी सही थी, परंतु सामने से आ रहे ट्रक ड्राइवर की गलती के कारण दुर्घटना हुई है। आप इस घटना से दुःखी होकर कहते हैं कि इससे अच्छा होता कि ईश्वर मुझे मौत दे देता! मेरे बच्चे ने किसी का क्या बिगाड़ा था कि ऐसी मौत हुई? इस प्रकार की घटना आपको बेचैन एवं पागल बना देती है।

केस नं.-3 आप अपनी जिंदगी मजे में जी रहे होते हैं। पूर्व में कभी कोई बीमारी नहीं थी, परंतु एकाएक पत्नी की तबीयत खराब हो जाती है। जाँचोपरांत पता चलता है कि पत्नी की एक किडनी खराब है और किडनी बदलनी पड़ेगी। आप यह सुनकर परेशान हो जाते हैं और सोचते हैं कि मैंने किसी का कुछ नहीं बिगाड़ा, तो ईश्वर ने मुझे ऐसा दुःख क्यों दिया? अब मैं इस उम्र में क्या करूँ?

दोस्तो! आप उपर्युक्त परिस्थितियों में उत्पन्न हालात का गहनावलोकन करें तो पाएँगे कि परिस्थितियाँ, जो घटित हो चुकी हैं, उसे वापस नहीं ला सकते और न ही उन्हें रोक सकते हैं। उन घटनाओं को रोक पाना आपके वश में नहीं है, परंतु हालात से बाहर निकलना आपके वश में है। आप ऐसे हालात पर चिंता नहीं, चिंतन करें और यह सोचें कि उत्पन्न हालात का सामना कैसे करें? हालात से बाहर कैसे निकलें? इसके लिए नकारात्मक सोच से बाहर निकलें और खुद को सकारात्मक बनाएँ। धैर्य रखें और शांति से कार्य लें। चिंता करने से कोई लाभ नहीं है, क्योंकि घटित घटना को रोक पाना आपके वश में नहीं, लेकिन हालात का सामना करना आपके वश में है। अगर आप हालात का रोना रोते हैं तो जीवन में कुछ भी नहीं कर पाएँगे। आप दूसरों को कोसने की बजाय उत्पन्न हालात पर शांतिपूर्ण मनन करें और विवेकपूर्ण समस्या-समाधान का मार्ग ढूँढ़ें। मेरा भी अनुरोध कि आप विकट-से-विकट परिस्थिति में धैर्य रखें और उत्पन्न हालात पर सकारात्मक सोचें। खुद की नकारात्मक सोच को सकारात्मक बनाएँ। ऐसा करके ही आप हालात पर विजय पाने में सफल होंगे।

इस प्रकार हम देखते हैं कि परिस्थितियाँ हमारी सोच को गहनता से प्रभावित करती हैं। जिन व्यक्तियों की सोच सकारात्मक होती है, वे विकट परिस्थिति में धैर्य नहीं खोते; बल्कि हालात का मुकाबला पूरे साहस एवं आत्मविश्वास के साथ करते

हैं। नतीजा, वे विपरीत परिस्थिति से बाहर निकलने में सफल होते हैं। परंतु दुःख की बात है कि प्राय: व्यक्ति विपरीत परिस्थिति में सकारात्मक सोच नहीं पाते और नकारात्मक सोच में उलझे रहते हैं। वे परिस्थिति से सीख नहीं लेते और हालात को नहीं परखते और न ही आगत परिस्थिति से बाहर निकलने की सोच रखते हैं। ऐसे व्यक्ति हालात में उलझकर रह जाते हैं। आप सोच बदलकर और हालात से सीख लेकर विकट परिस्थिति से बाहर निकल सकते हैं।

याद रखें—

"हालात से सीख लेनेवाला और हालात का मुकाबला करनेवाला व्यक्ति ही हालात से बाहर निकलने में सफल होता है।"

आप भी उत्पन्न हालात से सीख लें और हालात से बाहर निकलने की सोच रखें। जीवन में आगत परिस्थितियाँ हमारी सोच को गहराई तक प्रभावित करती हैं। इसका कारण है कि परिस्थितियाँ अपने साथ बहुत सारे अवसर लेकर आती हैं। आप इस अवसर का लाभ उठाकर सोच को व्यापक एवं दूरदर्शी बना सकते हैं। महत्त्वपूर्ण यह है कि आप परिस्थिति से क्या सीख लेते हैं और किस हालात में क्या सोचते हैं? यही कारण है कि कुछ लोग परिस्थिति की मार से मर जाते हैं और कुछ लोग विपरीत परिस्थिति में भी नए अवसर की तलाश कर लेते हैं। यह सारा खेल सोच का है कि हम उत्पन्न हालात पर क्या सोचते हैं?

4. नजरिया/दृष्टिकोण

सोच बदलने में नजरिए की भूमिका महत्त्वपूर्ण है। नजरिया हमारी सोच को बृहत रूप से प्रभावित करता है। किसी भी व्यक्ति, वस्तु या घटना को देखने का नजरिया कैसा है, कार्य करने का नजरिया कैसा है? जैसा हमारा नजरिया होता है, वैसी ही सोच होती है। आप नजरिया बदलकर देखें, आपकी सोच बदल जाएगी। जीने और कार्य करने का ढंग बदल जाएगा। नजरिया बदलते ही आपको हर व्यक्ति और वस्तु में सिर्फ अच्छाई दिखती है। अच्छाई दिखने से आपकी सोच बदलता है और सोच के अनुरूप आपकी दुनिया बन जाती है। हर व्यक्ति अपनी बनाई दुनिया में जिंदगी जीना चाहता है और अपनी दुनिया में दूसरे का हस्तक्षेप नहीं चाहता। दूसरे का हस्तक्षेप उसे अवरोध लगता है। उसे लगता है कि दूसरे का हस्तक्षेप उसकी आजादी छीन जाना है। भले ही वे आजादी का अर्थ नहीं समझते! महत्त्वपूर्ण यह है कि आप आजादी का अर्थ क्या समझते हैं? आजादी के संदर्भ पर आपका नजरिया

कैसा है ? आप खुद की दुनिया में उलझने को आजादी मानते हैं या बाहर निकलने को आजादी मानते हैं ? यह आपकी सोच एवं नजरिया पर निर्भर करता है।

याद रखें—

"परिस्थितियाँ तुच्छ हैं। जीवन में आनेवाली परिस्थितियाँ धूप और छाँव की तरह होती हैं।"

आप धूप में रहना चाहते हैं कि छाँव में, खुशी जीवन जीना चाहते हैं कि दु:खी जीवन? यह आपके नजरिए पर निर्भर करता है। आप उत्पन्न हालात को किस नजरिए से देखते हैं और हालात पर कैसी सोच रखते है, यह ज्यादा महत्त्वपूर्ण है। यदि आपका नजरिया अच्छा हैं तो सोच भी अच्छी होगी। सकारात्मक सोच के धनी व्यक्ति आगे बढ़ते हैं और हालात का मुकाबला सहजतापूर्ण कर लेते हैं। सकारात्मक व्यक्ति जीवन-पथ पर निरंतर आगे बढ़ते हैं और कदापि हार नहीं मानते। **याद रखें**—किसी भी परिस्थिति में इतनी हिम्मत नहीं है कि वह सकारात्मक व्यक्ति के पैरों में बेड़ी डाल सके। जब मनुष्य के अंत:करण का सौंदर्य खिल उठता है, तो उसके लिए बाहरी सौंदर्य का कोई महत्त्व नहीं रह जाता। आप सिर्फ देखने और कार्य करने का नजरिया बदलें।

शायद आपको नहीं मालूम—

"मनुष्य की एक मुट्ठी में स्वर्ग और दूसरी मुट्ठी में नरक है। वह किस मुट्ठी को खोलना चाहता है, यह उसके नजरिया पर निर्भर करता है।"

आप नजरिया बदलकर देखें, नजारे बदल जाएँगे! इस सच्चाई से इनकार नहीं किया जा सकता है कि नजरिया बदलते ही देखने, सुनने और कार्य करने का ढंग बदल जाता है। नजरिया बदलने से आपकी सोच बदलती है। आपकी सोच उत्तम, दूरदर्शी एवं रचनात्मक होता है, जो दु:खद हालात को सुखद हालात में बदल देता है। नजरिया बदलते ही आप हालात से बाहर निकलने की बात सोचते हैं और हालात से बाहर निकलने में सफल होते हैं। आप नजरिया बदलकर सोच में बदलाव ला सकते हैं और नजरिया बदलकर सोच को व्यापक एवं उन्नत बना सकते हैं। नजरिया बदलकर आप दु:खद हालात को सुखद हालात में तथा विपरीत हालात को अनुकूल बना सकते हैं। सकारात्मक नजरियावाले व्यक्ति हालात से बाहर निकलने में सफल होते हैं। ठीक इसके विपरीत, सकारात्मक नजरियावाले व्यक्ति परिस्थितियों की उलझन में उलझकर रह जाते हैं।

उपर्युक्त विश्लेषण से स्पष्ट है कि सोच को प्रभावित करने में नजरिए की

भूमिका महत्त्वपूर्ण है। यह हमें नया सोचने एवं नया करने के लिए प्रेरित करती है। कहने का अभिप्राय है कि अगर विपरीत परिस्थिति में हम बेहतर सोचते हैं तो उत्पन्न हालात से बाहर निकलने में सफल होते हैं। अतः विपरीत परिस्थितियों से घबराने की नहीं, उनका मुकाबला करने की जरूरत है। यदि कोई व्यक्ति विकट परिस्थिति में है और अभाव की जिंदगी जी रहा है तो वह हालातों से बहुत कुछ सीख सकता है। वह नजरिए में बदलाव लाकर हालात से बाहर निकल सकता है। आइए, हम इसे एक उदाहरण से समझने का प्रयास करें!

एक कुम्हार मिट्टी का बरतन बनाकर जीवनयापन करता था। एक दिन उसने सोचा कि आजकल चिलम की बहुत माँग है। क्यों नहीं चिलम बनाया जाए? पत्नी ने पूछा, क्या बनाने जा रहे हो? कुम्हार ने कहा—चिलम बनाने जा रहा हूँ। पत्नी ने पूछा-क्यों? कुम्हार ने कहा—इसमें खर्चा कम और आमदनी ज्यादा है। पत्नी ने कहा—गरमी का दिन आने वाला है, तुम चिलम की जगह सुराही बनाओ। कुम्हार ने पूछा-क्यों? पत्नी ने जबाब दिया कि चिलम खुद जलता है और दूसरों को भी जलाता है, जबकि सुराही खुद ठंडा रहती है और दूसरों को भी ठंडा रखती है। भीषण गरमी में भी दूसरों की प्यास बुझाती है और ठंडा रखती है। तुम्हें पैसे चाहिए तो पैसे भी चिलम से ज्यादा सुराही में मिलेंगे। पत्नी की बात सुनकर कुम्हार का नजरिया बदल गया और उसने सुराही बनाना शुरू कर दिया। अगले दिन पत्नी ने पूछा कि तुमने चिलम बनाना क्यों छोड़ दिया? कुम्हार ने कहा—तुम्हारी बातों से मेरा नजरिया बदल गया।

5. ज्ञान/विवेक

आप गौर करें तो पाएँगे कि कुछ लोगों की सोच व्यापक, उन्नत, दूरदर्शी और कुछ लोगों की सोच निष्कृष्ट एवं अदूरदर्शी होती है। इस अंतर का मुख्य कारण ज्ञान एवं विवेक है। जो व्यक्ति किसी विषय पर दूर की और विभिन्न पैरामीटर पर सोचते है, उनकी सोच व्यापक होती है। वे हर कार्य सोच-समझकर करते हैं। कार्य-निष्पादन के उपरांत वे प्राप्त परिणति और प्रभाव की समीक्षा करते है और समीक्षोपरांत कार्य को बेहतर ढंग से कैसे निष्पादित करें? इसके लिए अधिक-से-अधिक जानकारी प्राप्त करते हैं। प्राप्त ज्ञान को विवेक में बदलते हैं। नतीजा, उनकी सोच में निखार और नजरिया में बदलाव आता है। इस प्रकार हम देखते हैं कि सोच की रचनात्मकता एवं व्यापकता हमारे ज्ञान एवं विवेक से प्रभावित होती है।

कहने का अभिप्राय है कि जिस विषय पर जैसा हमारा ज्ञान होता है, उसी अनुरूप हमारा सोच। अगर किसी व्यक्ति की सोच उन्नत, व्यापक एवं दूरदर्शी है तो इसका मतलब है कि वह ज्ञानी एवं विवेकी है। ठीक इसके विपरीत, किसी व्यक्ति की सोच निम्न एवं अदूरदर्शी है तो इसका मतलब है कि ज्ञान की कमी है। अत: सोच बदलने के लिए ज्ञानार्जन करें। याद रखें—हमारे पास किसी विषय पर जितनी अच्छी जानकारी होगी, उतनी ही अच्छी सोच होगी। ज्ञान के अनुरूप ही हमारी सोच होती है। अगर हमें किसी विषय-वस्तु के संदर्भ पर बेहतर जानकारी नहीं हो तो हम उस विषय पर बेहतर नहीं सोच पाएँगे। ठीक इसके विपरीत, हमारी जानकारी बेहतर होगी तो हम उस विषय पर बेहतर सोच पाएँगे। हमारी सोच सकारात्मक, रचनात्मक उन्नत एवं दूरदर्शी हो, इसके लिए ज्ञान अर्जन आवश्यक है।

याद रखें—

"जितनी बेहतर जानकारी, उतनी बेहतर सोच, और
जितना सुंदर विवेक, उतनी उत्कृष्ट सोच।"

सोच और विवेक एक-दूसरे के पूरक हैं। अत: किसी विषय-वस्तु पर बेहतर सोचने के लिए अधिक-से-अधिक ज्ञान अर्जन करें और अर्जित ज्ञान को विवेक में बदलें। आप मनन करें तो पाएँगे कि जो व्यक्ति जिस विषय के विद्वान् होते हैं, उनकी सोच उस विषय पर उतनी ही अच्छी होती है। अच्छी सोच के कारण वे हर कार्य बेहतर ढंग से निष्पादित करते हैं। ठीक इसके विपरीत, जिन व्यक्तियों के पास ज्ञान की कमी होती है, वे किसी विषय पर बेहतर नहीं सोच पाते हैं। ऐसे व्यक्तियों को समाज मूर्ख, बेवकूफ, नालायक आदि उपमा से नवाजता है। आप भी बेहतर सोच के मालिक बनाना चाहते हैं तो अधिक-से-अधिक ज्ञानार्जन करें।

यह सच्चाई है कि जैसे-जैसे हमारी उम्र बढ़ती है, कार्य करने का तजुरबा एवं अनुभव बढ़ता है। उम्र बढ़ने के साथ-साथ हम बहुत सारे कार्य स्वेच्छा से और बहुत कार्य अस्वेच्छा से करते हैं। किसी भी विधि से कार्य करने पर हमारा अनुभव बढ़ता है। हम खुद और दुनिया को बेहतर समझते हैं। उम्र बढ़ने के साथ-साथ हमारी आवश्यकता बढ़ती है और आवश्यकता बढ़ने पर हम ज्यादा कार्य करते हैं। ज्यादा कार्य करने से हमारा अनुभव बढ़ता है। अनुभव ही हमारा व्यावहारिक ज्ञान है। ज्ञान और तजुरबा बढ़ने से हमारी सोच प्रभावित होती है और हमारी सोच में निखार आता है।

आप खुद सोचें—यदि हमें किसी विषय की जानकारी नहीं हो तो हम उस

विषय पर बेहतर कैसे सोच सकते हैं? बेहतर सोचने और सोच को व्यापक बनाने के लिए ज्ञान अर्जन आवश्यक है। जैसे–हमें यह नहीं मालूम हो कि हमारा लक्ष्य कैसा हो? लक्ष्य–निर्धारण में किन–किन बातों पर ध्यान देने की जरूरत है? यदि हमें इन बातों की जानकारी नहीं है तो हम बेहतर लक्ष्य नहीं बना पाएँगे। अतः लक्ष्य–निर्धारण एवं प्राप्ति का महत्त्व समझने के लिए जानकारी महत्त्वपूर्ण है। बिना ज्ञान प्राप्त किए हम सोच में बदलाव नहीं ला सकते और न ही सोच को व्यापक बना सकते हैं। परंतु ऐसा भी नहीं है कि सिर्फ ज्ञान प्राप्त कर लेने से सोच बदल जाएगी, बल्कि सोच बदलने के लिए ज्ञान का सदुपयोग सकारात्मक दिशा एवं रचनात्मक कार्यों में करना होगा। अर्जित ज्ञान को विवेक में बदलना होगा।

जैसे–आपने डॉक्टर बनने की सोच रखी है, परंतु डॉक्टर बनने हेतु ज्ञानकारी प्राप्त नहीं करें तो सोच को मूर्तरूप कैसे दे पाएँगे? सोच को मूर्तरूप देने हेतु निर्धारित परीक्षा पास करनी होगी। मान लीजिए, आपने डॉक्टर बनने की परीक्षा पास कर ली, परंतु डिग्री प्राप्त करने में अधिक–से–अधिक ज्ञान प्राप्त नहीं किया या प्राप्त ज्ञान को विवेक में नहीं बदला तो सोच में बदलाव नहीं आएगा। आप एक अच्छा डॉक्टर नहीं बन पाएँगे? आप अपनी अभिरुचि के क्षेत्र में बेहतर कैसे करें? इसके लिए प्रश्नगत विषय पर ज्ञान अर्जन करना होगा। अर्जित ज्ञान का सदुपयोग, सोच बदलने, सकारात्मक सोचने और रचनात्मक कार्यों के निष्पादन में करने होंगे, अन्यथा प्राप्त ज्ञान का कोई औचित्य नहीं रह जाएगा। ज्ञान हमारे सोच को नई दिशा देता है तथा सोच को व्यापक बनाता है। जब हम प्राप्त ज्ञान की सार्थकता साबित करते हैं, तब हमारे सोच एवं कार्यशैली में बदलाव आता है। हम हर कार्य बेहतर ढंग से निष्पादित करते हैं तथा कार्य को बेहतर ढंग से निष्पादित कर जीवन में बेहतर पाते हैं।

यह शत–प्रतिशत सही है कि किसी विषय पर जितना बेहतर ज्ञान होगा, उतनी ही अच्छी सोच होगी। सोच को व्यापक, उन्नत एवं दूरदर्शी बनाने के लिए ज्ञान अर्जन तथा प्राप्त ज्ञान को विवेक में बदलना जरूरी है। बेहतर सोचने के लिए तीन बातें (preforms, transforms & informs) का ध्यान रखें। किसी भी क्षेत्र में preform करने के लिए ज्ञान हासिल करना होगा। खुद के कृत्य, आचारण एवं व्यवहार में सुधार Reform लाना होगा तथा अर्जित ज्ञान का आदान–प्रदान एक–दूसरे के साथ करना महत्त्वपूर्ण है, ताकि आप ज्ञान की उपयोगिता सार्थक कर सकें। आप अपने ज्ञान को दूसरों तक जितना बेहतर ढंग से पहुँचाएँगे, उसकी सार्थकता

उतना ही बेहतर सिद्ध कर पाएँगे। हम सूचना तकनीकी को जितना मजबूत करेंगे, उतना ही जीवन में बेहतर कर पाएँगे।

ध्यान रखें—काम करेंगे तो गलती होगी। गलती होने पर परेशान होने की नहीं, गलती स्वीकार करने की जरूरत है। गलती में सुधार लाने की जरूरत है। बेहतर चीजों को लोगों तक transform एवं inform करने की जरूरत है, ताकि दूसरे भी बेहतर कर सकें। ये सारी प्रक्रिया सोच में बदलाव लाने के लिए जरूरी है, अन्यथा आप जहाँ हैं, वहीं रह जाएँगे। आपको कोई जानने और पहचानने वाला नहीं मिलेगा। आप चाहते हैं कि दूसरा आपको जानें-पहचानें तो सोच बदलें। सोच बदलने के लिए अधिक-से-अधिक ज्ञान प्राप्त करें और प्राप्त ज्ञान को विवेक में बदलें। विवेकशील व्यक्ति किसी भी विषय पर बेहतर सोचते हैं और सोच-समझकर समुचित निर्णय लेते हैं। हर व्यक्ति सोचने और निर्णय लेने के लिए स्वतंत्र है। निर्णय लेने का अधिकार भी आपका है, आप इसके योग्य बनें। निर्णय लेने, योग्य बनने तथा सोच में बदलाव लाने के लिए अर्जित ज्ञान को विवेक में बदलें।

आप गौर करें तो पाएँगे कि अधिकांश व्यक्ति कार्य करने के पहले सोचते-समझते नहीं हैं और जो मन में आता है, वह करते हैं। इसका नुकसान भी उन्हें ही उठाना पड़ता है। मेरे विचार से आप जो करना चाहते हैं, उसके बारे में पहले जानकारी प्राप्त करें, सोचें-समझें, तदुपरांत कार्य करें। ईश्वर ने हमें सोचने-समझने की शक्ति इसलिए दी है कि हम सोच-समझकर कार्य करें और सोच-विचारकर निर्णय लें। चेतनशीलता ही हमें अन्य जीव-जंतुओं से अलग तथा श्रेष्ठ प्राणी होने का अहसास कराती है। कहने का आशय है कि आप जो भी कार्य करना चाहते हैं, उसके बारे में पहले जानकारी प्राप्त करें, तदुपरांत सोचें-समझें और कार्य करने का निर्णय लें। प्राय: लोग अपनी चेतनशक्ति का सदुपयोग बृहत जानकारी प्राप्त करने, खुद की खामियों में सुधार लाने तथा सूचना आदान-प्रदान करने में नहीं करते। नतीजा, वे जीवन में बेहतर नहीं कर पाते। दोस्तो-यह जीवन बेहतर करने और बेहतर पाने के लिए मिला है। सुखद जिंदगी जीने और दूसरों का कल्याण करने के लिए मिला है। लेकिन यह संभव है, समुचित ज्ञान प्राप्त करने तथा प्राप्त ज्ञान का सदुपयोग सकारात्मक दिशा एवं रचनात्मक कार्यों में करने से।

याद रखें—मानव व्यक्तित्व को सुंदर बनाने के दो द्वार हैं—बुद्धि और हृदय। "बुद्धि के द्वार से व्यक्ति विचारों की दुनिया में जाता है और हृदय के द्वार से

रिश्तों का संसार अनुभूत करता है।" व्यक्तित्व को सुंदर बनाने के लिए दोनों का सहारा लें। आपके हाथ में केवल वर्तमान है और इसका श्रेष्ठतम सदुपयोग करना बुद्धिमानी है। भविष्य हमारा बेहतर हो, इसके लिए भी वर्तमान को ही सुंदर बनाना होगा। वर्तमान को बेहतर बनाने के लिए किसी भी विषय पर ससमय और बेहतर सोचें। निरर्थक सोचने तथा भूत की घटनाओं या भविष्य की कल्पनाओं में गोता लगाने से बेहतर है कि वर्तमान का श्रेष्ठतम सदुपयोग करने की सोचें। रचनात्मक करने और रचनात्मक बनने की सोचें। किसी ने ठीक ही कहा है—"बीता हुआ कल कैंसिल्ड चेक है, आने वाला कल प्रोमिसरी नोट और वर्तमान पूरा नकद है।" इसका सदुपयोग किया जाए तो निश्चित रूप से प्रगति पथ पर आगे बढ़ते हुए नया इतिहास रचा जा सकता है।

मनुष्य संसार में सुख पाने के लिए विभिन्न संसाधनों को एकत्रित करता है, जब इच्छा की पूर्ति नहीं होती हैं तो दुःख तथा इच्छा की पूर्ति होती है तो सुख एवं आनंद की अनुभूति करता है। परंतु जो ज्ञानी होते हैं, वे सुख-दुःख की नहीं, दूसरों के परोपकार की चिंता करते हैं। वे परोपकार के कार्यों में लगे रहते हैं तथा सुख-दुःख को समभाव से देखते हैं। वे हर घटना पर बेहतर सोचते और समुचित निर्णय लेते हैं। बेहतर सोचने के लिए ज्ञानी और अनुभवी होना जरूरी है। इस संसार में ज्ञान से बढ़कर पवित्र वस्तु कुछ भी नहीं है। जब ज्ञान रूपी प्रकाश से अज्ञान का अँधेरा दूर हो जाता है, तब मनुष्य विभिन्न बंधनों से मुक्त होकर मुक्ति मार्ग का यात्री बन जाता है। उसकी सोच उन्नत, दूरदर्शी एवं व्यापक बन जाती है। नतीजा, वह हर कार्य उत्कृष्ट रूप में संपादित करता है। इस प्रकार हम देखते हैं कि सोच को प्रभावित करने में ज्ञान की भूमिका महत्त्वपूर्ण है।

6. आत्मविश्वास

आपके पास असीम ज्ञान है और परिस्थितियाँ भी अनुकूल हैं। आप अच्छे परिवेश में रहते हैं और आपकी संगत भी अच्छे लोगों से है। आपकी सोच सकारात्मक एवं रचनात्मक है, परंतु आपके अंदर आत्मविश्वास की कमी है तो अपनी सोच को मूर्त रूप नहीं दे पाएँगे। जब आप सोच को मूर्त रूप नहीं दे पाएँगे तो आपकी उत्तम एवं रचनात्मक सोच भी व्यर्थ है। कहने का तात्पर्य है कि आप जो भी ख्वाब देखते हैं, उसे यथार्थ में बदलने तथा सोच को मूर्तरूप देने हेतु आत्मविश्वास का होना आवश्यक है। आत्मविश्वास सकारात्मक सोच और दृढ़ इच्छा-शक्ति से आता है।

आत्मविश्वास के धनी व्यक्ति की सोच सकारात्मक और रचनात्मक होती है। उनके अंदर हालात से लड़ने और कुछ कर दिखाने का इच्छाशक्ति प्रबल होती है। ठीक इसके विपरीत, आत्मविश्वासहीन व्यक्ति समस्या देखकर घबरा जाते हैं और धैर्य खो देते हैं, जबकि आत्मविश्वास के धनी व्यक्ति बाजी मार लेते हैं।

जैसे, आप नशे के आदी हैं। आपको मालूम है कि नशा स्वास्थ्य के लिए हानिकारक और विकास के मार्ग में अवरोध है, परंतु आप नशा नहीं छोड़ पाते। इसका कारण दृढ़ निश्चय एवं आत्मविश्वास की कमी है। उसी प्रकार आप बहुत ज्ञानी हैं, लेकिन आत्मविश्वास की कमी है, तो कुछ भी नहीं कर सकते। सोच को मूर्तरूप देने के लिए आपके अंदर आत्मविश्वास का होना आवश्यक है, अन्यथा आपको सहज कार्य भी कठिन लगेगा। हर कार्य में डूबने का डर बना रहेगा। आपके मन में विभिन्न प्रकार का डर, जैसे लोग क्या कहेंगे, का डर, क्या करें और क्या नहीं करें, का डर, असफल होने का डर, बेवकूफ समझे जाने का डर बैठा रहेगा। उपर्युक्त डर के कारण आप जीवन में कुछ भी नही कर पाएँगे। भयरूपी भ्रम को विश्वास रूपी शक्ति से बाहर निकाल फेंके, अन्यथा अनमोल जीवन बोझ बनकर रह जाएगा।

जैसे–आपके पास एम.एस. (मास्टर इन सर्जरी) की डिग्री है, लेकिन आप ऑपरेशन करने से डरते हैं तो प्राप्त डिग्री का क्या औचित्य? अगर किसी व्यक्ति के पास मात्र एम.बी.बी.एस. की डिग्री है और उसे विश्वास है कि मैं बेहतर ऑपरेशन कर सकता हूँ, तो वह ऑपरेशन करने में सफल होता है। इसी प्रकार आप बहुत ज्ञानी हैं, परंतु अपने ज्ञान का सदुपयोग नहीं करते, दूसरों को नहीं बाँटते, इसका उपयोग परोपकार के कार्यों में नहीं करते, आगत खतरे को मोल नहीं लेते, तो जीवन में बेहतर कैसे करेंगे? बेहतर करने के लिए खतरा उठाने का जज्बा और आगत खतरों का मुकाबला करने का साहस होना चाहिए। आपको खुद पर विश्वास होना चाहिए कि मैं यह काम कर सकता हूँ और दूसरों से बेहतर कर सकता हूँ। यही विश्वास आपको कठिन–से–कठिन हालात से बाहर निकलने तथा उत्कृष्ट कार्य करने में मदद करता है। नतीजा, आप जिस कार्य में हाथ डालते हैं, आपको सफलता हाथ लगती है।

आप गौर करें तो पाएँगे कि इस दुनिया में अनेकों लोग मिलेंगे, जो बहुत पढ़े–लिखे नहीं थे, लेकिन असंभव को संभव कर गए। विकट परिस्थिति में नए अवसर की खोज कर दूसरों के लिए उदाहरण बन गए। इसका कारण उनका आत्मविश्वास

है। कहने का अभिप्राय है कि विश्वास ही वह शक्ति है, जिसके सहारे आप अपनी सोच को मूर्तरूप देते हैं और उत्पन्न हालात से बाहर निकलने में सफल होते हैं। हालात से मुकाबला करने की सोच ही आपको हालात से बाहर निकलने की राह दिखाती है। ध्यान रखें—जब आपके मन में कुछ करने की सोच होती है तो आपका आत्मविश्वास, दृढ़-इच्छाशक्ति में बदल जाता है और आप सोच को मूर्तरूप देने में कामयाब होते हैं।

जैसे, आप सोचते हैं कि में कलक्टर बनूँगा, परंतु सोच को मूर्तरूप देने हेतु आपके अंदर आत्मविश्वास की कमी है। आप लक्ष्य के प्रति संकल्पित नहीं हैं तो लक्ष्य-प्राप्ति में संशय बना रहेगा। आप कलक्टर नहीं बन पाएँगे। जब आप कलक्टर बनने की सोच को दृढ़ इच्छाशक्ति में बदलते हैं और आत्मविश्वास से परिपूर्ण होकर सोच को मूर्त रूप देते हैं तो कलक्टर बन जाते हैं, तब दूसरे कहते हैं कि इस व्यक्ति की सोच शुरू से ही कलक्टर बनने की थी। उसे खुद पर विश्वास था और उसने कर दिखाया।

कहने का अभिप्राय है कि सोच बदलने के लिए अच्छे लोगों की संगत, अच्छा परिवेश, परिस्थितियों को परखने की समझ, हालात से सीख लेने की ललक एवं जानकारी का होना आवश्यक है, लेकिन सोच को मूर्तरूप देने हेतु आत्मविश्वास का होना अति आवश्यक है। अगर आपको यह विश्वास न हो कि मैं यह काम कर सकता हूँ तो आप उस कार्य को कदापि नहीं कर पाएँगे। आप अपनी सोच को दृढ़ करें तथा पूरे आत्मविश्वास के साथ सोच को मूर्त रूप दें। आप देखेंगे कि कामयाबी आपके कदमों को चूमेगी।

इस प्रकार हम देखते हैं कि हमारी सोच विभिन्न कारकों से प्रभावित होती और जो व्यक्ति जिन कारकों से प्रभावित होता है, उसी के अनुरूप सोच बन जाती है। जो व्यक्ति इन कारकों को पॉजिटिव लेते हैं, वे हर घटना एवं परिस्थिति से सीख लेते हैं तथा अच्छे लोगों की संगत कर सोच बदलने में सफल होते हैं। ऐसे व्यक्ति अपनी सोच एवं कृत में दिन-प्रतिदिन निखार लाकर सफलता की राह पर आगे बढ़ते हैं। उन्हें यह विश्वास होता है कि मैं भी सफलता की ऊँचाइयों को छू सकता हूँ। वे अपने संकल्प पर अडिग रहते हैं। नतीजा, वे आम से खास बन जाते हैं। ठीक इसके विपरीत, जो व्यक्ति इन कारकों को निगेटिव लेते हैं, वे अपनी सोच नहीं बदल पाते हैं, सोच में निखार नहीं ला पाते और न ही सोच को व्यापक बना पाते हैं। नतीजा, वे निम्न व्यक्तित्व के मालिक बन बैठते हैं। मेरा भी आपसे

अनुरोध है कि आप उपर्युक्त कारकों से सीख लें। उन्नत, व्यापक एवं दूरदर्शी सोच के मालिक बनने के लिए अच्छे लोगों की संगत करें, अच्छे परिवेश में रहकर ज्यादा-से-ज्यादा ज्ञान अर्जित करें। अर्जित ज्ञान को विवेक में बदलें। परिस्थितियों से सीख लें तथा परिस्थितियों के मकड़जाल में उलझने की बजाय, हालात से बाहर निकलने का रास्ता ढूँढ़ें। समस्या की नहीं, समाधान की सोचें और आत्मविश्वास के साथ आगे बढ़ें। मुझे पूर्ण विश्वास है कि आप सोच बदलने तथा जीवन के औचित्य को साकार करने में सफल होंगे।

□

4

सकारात्मक सोच का महत्त्व

आप क्या बनना चाहते हैं—अच्छा या बुरा? क्या करना चाहते हैं—सही या गलत? किस मार्ग पर चलना चाहते हैं—सद्मार्ग या कुमार्ग? कैसी जीवन-शैली जीना चाहते हैं—निम्न या उत्कृष्ट? कैसे व्यक्तित्व का मालिक बनना चाहते हैं—ऊँचा या निम्न? आपका व्यवहार कैसा है—कुशल या अकुशल? आपका आचरण कैसा है—शिष्ट या अशिष्ट? आपका चरित्र कैसा है—उत्तम या निम्न? आप खुद को श्रेष्ठ बनाना चाहते हैं कि तुच्छ, अनमोल बनाना चाहते हैं कि बोझ, आम बनना चाहते हैं कि खास? आप सत्य, न्याय और धर्म के मार्ग पर चलना चाहते हैं कि असत्य अन्याय और अधर्म के मार्ग पर? आप सत्य और न्याय का साथ देना चाहते हैं कि असत्य और अन्याय का साथ देना चाहते हैं? आप जीवन का लक्ष्य और उद्द्देश्य क्या निर्धारित करना चाहते हैं? ये समस्त बातें आपकी सोच पर निर्भर करती है कि आपकी सोच कैसी है और सोच का महत्त्व क्या समझते हैं?

अगर आप सोच का महत्त्व समझते हैं और सोच की सार्थकता साबित करते हैं तो असफलता को सफलता में, बुराई को अच्छाई में, खामियों को खूबियों में बदल सकते हैं। अगर आपको सोच का महत्त्व एवं इसकी शक्ति का अहसास है तो आप कुछ भी कर सकते हैं। अगर आप सकारात्मक सोचते हैं तो गम को खुशी में, दुःखद हालात को सुखद हालात में तथा आपदा को अवसर में बदल सकते हैं। आप किसी भी समस्या से बाहर निकल सकते हैं और हर समस्या का समाधान निकाल सकते हैं। अगर आपको सकारात्मक सोच का महत्त्व मालूम है तो सकारात्मक सोचते हैं। सकारात्मक सोच के धनी व्यक्ति किसी भी संदर्भ पर सोच-समझकर समुचित

निर्णय ले सकते हैं। सही-गलत की पहचान कर सकते हैं। विकट से विकट हालात से बाहर निकलकर सुखद एवं सफल जिंदगी जी सकते हैं। कहने का तात्पर्य है कि हर जगह और हर क्षेत्र में सकारात्मक सोच का महत्त्व है। इसका जादू आपके व्यक्तित्व को सुंदर बनाता है और समुचित निर्णय लेने में मदद करता है। अगर आप सकारात्मक सोच की महत्ता समझते हैं तो आपका व्यक्तित्व सुंदर, निर्णय सही, और जीवन-शैली उत्कृष्ट होती है। फलत: आपका अलग नाम और पहचान होती है।

दोस्तो! हर जगह और हर क्षेत्र में सकारात्मक सोच के जादू का ही कमाल है। महत्त्वपूर्ण यह है कि आप किसी संदर्भ पर क्या सोचते हैं? आप सकारात्मक सोचते हैं तो सुंदर व्यक्तित्व के मालिक और नकारात्मक सोचते हैं तो बुरे व्यक्तित्व के मालिक बनते हैं। सुंदर व्यक्तित्व का मालिक बनने के लिए सकारात्मक सोचें और सकारात्मक सोच का महत्त्व समझें। सोच ही हमारी दृष्टि में परिवर्तन लाती है। हम जैसा सोचते हैं, उसी अनुरूप हमें वह दिखता हैं और जैसा दिखता हैं, वैसा नजरिया होता है। अच्छा नजरिया हमें द्रष्टा बनाता है। अत: नजरिया बदलने और द्रष्टा बनने के लिए सकारात्मक सोचें और सोच का महत्त्व समझें। मेरा भी अनुरोध है कि आप सदैव अच्छा सोचें, अच्छा करें और अच्छा बनें। Think positive, do positive and be positive.। सदैव सकारात्मक सोच का ही महत्त्व है और सकारात्मक सोच ही आपकी सफलता, अमीरी, नाम और पहचान की परिचायक है। आप सोच को सकारात्मक, दूरदर्शी और रचनात्मक बनाएँ। सोचना आपको है और किसी विषय पर क्या सोचें? इसका निर्णय भी आपको ही लेना है। ईश्वर ने आपको सोचने-समझने की शक्ति इसलिए दी है कि आप कोई भी कार्य करने से पूर्व सोचें-समझें, तदुपरांत कार्य करें। ऐसा करने से कार्य की परिणति बेहतर प्राप्त होगी और आप जीवन में बेहतर करेंगे।

"सोचकर करना और करके सोचना,
दोनों की परिणति में बहुत बड़ा अंतर है।"

यदि आप सोच-समझकर कार्य करते हैं, इसका अभिप्राय है कि आपको सोच का महत्त्व मालूम है। यदि आपको सोच का महत्त्व मालूम नहीं है और बिना सोचे-समझे कार्य करते हैं तो आप जीवन में बेहतर नहीं करते हैं। आप इसका महत्त्व समझना चाहते हैं तो किसी कार्य को बिना सोचे-समझे करें और किसी कार्य को सोच-समझकर करें। तत्पश्चात् दोनों की परिणति की समीक्षा करें, आपको खुद बहुत बड़ा अंतर दिखाई देगा। जैसे—आप अच्छा करना और अच्छा पाना चाहते

हैं, सुंदर व्यक्तित्व का मालिक बनना चाहते हैं, खुद का औचित्य साकार करना चाहते हैं, सफलता की ऊँचाइयों को छूना चाहते है, तो सकारात्मक सोच का महत्त्व समझें। इसके लिए सकारात्मक और उत्कृष्ट सोचें। व्यक्तित्व में निहित अवगुणों का त्यागकर सद्‌गुणों को ग्राह्य करें। आचरण में शिष्टता, वाणी में मधुरता और व्यवहार में विनम्रता शामिल करें।

आप जो भी सपना देखते हैं, उसे साकार करने के लिए सकारात्मक सोचना होगा। आप अमीर बनना चाहते हैं तो अमीर कैसे बनें? इस संदर्भ पर सोचना होगा। अगर आप सद्‌मार्ग की जगह कुमार्ग पर चलकर अमीर बनने की बात सोचते हैं तो गलत परिणति आपको ही भुगतनी होगी। एक की जगह दस का जुरमाना और जेल भी जाना पड़ सकता है। उस स्थिति में आपका एवं आपके परिवार का जीवन दुःखमय बन जाएगा। परंतु आप अमीर बनने के बारे में गंभीरतापूर्वक सोचते और सार्थक एवं मूल्यवान् लक्ष्य बनाते हैं। सही राह का चुनाव कर कड़ी मेहनत करते हैं तो लक्ष्य प्राप्ति करना आसान हो जाता है। आप लक्ष्य-प्राप्ति कर धन, यश प्राप्त करते हैं। ऐसे बहुत सारे उदाहरण मिल जाएँगे, जो गरीबी में पले-बढ़े और आगे चलकर बड़े उद्योगपति बन गए। गरीब परिवार में जनमे और आगे चलकर अमीर बन गए। आपको ऐसे लोग भी मिलेंगे, जिनका जन्म अमीर घराने में हुआ, परंतु आगे चलकर गरीब बन गए। इसके पीछे सिर्फ उनकी सोच है। जिन व्यक्तियों ने सोच का महत्त्व समझा, खुद और दूसरों के बारे में अच्छा सोचा, वे अच्छा बन गए। उपर्युक्त तथ्यों से स्पष्ट है कि अच्छा करने और अच्छा बनने में सकारात्मक सोच की भूमिका महत्त्वपूर्ण है।

सकारात्मक सोच का महत्त्व हर जगह और हर क्षेत्र में है। यदि आप सोचते हैं कि मैं दुःखद हालात से बाहर निकल सकता हूँ तो आप दुःखद हालात से बाहर निकलने में सफल होते हैं। आप सोचते हैं कि मैं गरीबी की दलदल से बाहर निकल अमीर बन सकता हूँ, तो निश्चित रूप से आप अमीर बन सकते हैं। आप रचनात्मक सोच को दृढ़ करें और सकारात्मक सोच की महत्ता समझें। कार्य एवं समय-योजना बनाएँ तथा निर्मित योजना को मूर्तरूप देने हेतु सकारात्मक सोचें। अगर आप सोचते हैं कि मैं गरीबी से बाहर नहीं निकल सकता, गरीबी मेरे भाग्य में लिखी है तो आप गरीबी से बाहर नहीं निकल सकते। आप सोचते हैं कि मैं गरीब से अमीर बन सकता हूँ, संसार के समस्त वैभव को प्राप्त कर सकता हूँ और सर्वथा इसके योग्य हूँ तो निश्चित रूप से आप उन सुविधाओं को प्राप्त करने में सफल होते हैं। इसके लिए

सोच का महत्त्व समझें। गरीब से अमीर बनने, सुंदर व्यक्तित्व का निर्माण करने और समस्त वैभव को प्राप्त करने में सोच की भूमिका महत्त्वपूर्ण है।

जैसे, आप सोचते हैं कि मेरा जन्म गरीब परिवार में हुआ है और मेरा नसीब ही खराब है, मैं अमीर नहीं बन सकता! मेरे भाग्य में गरीब बने रहना ही लिखा है, इसलिए मैं अमीर नहीं बन सकता! ऐसी स्थिति में आप गरीबी एवं भाग्य का रोना रोते रहते हैं। ठीक इसके विपरीत, आप सोचते हैं कि मैं अमीर बन सकता हूँ और अमीर बनने की क्षमता मेरे अंदर हैं, तो आप अमीर बन जाते हैं। आपको ऐसे बहुत सारे उदाहरण मिल जाएँगे, जिनके पास संसाधनों की कमी थी। खाने के लाले पड़े थे, परंतु उन्होंने सोच का महत्त्व समझा और सकारात्मक सोचा। नतीजा, वे गरीबी की दलदल से बाहर निकलने में सफल रहे। आपको ऐसे भी लोग मिलेंगे, जो गरीबी में पैदा हुए और गरीबी में ही मर गए। इसका कारण सोच की महत्ता नहीं समझना है। सचमुच कुछ ही लोग होते हैं, जो सोच की महत्ता समझते हैं और सोच बदलकर खुद और दुनिया को बदल पाने में सफल होते हैं।

उपर्युक्त तथ्यों से स्पष्ट है कि हम अपनी जिंदगी कैसे जीना चाहते हैं? हम क्या करना और क्या बनना चाहते हैं? जीवन के सफर में क्या खोना और क्या पाना चाहते हैं? ये समस्त बातें हमारी सोच की प्रकृति पर निर्भर करती हैं कि हमारी सोच कैसी है? हम किसी संदर्भ पर क्या सोचते हैं? हमारी सोच कितना सार्थक एवं मूल्यवान् है? यदि हम जीवन में अच्छा करना, अच्छा बनना और अच्छा पाना चाहते हैं तो सोच का महत्त्व समझें। याद रखें—जैसी हमारी सोच होती है, वैसा ही हम करते हैं और जैसा करते हैं, वैसा ही बनते हैं। कहा भी गया है—"जैसी करनी, वैसी भरनी!" अर्थात् आप जैसा करेंगे, वैसा भरेंगे। यदि आप सोचते हैं कि मैं यह काम कर सकता हूँ और दूसरों से बेहतर कर सकता हूँ तो वह कार्य करने में आप सफल होते हैं। आप सोचते हैं कि यदि यह काम दूसरा कर सकता है तो मैं क्यों नहीं? मैं भी कर सकता हूँ तो निश्चित रूप से आप वह कार्य दूसरों से बेहतर कर पाते हैं। जब आप कृत-कार्य के बारे में सकारात्मक सोचते हैं, तो कठिन कार्य भी सरल लगता है। नतीजा, आप कार्य निष्पादित कर सुख एवं शांति की अनुभूति तथा धन, यश की प्राप्ति करते हैं। आपको लोग जानते-पहचानते और संगत करने के लिए लालायित रहते हैं। दूसरे आपको प्यार एवं सम्मान देते हैं। आप भी चेहरे पर मुसकान और लोगों का मान एवं सम्मान पाना चाहते हैं तो सोच का महत्त्व समझें।

सकारात्मक सोच के जादू का कमाल ऐसा है कि आप जो करना चाहते हैं,

कर सकते हैं और जो पाना चाहते हैं, पा सकते हैं। जिस क्षेत्र में सफल होना चाहते हैं, सफल हो सकते हैं। आपका खोना और पाना आपकी सोच पर निर्भर करता है। आप किसी विषय-वस्तु के संदर्भ पर क्या सोचते हैं और क्या करते हैं? यह सबसे महत्त्वपूर्ण है। आप जैसा सोचते हैं, वैसा ही करते हैं और जैसा करते हैं वैसा पाते हैं। अत: अच्छा बनने और अच्छा करने के लिए सकारात्मक सोचें और रचनात्मक करें। कदापि नकारात्मक न सोचें और न नकारात्मक बनें। नकारात्मक सोच मन में उत्पन्न हो तो उसे सकारात्मक बनाकर देखें। कल तक जो चीजें अच्छी नहीं लग रही थीं, अच्छी लगेंगी। कल तक जो चीजें अनुपयोगी लग रही थीं, वह उपयोगी लगने लगती हैं। जिस व्यक्ति के व्यक्तित्व में केवल खामियाँ दिख रही थीं, उनमें अनेकों खूबियाँ दिखने लगती हैं, यह है सोच के जादू का कमाल! आप इस जादू की महत्ता समझें और सोच में परिवर्तन लाकर तनाव और चिंता से बाहर निकलें। यह एक ओर हमें निरर्थक चिंता से मुक्ति दिलाता है तो दूसरी ओर नई दिशा देता है।

दोस्तो! सकारात्मक सोच का महत्त्व समझें और खुद को बदलें। खुद और दूसरों को बदलने के लिए सोच बदलनी होगी। परंतु हम सोच कैसे बदलें और किस विषय पर क्या सोचें? यह विचारणीय प्रश्न है। अगर आप उपर्युक्त प्रश्नों पर मनन नहीं करें तो सोचना निरर्थक है। अगर आप चाहते हैं कि सबकुछ अच्छा हो तो सकारात्मक सोचें। आप हमेशा यह सोचें कि मैं भी अच्छा करूँ और दूसरे भी अच्छा करें। मेरा भी कल्याण हो और दूसरों का भी कल्याण हो। आप यह सोचें कि इस जीवन का उद्‌देश्य दीन-दु:खियों की सेवा करना है, दूसरों को मदद करना, दूसरों को खुशी देना और दूसरों का परोपकार करना हैं तो आपको सकारात्मक सोच की शक्ति का अहसास होगा और आप जीवन में बेहतर करेंगे। यह सच्चाई है कि बहुत सारे कार्यों को करने के लिए हमें दूसरों के सहयोग एवं समर्थन की जरूरत होती है। अत: बड़ी उपलब्धि प्राप्त करने के लिए सदैव अच्छा सोचें। दूसरों की मदद करें और दूसरों को मदद की सोचें, इससे आपके इर्द-गिर्द न केवल एक बेहतर माहौल विकसित होगा, बल्कि आपमें एक बेहतर नेतृत्वकर्त्ता के गुण भी विकसित होंगे।

आपने महसूस किया होगा कि जब आप बहुत अच्छा करते हैं तो भी लोग आपकी आलोचना करते हैं। इसका कारण है ईर्ष्या-द्वेष। वैसे लोग दूसरों की उन्नति देखना पसंद नहीं करते और दूसरों की प्रगति देखकर जलते हैं। ऐसे व्यक्ति खुद कुछ नहीं करते, पर दूसरों के कामों में मीन-मेख निकालते रहते हैं। निरर्थक उनकी आलोचना करते रहते हैं। इसका कारण है कि लोग नकारात्मक सोच से घिरे रहते

हैं। उन लोगों को सकारात्मक सोच का महत्त्व मालूम नहीं होता। उन्हें यह भी मालूम नहीं होता कि किस संदर्भ पर क्या सोचें? उनकी सोच संकुचित एवं घटिया होती है, जिस कारण वे बेहतर नहीं कर पाते। उनके देखने का नजरिया भी गलत होता है। आप लोगों के कहने में नहीं उलझें, उनका काम ही कुछ-न-कुछ कहना है। आप अच्छा करेंगे तो भी लोग कुछ-न-कुछ कहेंगे और अच्छा नहीं करेंगे तो भी कहेंगे! इसलिए लोगों के कहने में नहीं, खुद अच्छा करने की सोचें और अच्छा करने में विश्वास रखें।

इस संदर्भ में थॉमस अल्वा एडीसन के जीवन से सीख लेने की जरूरत है। एडीसन ऊँचा सुनते थे। एक दिन उनसे मित्र ने कहा कि तुम्हें ईश्वर से शिकायत होगी कि उसने तुम्हें सुनने की अच्छी शक्ति नहीं दी! तुम्हें अच्छी तरह सुनाई देता तो और बेहतर करते! एडीसन ने अपने मित्र से कहा-दोस्त! मुझे कोई अफसोस नहीं है। यह तो मेरे लिए वरदान है कि बाहर की बातें लक्ष्य प्राप्ति में व्यवधान उत्पन्न नहीं करतीं और मैं निरर्थक बातों में नहीं उलझता। उन्होंने लोगों को सीख दी—

"बाहर की सुनोगे, बिखर जाओगे,
मन की सुनोगे, उबर जाओगे।"

आप मन की सुनें और मन की करें। कर्म और सोच का महत्त्व समझें। आप लोगों की बातों पर ध्यान देने की बजाय खुद को बेहतर बनाने की सोचें। बाहर की बातें सुनने की बजाय, मन की सुनें। खुद की नकारात्मकता को सकारात्मकता में बदलें। बाहर की बातें कष्ट देती हैं और मन की बातें सुख पहुँचाती हैं। कहा भी गया है—"मन के जीते जीत है, मन के हारे हार।" हमेशा मन की सुनें और मन की करें। आप सोच की महत्ता समझें और खुद को बेहतर बनाने की सोचें। दूसरा हमारे बारे में क्या सोचते और क्या कहते हैं, इस पर ध्यान देने के बजाय खुद अच्छा कैसे करें, इस पर ध्यान दें। लोगों की बातों पर नहीं, खुद को बेहतर बनाने और बेहतर करने के बारे में सोचें। दूसरा व्यक्ति आपकी निंदा करे और हँसी उड़ाए, तो भी उसके बारे में आप अच्छा सोचें और अच्छा करें।

याद रखें—

"अच्छी सोच की परिणति सदैव अच्छी ही होती है।"

अच्छी सोच सिर्फ आपके लिए नहीं, दूसरों के लिए भी अच्छी होती है। इसलिए आप हमेशा अच्छा सोचें। दूसरे आपके बारे में क्या कहते हैं और क्या सोचते हैं, उस पर ध्यान देने की बजाय, खुद अच्छा बनने और अच्छा करने के बारे

में सोचें। अगर आपको यह नहीं मालूम कि क्या करना उचित और क्या अनुचित है? हमारी सोच कितना सही और कितना गलत है? उसकी सार्थकता खुद और दूसरों के लिए कितना महत्त्वपूर्ण है? तो फिर आपका सोचना महत्त्वहीन है। आप हमेशा यह सोचें कि मुझे अच्छा करना और अच्छा बनना है। खुद और दूसरों का कल्याण करना है। खुद की सार्थकता एवं जीवन का औचित्य साकार करना है तो ऐसी सोच आपके जीवन की दिशा एवं दशा बदल देगी। इस संदर्भ पर बहुत सारे विद्वानों ने कहा है—

"दूसरे क्या कहते हैं, उस पर ध्यान देने के बजाय,
तुम क्या करते हो, उस पर ध्यान दो।"

आप दूसरों को नहीं, खुद को देखें। दूसरों की नहीं, खुद की सुनें, दूसरों की नहीं, खुद की खामियाँ देखें। दूसरों को नहीं, खुद को पढ़ें, खुद के गुणों को निखारें और खुद को सुंदर बनाएँ। आप खुद को जानें और खुद की शक्तियों को पहचानें। उपर्युक्त कार्यों को करने के लिए सोच बदलें और सकारात्मक सोच की महत्ता समझें। आप दूसरों से अलग और विशिष्ट हैं, कदापि अपनी तुलना दूसरों से न करें,। खुद के कृत्य, व्यवहार, व्यक्तित्व एवं चरित्र की समीक्षा करें। खुद का नजरिया बदलें और जो भी देखना चाहते हैं, उसे आँखों से नहीं, मन की गहराइयों से देखें। प्रकृति में निहित सुंदरता से सीख लें। दूसरों की सुंदरता देखने की बजाय, खुद के अंदर छिपे दिव्य सौंदर्य को देखें। दूसरों की बुराई देखने की बजाय, खुद की बुराई देखें और उन बुराइयों को दूर करें। खुद की क्षमता को पहचानें और उसकी परीक्षा लें। आपका व्यक्तित्व सुंदर और प्रभावशाली होगा।

कहने का अभिप्राय है कि जो व्यक्ति सोच का महत्त्व समझते हैं और सकारात्मक सोचते है, वे खुद को जानते-पहचानते हैं और खुद को सुंदर बनाते हैं। ठीक इसके विपरीत, जो व्यक्ति सोच का महत्त्व नहीं समझते, वे खुद को सुंदर नहीं बना पाते। मेरे विचार से आप सोच का महत्त्व समझें और हर विषय पर सकारात्मक सोचें। सोचना आपको है और सोच में बदलाव लाना भी आपको ही है। आप किसी संदर्भ पर क्या सोचें, इसका निर्णय भी आपको ही लेना है! तो संशय कैसा? आप सदैव सार्थक, रचनात्मक, व्यापक दूरदर्शी एवं उत्कृष्ट सोचें। आप ऐसा सोचकर देखें, सर्वत्र आपकी प्रशंसा होगी। अगर आप जीवन में बेहतर करना नहीं चाहते, खुद की सार्थकता साकार नहीं करना चाहते, सोच का महत्त्व नहीं समझना चाहते, सोच में बदलाव नहीं लाना चाहते और खुद की खामियों को दूर करना नहीं चाहते

तो मुझे कुछ भी नहीं कहना; परंतु आप अच्छा करना, अच्छा बनना और अच्छा पाना चाहते हैं तो सोच का महत्त्व समझें।

याद रखें—

"हर जगह और हर क्षेत्र में सोच का महत्त्व है।"

शायद आपको नहीं मालूम—"सोच ही वह शक्ति है, जिसके बल पर आप जो चाहे, कर सकते हैं और जो चाहे, प्राप्त कर सकते हैं। सोच ही जिंदगी जीने की कला, उत्कृष्ट कर्म करने की पद्धति तथा विकास-पथ पर आगे बढ़ने का माध्यम है। सोच ही सफलता, असफलता, अनैतिकता और नैतिकता का पैमाना तय करती है। सोच ही व्यक्तित्व, व्यवहार एवं चरित्र का निर्माण करती है। सभी क्रियाओं का मूलाधार सोच ही है। नजरिया, व्यक्तित्व, आचरण एवं कृत्य का आधार सोच ही है और सोच की हमारी दृष्टि और क्षमता की पहचान है। यह हमें द्रष्टा एवं चरित्रवान् बनाती है। यह सभी शक्तियों में श्रेष्ठ और समुन्नत है, इस शक्ति का सदुपयोग कर आप खुद की श्रेष्ठता साबित कर सकते हैं।

कहने का अभिप्राय है कि आप सोच का महत्त्व जितना बेहतर समझते हैं, उतना ही अच्छा बनते हैं। जैसी हमारी सोच होती है, वैसा ही नजरिया और जैसा नजरिया होता है, वैसा ही कृत्य एवं व्यक्तित्व। अतः सोच का महत्त्व समझें। खुद को बदलने के लिए सोच बदलें। उत्कृष्ट कर्म करने के लिए सोच बदलें। किसी भी क्षेत्र में अच्छा करने एवं अच्छा बनने के लिए सोच बदलें। नजरिया बदलने के लिए सोच बदलें और सुंदर व्यक्तित्व का निर्माण करने के लिए सोच बदलें। कहने का अभिप्राय है कि सोच ही शक्ति है और सोच का ही महत्त्व है; परंतु विचारणीय प्रश्न यह है कि कैसी सोच महत्त्वपूर्ण है? इसका सहज उत्तर है—सकारात्मक, रचनात्मक एवं उत्कृष्ट सोच, जो हमें सुंदर, सफल एवं श्रेष्ठ बनाने में सहायक हो। उत्कृष्ट सोच ही हमें अच्छे कर्मों को करने और अच्छा बनने के लिए प्रेरित करती है। यह हमें श्रेष्ठ प्राणी होने का गौरव प्रदान करता है और महानता की राह पर ले जाता है। सकारात्मक सोच हमें सफलता की ऊँचाइयों पर ले जाती है तो नकारात्मक सोच विफलता के गर्त में ले जाती है। अतः सोच की महत्ता समझें और सदैव सकारात्मक सोचें। अगर आप इसकी महत्ता नहीं समझे और नकारात्मक सोच में डूबे रहे तो आप लालची, क्रूर, आततायी एवं पशु बन जाते हैं। इसलिए जो भी सोचें सकारात्मक एवं रचनात्मक सोचें।

यह है सोच का प्रभाव कि आप जैसा सोचते हैं, वैसा बन जाते हैं। आप सोचते

हैं कि मैं यह काम कर सकता हूँ तो आप वह काम कर दिखाते हैं। जब आप कार्य कर दिखाते हैं तो लोग आपकी प्रशंसा करते हैं। इसी संदर्भ पर नेपोलियन ने कहा था—"दुनिया में असंभव कुछ भी नहीं है।" उन्होंने केवल कहा ही नहीं, बल्कि असंभव को संभव कर दिखाया। आप भी असंभव को संभव में बदलना चाहते हैं तो सोच का महत्त्व समझें। सदैव सकारात्मक सोचें और रचनात्मक सोच को मूर्तरूप दें। कहने का आशय है कि आप जो करना चाहते हैं, मन से सोचें एवं मन से करें। जब आप किसी कार्य को पूरे मनोयोग से करते हैं तो कार्य उत्कृष्ट रूप में और ससमय होता है। अगर आप कार्य पूरे मन से नहीं, आधे-अधूरे मन से करते हैं तो परिणति भी अच्छी नहीं होती है।

कहने का अभिप्राय है कि सदैव बेहतर करने और बेहतर पाने के लिए बेहतर सोचें। सोच का दायरा बढ़ाएँ और खुद को रचनात्मक बनाएँ, ताकि आप बेहतर कर सकें। सोचने और देखने का नजरिया बदलें और सोच को सकारात्मक एवं क्रियाशील बनाएँ। आप केवल अपने हित की नहीं, दूसरों के हित की सोचें। समाजहित, देशहित एवं जग-कल्याण की सोचें। जीवन-मूल्यों की महत्ता समझें और कार्य-मूल्य के बारे में सोचें। समय-मूल्य एवं समय-प्रबंधन के बारे में सोचें, खुद को अच्छा साबित करने के संदर्भ पर सोचें। खुद को आदर्श एवं उदाहरण के रूप में प्रस्तुत करने के संदर्भ पर सोचें। आप केवल सोचें ही नहीं, खुद की श्रेष्ठता साबित करें। ऐसा आप कर सकते हैं, परंतु कब, जब आप सोच का महत्त्व समझेंगे और सोच के दायरा को उच्चतर स्तर तक विकसित करने हेतु कारगर प्रयास करेंगे। इस प्रकार हम देखते हैं कि खुद की सार्थकता और जीवन का औचित्य साकार करने में सोच की भूमिका महत्त्वपूर्ण है।

याद रखें—

"रचनात्मक एवं सकारात्मक सोच ही
व्यक्ति को सफल और महान् बनाती है।"

आप भी सफल होना चाहते हैं तो सोच की महत्ता समझें और सदैव सकारात्मक सोचें। इस जगत् में मनुष्य ही एक ऐसा प्राणी है, जिसे सोचने-समझने की शक्ति प्राप्त है। वह सोच-समझकर ही किसी भी कार्य को बेहतर कर सकता है। खुद की श्रेष्ठता साबित कर सकता है। आप ऊँची सोच रखें और सुविचारित, सोद्देश्य एवं सार्थक सोच के साथ परोपकारी कार्य करें। बिना सोचे कुछ भी नहीं करें। अगर आप बिना सोचे-समझे कार्य करते हैं तो कार्य की परिणति बेहतर नहीं होती और बेहतर

परिणति प्राप्त नहीं होने पर चिंता, तनाव एवं दुःख होता है। ऐसी स्थिति में आप खुद में उलझ जाते हैं और खुद की श्रेष्ठता एवं औचित्य साकार नहीं कर पाते। याद रखें—सकारात्मक सोच अमोघ एवं अमूल्य शस्त्र है और इसका जादू हर क्षेत्र में दिखाई देता है। अगर आपको लगता है कि सकारात्मक सोच का कोई महत्त्व नहीं है तो नकारात्मक सोचकर देखें। आपको खुद अंतर समझ में आ जाएगा कि किसी भी क्षेत्र में बेहतर करने के लिए सकारात्मक सोच कितनी महत्त्वपूर्ण है!

आइए, हम सकारात्मक सोच की महत्ता को एक उदाहरण से समझने का प्रयास करें। राम और मोहन दोनों बहुत ही अच्छे मित्र थे। दोनों की आर्थिक स्थिति बहुत अच्छी नहीं थी। राम ने सोचा कि जीवन में बेहतर करने तथा जीवन का औचित्य साकार करने के लिए पढ़ना महत्त्वपूर्ण है। हम पढ़कर ही अच्छे-बुरे, सही-गलत, उचित-अनुचित, न्याय-अन्याय में विभेद कर सकते हैं तथा धन, यश, समृद्धि, अर्जित कर सकते हैं। राम ने इस सोच को मूर्तरूप दिया और कड़ी मेहनत की। नतीजा, पढ़-लिखकर वह डॉक्टर बन गया। डॉक्टर बनकर उसने लोगों की सेवा की और धन-यश अर्जित कर बेहतर जीवन जीने लगा। इसके विपरीत, मोहन ने सोचा कि पढ़ाई में वर्षों मेहनत करनी पड़ती है। सुख-सुविधा का त्यागकरना पड़ता है और पढ़ने-लिखने के बाद भी जल्दी नौकरी नहीं मिलती। बहुत सारे लोग पढ़-लिखकर बेकार बैठे हैं। इस प्रकार मोहन नकारात्मक सोच में उलझा रहा और सकारात्मक नहीं बन पाया। नतीजा, वह जीवन में बेहतर नहीं कर पाया और खुद के अनमोल जीवन को बोझ बना लिया।

इस प्रकार आपने देखा कि राम और मोहन दोनों की सोच में बहुत बड़ा फर्क था। राम ने पढ़ाई का महत्त्व समझा और सफल लोगों से सीख ली, जबकि मोहन ने असफल लोगों की असफलता के कारणों की विवेचना नहीं की और बिना सोचे-समझे नकारात्मक सोच पाल ली। नतीजा, वह नकारात्मक सोच की उलझन में उलझकर खुद परिवार और समाज के लिए बोझ बन गया। राम की सोच सकारात्मक एवं दूरदर्शी थी, जबकि मोहन की सोच नकारात्मक एवं संकीर्ण थी। कहने का अभिप्राय है कि आपको क्या करना और क्या नहीं करना है, उसके बारे में पहले सोचें-समझें, तदुपरांत समर्पित होकर कार्य करें। ऐसी सोच एवं कृत्य से कार्य की परिणति बेहतर होती है। आप जीवन में बेहतर करते हैं। यह सच्चाई है कि हर व्यक्ति जीवन में अच्छा करना और अच्छा बनना चाहता है, परंतु अच्छा करने और अच्छा बनने के लिए क्या सोचें? इस प्रश्न पर मनन नहीं करता।

अगर आप जीवन में अच्छा करना और अच्छा बनना चाहते हैं तो निम्न पंक्तियों को जीवन में आत्मसात् करें। दूसरों को कष्ट पहुँचाना पाप और दूसरों का भला करना पुण्य है। राग-प्रेम है तो ईर्ष्या-द्वेष, घृणा है। परोपकार करना मानवता का सर्वश्रेष्ठ गुण है तो दूसरों को कष्ट पहुँचाना मानवता के विरूद्ध है। ईमानदार होना जीने का सर्वश्रेष्ठ तरीका है तो बेईमान होना निकृष्ठ। कड़ी मेहनत का फल मीठा, तो अकर्मण्यता का फल तीखा होता है। आप कुछ भी करने के पूर्व अपने व्यक्तित्व में अच्छे-अच्छे गुणों को समाहित करें। अगर आप सोचते हैं कि गलत रास्तों पर चलकर सुख-सुविधा या अमीर बना जा सकता है, तो यह सर्वथा गलत है। ऐसी सोच संकीर्ण, नकारात्मक एवं अदूरदर्शी है। शायद ऐसे व्यक्ति को सोच का महत्त्व मालूम नहीं है। उन्हें यह भी मालूम नहीं होता कि कब, क्या सोचें और क्या करें? अत: विचारण हेतु महत्त्वपूर्ण बिंदु यह है कि हम सदैव सकारात्मक सोचें और सोच को ससमय मूर्त रूप दें?

मेरे विचार से सर्वप्रथम आप स्वयं के बारे में सोचें कि आप कौन हैं? इस धरती पर क्यों आए हैं? आपके आने का उद्‍देश्य क्या है? इस जीवन का औचित्य क्या है? जीवन-मूल्य, कार्य-मूल्य एवं समय-मूल्य की समझ कितनी है? उपर्युक्त प्रश्नों पर आप गंभीरतापूर्वक सोचते हैं तो सोच का महत्त्व समझने में कोई संशय नहीं रहता। अगर आप उपर्युक्त बातों पर गहनतापूर्वक मनन नहीं करते तो सोच का महत्त्व नहीं समझ पाते, खुद की श्रेष्ठता साबित नहीं कर पाते। अत: खुद को श्रेष्ठ और सोच का महत्त्व समझने के लिए सदैव उन्नत, दूरदर्शी एवं रचनात्मक सोचें। ऐसी सोच आपको खुद को अनमोल और अच्छा इनसान बनाने में मदद करती है।

याद रखें—

"सकारात्मक सोच की महत्ता समझनेवाला
व्यक्ति ही अच्छा आदमी बनता है।"

हमेशा यह सोचें कि मैं अच्छा आदमी कैसे बनूँ? अच्छा आदमी बनने के लिए क्या सोचने और क्या करने की जरूरत है? आप सदैव अच्छा करने एवं अच्छा बनने की बात सोचें, दूसरों के परोपकार की बात सोचें। दीन-दु:खियों की सेवा करने की सोचें, बेहतर इनसान बनने की सोचें! यह सच्चाई है कि आप जैसा सोचेंगे, वैसा करेंगे और जैसा करेंगे, वैसा बनेंगे। इसलिए हमेशा अच्छा सोचें और अच्छा करें। भूलकर भी आप किसी के बारे में बुरा न सोचें और न ही बुरा करें। संत कबीर के शब्दों में—

"बुरा जो खोजन मैं चला, बुरा न मिलीया कोय,
जो दिल खोजा अपना, मुझसा बुरा न कोय।"

इसी संदर्भ पर मेरे पिताजी ने कहा था—"बेटा! किसी का भला न कर सको तो बुरा भी मत करना और किसी के बारे में अच्छा न सोच सको तो बुरा भी मत सोचना।" कितनी अच्छी बात है! मैंने पिताजी की बातों को न केवल याद रखा, बल्कि जीवन के हर कदम पर भी उतारने का प्रयास किया।

याद रखें—

"आप बुरा सोचते हैं तो बुरा बनते हैं,
और अच्छा सोचते हैं तो अच्छा बनते हैं।"

यह है सोच का महत्त्व कि आप जैसा सोचते हैं, वैसा बनते हैं! आप खुद और दूसरों के लिए अच्छा सोचते हैं तो अच्छा करते हैं और अच्छा बनते हैं। जैसे, आप फूल बोएँगे तो निश्चित रूप से उसकी सुगंध आपको भी मिलेगी। आप दूसरों को फूल देंगे तो वह भी आपको फूल ही देगा, काँटे नहीं। उसी प्रकार आप दूसरों के लिए काँटे बोएँगे तो वह आपके लिए फूल नहीं बोएगा या दूसरों को आप काँटे देंगे तो वह आपको फूल नहीं देगा। दूसरे शब्दों में, आप दूसरों का बुरा चाहेंगे तो वह भी आपका अच्छा नहीं, बुरा चाहेगा। आप दूसरों के मार्ग में काँटा बोएँगे तो वह सिर्फ दूसरों को नहीं, आपको भी चुभेगा। अतः दूसरे के मार्ग में काँटे नहीं, फूल बोएँ। कहने का अभिप्राय है कि आप दूसरों के बारे में कदापि बुरा न सोचें और बुरा न करें। आप खुद और दूसरों के बारे में अच्छा सोचेंगे और अच्छा करेंगे तो निश्चित है कि आप भी अच्छा बनेंगे। मेरा भी अनुरोध है कि आप दूसरों से अच्छा लेना चाहते हैं तो दूसरों को अच्छा दें। खुद का भला चाहते हैं तो दूसरों का भला करें।

याद रखें—

"जैसा आप बोओगे, वैसा काटोगे।"

आप अच्छा बोएँगे तो अच्छा काटेंगे और बुरा बोएँगे तो बुरा काटेंगे। इसलिए हमेशा अच्छा बोएँ। अगर आप बुरा सोचेंगे और बुरा करेंगे तो बुरा ही बनेंगे, अर्थात् जैसा करेंगे, वैसा बनेंगे। बुरे कार्यों का दुष्परिणाम भी बुरा होगा, जिसका खामियाजा पूरे परिवार एवं समाज को भुगतना पड़ेगा। अतः कदापि बुरा न सोचें और न ही बुरा करें। कहा भी गया है—'कर भला तो हो भला!' खुद की स्वार्थपूर्त्ति के लिए दूसरों का बुरा सोचना और बुरा करना पाप है। आप सदैव खुद और दूसरों के बारे में अच्छा सोचें। जब आप अच्छा सोचेंगे तो अच्छा करेंगे और अच्छा करेंगे तो लोग

मान-सम्मान देंगे। सर्वत्र आपकी प्रशंसा होगी। आपको अच्छा करते देख, दूसरे भी अच्छा करेंगे। इस संदर्भ पर मेरे पिताजी द्वारा बाल्यकाल में दी गई शिक्षा—"बुरे सोच एवं बुरे कर्म का परिणति हमेशा बुरी ही होती है।" मुझे बखूबी याद है। जब कभी मैं किसी के बारे में बुरा सोचता या बुरा करता हूँ तो मुझे पिताजी की बातें याद आ जाती है। नतीजा, मैं खुद को सँभाल पाता हूँ। मेरा भी अनुरोध है कि "आप सोच का महत्त्व समझें और कदापि किसी के बारे में बुरा न सोचें।"

इस प्रकार हम देखते हैं कि सोच का महत्त्व हर क्षेत्र और हर जगह है। दुनिया का कोई भी ऐसा क्षेत्र नहीं है, जहाँ सोच का महत्त्व न हो। आइए, हम उन क्षेत्रों की चर्चा करें, जिन क्षेत्रों में सोच का महत्त्व अति प्रासंगिक है—

- अच्छा जीवन जीने के लिए,
- जीवन-शैली को सुंदर एवं उत्कृष्ट बनाने के लिए,
- व्यक्तिगत, सामाजिक, आर्थिक, सांस्कृतिक उत्थान के लिए,
- सुखद एवं सफल जीवन जीने के लिए,
- विकास की गति को नई दिशा देने के लिए,
- खुद को जानने-समझने के लिए,
- खुद का औचित्य साकार करने के लिए,
- खुद को बेहतर साबित करने के लिए,
- खुद की अनमोलता एवं श्रेष्ठता साकार करने के लिए,
- दिव्य ज्ञान, दिव्य प्रकाश प्राप्त करने के लिए,
- अच्छा आदमी बनने के लिए,
- जीवन-मूल्य, कर्म-मूल्य एवं समय-मूल्य समझने के लिए,
- सुंदर बनने के लिए,
- सुंदर व्यक्तित्व-निर्माण के लिए,
- उत्कृष्ट कर्म करने के लिए,
- समय का समुचित प्रबंधन करने के लिए,
- विविध मूल्यों की महत्ता समझने के लिए,
- खुद की खामियों को दूर करने के लिए,
- खुद को रचनात्मक, ऊर्जावान् एवं मूल्यवान् बनाने के लिए।

क्या आपको मालूम है कि आगरा का ताजमहल कितनी बार बना? प्रायः लोगों का जवाब होगा—एक बार, लेकिन मेरा मानना है कि आगरा का ताजमहल

दो बार बना। पहली बार शाहजहाँ के दिलो-दिमाग में और दूसरी बार आगरा की धरती पर, जिसे देखकर हम उसकी प्रशंसा करते नहीं थकते। जरा सोचें—यदि ताजमहल बनाने की सोच शाहजहाँ के दिमाग में नहीं आती तो क्या हम ताजमहल देख पाते? आपका भी जवाब होगा-नहीं। हम ताजमहल इसलिए देख पाते हैं कि शाहजहाँ ने ताजमहल बनाने के बारे में सोचा। उसकी रूपरेखा अपने दिमाग में तैयार की और उसे मूर्तरूप देने हेतु कारीगरों की टीम बुलाई। अपनी सोच से कारीगरों को अवगत कराया। तत्पश्चात् ताजमहल आगरा की धरती पर उत्तर पाया। आज हम ताजमहल का जो स्वरूप देख पा रहे हैं। वह शाहजहाँ की सोच का स्वरूप है। यदि ताजमहल बनाने की सोच शाहजहाँ के दिमाग में नहीं आती तो क्या हम ताजमहल के वर्तमान स्वरूप को देख पाते? हम किसी भी क्षेत्र में विकास एवं प्रगति का जो स्वरूप देख रहे हैं, विभिन्न क्षेत्रों में नई-नई खोज एवं अविष्कार कर पा रहे हैं। वह सब किसी-न-किसी व्यक्ति की सोच का कमाल है, जो व्यक्ति जैसा सोचता है, वैसा खुद करता है या दूसरों की माध्यम से अपनी सोच को मूर्तरूप देता है। सोच जब मूर्तरूप में आती है, तब हम उसे देख पाते हैं। मेरा भी आपसे अनुरोध है कि आप जिस क्षेत्र में भी कार्य करना चाहते हैं, उसके बारे में समय पर सोचें और तब आपको सोच की महत्ता समझ में आएगी।

अगर आप समय पर सोचते हैं तो बेहतर पाते हैं और समय पर नहीं सोचते हैं तो खोते आप हैं। आपको बेहतर करना है कि नहीं, बेहतर पाना है कि नहीं? जीवन का औचित्य साकार करना है कि नहीं? इन सारे प्रश्नों पर ससमय सोचें और सोच में निखार लाएँ। सोच का महत्त्व समझें और सोच को रचनात्मक बनाएँ। सोचना आपको है तथा सोचने और निर्णय लेने के लिए आप स्वतंत्र भी हैं। महत्त्वपूर्ण यह है कि आप सोच की महत्ता समझें और ससमय सोचें, ताकि आप बेहतर निर्णय ले सकें। अगर आप समय पर नहीं सोचेंगे और समय पर निर्णय नहीं लेंगे तो उत्कृष्ट सोच और सही निर्णय भी बेकार साबित होगा। अतः किसी भी मुद्दे पर ससमय सोचें। समय पर सोचना ही विवेक है। अगर आप समय पर नहीं सोचते और समय उपरांत सोचते हैं तो सोचना व्यर्थ और महत्त्वहीन है।

जैसे, आप सोचते हैं कि मुझे अच्छा आदमी बनना है, परंतु अच्छा आदमी बनने के लिए क्या करें? इस प्रश्न पर विचार नहीं करें तो अच्छा आदमी कैसे बनेंगे? अच्छा आदमी बनने के लिए सोच की महत्ता समझनी होगी। सकारात्मक एवं रचनात्मक सोचना होगा और सोच को मूर्तरूप देना होगा। हमें क्या करना और

क्या नहीं करना है? इस प्रश्न पर सोचना होगा और रचनात्मक सोच को अमल में लाना होगा, अन्यथा आप अच्छा आदमी नहीं बन पाएँगे। मैं सिर्फ इतना कहूँगा कि अच्छा आदमी बनने और अच्छा करने के लिए सोच का महत्त्व समझें और समय पर सोचें। जीवन-मूल्य, कार्य-मूल्य एवं समय-मूल्य की महत्ता समझें और इन मूल्यों पर चलें। यदि आप इन मूल्यों की महत्ता नहीं समझें तो अच्छा आदमी नहीं बन पाएँगे। अच्छा आदमी बनने के लिए सकारात्मक सोचें, समय पर सोचें तथा सोच को ससमय मूर्तरूप दें। यदि आप ऐसा करते हैं तो आपको अच्छा आदमी बनने से कोई नहीं रोक सकता।

ध्यान रखें—आप जिस विषय पर सोचें, ससमय और सकारात्मक सोचें। समय पर सोचने एवं समय पर कार्य करने का कोई तोड़ नहीं है। यदि आप समय पर नहीं सोचते कि मैं अच्छा आदमी कैसे बनूँ? अच्छा आदमी बनने के लिए मुझे क्या करना है? किन-किन गुणों को आत्मसात् करना है? जीवन का उद्देश्य क्या निर्धारित करना है? इत्यादि बातों पर नहीं सोचे, तो अच्छा आदमी कैसे बनेंगे? अच्छा आदमी बनने के लिए समय पर सोचना होगा। समय पर अच्छे गुणों को आत्मसात् करना होगा, समय पर अपनी गलतियों को स्वीकार कर उसे दूर करना होगा। अन्यथा गलत आदतों के शिकार और निम्न व्यक्तित्व के मालिक बन बैठेंगे। जब हम सोचते हैं कि मानव जीवन अनमोल और अन्य प्राणियों से श्रेष्ठ है, हमारा होना ही सबसे महत्त्वपूर्ण है और यह जीवन ही सबसे बड़ा अवसर है, तो आपके पास अवसर की कोई कमी नहीं होती। आपको मानव जीवन अमृत, आनंद का सागर और अनमोल दिखता है। यदि आप ऐसा नहीं सोचते तो अनमोल जीवन भी बोझ लगता है। आप खुद में खोए रहते हैं, अशांत और बेचैन रहते हैं। यह है सोच का महत्त्व, कि आप जैसा सोचते हैं, वैसा ही जीवन बन जाता है।

उपर्युक्त तथ्यों से स्पष्ट है कि जीवन के नवनिर्माण में सोच की भूमिका महत्त्वपूर्ण है। सफलता-असफलता, अमीरी-गरीबी, सही-गलत की पहचान की सूत्रधार सोच ही है। जब हमें इस बात का अहसास होता है कि सोच ही सबसे मूल्यवान् एवं ऊर्जावान् शक्ति है और यही शाक्ति जीवन का औचित्य साकार करने के लिए सबसे महत्त्वपूर्ण है। मैं भी सोच का महत्त्व समझा होता और समय पर सकारात्मक एवं रचनात्मक सोचा होता, समय पर कार्यों का निष्पादन किया होता तो जीवन बोझ नहीं, अनमोल दिखता। हम सोच की महत्ता समझकर ही अच्छा इनसान बन सकते थे, दूसरों का परोपकार कर, जीवन का औचित्य साकार कर सकते थे,

परंतु हमने सोच रूपी शक्ति का महत्त्व नहीं समझा। खुद की नकारात्मकता को सकारात्मक नहीं बना पाया। नतीजा, हम आम से खास नहीं बन पाए। किसी भी क्षेत्र में बेहतर करने के लिए महत्त्वपूर्ण है कि हम सोच की महत्ता समझें और हर संदर्भ पर सकारात्मक सोचें।

याद रखें—

"सोचना जीवन की नियति,
और सकारात्मक सोचना जीवन का सार है।"

इस दुनिया की समस्त शक्तियों में सबसे महत्त्वपूर्ण शक्ति सकारात्मक, रचनात्मक एवं मूल्यवान् सोच है। हम सृष्टि-निर्माण की बात करें या परा एवं अपरा प्रकृति की बात करें; पंचभूत की बात करें या पंचीकृत भूत की बात करें, ज्ञान की बात करें या विज्ञान की बात करें, ऐश्वर्य की बात करें या अध्यात्म की बात करें, विकास की बात करें या विनाश की बात करें, सभ्यता एवं संस्कृति की बात करें या असभ्यता की बात करें, हर जगह सोच रूपी शक्ति ही दृश्य या अदृश्य तत्त्व के रूप में विराजमान है। हम सूक्ष्म तत्त्व की बात करें या स्थूल तत्त्व की, परब्रह्म की बात करें या आत्मा-परमात्मा कि, निर्गुण ब्रह्म की बात करें या सगुण ब्रह्म की। निराकार ब्रह्म की बात करें या साकार ब्रह्म की। किसी भी संदर्भ पर क्यों न बात करें, समस्त विषय सोच के विविध स्वरूप का ही प्रतिरूप है। सोच रूपी शक्ति का ही कमाल है कि आप जैसा सोचते हैं, वैसा करते हैं। महत्त्वपूर्ण यह है कि हम खुद के बारे में, सृष्टि के बारे में, प्रकृति के बारे में, कृत-कार्य के बारे में, विविध मूल्यों के बारे में क्या सोचते हैं?

मैं तो सिर्फ इतना कहूँगा कि आप हर विषय पर सकारात्मक एवं रचनात्मक सोचें। हर संदर्भ और हर हालात पर सकारात्मक सोचें। हर व्यक्ति या विषय के संदर्भ पर अच्छा सोचें और अच्छा करें। सदैव नकारात्मक सोच को सकारात्मक सोच में बदलें और जब भी सोचें, सकारात्मक सोचें। कदापि नकारात्मक सोच में नहीं उलझें। जब तक आप किसी व्यक्ति, विषय या वस्तु के बारे में सकारात्मक नहीं सोचेंगे, उसके बारे में जानेंगे कैसे? किसी संदर्भ को जानने के लिए सोचना और समझना जरूरी है। अत: किसी व्यक्ति, वस्तु या घटना के बारे में, खुद और दूसरों के बारे में सोचें, ताकि आप उसके बारे में बेहतर जान सकें। मेरा भी आपसे अनुरोध है कि आप किसी व्यक्ति या विषय के बारे में सदैव सार्थक, सकारात्मक और रचनात्मक सोचें। परंतु दु:ख की बात है कि प्राय: व्यक्ति कृत कार्य के बारे

में, घटित घटना के बारे में नहीं सोचते और बिना सोचे-समझे कार्य करते हैं। वे कार्य की सार्थकता और मूल्य नहीं समझते, कृत-कार्य की परिणति एवं प्रभाव की विवेचना नहीं करते और जो मन में आता है, वह करते हैं। नतीजा, उनके कार्य की परिणति बेहतर नहीं होती और कार्य की परिणति बेहतर प्राप्त नहीं होने, पर चिंता, तनाव और अवसाद में घिर जाते हैं। नतीजा, वे जीवन में बेहतर नहीं कर पाते हैं। अत: जीवन में बेहतर करने और बेहतर पाने के लिए सकारात्मक सोच का महत्त्व समझें।

ध्यान रखें—हर व्यक्ति जीवन में बेहतर करना और बेहतर पाना चाहता है, परंतु बेहतर करने और बेहतर पाने के लिए सोच नहीं बदलता। वह नकारात्मक और निरर्थक सोच में उलझा रहता है और बेकार की बातों में समय बरबाद करते रहता है। ऐसा व्यक्ति अपनी सोच को उन्नत एवं व्यापक नहीं बना पाता और दूसरों की सोच पर निर्भर रहता है। ऐसा व्यक्ति बेहतर करने का प्रयास नहीं करता और दूसरे की सफलता देख ईर्ष्या करता है। नतीजा, वह संकीर्ण सोच से बाहर नहीं निकल पाता और न ही सोच को व्यापक बना पाता है। इसका कारण है कि उसे सोच रूपी अद्भूत शक्ति का महत्त्व मालूम नहीं होता, जिस कारण वह बिना सोचे-समझे, जो मन में आता है, वह करता है। नतीजा, वह अपने जीवन में बेहतर नहीं कर पाता।

"बेहतर करने के लिए सोच बदलें तथा,
सकारात्मक सोचें एवं रचनात्मक करें।"

आप गौर करें तो पाएँगे कि अधिकांश व्यक्ति सोच को शक्ति नहीं मानते और न ही इस अद्भुत शक्ति का महत्त्व समझते हैं। यही कारण है कि वे अपनी सोच को व्यापक, दूरदर्शी एवं उन्नत नहीं बना पाते। वे खुद और दूसरों के बारे में बेहतर नहीं सोचते, कार्य की परिणति एवं प्रभाव की समीक्षा नहीं करते, वे खुद की खामियों को दूर करने की नहीं सोचते और नकारात्मक सोच में उलझे रहते हैं। उनकी सोच रचनात्मक नहीं होती। ऐसे व्यक्ति जीवन से हताश एवं निराश रहते हैं। दोस्तो! भूलकर भी नकारात्मक न सोचें। नकारात्मक सोच न तो स्वयं के हित में है और न ही दूसरों के हित में है। अत: जब भी मन में नकारात्मक सोच का उद्भव हो, उसे सकारात्मक सोच में बदलें। यह हमें दिग्भ्रमित करती है और लक्ष्य से विचलित कर देती है। नकारात्मक सोचना समय और ऊर्जा की बरबादी है।

मैं तो सिर्फ इतना कहूँगा कि आप किसी व्यक्ति या विषय के संदर्भ पर नकारात्मक नहीं, सकारात्मक सोचें। नकारात्मक सोच हमें कहीं का नहीं छोड़ती।

यह हमारे अंदर नकारात्मक ऊर्जा का संचार कर सोच को संकुचित कर देती है, जिस कारण हमें सही कार्य गलत और संभव कार्य असंभव लगता है। ठीक इसके विपरीत, जब हम किसी व्यक्ति, विषय या घटना के संदर्भ पर सकारात्मक सोचते हैं तो हमारे अंदर पॉजिटिव ऊर्जा का प्रवाह होता है। फलतः हमारा आत्मविश्वास और कुछ कर दिखाने का जज्बा बढ़ता है। नतीजा, हम असंभव को संभव कर दिखाते हैं। आप भी खुद की नकारात्मकता को सकारात्मकता में बदलकर देखें। हर व्यक्ति और वस्तु में ग्राह्य करने लायक कुछ-न-कुछ अच्छाई मिल जाएगी। मेरा अनुरोध है कि आप जीवन में अच्छा करना और अच्छा पाना चाहते हैं तो सोच का महत्त्व समझें और सदैव सकारात्मक सोचें।

यह सच्चाई है कि हर व्यक्ति प्रतिक्षण अपने बारे में या दूसरों के बारे में कुछ-न-कुछ सोचता है। महत्त्वपूर्ण यह है कि हम किसी व्यक्ति या वस्तु के बारे में क्या सोचते हैं? हमारी सोच सकारात्मक हैं या नकारात्मक, संकीर्ण हैं या व्यापक, अदूरदर्शी है या दूरदर्शी? कहने का अभिप्राय है कि महत्त्वपूर्ण हम नहीं, हमारी सोच है। हम किसी व्यक्ति या वस्तु के संदर्भ पर क्या सोचते हैं? यह ज्यादा महत्त्वपूर्ण है कि हमारी सोच कितना सार्थक रचनात्मक एवं दूरदर्शी है? हमारी सोच जैसी होगी, उसी अनुरूप हमें वह व्यक्ति या वस्तु दिखाई देगी और जैसी सोच होगी, वैसा ही नजरिया होगा। सकारात्मक सोच, सकारात्मक नजरिया और नकारात्मक सोच, नकारात्मक नजरिया! जैसे ही हम किसी व्यक्ति के बारे में नकारात्मक सोचते हैं, वह हमें अच्छा नहीं लगता है। ठीक इसके विपरीत, उसी व्यक्ति के बारे में जब हम सकारात्मक सोचने लगते हैं तो हमारा नजरिया बदल जाता है। हमें वह अच्छा दिखने लगता हैं। हम उसके कार्यों एवं व्यवहार की प्रशंसा करते हैं और कहते हैं, 'यह व्यक्ति बहुत अच्छा है। उसकी जीवन-शैली सुंदर है। वह अपने कर्त्तव्यों एवं दायित्वों के प्रति संवेदनशील है।' ऐसी स्थिति में हमें वह व्यक्ति कुछ गलत आदतों के बावजूद भी अच्छा दिखता है।

कहने का अभिप्राय है कि कोई व्यक्ति अच्छा है या बुरा, यह हमारे सोचने, सुनने एवं देखने के नजरिए पर निर्भर करता है। मेरा मानना है कि कोई भी व्यक्ति अच्छा या बुरा नहीं होता, बल्कि अच्छाई-बुराई की जड़ सोच है। आप किसी व्यक्ति या वस्तु के बारे में जैसा सोचते हैं, वैसी ही अपनी धारणा (Perception) बनाते हैं। अगर हमारी सोच नकारात्मक एवं संकुचित है तो हमारी धारणा गलत होती है। ठीक इसके विपरीत, हमारी सोच रचनात्मक एवं व्यापक है तो हमारी धारणा

दूसरों के प्रति अच्छी होती है। अतः गलत धारणा बदलने के लिए नकारात्मक सोच को सकारात्मक सोच में बदलें। जब आप किसी विषय-वस्तु पर गहराई से सोचते हैं तो हर व्यक्ति में आपको अच्छाई मिल जाती है। सकारात्मक सोचवाले व्यक्ति को हर व्यक्ति में अच्छाई दिखती है और नकारात्मक सोचवाले को हर व्यक्ति में बुराई दिखती है। परंतु ध्यान रखें, किसी भी व्यक्ति में कितनी भी बुराई क्यों न हो, अगर आपकी सोच सकारात्मक एवं रचनात्मक है तो आपको ग्राह्य करने लायक बहुत कुछ मिल जाता है, जिसे ग्रहण कर आप बेहतर आदमी बन जाते हैं।

याद रखें—

"अच्छे लोगों की यही विशेषता है कि,
वे बुरे लोगों में भी अच्छाई ढूँढ़ते हैं।"

आप अपनी सोच बदलें और हर व्यक्ति में अच्छाई ढूँढ़ें। जब आप अच्छाई ढूँढ़ेंगे तो अच्छाई अवश्य मिलेगी। यह सच्चाई है कि जैसा सोचेंगे, वैसा ही दूसरा दिखेगा। अच्छा सोचेंगे तो अच्छा दिखेगा और बुरा सोचेंगे तो बुरा दिखेगा। देखने का आधार आपकी सोच है, नेत्र नहीं। यही सोच का महत्त्व है। सोच का सबसे बड़ा महत्त्व यह है कि जिन चीजों को हमारी आँखें नहीं देख पातीं, उसे हमारी सोच देख लेती है। ध्यान रखें, नेत्र किसी वस्तु को देखता जरूर है, परंतु उसका विश्लेषण नहीं करता, सिर्फ उसका फोटो मन को भेजता है। मन उसके रूप, रंग, गुण, दोष के आधार पर सही या गलत का निर्णय लेता है। मन में जैसा विचार उत्पन्न होता है, वैसी ही हमें वस्तु दिखती है। अर्थात् जैसी सोच होती है, वैसा ही व्यक्ति दिखता है।

याद रखें—किसी व्यक्ति या विषय के संदर्भ पर जैसी हमारी सोच होती है, उसी अनुरूप हमारा नजरिया बनता है। अतः देखने, सुनने और कार्य करने का नजरिया बदलें। जब हम किसी व्यक्ति को साधारण दृष्टि से देखते हैं तो वह हमें अच्छा या बुरा दिखता है, लेकिन जैसे ही हम विशिष्ट दृष्टि अर्थात् रचनात्मक दृष्टि से देखते हैं वह हमें अच्छा दिखने लगता है। कहने का अभिप्राय है कि कोई व्यक्ति आपके मनोनुकूल है तो वह अच्छा दिखता है एवं मनोनुकूल नहीं है तो बुरा दिखता है। अगर आप सामान्य सोच से किसी व्यक्ति या वस्तु को देखते हैं तो उसके अंदर आपको कोई विशिष्टता नहीं दिखती, लेकिन जैसे ही आप विशिष्ट सोच से देखते हैं तो आपको उसमें अनेकों खुबियाँ नजर आती है, जिसे ग्राह्य कर आप किसी महाउद्देश्य की प्राप्ति कर सकते हैं। इसी को सकारात्मक नजरिया कहा जाता है,

जो किसी भी नेतृत्वकर्त्ता का सर्वोच्च गुण है। यही गुण उस व्यक्ति को आम से खास और साधारण से असाधारण बनाता है।

अगर हम दुनिया के विविध क्षेत्रों में हो रही प्रगति एवं विकास की बात करें, विभिन्न खोज एवं आविष्कार की बात करें तो पाते हैं कि वह सब किसी-न-किसी व्यक्ति की सोच का कमाल है। समस्त विकास एवं प्रगति की सूत्रधार सोच ही है। अगर हम सोच नहीं बदले होते और सोच में निखार नहीं लाए होते तो आज भी खानाबदोश की जिंदगी जी रहे होते। हम विविध क्षेत्रों में विकास एवं प्रगति की जो बात कर रहे हैं, वह नहीं कर पाते। आज हम विभिन्न क्षेत्रों में विकास का जो स्वरूप देख रहे हैं, वह नहीं देख पाते। सोच में बदलाव लाने का ही नतीजा है कि हम बेहतर जिंदगी जी रहे हैं और हर क्षेत्र में विकास की नई कहानी लिख पा रहे हैं। उपर्युक्त तथ्यों से स्पष्ट है कि जिन व्यक्तियों ने सोच का महत्त्व समझा और नकारात्मक सोच को सकारात्मक सोच में बदला, अपने अंदर छुपी प्रतिभा को निकाला, खुद और दूसरों का मूल्य समझा तथा जिंदगी जीने की कला सीखी, वे सुंदर व्यक्तित्व का निर्माण कर आम से खास बन गए। यह है सोच की महत्त्व! और सोच का महत्त्व समझकर ही हम खुद की अनमोलता एवं श्रेष्ठता साकार कर सकते हैं।

सोच ही वह शक्ति है, जिसके सहारे हम जो चाहते हैं, प्राप्त कर लेते हैं। समस्त शक्तियों में यह अद्वितीय एवं अतुलनीय है। इसका सदुपयोग हमेशा रचनात्मक एवं परोपकारी कार्यों में करें। इसकी तीव्रता इतनी तेज होती है कि यह उन चीजों को भी देख लेता है, जिसे हमारी आँखें नहीं देख पातीं। आप खुद और दुनिया को अपनी आँखों से नहीं, मन की गहराइयों से देखें। उत्तम भाव और उन्नत सोच से देखें। आपके देखने, सुनने और कार्य करने का नजरिया बदल जाएगा। आपको दुनिया सुंदर दिखेगी और दुनिया को आप सुंदर दिखेंगे। यही विशिष्टता आपको अलग पहचान दिलाती है। सोच ही आपको आम से खास और साधारण से विशिष्ट बनाती है। आप भी आम से खास बनना चाहते हैं तो सोच की महत्ता समझें। आप सदैव यह सोचें कि मैं संसार के समस्त वैभव को प्राप्त करने का अधिकारी हूँ और इसके सर्वथा योग्य हूँ। मैं उन समस्त उपलब्धियों को प्राप्त कर सकता हूँ, जिसे किसी दूसरे व्यक्ति ने प्राप्त किया है। मेरे अंदर इतनी क्षमता एवं प्रतिभा है कि मैं असंभव को संभव कर सकता हूँ। मैं दुनिया का सफलतम व्यक्ति बन सकता हूँ और दुनिया का समस्त वैभव प्राप्त कर सकता हूँ। मैं उन सभी कार्यों को कर सकता हूँ, जिसे कोई दूसरा कर सकता है। इतनी सामर्थ्य एवं शक्ति हमारे अंदर

है। इस सोच को दृढ़-से-दृढ़ करके देखें। आपको असंभव कार्य भी संभव लगेगा। आपका खुद पर विश्वास बढ़ेगा और यही विश्वास आपकी इच्छा को इच्छाशक्ति में बदलकर आगे बढ़ने में मदद करेगा। नतीजा, आप जिस क्षेत्र में सफल होना चाहते हैं, सफलता आपके हाथ लगेगी।

याद रखें—विचार बल संसार का सर्वश्रेष्ठ बल है। विचार शक्ति मानव की पहचान और ज्ञान का प्रतीक है। आप एक चैतन्य प्राणी हैं, सोच का महत्त्व समझें और उत्तम सोच के बल पर उत्तम कर्म करें। पशु तो निर्विचार होते हैं और उनकी कोई लिपि या भाषा नहीं होती। इसलिए वे परस्पर अपनी भावनाओं का आदान-प्रदान नहीं कर सकते, खुद या संगठन बनाकर अपने प्रति किए जाने वाले अत्याचारों का प्रतिवाद नहीं कर सकते। यही कारण है कि बहुत सारे पशु शारीरिक शक्ति में मनुष्य से अधिक बलवान होते हुए भी उसकी पराधीनता में जीने को विवश होते हैं। विचार-शक्ति के अभाव गें उनका जीवनक्रम बहुत छोटी सीमा में सीमित रहता है। उच्छृंखल, उबड़-खाबड़ धरती को व्यवस्थित व सुसज्जित रूप देने का श्रेय मनुष्य की सोच को ही जाता है। गाँव, शहर, देश आदि की संरचना सुख-सुविधा और व्यवस्था का संचालन मानवीय सोच की प्रतिकृति है। अपनी इच्छाएँ, भावनाएँ, दूसरों से प्रकट करने के लिए भाषा, साहित्य और लिपि की महत्ता किससे छिपी है! आध्यात्मिक अभिव्यक्ति और सांसारिक अह्लाद प्राप्त करने के लिए कला-कौशल, लेखन, विज्ञान-तकनीकी आदि क्षेत्र में जो सुविधाएँ उपलब्ध हैं, वह सब मनुष्य की चेतना का कमाल है। यदि मानव के पास भी चेतना न होती तो वह भी पशुओं की तरह निरुद्देश्य घूम रहा होता या गुलामी की जंजीरों से बँधा होता। खुद के व्यक्तित्व में चार चाँद लगाना तथा सृष्टि को सुंदर साँचे में पिरोना मनुष्य की विचार शक्ति का ही प्रतिफल है। विचार शक्ति का प्रभाव निस्संदेह अतुलनीय और अवर्णनीय है।

विचारों की विशिष्ट शक्ति का स्वामी होते हुए भी मनुष्य का जीवन अगर निरुद्देश्य दिखाई दे तो वह खुद की श्रेष्ठता साबित नहीं कर सकता और ऐसी जिंदगी दुर्भाग्य ही कहा जाएगा। वैसा व्यक्ति, जिसके व्यवहार कटु हों, विविध मूल्यों की कोई सूझ न हो, कृत्य निरर्थक और जग कल्याणार्थ न हों, उसके जीवन को पशु जीवन कहे तो इसमें कोई अतिशयोक्ति नहीं होगी। मानव जीवन की महत्ता यह है कि हम प्रकृति प्रदत्त संसाधनों का उपयोग आत्म-ज्ञान प्राप्ति के लिए करें। व्यक्तित्व को सुंदर बनाने में करें, चेतना का सदुपयोग विशिष्ट उद्देश्य-प्राप्ति हेतु करें। 'सर्वे भवन्तु सुखिन, सर्वे भवन्तु निरामया' को जीवन का मूल-मंत्र बनाएँ। अगर आप

खुद की चैतन्य शक्ति का सदुपयोग नहीं कर सकें और निरूद्देश्य इधर-उधर चलते रहें या दूसरा आपको जैसा नचाए, नाचते रहे है, तो इस अनमोल शक्ति की सार्थकता कहाँ रही? ऐसी स्थिति में आप में और अन्य प्राणी में कोई अंतर नहीं रह जाएगा। दूसरे प्राणी जैसे जीते हैं, वैसा मानव प्राणी भी जीवन जीए तो विचार शक्ति का महत्त्व क्या रहेगा? सोच रूपी शक्ति का महत्त्व समझें और एक बार लक्ष्य निर्धारित कर लेने के बाद अपनी संपूर्ण चेष्टाओं को लक्ष्य पाने में जुटा दीजिए। सोच में निखार लाएँ और धैर्य रखें। आपने जो राह पकड़ी है, उस राह पर दृढ़तापूर्वक चलते रहें। आप निश्चित रूप से लक्ष्य पाने में सफल होंगे। दुनिया का ऐसा कोई भी क्षेत्र नहीं हैं, जो सोच के महत्त्व से अछूता हो। सोच का महत्त्व हर क्षेत्र में है—

- लक्ष्य-निर्धारण एवं प्राप्ति में,
- सुंदर व्यक्तित्व-निर्माण में,
- उत्कृष्ट जीवन-शैली के लिए,
- भाग्य-निर्माण के रूप में,
- सही-गलत का निर्णय लेने के संदर्भ पर,
- भौतिक दुनिया के प्रक्षेपण में,
- आध्यात्मिक दुनिया के प्रक्षेपण में,
- अच्छा-बुरा का चुनाव करने में,
- सुख-दुःख का महत्त्व समझने में,
- सपना देखने और सपने को साकार करने में,
- जीवन का उद्देश्य एवं औचित्य साकार करने में,
- मनोभावनाओं के संप्रेषण में,
- संवेदनाओं की अभिव्यक्ति में,
- संस्कार-निर्माण में,
- चरित्र-निर्माण में,
- निर्णय लेने में।

इस प्रकार हम देखते हैं कि 'सोच का महत्त्व अवर्णनीय हैं।'

□

5
सोच का प्रभाव

भूमिका

सोच का प्रभाव अद्‌भुत है। दुनिया का ऐसा कोई भी क्षेत्र नहीं है, जो सोच के प्रभाव से वंचित हो। कोई भी व्यक्ति जैसा और जिस स्थिति में है, सफल या असफल, साहसी या निर्बल, अमीर या गरीब, ऊँचे व्यक्तित्व का मालिक या निम्न व्यक्तित्व का मालिक, सबकुछ सोच के प्रभाव का कमाल है। अर्थात् जो व्यक्ति जैसा सोचता है, वैसा बन जाता है। किसी व्यक्ति के रहने, बोलने, चलने एवं कार्य करने का ढंग कैसा है? उसकी जीवन-शैली कैसी है? उसके कृत्य की गुणवत्ता और सार्थकता कैसी है? उसके आचरण, व्यवहार एवं व्यक्तित्व कैसे हैं? इत्यादि बातें व्यक्ति की सोच से प्रभावित होती हैं। कहने का अभिप्राय है कि किसी भी व्यक्ति की सफलता-असफलता, कृत्य, व्यवहार एवं व्यक्तित्व, उसकी उन्नति-अवनति, तुच्छता-महानता, अमीरी-गरीबी, सुख-दुःख, शांति-अशांति आदि बातें सोच से प्रभावित होती हैं। किसी भी व्यक्ति की जैसी सोच होती है, उसी अनुरूप उसका कृत्य व्यवहार एवं व्यक्तित्व। सोच ही व्यक्ति के कृत्य, आचरण एवं व्यक्तित्व को प्रभावित करती है। नतीजा, वह जैसा सोचता है, वैसा बन जाता है और वैसा ही व्यवहार करता है। कहने का अभिप्राय है कि दुनिया का हर बदलाव और व्यक्ति का हर क्रिया-कलाप सोच से प्रभावित होता है।

आइए, हम सोच के प्रभाव की विस्तृत चर्चा करें और यह जानने का प्रयास करें कि सोच हमारे व्यवहार, व्यक्तित्व, कृत, आचरण एवं मूल्यों को कैसे प्रभावित करती है? सोच बदलाव का जनक है, कैसे? कोई भी व्यक्ति अच्छा या बुरा, सफल या असफल, अमीर या गरीब, दुष्ट या महात्मा कैसे बन जाता है? किसी

की जीवन-शैली उत्कृष्ट और किसी की निम्न कैसे होती है? किसी का व्यक्तित्व उत्तम, चरित्र सुंदर और किसी का व्यक्तित्व निम्न एवं निष्कृट कैसे होता है? ये सारी बातें सोच से अभिधारित होती हैं। कोई व्यक्ति विज्ञान-तकनीकी के क्षेत्र में, कोई विकास एवं प्रगति के क्षेत्र में, कोई साहित्य, संगीत या विविध क्षेत्रों में खुद का इतिहास कैसे रच जाता है? कोई आजीवन कुछ भी नहीं कर पाता और कोई नाम, धन, दौलत सबकुछ प्राप्त कर लेता है, कैसे? कोई सफलता की ऊँचाइयों को छूता है और किसी को सफलता नसीब नहीं होती, क्यों? यह सब व्यक्ति-विशेष की सोच के जादू का कमाल है। अगर हम उपर्युक्त बातों पर गौर करें, तो पाएँगे कि जिस व्यक्ति की सोच जैसी होती है, उसका प्रभाव उसके क्रिया-कलाप पर पड़ता है और उसी अनुरूप उसकी जीवन-शैली, कृत्य और व्यक्तित्व का निर्माण होता है।

कहने का आशय है कि सोच का प्रभाव हमारे कृत्य पर पड़ता है और हर क्रिया-कलाप सोच से प्रभावित होता है। आपकी सोच तन और मन दोनों को प्रभावित करती है। यह न केवल आपको, बल्कि दूसरों को भी प्रभावित करती है। आपने सुना होगा कि मनुष्य का मन चंचल है और इसकी गति पवन की गति से भी तेज है। सोचने की गति और तीव्रता इतनी तेज होती है कि वह क्षण भर में ही जहाँ चाहे, जा सकता है। यह निर्भर करता है कि हम अपनी सोच को कितनी दूर तक ले जाते हैं और सोच की प्रकृति कैसी है? सोच की रचनात्मकता एवं सार्थकता कितनी महत्त्वपूर्ण है? ध्यान रखें—हमारे मन: संस्थान में जैसे विचारों का अभ्युदय होता है, उसी अनुरूप मन कार्य करता है। उत्पन्न विचारों के आधार पर ही मन संकल्प और विकल्प करता है, किसी विषय पर निर्णय लेता है। मन की प्रकृति सोच की प्रकृति के अनुरूप चलती है। अत: सोच की प्रकृति को सुंदर एवं रचनात्मक बनाएँ।

याद रखें—हमारे पास सोचने के लिए मात्र पाँच ही विषय हैं—रूप, रस, गंध, स्पर्श और शब्द। इन विषयों पर सोचने के लिए पाँच ज्ञानेंद्रियाँ हैं, जो रिसेप्टर का कार्य करती हैं। ये ज्ञानेंद्रियाँ अपनी अवधारणा मन को भेजती हैं और मन संकल्प-विकल्प करता है कि क्या अच्छा और क्या बुरा है? अत: महत्त्वपूर्ण यह है कि हम किसी विषय-वस्तु के संदर्भ पर क्या सोचते हैं और जो सोचते हैं, वह खुद और दूसरों को कैसे प्रभावित करता है? हमारी सोच की सार्थकता सकारात्मक है या नकारात्मक? अगर सोच की प्रकृति सार्थक, व्यापक एवं उन्नत है तो प्रभाव रचनात्मक तथा सोच की प्रकृति संकीर्ण एवं अदूरदर्शी है तो प्रभाव नकारात्मक होता है। हमारे पुरोधा पुरुषों ने भी कहा है कि तुम जो भी सोचो, सकारात्मक,

रचनात्मक एवं दूरदर्शी सोचो, जिससे खुद और दूसरों का कल्याण हो। यदि आप संकीर्ण, नकारात्मक एवं अदूरदर्शी सोचते हैं तो इसका गलत प्रभाव आपके कृत्य एवं जीवन-शैली पर पड़ता है। कहने का तात्पर्य स्पष्ट है कि गलत सोच का प्रभाव गलत और अच्छी सोच का प्रभाव सदैव अच्छा होता है।

याद रखें—

"गलत सोच का प्रभाव गलत और अच्छी सोच का प्रभाव हमेशा अच्छा ही होता है।"

अतः सोच का प्रभाव गलत, निरर्थक एवं नकारात्मक न हो, इसके लिए मन को नियंत्रित करें। आप मन के स्वामी बनें, अन्यथा चंचल मन आपकी सोच की गति को गलत दिशा दे सकता है। मन ही विभिन्न ज्ञानेंद्रियों से सूचना प्राप्त करता है और प्राप्त सूचना के आधार पर संकल्प-विकल्प का निर्णय लेता है। मन संकल्प या विकल्प के क्रियान्वयन हेतु कर्मेंद्रियों को निर्देशित करता है। अर्थात् मन ही प्राप्त सूचनाओं के आधार पर निर्णय लेता है और उसका क्रियान्वयन कर्मेंद्रियों से कराता है। अगर मन ने गलत निर्णय ले लिया तो प्रभाव भी गलत होंगे। अतः सोच का प्रभाव सार्थक और रचनात्मक हो, इसके लिए मन को नियंत्रित करें। याद रखें, दिशाहीन एवं निरुद्देश्य सोच का कोई परिणाम नहीं होता है। ऐसी स्थिति में सुख-शांति एवं आनंद की खोज करना व्यर्थ है। महत्त्वपूर्ण यह है, आप सोच को सही दिशा दें तथा सोच को सार्थक एवं सोद्देश्य बनाएँ, ताकि आप जीवन में बेहतर कर सकें।

ज्ञातव्य है कि हर आदमी अविकसित एवं अधूरा जन्म लेता है, परंतु वह विकसित और पूर्ण होना चाहता है। पूर्णता की प्राप्ति ही मानव जीवन का उद्देश्य है। उसकी प्राप्ति हेतु मनुष्य जन्म-जन्मांतर की यात्रा करता है। मनुष्य का अधूरापन ही उसकी आंतरिक बेचैनी का कारण है, जो उसे सोचने और सोच को मूर्तरूप देने हेतु उद्वेलित करता है। हम अपने इर्द-गिर्द भी देखते हैं कि हर व्यक्ति अपना विकास चाहता है। खुद आगे बढ़ना चाहता है और दूसरों से बेहतर दिखना चाहता है। परंतु इसके लिए महत्त्वपूर्ण है-सोच। जैसी हमारी सोच होती है, वैसा ही हम बनते और दिखते हैं। अगर हमारी सोच सुस्पष्ट, सार्थक एवं रचनात्मक होती है तो उसका प्रभाव बेहतर होता है। परंतु याद रखें, हम एक ही छलाँग में पूर्ण विकसित नहीं हो सकते। खुद को उन्नत बनाने की प्रक्रिया एक दिन की नहीं, निरंतर चलनेवाली प्रक्रिया है। इस प्रक्रिया का मुख्य आधार सोच है। आप सदैव सकारात्मक एवं रचनात्मक सोचें। आगे बढ़ने की सोचें एवं सोच में निरंतर निखार लाएँ। हर व्यक्ति

अपनी सोच एवं क्षमता के हिसाब से ही लक्ष्य का चयन करता है तथा चयनित लक्ष्य की प्राप्ति कर आगे बढ़ता है।

याद रखें—

"जिस व्यक्ति की सोच जितनी रचनात्मक एवं व्यापक होती है,
उसका लक्ष्य उतना ही महान् होता है।"

सच पूछें तो यह भी हमारी सोच का कमाल है कि हम अपनी सोच के अनुरूप ही खुद और दूसरों की क्षमता का आकलन करते हैं। सोच के अनुरूप ही लक्ष्य का निर्धारण करते है। वैज्ञानिक मान्यता है कि मानव मस्तिष्क की क्षमता अनंत है। यह आपकी सोच पर निर्भर करता है कि आप अपनी क्षमता का सदुपयोग कैसे और किस दिशा में करते हैं? आपकी सोच की दृष्टि कितनी दूर तक जाती है और आप इसे कितना सकारात्मक, रचनात्मक उन्नत एवं व्यापक बनाते हैं? मूलतः मनुष्य की क्षमता अनंत है, भले ही वह अपनी क्षमता को नहीं पहचान पाता। अपने समय से बहुत आगे की सोच रखनेवाले अलबर्ट आइंस्टीन के संबंध में वैज्ञानिकों का मत है कि उस व्यक्ति ने भी अपने मस्तिष्क के अत्यल्प अंश का ही उपयोग किया था। यह हमारी त्रासदी है कि हम खुद की क्षमता पर विश्वास नहीं करते और बेकार की बातों में खोए रहते हैं। हम अपने अंदर छुपी शक्तियों को नहीं पहचानते और भाग्य का रोना रोते रहते हैं। खुद को निस्सहाय, निर्बल और शक्तिहीन मानते हैं।

आप खुद को जानें और ईश्वर प्रदत्त शक्तियों की पहचान करें। ईश्वर प्रदत्त गुणों एवं शक्तियों पर विश्वास करना तथा खुद की क्षमताओं पर विश्वास करना ही तो 'आत्मविश्वास' है। सकल संसार में किसी भी विद्या में निपुण और किसी भी क्षेत्र में सफल व्यक्ति की जिंदगी पर नजर डालें तो ज्ञात होता है कि उन सब की सफलता या असफलता का मुख्य कारण खुद का आत्मविश्वास था। अटूट विश्वास ही सफलता का मूल आधार और आगे बढ़ने की राह है। वास्तव में 'विश्वास' क्या है? क्या यह हमारी सोच का ही एक रूप नहीं है? मेरा मानना है कि व्यक्ति की 'सोच' ही घनीभूत होकर 'विश्वास' या अविश्वास में परिणत हो जाती है। 'आत्मविश्वास' के लिए आवश्यक है कि हम स्वयं के प्रति, अपनी क्षमताओं के प्रति सतत् सकारात्मक सोचें और अपने समय एवं ऊर्जा का उपयोग रचनात्मक कार्यों में करें। सकारात्मक सोच हमारे अंदर अतिरिक्त ऊर्जा एवं उत्साह का संचार कर आत्मविश्वास को मजबूत बनाती है।

हम सभी जानते हैं कि मनुष्य एक चेतनशील प्राणी है। उसका हर कार्य सोच

से प्रभावित होता है। व्यक्ति की जीवन-शैली, पारिवारिक और सामाजिक व्यवस्था किसी-न-किसी रूप में सोच से प्रभावित होती है। मनुष्य की सोच ही उसके कार्य एवं व्यक्तित्व-निर्माण की दिशा का आकार निर्धारित करती है। सोच ही उसके कर्त्तव्य एवं दायित्व का बोध कराती है। सोच ही उसकी दिशा, दशा, आदर्श एवं लक्ष्य तय करती है और सोच ही व्यक्ति को तुच्छ या महान् बनाती है। वस्तुतः मनुष्य द्वारा किया गया हर कार्य सोच का ही मूर्तरूप है। व्यक्ति विशेष की सोच ही उसे और समाज को प्रत्यक्ष या अप्रत्यक्ष रूप से प्रभावित करती है। कहने का आशय स्पष्ट है कि जैसी सोच वैसा ही कृत्य, व्यवहार एवं व्यक्तित्व होता है। सोच का स्वरूप कैसा है-संकीर्ण या व्यापक, उत्तम या निम्न, अदूरदर्शी या दूरदर्शी, उसी अनुरूप इसकी दिशा और दशा प्रभावित होती है। वह खुद के जीवन का नवनिर्माण कर पाता है। यदि सोच सकारात्मक, रचनात्मक उत्तम है तो उसके कृत्य उत्कृष्ट, परिणति बेहतर और प्रभाव व्यापक होता है? और प्रभाव-क्षेत्र की व्यापकता और सार्थकता का मापदंड सोच की रचनात्मकता और दूरदर्शिता पर निर्भर करता है। जिस व्यक्ति की सोच जितनी दूरदर्शी होती है, उसका प्रभाव क्षेत्र उतना ही व्यापक होता है और उस व्यक्ति की पहचान उतने ही बड़े क्षेत्र में होती है। उनके कार्यों से विशाल जन-समुदाय प्रभावित और प्रेरित होता है।

यह कथन—'कार्य एवं सोच ही व्यक्तित्व की पहचान है,' अतिश्योक्ति नहीं है। यदि व्यक्ति की सोच उत्तम एवं कृत्य उत्कृष्ट और निष्काम है, तो वह दूसरों के लिए आदर्श एवं उदाहरण बन जाता है। उसके कृत्य से जितने लोगों का कल्याण होता है, उसकी पहचान उतने ही बड़े दायरे में होती है। इसके विपरीत, जिस व्यक्ति की सोच संकुचित एवं अदूरदर्शी होती है, उसके कार्य का प्रभाव छोटे दायरे तक सीमित रह जाता है। उपर्युक्त तथ्यों से स्पष्ट है कि सोच का दायरा जितना व्यापक होता है, उसका प्रभाव उतने ही बड़े क्षेत्र में होता है। वस्तुतः मनुष्य की सोच ही उसके संपूर्ण व्यक्तित्व एवं चरित्र का निर्माण करती है। उसे नई पहचान दिलाती है और आम से खास बनाती है। उसकी सोच ही उसे सफलता की ऊँचाइयों या पाताल की गहराइयों में ले जाती है। उसकी सोच ही उसे सफलता या असफलता दिलाती है। उसकी सोच ही उसे श्रेष्ठ या तुच्छ बनाती है। उसकी सोच ही उसे साधारण या असाधारण बनाती है। यह व्यक्ति की सोच पर निर्भर करता है कि वह क्या बनना और क्या करना चाहता है?

हर व्यक्ति खुद या दूसरे की सोच से प्रभावित होता है। हमारी हर सोच का

प्रभाव खुद और दूसरों के ऊपर किसी-न-किसी रूप में पड़ता है। सोच का स्वरूप हमारे कृत, आचरण एवं व्यक्तित्व से झलकता है। भले ही हमारी सोच का प्रभाव सकारात्क हो या नकारात्मक, दैहिक हो या दैविक, शारीरिक हो या मानसिक, ऐच्छिक हो या अनैच्छिक, सुखद हो या दुःखद, कम हो या ज्यादा, उसका प्रभाव सुनिश्चित है। सोच का प्रभाव तत्कालीन, दूरगामी, क्षणिक, स्थायी, सीमित या व्यापक कुछ भी हो सकता है। यह सोच की प्रकृति पर निर्भर करता है। अगर सोच का दायरा, उत्कृष्ट, व्यापक, रचनात्मक एवं दूरदर्शी है तो इसका प्रभाव-क्षेत्र उत्तम होता है। ठीक इसके विपरीत, सोच का दायरा संकीर्ण, संकुचित एवं अदूरदर्शी है तो प्रभाव नकारात्मक होता है। कहने का अभिप्राय है कि अगर हमारी सोच सकारात्मक, रचनात्मक एवं दूरदर्शी है तो प्रभाव सुखद तथा सोच नकारात्मक एवं अदूरदर्शी है तो प्रभाव दुःखद होता है।

हम सभी जानते हैं कि जो व्यक्ति जैसा सोचते हैं, वैसा करते हैं, और जैसा करते हैं, उसका प्रभाव खुद और दूसरों पर पड़ता है। सोच का प्रभाव सकारात्मक, नकारात्मक, रचनात्मक, विध्वंसात्मक कुछ भी हो सकता है। यह सोच की प्रकृति पर निर्भर करता है कि आपकी सोच कैसी है? अगर आपकी सोच पॉजिटिव एवं कृत रचनात्मक है तो प्रभाव सकारात्मक तथा सोच नकारात्मक एवं संकुचित है तो प्रभाव नकारात्मक होता है।

याद रखें—सकारात्मक सोच का प्रभाव हमेशा पॉजिटिव और नकारात्मक सोच का प्रभाव हमेशा नकारात्मक होता है, इसलिए हमेशा पॉजिटिव सोचें। पॉजिटिव सोच हमारे तन और मन दोनों को रचनात्मक रूप में प्रभावित करती है। यह हमारे तन और मन दोनों को स्वस्थ्य एवं प्रसन्नचित्त रखती है। यह हमें सकारात्मक ऊर्जा प्रदान करती हैं तथा हमारे उल्लास, उमंग एवं उत्साह को जाग्रत् करती है। फलतः हमें हार्दिक खुशी मिलती है। यह खुशी हमारे चेहरे की आभा और उदित भाव से झलकती है। यही कारण है कि सकारात्मक सोच के व्यक्ति खुद अच्छा करते हैं और दूसरों को भी अच्छा करने में मदद करते हैं। ऐसे व्यक्ति समाज के लिए आदर्श एवं उदाहरण होते हैं। आपकी सोच ही आपको सफलता या असफलता दिलाती है। किसी कारणवश आपको असफलता हाथ लगती है तो भी सफलता प्राप्ति का प्रयास न छोड़ें। लक्ष्य प्राप्ति हेतु सदैव सकारात्मक सोचें एवं रचनात्मक करें। जब तक आप निर्धारित लक्ष्य को प्राप्त करने में सकारात्मक नहीं सोचेंगे और सोच को सकारात्मक, रचनात्मक रूप नहीं देंगे तो आपको सफलता नहीं मिलेगी।

अच्छा करने और अच्छा पाने के लिए सकारात्मक सोचें। हर समस्या का समाधान सकारात्मक सोच है, इसे बनाए रखें।

हम बहुत सारे कार्य दूसरों को देखकर करने की सोचते हैं। इसकी शुरुआत घर से ही होती है। हम जैसा देखते हैं, वैसा करते हैं। इसलिए घर को पहला स्कूल और माता-पिता को पहला गुरु कहा गया है। जिस घर के सदस्यों की सोच सकारात्मक एवं कृत रचनात्मक होती है, उसका प्रभाव परिवार के अन्य सदस्यों पर भी पड़ता है। परिवार के अन्य सदस्य सोच-समझकर कार्य करते हैं। उनका हर कार्य-मूल्यों पर आधारित होता है और वे शुरू से ही व्यक्तित्व-निर्माण पर ध्यान देते हैं। बच्चों को मूल्यों की जानकारी देते हैं और सोच का महत्त्व समझाते हैं। वे अपने व्यक्तित्व में अच्छे-अच्छे गुणों को समावेश करते हैं, ताकि वे अपनी सोच, कृत्य एवं व्यक्तित्व के आधार पर अपनी अलग पहचान बना सकें। अच्छे-बुरे का अंतर समझ सकें और सही-गलत की पहचान कर सकें। ऐसे घर के बच्चे जीवन में अच्छा करते और अच्छा पाते हैं। जब वे अच्छा सोचते और अच्छा करते हैं तो उसका प्रभाव खुद, परिवार और समाज पर रचनात्मक पड़ता है। ठीक इसके विपरीत, परिवार के सदस्यों की सोच नकारात्मक होती है तो वे एक-दूसरे के कार्य में मीन-मेख निकालते रहते हैं। परिवार में आपसी सहयोग, सद्भाव, समन्वय की कमी होती है। ऐसे घर मे हमेशा कलह बनी रहती है। उनका कोई भी काम समय पर पूरा नहीं होता। उनके अंदर गुणों की जगह अवगुणों का समावेश होता है। नतीजा, वे जीवन में बेहतर नहीं कर पाते हैं। ऐसे घर के बच्चे वही सीखते हैं, जो देखते हैं। कहने का अभिप्राय है कि जो व्यक्ति जैसा सोचता है, उसी अनुरूप उसका प्रभाव खुद और दूसरों पर पड़ता है। आइए, हम इस बात की चर्चा करें कि सकारात्मक एवं नकारात्मक सोच व्यक्तिगत, सामाजिक एवं राष्ट्रीय जीवन को कैसे प्रभावित करती है ?

जैसी हमारी सोच होती है, वैसा ही प्रभाव। सकारात्मक सोच का प्रभाव हमेशा रचनात्मक और नकारात्मक सोच का प्रभाव विध्वंसात्मक होता है। दोस्तो! पॉजिटिव सोच का प्रभाव हमेशा पॉजिटिव ही होता है। भले ही हमें शत-प्रतिशत परिणति नहीं मिले, परंतु जो भी परिणति प्राप्त होगी, वह रचनात्मक होगी। हम सभी जानते हैं कि परिणति कर्म की होती है, लेकिन कर्म की परिणति सोच से प्रभावित होती है। हम जैसा सोचते हैं, वैसा करते हैं। अत: कर्म की परिणति बेहतर हो, इसके लिए सकारात्मक सोचें। कारण स्पष्ट है कि जैसा हम सोचेंगे, वैसा करेंगे और जैसा

करेंगे, वैसी ही परिणति प्राप्त होगी। अर्थात् सोच और कर्म की परिणति एक-दूसरे के पूरक हैं।

यह सच है कि जैसी परिणति होगी, उसका प्रभाव कर्त्ता और दूसरों पर पड़ेगा। अतः सोच का प्रभाव अच्छा और कार्य की परिणति बेहतर हो, इसके लिए महत्त्वपूर्ण है सकारात्मक सोचना। यह भी विचारणीय प्रश्न है कि सिर्फ सोचने से बेहतर परिणति प्राप्त नहीं होती है, बल्कि सोच को मूर्तरूप देने से प्राप्त होती है। अतः बेहतर परिणति प्राप्त करने हेतु सदैव सकारात्मक सोचें और सोच को मूर्त रूप दें। अगर आपकी सोच सकारात्मक है तो सुनिश्चित है कि उसकी परिणति और प्रभाव रचनात्मक होगा; जैसे-हम खुद के बारे में, दूसरों के बारे में, कृत के बारे में या घटित घटना के बारे में पॉजिटिव सोचते हैं, तो हमारे अंदर सकारात्मक ऊर्जा का संचार होता है, जो हमें निश्चित दिशा एवं गति देता है। नतीजा, हम लक्ष्य की ओर बढ़ते हैं। हम अपनी गलतियों को स्वीकार कर और सीख लेकर अपने व्यक्तित्व में अच्छे-अच्छे गुणों को आत्मसात् करते हैं। खामियों को खूबियों में बदलकर सुंदर व्यक्तित्व के मालिक बनते हैं। हम बुरी आदतों का त्याग कर, अच्छी आदतों को गाह्य करते हैं तथा कार्य को ससमय और उत्कृष्ट रूप में निष्पादित कर बेहतर परिणति प्राप्त करते हैं। यह है सकारात्मक सोच का प्रभाव!

याद रखें—

"हर सोच का प्रभाव न केवल कर्त्ता को,
बल्कि दूसरों को भी प्रभावित करता है।"

आइए, हम इस बात की चर्चा करें कि सकारात्मक सोच का प्रभाव व्यक्तिगत, सामाजिक, आर्थिक, राजनीतिक जीवन पर क्या पड़ता है? व्यक्ति विशेष की सोच उसके कृत्य, व्यवहार, व्यक्तित्व और जीवन-शैली को कैसे प्रभावित करती है?

व्यक्तित्व

व्यक्तित्व को प्रभावित करने में सोच की भूमिका महत्त्वपूर्ण है। आप जैसा सोचते हैं, वैसा ही व्यक्तित्व का निर्माण होता है। उत्तम, व्यापक एवं दूरदर्शी सोच के व्यक्ति सुंदर व्यक्तित्व तथा निम्न, संकीर्ण तथा अदूरदर्शी सोच के व्यक्ति निम्न व्यक्तित्व के मालिक बनते है। अगर आप अच्छे व्यक्तित्व का मालिक बनना चाहते हैं तो सोच बदलें। हमेशा सकारात्मक सोचें एवं नकारात्मक सोच से दूर रहें। खुद के कृत्य, व्यवहार एवं व्यक्तित्व की समीक्षा करें और जो भी गलतियाँ

दिखाई दे, उन्हें दूर करें। बुरी आदतों का त्यागकर अच्छी आदतों को ग्रहण करें। यह संभव है सकारात्मक सोच से। सकारात्मक सोच ही हमें अच्छी आदतों को ग्राह्य करने तथा उत्कृष्ट कर्म करने के लिए प्रेरित करती है। हम निहित खामियों को दूर कर अच्छाई ग्राह्य करते हैं तथा बुरी आदतों को त्यागकर अच्छी आदतें ग्राह्य करते हैं। फलतः हमारे व्यक्तित्व में निखार आता है और हम सुंदर व्यक्तित्व के मालिक बनते हैं। सकारात्मक सोच के धनी व्यक्ति की सबसे बड़ी विशेषता है कि वे बुरे लोगों में भी अच्छाई ढूँढ़ते हैं और अच्छाई ग्राह्य कर सुंदर व्यक्तित्व के मालिक बन जाते हैं।

व्यक्तित्व-निर्माण की प्रथम सीढ़ी सकारात्मक सोच है। सकारात्मक सोच के कारण हम खुद के गुणों और अवगुणों की समीक्षा करते हैं और निहित खामियों को दूर कर सुंदर व्यक्तित्व के मालिक बनते हैं। खुद के कृत्य और व्यवहार की समीक्षा कर खामियों को दूर करते हैं तथा जीवन-शैली में सुधार लाते हैं। हम नियमित और अनुशासित बनते हैं तथा खुद के व्यक्तित्व को सुंदर बनाकर अच्छे समाज एवं राष्ट्र का निर्माण कर पाते हैं। किसी भी व्यक्ति का सुंदर आभूषण उसका व्यक्तित्व है, जिससे सुसज्जित होकर वह दुनिया का सुंदर आदमी बन जाता है। सकारात्मक एवं व्यापक सोच के धनी व्यक्ति हर विषय पर रचनात्मक सोचते हैं। हालात को परखते-समझते हैं और दुःखद हालात से बाहर निकलने की सोच रखते हैं। वे संसाधनों की कमी का रोना नहीं रोते, बल्कि संसाधन का समुचित प्रबंधन कर बेहतर करने की बात सोचते हैं। हमेशा अच्छी आदतें एवं अच्छे गुणों को धारण करते हैं। यह सच्चाई है कि आप जैसे गुणों को धारण करते हैं, उसी अनुरूप आपका व्यक्तित्व बनता है। सुंदर सोच-सुंदर व्यक्तित्व, बुरी सोच-बुरा व्यक्तित्व। अतः हमेशा ऊँचे व्यक्तित्व के मालिक बनने के लिए सकारात्मक सोचें।

आप जानते हैं, हर व्यक्ति सुखद एवं सफल जिंदगी जीना चाहता है। ऊँचे व्यक्तित्व का मालिक बनना चाहता है। हर व्यक्ति जीवन में अच्छा करना और अच्छा पाना चाहता है, परंतु सारी बातें उसकी सोच पर निर्भर करती हैं कि उसकी सोच कैसी है ? जैसे-कोई व्यक्ति शुरू से सोचता हैं कि मुझे एक अच्छा आदमी बनना है, अलग नाम एवं पहचान बनानी है। वे शुरू से ही अपने व्यक्तित्व में अच्छे-अच्छे गुणों को ग्राह्य करते हैं और अच्छे लोगों की संगत करते हैं। महान् व्यक्तियों की जीवन-शैली से सीख लेते हैं और हमेशा अच्छा बनने और अच्छा करने का प्रयास करते हैं। ऐसे व्यक्ति दूसरों की बुराई नहीं, अच्छाई देखते हैं और

उनकी अच्छाई से सीख लेते हैं। यही कारण है कि वे अच्छे व्यक्तित्व के मालिक बनते हैं। उन्हें मालूम होता है कि अच्छे व्यक्तित्व का मालिक बनकर ही जीवन का औचित्य साकार कर सकते हैं, दूसरों के लिए आदर्श एवं उदाहरण बन सकते हैं। कहने का अभिप्राय है कि किसी व्यक्ति का व्यक्तित्व सुंदर है या कुरूप, अच्छा है या बुरा, यह उसकी सोच से प्रभावित होता है।

आइए, हम इस बात की चर्चा करें कि हमारी सोच व्यक्तित्व को कैसे प्रभावित करती है? आप गौर करें तो पाएँगे कि व्यक्तित्व में निहित गुण एवं अवगुण सोच से प्रभावित होते हैं। सकारात्मक सोच के धनी व्यक्ति ईर्ष्या, द्वेष, क्रोध एवं अहंकार के आगोश में नहीं आते। वे शांत, मृदुभाषी, विनम्र एवं क्षमाशील होते हैं। वे जानते हैं कि क्रोध और अहंकार से किसी का हित नहीं होता, बल्कि वह खुद और दूसरों का नाश करता है। ऐसे व्यक्ति निहित धन, प्रतिभा एवं उपलब्धि पर अहंकार नहीं, गर्व करते हैं और इसका श्रेय खुद को नहीं, ईश्वर को देते हैं। वे अपनी उपलब्धि के लिए ईश्वर का शुक्रिया अदा करते हैं और प्राप्त उपलब्धि का सदुपयोग दूसरे के कल्याण में करते हैं। किसी बात को लेकर मन में क्रोध होता है तो तुरंत खुद को नियंत्रित कर लेते हैं। जीवन में कितनी भी विकट परिस्थितियाँ क्यों न आएँ, वे सकारात्मक बने रहते हैं। उनकी इच्छाओं की पूर्ति भले ही ना हो, खुद कष्ट में क्यों न रहना पड़े, वे क्रोध नहीं करते और सदैव दूसरों के कल्याण में लगे रहते हैं। वे खुद के कृत्य एवं व्यवहार की समीक्षा करते हैं और विपरीत परिस्थिति में भी दूसरों के कल्याण की बात सोचते हैं। ऐसे व्यक्ति विनम्रता, सहनशीलता, क्षमा, त्याग की मूर्ति होते हैं और विकट परिस्थिति में भी मुसकराते रहते हैं।

इस दुनिया में धनी एवं बलशाली व्यक्तियों की कमी नहीं है, परंतु जिन व्यक्तियों की सोच नकारात्मक होती है, वे निहित धन और शक्ति का सदुपयोग सकारात्मक दिशा में नहीं करते। वे संसाधन का सदुपयोग करने के बजाय, दुरुपयोग तथा खुद की प्रतिभा एवं क्षमता पर गर्व करने की बजाय अहंकार करते हैं। उन्हें लगता है कि मेरे समान दूसरा कोई नहीं है! मैं दुनिया का सबसे शक्तिशाली व्यक्ति हूँ, मैं सबसे अमीर व्यक्ति हूँ! मैं ही सबकुछ हूँ और मेरा मन जो कहेगा, वही करुँगा, नकारात्मक सोच में डूबा व्यक्ति सुंदर बनने की बजाय बदरंग बन जाता है। ठीक इसके विपरीत सकारात्मक व्यक्ति अपनी शक्ति एवं संसाधनों का सदुपयोग रचनात्मक कार्यों में करते हैं। वे खुद कष्ट में रहकर दूसरों की भलाई में लगे रहते

हैं। दूसरों का परोकार कर वे हार्दिक खुशी एवं गर्व की अनुभूति करते हैं। इस अंतर का मुख्य का कारण सोच है और जो व्यक्ति जैसा सोचता है, उसी अनुरूप उसका व्यक्तित्व प्रभावित होता है।

अहंकारी व्यक्ति को लगता है कि 'मैं ही सबकुछ हूँ, दूसरा कोई नहीं।' ये बातें उसके व्यक्तित्व की सबसे बड़ी भूल बन जाती हैं। ऐसे व्यक्ति भूल जाते हैं कि उनके अंदर कोई विलक्षण गुण, विलक्षण प्रतिभा, असीम धन और अपरिमित शक्ति है, तो यह उनका सौभाग्य है। इसके लिए परमपिता परमेश्वर को धन्यवाद अर्पित करें कि उन्होंने आपको अपरिमित शक्ति दी। आप निहित संसाधन पर अहंकार नहीं करें, बल्कि उसका सदुपयोग रचनात्मक कार्यों में, लोगों के कल्याणार्थ करें, ताकि आप इस अनमोल जीवन का औचित्य साकार कर सकें। अगर आप ऐसा नहीं करते और निहित संपदा एवं धन पर घमंड करते हैं, तो यह जीवन सौभाग्य की जगह दुर्भाग्य बन जाता है। गर्व की जगह अहंकार और आनंद की जगह विष बन जाता है। इसका कारण है कि नकारात्मक व्यक्ति अपने अंदर निहित क्षमता, प्रतिभा और धन का सदुपयोग रचनात्मक कार्यों में करने की बजाय, नकारात्मक कार्यों में करते हैं। वे अपनी बातों को मनवाने के लिए अड़ियल एवं हिंसक बन जाते हैं।

ऐसा व्यक्ति अहंकारी होता है और अहंकार के दर्प में इस कदर चूर रहता हैं कि उसे अच्छे और बुरे का ज्ञान नहीं रहता है। उनके मन में नकारात्मक सोच का प्रभाव इस कदर होता है कि उसे दूसरों की अच्छी बातें भी बुरी लगती हैं। ऐसा व्यक्ति लाख योग्य होने के बावजूद भी विवेकहीन एवं पथभ्रष्ट हो जाता है। कहने के लिए वह मानव होता है, परंतु उसके अंदर मानवता नाम की कोई चीज नहीं होती। वह मानव होते हुए भी दानव बन जाता है। नतीजा, खुद का अहंकार ही उसके पतन का कारण बन जाता है। इतिहास भी इस बात का साक्षी है कि रावण जैसे विद्वान् एवं प्रतापी शासक का अंत उनके अहंकार के कारण ही हुआ। राजा कंस एवं हिरण्यकश्यप के शासन का अंत उसके अहंकार के कारण हुआ। अहंकार नकारात्मक सोच है और यह कदापि किसी का कल्याण नहीं करती। अहंकारी व्यक्ति के व्यक्तित्व में निम्न अवगुणों का समावेश होता है—

- धन एवं शक्ति का दुरुपयोग।
- जिद्दी एवं अड़ियल व्यवहार।
- खुद को अच्छा और दूसरों को गलत देखने का नजरिया।
- अहंकारी को मूल्यों से कोई लेना-देना नहीं होता।

- इन्हें रिश्ते की अहमियत नहीं मालूम होती।
- ये अपनी बात मानवाने के लिए कुछ भी करने को तैयार रहते हैं।
- अहंकारी खुद को श्रेष्ठ और दूसरे को तुच्छ समझता है।

नकारात्मक सोचवाले व्यक्ति लाख योग्य होने के बावजूद भी अच्छा नहीं कर पाते हैं, क्योंकि वे ईर्ष्या, द्वेष, अहंकार से ग्रसित रहते हैं। उनके अंदर दया, क्षमा, त्याग का भाव नहीं होता। ठीक इसके विपरीत, सकारात्मक सोचवाले व्यक्ति विलक्षण गुण, विलक्षण प्रतिभा एवं धन पर अहंकार नहीं, गर्व करते हैं। वे अपनी क्षमता एवं शक्ति का दुरुपयोग नहीं करते, बल्कि लोगों के कल्याणार्थ सदुपयोग करते हैं। निहित गुणों में निखार लाकर सौम्य, शांत, सहनशील और विनम्र बन जाते हैं। वे अपने कार्यों को बेहतर ढंग से, ससमय और उत्कृष्ट रूप में निष्पादित करने की सोच रखते हैं तथा विशिष्ट उपलब्धियाँ हासिल कर महानता की ओर अग्रसर होते हैं। नतीजा, वे सर्वत्र प्रशंसनीय एवं अनुकरणीय होते है।

याद रखें—

"गर्व स्वयं में आत्म-संतुष्टि, आत्म-संयम एवं आत्म-सुख का भाव है। यह प्रेम, त्याग, सहयोग, सद्भाव, सम्मान एवं विनम्रता का भाव है।" यह मानवता का दर्पण है, जो हमें महान् बनाता है।

स्वार्थ और परमार्थ का भाव

कोई भी व्यक्ति स्वार्थी है या परमार्थी, यह उसकी सोच से प्रभावित होता है। सकारात्मक सोच के धनी व्यक्ति खुद अच्छा करते हुए दूसरों के परोपकार में लगे रहते हैं। वे सिर्फ अपने हित की नहीं, पर-हित की बात करते हैं। जबकि नकारात्मक सोच के धनी व्यक्ति सिर्फ अपने हित की बात करते हैं और खुद के स्वार्थ में लीन रहते हैं। स्वार्थी होना गलत नहीं, स्वार्थ में अंधा होना गलत है। स्वार्थ हमारे अंदर पाया जाने वाला जन्मजात गुण है, जबकि परमार्थ अर्जित गुण है। स्वार्थ का त्यागकरें और परमार्थ की सोचें एवं परमार्थ की करें। आप देखेंगे कि प्राय: व्यक्ति अपने स्वार्थ की बात सोचते हैं और स्वार्थ-सिद्धि में लगे रहते हैं। परंतु कुछ ऐसे लोग भी मिलेंगे, जो अपना पूरा जीवन परमार्थ में लगा देते हैं। इसका मुख्य कारण सोच है, जो व्यक्ति जैसा सोचता है, उसी अनुरूप संकल्प या विकल्प करता है। स्वार्थ और परमार्थ का भाव हमारी सोच से प्रभावित होता है। यह व्यक्तित्व का एक हिस्सा है। स्वार्थी व्यक्ति को मूल्यों से या परमार्थ से कोई लेना-देना नहीं होता। ऐसा व्यक्ति

स्वार्थ में इस कदर अंधा रहता है कि उसे दूसरों का हित दिखता ही नहीं। उसे जिस कार्य में स्वार्थ दिखता है, वही कार्य करता है।

स्वार्थ में लिप्त व्यक्ति को रिश्ते-नाते की अहमियत की समझ नहीं होती। यही कारण है कि धन-धान्य से परिपूर्ण होने के उपरांत भी उसका जीवन सुखमय नहीं होता। ठीक इसके विपरीत, जो व्यक्ति सोचता है कि जीवन अनमोल है और यह केवल खुद के कल्याण के लिए नहीं, दूसरों का कल्याण करने के लिए भी मिला है। ऐसे व्यक्ति कार्य का मूल्य समझते हैं और उन कार्यों को ज्यादा महत्त्व देते हैं, जो सबके हित में हो। उनके अंदर इनसानियत कूट-कूट कर भरी होती है और अपना नुकसान सहकर भी दूसरों की भलाई में लगे रहते हैं। वे किसी के साथ ईर्ष्या, द्वेष नहीं रखते और नही किसी के साथ कोई भेदभाव करते हैं। इस प्रकार हम देखते हैं कि सोच का व्यापक प्रभाव व्यक्तित्व-निर्माण पर पड़ता है। ऐसा व्यक्ति उत्तम व्यक्तित्व का मालिक होता है।

प्राय: व्यक्ति अर्जित ज्ञान को सिर्फ अपने तक सहेजकर रखना चाहते हैं। वे दूसरों को कुछ भी नहीं बताते। उन्हें लगता है कि मैं दूसरों को जानकारी दूँगा तो मेरा महत्त्व कम हो जाएगा! उनकी सोच घटिया और नकारात्मक होती है। नतीजा, वे खुद बेहतर नहीं कर पाते और न ही दूसरों की मदद कर पाते हैं। ऐसे व्यक्ति स्वार्थी होते हैं और खुद को चालाक समझते हैं; लेकिन सच्चाई यह है कि वे मूर्ख होते हैं। ऐसे व्यक्ति के संदर्भ में ही कहा गया है—'अधजल गगरी छलकत जाय'। ऐसे व्यक्ति खुद को ज्ञानी समझते हैं और झूठी प्रशंसा में मस्त रहते हैं। आप खुद सोचें कि ऐसे ज्ञान का क्या औचित्य, जो दूसरों को प्रकाशित नहीं कर सकें या व्यर्थ की बहस में अपना समय, ऊर्जा बरबाद करें? ऐसे व्यक्तियों को खुद का मूल्य और ज्ञान का औचित्य मालूम नहीं होता और खुद की बनाई दुनिया में खोए रहते हैं। जैसे-बहुत सारे लोग विभिन्न विषयों में ज्ञान हासिल करते हैं, परंतु अधिकांश लोग अर्जित ज्ञान को दूसरों में बाँटना नहीं चाहते हैं। उन्हें लगता है कि ज्ञान बाँटने से उनका महत्त्व कम हो जाएगा। कुछ ही लोग अर्जित ज्ञान को दूसरों के बीच बाँटना चाहते हैं। उन्हें मालूम होता है कि ज्ञान बाँटने से घटता नहीं, बढ़ता है। ऐसे लोग ज्ञान बाँटकर स्वयं अच्छा करते हैं और दूसरों को भी अच्छा करने में मदद करते हैं।

जीवन-शैली

हमारी जीवन-शैली अर्थात् हमारे रहने, चलने और बोलने का ढंग सोच से प्रभावित होता है। यह तन और मन दोनों को प्रभावित करता है। अगर हम

सकारात्मक सोचते हैं तो हमारे अंदर रचनात्मक ऊर्जा का बहाव होता है। हमारा तन और मन प्रसन्न रहता है। हम स्वस्थ एवं सुंदर जीवन-शैली पर ध्यान देते हैं और बेकार की बहस में समय नहीं बरबाद करते। वे हर पल बेहतर जीवन-शैली की बात सोचते हैं और उत्तम जीवन-शैली जीते है। आप बहुत से लोगों को देखेंगे कि वे जहाँ रहते हैं, वहाँ भी साफ-सुथरा नहीं रखते। वे गंदगी में रहते हैं, गंदे कपड़े पहनते हैं, दूषित खाना खाते हैं और आसपास गंदगी फैलाते हैं, जिस कारण वे विभिन्न बीमारियों के शिकार हो जाते हैं। हम स्वस्थ कैसे रहें, आसपास के परिवेश को सुंदर कैसे बनाएँ? ये बातें सोच से प्रभावित होती हैं। अगर हम इन बातों पर नहीं सोचते और परिवेश को सुंदर बनाने पर ध्यान नहीं देते तो हमारा स्वास्थ्य अच्छा नहीं रहता। तन और मन दोनों अस्वस्थ रहते हैं. तन स्वस्थ नहीं रहने के कारण हमारा मन किसी कार्य में नहीं लगता। ठीक इसके विपरीत, जिन व्यक्तियों की सोच नकारात्मक होती है, वे परिवेश को स्वच्छ एवं सुंदर बनाने की बात सोचते हैं। ऐसे लोगों को स्वास्थ्य एवं स्वच्छता की चिंता रहती है और स्वच्छता एवं स्वास्थ्य पर ध्यान देते हैं। उनके कपड़े भले ही पुराने हों, लेकिन साफ-सुथरे कपड़े पहनते हैं। वे अपने आसपास गंदगी नहीं फैलने देते। फलत: उनका तन और मन दोनों स्वस्थ रहता है। तन और मन स्वस्थ रहने से कार्य की परिणति बेहतर होती है, जिसका प्रभाव खुद और समाज पर पड़ता है।

कार्यशैली

हमारी सोच का प्रभाव कर्म पर भी पड़ता है। कर्म की सार्थकता एवं उत्कृष्टता सोच से प्रभावित होती है। अत: कोई भी कार्य सोच-समझकर करें। बिना सोचे-समझे कोई भी कार्य नहीं करें, अन्यथा कार्य की परिणति अच्छी नहीं होगी। सोच अच्छी नहीं होने के कारण वे गलत करते हैं और गलत कार्य का प्रभाव खुद एवं दूसरों पर गलत ही पड़ता है। गलत सोच एवं गलत कार्य से हम चिंता, तनाव एवं विभिन्न समस्याओं के जाल में घिर जाते हैं। हमारा कृत खुद और दूसरों के लिए, सार्थक एवं कल्याणकारी हो, इसके लिए सकारात्मक सोचें। सकारात्मक सोच का प्रभाव यह है कि हमारे कार्य करने का नजरिया और कार्य करने का ढंग बदल जाता है। फलत: कार्य की परिणति बेहतर होती है और बेहतर परिणति होने से हम बेहतर पाते हैं। समाज में हमारा नाम और पहचान होता है। हम व्यवहारकुशल और अच्छा नागरिक बनें, खुद के लिए आदर्श एवं दूसरों के लिए उदाहरण बनें, अच्छे

समाज एवं राष्ट्र का निर्माण करें, हमारे जीने का ढंग, कार्य करने का ढंग, उन्नत एवं सुसंस्कृत हो, ये सारी बातें सोच से प्रभावित होती हैं।

याद रखें—एक अच्छा नागरिक ही अच्छा समाज एवं राष्ट्र का निर्माण करता है। पहले हम एक इनसान हैं, उसके बाद ही हमारा धन, पद या कुछ और। अतः इनसानियत पर खरा उतरें और सभी को समान भाव से देखें। सभी के साथ प्यार, सहयोग, सद्भाव रखें। व्यक्तिगत जीवन का हर क्रिया-कलाप सोच से प्रभावित होता है। यह हमारी आर्थिक, सामाजिक, सांस्कृतिक, धार्मिक स्थिति को प्रभावित करता है। सही मायने में देखें तो हमारी समस्त क्रियाएँ सोच से प्रभावित होती हैं। ऐसी कोई भी क्रिया नहीं है, जो सोच से प्रभावित नहीं होती हो। सोच हमारी आंतरिक शक्ति है, जिसकी सार्थकता हमारे कृत, व्यवहार और व्यक्तित्व से झलकती है।

जैसे—आपकी तबीयत खराब नहीं है, लेकिन आप किसी समस्या को लेकर परेशान और उदास हैं तो चेहरे पर चिंता की लकीरें स्पष्ट दिखती हैं। आपकी उदासी देखकर दूसरे पूछते हैं—क्या तबीयत खराब है? आप सोचने लगते हैं। सचमुच मेरी तबीयत खराब है क्या? और सोच-सोचकर बीमार पड़ जाते हैं। ठीक इसके विपरीत, आपकी तबीयत खराब है, परंतु आप सोचते हैं कि मुझे कुछ नहीं हुआ है तो आप जल्द ठीक हो जाते हैं। जब आप यह सोचते हैं कि मैं यह काम नहीं कर सकता, तो धीरे-धीरे यह बात मन में बैठ जाती है। नतीजा, आप वह काम नहीं कर पाते। ठीक इसके विपरीत आप सोचते हैं कि मैं यह काम कर सकता हूँ और दूसरों से बेहतर कर सकता हूँ तो आपकी सुषुप्त शक्तियाँ जाग्रत् हो जाती हैं। आप उस काम को और बेहतर ढंग से करते हैं। इस प्रकार हम देखते हैं कि जैसी हमारी सोच होती है, उसी अनुरूप कृत। अतः हम जो भी काम करते हैं, उसे करने में सोच की भूमिका महत्त्वपूर्ण है।

आपने यह लोकोक्ति सुनी होगी—'होनहार बिरवान के होत चिकने पात!' आप किसी बच्चे को देखकर कहते हैं कि यह बच्चा भविष्य में अच्छा करेगा और वह अच्छा करता भी है। इसका कारण है कि वह खुद अच्छा सोचता है और अच्छा करता है। जब वे अच्छा करते हैं तो दूसरा भी उनके बारे में अच्छा सोचते हैं। नतीजा वे भविष्य में और अच्छा करते हैं। आपने सुना भी होगा—'सोच ही व्यक्ति को महान् और सफल बनाता है।' जब हम अपनी सोच को सकारात्मक और रचनात्मक दिशा देते हैं, तो हम बेहतर करते हैं। ऐसे बहुत सारे उदाहरण मिल जाएँगे, जिनका जन्म साधारण परिवार में हुआ, लेकिन उन्होंने एक से बढ़कर अनेकों कारनामे कर दिखाए, जिसे दूसरे देखते रह गए।

आपने नेपोलियन महान् का नाम सुना होगा। नेपोलियन का जन्म फ्रांस के कोर्सिका द्वीप में एक साधारण परिवार में हुआ था। देखने में वे साधारण कद-काठी के थे, परंतु उनकी सोच बड़ी थी। सोच रूपी शक्ति के बल पर ही उन्होंने फ्रांस एवं यूरोप के कई देशों पर विजय पताका फहराई। इस अभियान में उन्होंने आल्पस पर्वत जैसे दुर्गम पहाड़ी को पार कर लोगों को सीख दी कि दुनिया में असंभव नाम की कोई चीज नहीं है। आप असंभव को संभव कर सकते हैं, अगर आपकी सोच सकारात्मक, रचनात्मक एवं व्यापक है। कहा भी गया है, जितनी बड़ी सोच, उतना बड़ा आदमी! नेपोलियन कहा करता था—"मैं किसी भी युद्ध को रणक्षेत्र में जीतने के पूर्व मन-मस्तिष्क में जीत लेता हूँ।" कहने का आशय है कि आपके सोच का प्रभाव आपके कर्म पर पड़ता है। अमेरिका के प्रथम राष्ट्रपति अब्राहम लिंकन को देखें! वे गरीबी में पले-बढ़े, परंतु अपनी सकारात्मक सोच के कारण सर्वोच्च पद को प्राप्त किया। रूसी राष्ट्रपति रूजवेल्ट दोनों पैर से अपाहिज थे, परंतु उन्होंने रूस के विकास को नई दिशा दी। इस दुनिया में अनेकों व्यक्ति मिल जाएँगे, जिन्होंने एक से बढ़कर एक कार्य किए। अनेकों उपलब्धियाँ हासिल कर समाज को नई दिशा एवं गति दी। हमें जीने का ढंग एवं बेहतर करने का गुर सिखाया। यह है सोच का प्रभाव!

कर्त्तव्य एवं दायित्व की समझ

खुद के कर्त्तव्य एवं दायित्व को समझने में सोच की भूमिका महत्त्वपूर्ण है। जैसी हमारी सोच होती है, उसी अनुरूप हम खुद और दुनिया को जान पाते हैं, कर्त्तव्यों एवं दायित्वों को समझ पाते हैं। चेतनशील प्राणी होने के नाते यह हमारा दायित्व है कि हम अपने कर्त्तव्यों को जानें और दायित्वों को समझें। हर व्यक्ति का यह कर्त्तव्य है कि वह खुद, परिवार, समाज, राष्ट्र और प्रकृति के प्रति अपने कर्त्तव्यों को जाने। दायित्वों को जाने और दायित्वों का निर्वहन करे। हम व्यक्तिगत, पारिवारिक, सामााजिक, राष्ट्रीय एवं अन्य जिम्मेदारियों को समझें और कर्त्तव्यों का अनुपालन करें। कर्त्तव्य-पथ पर चलकर और दायित्वों का निर्वहन करके ही हम खुद को आदर्श एवं उदाहरण के रूप में प्रस्तुत कर सकते हैं।

सोच हमारे कर्त्तव्य एवं दायित्व को प्रभावित करता है। सकारात्मक सोचवाले व्यक्ति अपने कर्त्तव्यों को जानते एवं दायित्वों को समझते हैं। यह हमें कर्त्तव्य-पथ पर चलने एवं दायित्वों को निर्वहन करने की सीख देता है।

संसाधनों का प्रबंधन

आप खुद सोचें, अगर हम अपनी सोच नहीं बदले होते तो आज भी खानाबदोश की जिंदगी जी रहे होते। हमारे जीवन-शैली में जो परिवर्तन आया है या विकास का जो स्वरूप देख रहे हैं, वह सब सोच का ही कमाल है। प्राचीन काल में हमारे पास रहने के लिए घर और पहनने के लिए कपड़े नहीं थे। परंतु सोच का ही प्रभाव है कि हम आज अच्छे एवं सुंदर घर बनाकर रहते हैं। विभिन्न रंगों एवं डिजाइन के कपड़े पहनते हैं। बरसों पहले हम एक स्थान से दूसरे स्थान की यात्रा पैदल करते थे। धीरे-धीरे बैलगाड़ी घोड़ागाड़ी का उपयोग शुरू किया। आज हमने अनेकों तेज एवं आरामदायक साधनों का निर्माण किया है। फलत: हम थलमार्ग, जलमार्ग और वायुमार्ग से लंबी-लंबी दूरियाँ मिनटों में तय कर लेते हैं। यह सोच रूपी जादू का ही कमाल है कि हम हर क्षेत्र में विकास का नया कीर्तिमान स्थापित करने में सफल हो पा रहे हैं। यह सकारात्मक सोच का ही प्रभाव है कि हम निहित संसाधनों का समुचित प्रबंधन कर जीवन में बेहतर करते हैं।

परिवेश का निर्माण

सोच हमारे परिवेश को प्रभावित करती है। जैसी हमारी सोच होती है, वैसा हम परिवेश का निर्माण करते हैं। अच्छी सोच, अच्छा परिवेश और बुरी सोच बुरा-परिवेश। यह हमें सद्मार्ग पर ले जाता है और सुंदर परिवेश बनाने में मदद करता है। फलत: हम जीवन में अच्छा करते हैं। अच्छी सोच अपने स्वरूप के अनुसार सकारात्मक ऊर्जा का संचार करती है, जिससे सजातीय विचारों के अनुरूप गुण-धर्म की पुष्टि होती है। उन्नत और दूरदर्शी विचार सुख-शांति और प्रसन्नता का भाव उत्पन्न कर अनुकूल परिस्थितियों का निर्माण करते हैं। प्रशंसा भरे माहौल में रहकर हम अच्छा करते हैं। ठीक इसके विपरीत, नकारात्मक सोच वाले व्यक्तियों का गुण, धर्म, स्वभाव अलग होता है। उनके विचार एक-दूसरे से भिन्न होते हैं। मन में ईर्ष्या-द्वेष और मन-मुटाव रहता है, जिस कारण एक-दूसरे के बीच विश्वास की कमी रहती है। फलत: परिवेश दूषित हो जाता है। ऐसी स्थिति में खुद की जिंदगी बोझ बन जाती है।

दोस्तो! स्वर्ग या नरक सब विचारों की महिमा है। पाप-पुण्य, प्रकाश-अंधकार, दु:ख-सुख समस्त चीजें सोच से प्रभावित होती हैं। अपवित्रता की दुर्गंध या पवित्रता की सुगंध भी विचारों के द्वारा ही फैलती है। गुण-अवगुण, सफलता-

असफलता सब मनुष्य के विचारों का ही फल है। विचारों में ही मनुष्य का भला-बुरा छुपा होता है। मन का विचारों के साथ अटूट संबंध है। अतः विचारों में विवेक और शुद्धता रखने से मन को संस्कारवान, ज्ञानवान और पवित्र बनाने की प्रक्रिया स्वतः पूरी हो जाती है। बिना सोचे-समझे किसी के पीछे-पीछे चलना या किसी कार्य को करना नकारात्मक सोच का प्रभाव है। ऐसी सोच से परिवेश सुंदर नहीं बन पाता है। सुंदर परिवेश का तात्पर्य तन और मन दोनों को स्वच्छ एवं सुंदर बनाना है। सकारात्मक सोच के कारण परिवेश सुंदर और नकारात्मक सोच के कारण परिवेश बुरा बन जाता है। उपर्युक्त तथ्यों से स्पष्ट है कि सोच का प्रभाव परिवेश निर्माण पर पड़ता है।

बदलाव की शक्ति

खुद और दूसरों के अंदर या संसार में जो भी परिवर्तन दिखाई दे रहा है, हम आधुनिकता का जो रूवरूप देख पा रहे हैं, वह सब विचार रूपी शक्ति के प्रभाव का कमाल है। यह ऐसी अद्‌भुत शक्ति है, जिसका प्रभाव हर क्षेत्र में हो रहे बदलाव के रूप में देखने को मिलता है। सकारात्मक सोच का प्रभाव जब तक रहता है, हमारे अंदर रचनात्मक प्रवृत्तियाँ विकसित होती हैं, सुख-सुविधाओं में अभिवृद्धि होती है। किंतु जब सोच में विकृति आ जाती है, अर्थात् हम नकारात्मक सोचने लगते हैं तो सर्वनाश के लक्षण दिखाई देने लगते हैं। अतः शुद्ध विचारों को ही रचनात्मक विचार कहेंगे और रचनात्मक सोच ही हमें सही दिशा एवं गति देता है। सफल व्यक्ति के पास सकारात्मक एवं रचनात्मक सोच की शक्ति होती है, जो उसे सर्वोच्च शिखर पर ले जाती है। मनुष्य जो कुछ भी सोचता और विचारता है, उसका एक ठोस आकार उसके अंत करण में बन जाता हैं। यह सच्चाई है कि जिस व्यक्ति की जैसी सोच होती है, वैसा ही उसका संसार होता है। मनुष्य अपनी सोच के अनुसार ही खुद की दुनिया बनाता है और वैसा ही संस्कार ग्रहण करता है। प्रत्येक विचार मनुष्य के संस्कारों का अंग बन जाता है। व्यक्तिगत विचारों का प्रभाव सिर्फ समाज पर ही नहीं, विश्व समुदाय पर भी पड़ता है।

वैज्ञानिकों का दावा है कि किसी भी अच्छे-बुरे विचार का अस्तित्व समाप्त नहीं होता है। हर विचार सूक्ष्म तरंगों के रूप में सर्वत्र विचरण करते रहते हैं और अपने अनुरूप विचारोंवाले व्यक्ति की ओर आकर्षित होकर अदृश्य सहायता किया करती है। किसी विषय पर हम जैसा सोचते हैं, वैसा ही विचारों की शृंखला बन जाती

हैं और ये विचार सूक्ष्म जगत् में विचरण करने वाली तरंगों से मिलकर अनेक गुप्त रहस्यों का प्रकटीकरण करता है। यह संसार जो हम देख रहे हैं, वह अव्यक्त सोच का व्यक्त स्वरूप है। अव्यक्त रूप में जैसी सोच और संकल्प उदित होते हैं, जैसी स्फुरण और वासना जागती है। व्यक्ति वही संस्कार धारण कर लेता है। भला-बुरा जैसा भी संसार हमारे चारों तरफ फैला हुआ है, उसमें लोगों की सोच ही मूर्तरूप लिये दिखाई देती है। यदि हम सोच को सुंदर बनाएँ, उसे अच्छाइयों की ओर ले जाएँ और सद्मार्ग पर चलकर रचनात्मक करें तो निस्संदेह खुद को और संसार को सुंदर बना सकते हैं। अगर सोच निम्न है तो हम अप्रिय और अपवित्र बन जाते हैं। कहने का आशय है कि इस दुनिया का जो स्वरूप हम देख रहे हैं, या हम जैसा और जिस स्थिति में हैं, वह सब सोच रूपी शक्ति के प्रभाव का कमाल है। जैसी सोच-वैसी दुनिया, जैसी सोच-वैसा व्यक्तित्व, जैसी सोच-वैसा नजरिया और जैसी सोच-वैसा कृत, जैसी सोच-वैसी प्राप्ति।

उपर्युक्त तथ्यों से स्पष्ट है कि इस दुनिया का आधुनिक स्वरूप, व्यक्ति का व्यक्तित्व एवं कृत्य सोच से प्रभावित होता है। वर्तमान में हमारे अंदर या प्रकृति में जो भी बदलाव दिख रहा है, वह सब सोच के प्रभाव का जादू है। आप गौर करें तो पाएँगे कि सोच रूपी जादू का ही कमाल है कि एक ही परिवेश, एक ही परिवार और एक ही समाज में रहनेवाले व्यक्तियों में से कुछ सफलता की ऊँचाइयों को छूते हैं और कुछ असफलता के गर्त में समा जाते हैं। कोई अपना नाम इतिहास के पन्ने पर स्वर्ण अक्षरों में लिख जाते हैं और किसी को कोई जानता भी नहीं। कोई विभिन्न क्षेत्रों में अनेकों खोज एवं आविष्कार कर अपना और परिवार का नाम रौशन कर जाते हैं और किसी को कोई जानता भी नहीं। कोई व्यक्ति अवसर की खोज में दर-दर भकटते रहते हैं, परंतु उन्हें अवसर नहीं मिलता और कोई अवसर को सँभाल नहीं पाता है। कोई व्यक्ति अपने परिवार का भी चिराग नहीं बन पाता और कोई पूरे देश का चिराग बन जाता है। ऐसा व्यक्ति खुद को प्रकाशवान बना दुनिया को प्रकाशित कर जाता है। बहुत से लोग अँधेरे में तीर चलाते रहते हैं। वैसे लोग देश का क्या, अपने परिवार का भी चिराग नहीं बन पाते हैं।

आप गौर करें तो पाएँगे कि कोई व्यक्ति गरीबी में जन्म लेकर अमीरी की ऊँचाइयों पर होता है और कोई गरीबी को भाग्य की नियति मान ताउम्र गरीबी का दंश झेलते रहते हैं। कोई झुग्गी-झोपड़ी में पलकर इतिहास रच जाते हैं और किसी को एक झोपड़ी भी मयस्सर नहीं होती है। कोई आलीशान महलों में जीवनयापन

करता है और किसी को फुटपाथ भी मयस्सर नहीं होता है। किसी का व्यक्तित्व साधारण कपड़े में चमक उठता है और किसी का व्यक्तित्व कीमती कपड़ों में भी फीका लगता है। क्या आपको मालूम है—इतने बड़े अंतर का मुख्य कारण सोच है? जिस व्यक्ति की सोच जितनी उन्नत होती है, उसका प्रभाव उतना व्यापक होता है। आप खुद के जीवनयापन या दूसरों के जीवन-शैली की बात करें, खुद द्वारा निर्मित संस्था की बात करें या समाज द्वारा निर्मित संस्था (systems) की बात करें, सबकुछ आपकी सोच से प्रभावित होता है कि आप किसी व्यक्ति या संस्था के बारे में क्या सोचते हैं? खुद और दूसरों द्वारा बनाई संस्था को कैसे चलाना चाहते हैं? आप किस बदलाब को स्वीकार करना और किसे अस्वीकार करना चाहते हैं? ये सारी बातें सोच से प्रभावित होती हैं।

याद रखें—

"हर बदलाव सोच की प्रतिकृति है।"

यदि आप सोचते हैं कि मुझे अच्छा आदमी बनना है, जीवन का औचित्य साकार करना है तो आपकी समस्त शारीरिक एवं मानसिक क्रियाएँ उसी दिशा में कार्य करने लगती हैं। आपका अच्छा या बुरा बनना, प्रशंसा या घृणा का पात्र बनना, सबकुछ आपकी सोच से प्रभावित होता है। सोच के अनुरूप ही कर्मेंद्रिय मन के निर्देशन में कार्य करती हैं। आप सकारात्मक सोचते हैं तो आपका नजरिया खुद और दूसरों के प्रति बदल जाता है। आप अच्छे गुणों को धारण करते हैं तथा कार्य को बेहतर ढंग से संपादित करते हैं। नतीजा, आप एक अच्छा आदमी बनने में सफल होते हैं। यदि आप बुरा सोचते हैं तो आपका चेतन मन उसी दिशा में कार्य शुरू करता है। नतीजा, आप बुरे गुणों को ग्राह्य कर बुरा बन जाते हैं। ऐसी स्थिति में आपको दूसरों की सही एवं अच्छी बातें भी बुरी लगती है। कहने का अभिप्राय है कि आप जैसा सोचते हैं, उसी अनुरूप कार्य करते हैं और जैसा करते हैं, वैसा बनते हैं। अर्थात् हर अच्छे एवं बुरे बदलाव के लिए सोच जिम्मेदार है। दूसरे शब्दों में, हम कह सकते हैं कि किसी भी क्षेत्र में जो बदलाव दिखता हैं, वह सोच का प्रभाव है।

लक्ष्य-निर्धारण एवं प्राप्ति

लक्ष्य-निर्धारण एवं प्राप्ति भी सोच से प्रभावित होती है। जैसी हमारी सोच होती है, उसी अनुरूप हम लक्ष्य-निर्धारण करते हैं। उत्तम सोच, सुंदर लक्ष्य और संकीर्ण सोच-अदूरदर्शी लक्ष्य। ऐसे अनेकों उदाहरण मिल जाएँगे कि जिन

व्यक्तियों ने अच्छा सोचा, वह अच्छा बना और जो बुरा सोचा वह बुरा बन गया। लक्ष्य-निर्धारण एवं प्राप्ति तथा अच्छा या बुरा बनने में सोच का प्रभाव महत्त्वपूर्ण है। जैसे-हर व्यक्ति की इच्छा सफल बनने नाम, धन, यश कमाने की होती है। परंतु यह संभव है, जब हम अपनी सोच बदलेंगे और नकारात्मक सोच का त्यागकर सकारात्मक सोचेंगे। सोच के दायरे को व्यापक एवं दूरदर्शी बनाएँगे। आप भी अपनी पहचान अलग बनाना चाहते हैं। नाम, धन और यश अर्जित करना चाहते हैं तो सकारात्मक, रचनात्मक एवं दूरदर्शी सोचें। ऐसा सोच लक्ष्य-निर्धारण एवं प्राप्ति में मदद करता है।

याद रखें—

"जितनी बड़ी सोच, उतना बड़ा लक्ष्य।"

लक्ष्य-निर्धारण एवं प्राप्ति की पहली सीढ़ी सोच है। सोच आपके लक्ष्य को प्रभावित करता है और जैसा सोचते हैं, वैसा ही लक्ष्य निर्धारित कर पाते हैं। जब तक आप लक्ष्य-निर्धारण एवं प्राप्ति के बारे में नहीं सोचेंगे, तब तक उसे पाने की बात कैसे करेंगे? जब आप किसी चीज को पाने की नहीं सोचेगें तो उसे पाने की बात कैसे करेंगे? अत: लक्ष्य-निर्धारण एवं प्राप्ति में सोच की भूमिका महत्त्वपूर्ण है। आपका हर लक्ष्य सोच से प्रभावित होता है और जैसा सोचते हैं, वैसा ही लक्ष्य का निर्धारण करते हैं। यह आपको सोचना है कि लक्ष्य कैसा बनाएँ और लक्ष्य की प्राप्ति कैसे करें? जब आप सोच-समझकर लक्ष्य का निर्धारण करते हैं, कार्ययोजना ससमय बनाते हैं और कार्ययोजना को मूर्तरूप देने की बात सोचते हैं तो लक्ष्य प्राप्ति में सफल होते हैं। अगर आप उपर्युक्त बातों पर नहीं सोचते तो लक्ष्य-निर्धारण एवं प्राप्ति में सफल नहीं होते हैं। कहने का अभिप्राय है कि लक्ष्य-निर्धारण एवं प्राप्ति में सोच की भूमिका महत्त्वपूर्ण है। हमारा लक्ष्य कैसा हो और हम लक्ष्य की प्राप्ति कैसे करें, ये समस्त बातें सोच से प्रभावित होती हैं।

सामाजिक-आर्थिक स्थिति

दोस्तो, आप क्या करना चाहते हैं और क्या बनना चाहते हैं? क्या खोना और क्या पाना चाहते हैं? समस्त बातें आपकी सोच से प्रभावित होती हैं। आपका अच्छा करना या बुरा करना, अच्छा बनना या बुरा बनना, खोना या पाना सबकुछ सोच से प्रभावित होता है। आप जैसा सोचते हैं, वैसा करते हैं और जैसा करते हैं, वैसा पाते हैं। आपकी सोच केवल आपके व्यक्तिगत जीवन को नहीं, बल्कि पारिवारिक,

सामाजिक, आर्थिक, राजनीतिक जीवन को भी प्रभावित करती है। आप समाज में अपनी पहचान कैसी बनाना चाहते हैं और आर्थिक रूप से कितना सुदृढ़ होना चाहते हैं, यह आपकी सोच से प्रभावित होता है। जैसे ही आप किसी व्यक्ति के बारे में सोचते हैं कि यह व्यक्ति अच्छा और वह व्यक्ति बुरा है, उस व्यक्ति के बारे में वैसा ही आपका नजरिया बन जाता है। किसी व्यक्ति या वस्तु के बारे में आपकी सोच अच्छी है या बुरी, सही है या गलत, सकारात्मक है या नकारात्मक, संकीर्ण है या व्यापक, सबकुछ आपकी सोच से प्रभावित होता है। जैसी आपकी सोच, वैसा ही प्रभाव। आइए, हम अच्छे सोच के प्रभाव का विश्लेषण करें कि यह खुद, परिवार, समाज, देश और दुनिया को कैसे प्रभावित करता है?

अच्छी सोच से हमारा तात्पर्य सकारात्मक सोच, रचनात्मक सोच, व्यापक सोच, दूरदर्शी सोच एवं उन्नत सोच से है। जैसे ही हम खुद और दूसरों के बारे में अच्छा सोचना शुरू कर देते हैं, देखने का हमारा नजरिया बदल जाता है। हमें हर व्यक्ति और वस्तु में ग्राह्य करने लायक कुछ-न-कुछ अच्छाई मिल जाती है, जिसे धारण कर हम अच्छे बनते हैं और हमारे व्यक्तित्व में निखार आता है। हम अच्छी आदतें ग्राह्य कर सुंदर व्यक्तित्व के मालिक बनते हैं। हमें खुद और दूसरों का मूल्य समझ में आता है। अच्छे सोच का प्रभाव यह है कि हम हर क्षेत्र में रचनात्मक करते है और दूसरों पर दोषारोपण की बात भूलकर खुद की खामियों को दूर करते हैं। गलतियों को स्वीकार करते हैं तथा गलतियों से सीख लेकर जीवन में बेहतर करते हैं।

अच्छा सोचने से हमारा नजरिया बदलता है। नजरिया बदलने से हमारे स्वभाव, आदत, विचार और व्यवहार में बदलाव आता है। नतीजा, हम व्यक्तिगत और सामाजिक जीवन में बेहतर करते हैं। समाज में हमारी अलग पहचान और नाम होता है। हम हर कार्य ससमय और उत्कृष्ट रूप में निष्पादित करते हैं। फलतः हमें अच्छी परिणति प्राप्त होती है और अच्छी परिणति प्राप्त होने से हमारा जीवन सुखमय एवं आनंदमय बन जाता है।

ध्यान रखें—

"जितना अच्छी सोच, उतना बड़ा प्रभाव, और
जितना बड़ा प्रभाव, उतना बड़ा आदमी!"

जैसे-आप अपने लिए दो जून रोटी की बात सोचते हैं तो सिर्फ अपनी रोटी के जुगाड़ में लगे रहते हैं, लेकिन जैसे ही आप अपने लिए नहीं, दूसरों के लिए

रोटी के जुगाड़ की बात सोचते हैं तो आपके सोच का दायरा बढ़ जाता है। आपका काम निष्काम एवं परोपकारी बन जाता है। उसी प्रकार आप अपने लिए रोजगार पाने की बात सोचते हैं, तो ख़ुद में सिमटकर रह जाते हैं, लेकिन जैसे ही आप दूसरों को रोजगार देने की बात करते हैं तो सोच का दायरा व्यापक हो जाता है। आपके देखने और कार्य करने का नजरिया बदल जाता है। आप सबकुछ द्रष्टा भाव से देखते हैं। फलत: आपकी आर्थिक स्थिति सुदृढ़ और सामाजिक स्थिति बेहतर होती है।

कहने का अभिप्राय है कि जब आप अपने लिए सोचते हैं तो आपकी सोच संकुचित और प्रभाव सीमित होता है। लेकिन जैसे ही आप दूसरों के बारे में सोचते हैं और दूसरों के लिए कार्य करते हैं तो सोच का दायरा विस्तृत और प्रभाव व्यापक होता है। सोच का दायरा विस्तृत एवं व्यापक होने से आपकी अलग पहचान बनती है। जैसे-कोई सोचता है कि जीवन का उद्देश्य दूसरों के काम आना, दूसरों का परोपकार करना और दूसरों की सेवा करना है, वे हमेशा बेहतर करते हैं। नतीजा, उनका व्यक्तिगत, समाजिक और आध्यात्मिक जीवन उन्नत बन जाता है।

हर क्षेत्र में सोच का अद्भुत प्रभाव है। जैसे ही हम सोच का दायरा बढ़ाते हैं, हमारी क्रियाशीलता बढ़ जाती है। हम बड़ा से बड़ा कार्य करने की बात सोचते हैं। खुद और दूसरों के हित की बात सोचते हैं। ऐसी स्थिति में हमें ज्यादा कार्य करने का अवसर प्राप्त होता है। ठीक इसके विपरीत, जब हम सोच का दायरा नहीं बढ़ाते और खुद में सिमटे रहते हैं तो बेहतर अवसर प्राप्त नहीं होता है। इसे बेहतर ढंग से समझने के लिए आप किसी गाँव या समाज में रह रहे लोगों की जीवन-शैली एवं कृत्य का अध्ययन करें तो पाएँगे कि एक ही गाँव में रहनेवाले लोगों में से कोई व्यक्ति डॉक्टर, इंजीनियर और वकील बन जाता है। कोई मजदूरी करता है और कोई अफसर होता है। कोई अमीर और कोई गरीब होता है। कोई बेहतर जीवन-शैली जीता है और कोई भरपेट खाना के लिए तरसता है। इस अंतर का मुख्य कारण सोच है। जो व्यक्ति अपने सोच को नहीं बदल पाता, सोच में निखार नहीं लाता, वह आजीवन मजदूरी करते रह जाता है। ठीक इसके विपरीत, जो व्यक्ति सोच में बदलाव लाता है और सोच में निखार लाता है, सोच का दायरा बढ़ाता है और दूर की सोचता है, वे साधारण परिवार में जन्म लेकर भी महान् बन जाते हैं। यह है सोच का प्रभाव! अच्छा सोचनेवाले व्यक्ति संघर्ष करने से नहीं घबराते। उन्हें मालूम होता है कि 'संघर्ष ही जीवन है और समस्या में ही अवसर छुपे होते हैं।'

याद रखें—

"हर समस्या का समाधान और बेहतर प्राप्ति का मार्ग सकारात्मक सोच ही है।"

विचारों की व्यापकता और सशक्तता अद्भुत है। इसका चमत्कार देखना है तो सादृश्य स्वभाव और समान विचारवाले लोगों के एक साथ रहने पर जो प्रभाव उत्पन्न होता है, उसका अवलोकन करें। जैसे-सेना के संपर्क में रहने पर दुर्बल मन वाले की भी भुजाएँ फड़कने लगती हैं। नृत्य, गायन, संगीत की धुन में पीड़ित मन भी आनंदित हो उठता है। मेले-ठेले, उत्सव आयोजन में जहाँ अधिक भीड़ जमती है, वहाँ सम्मिलित होने के लिए मन मचलने लगता है। अश्लीलता के माहौल में अच्छे-भले लोग भी कामुकता की दिशा में चलने की बात सोचने लगते हैं। ऐसे कम ही लोग होते हैं, जो अपने दृढ़ निश्चय पर अटल रहते हैं और वातावरण को अपने ऊपर हावी नहीं होने देते। आँधी चलती है तो पत्तियाँ, डालियाँ हिलने लगती हैं और उस आँधी में कमजोर पेड़-पौधे उखड़ जाते हैं, परंतु सुदृढ़ वृक्ष पर कोई प्रभाव नहीं पड़ता। ये न केवल चट्टान की तरह अपने स्थान पर अटल रहते हैं, वरन् एकाकी होते हुए भी आत्मविश्वास के सहारे अडिग रहते हैं। लाख झंझावात के बावजूद भी वे अपने कर्त्तव्य पथ से नहीं डिगते। अस्थिर लोग हवा का रुख बदलने ही अपना तौर-तरीका बदल लेते हैं, जबकि सुदृढ़ सोच के धनी व्यक्ति लक्ष्य प्राप्ति में लगे रहते हैं। कहने का अभिप्राय है कि आपके मन में जिस प्रकार की सोच का अभ्युदय होता है, वैसा ही आप बन जाते हैं।

मनुष्य अनेकों कार्य करता है और कार्य करने के पूर्व की प्रक्रिया विचार रूप में विकसित होती है। विचार तब बनते हैं, जब अनगढ़ कल्पनाओं का परिमार्जन बुद्धि द्वारा कर लिया जाता है कि वे व्यवहार में उतारने योग्य बन जाएँ। विचारों का प्रभाव शरीर के समस्त अंग-अवयवों पर पड़ता है। जिस प्रकार बाजीगर कठपुतली को धागों के सहारे नचाता है, उसी प्रकार शरीर के विभिन्न अवयव मन से निर्देशित होते हैं। मन के निर्देशन में ही वे अपनी क्रियाएँ करते हैं। इसी का नाम कर्म है।

याद रखें—

"कर्म मात्र विचारों की परिणति है।"

भले-बुरे कृत्यों के लिए विचार ही उत्तरदायी हैं और विचार ही हमारे हर कृत्य एवं सभी परवर्ती लोगों को विशेष रूप से प्रभावित करते हैं। सामान विचार वाले लोग जब मिल-जुलकर रहने लगते हैं और एक दिशा में सोचते एवं कदम उठाते

हैं तो संगठन बन जाता है। जब तक विचारों में घनिष्ठता और एकता नहीं हो, तब तक भारी भीड़ भी कहाँ जमा होती है! उस स्थिति में उनका स्वरूप मेले-ठेले जैसा लगता है। प्लेटफॉर्मों, सड़कों, बसों, रेलों में अनेकों लोग बैठे और चलते-फिरते दिखते हैं, पर उनके उद्देश्यों की एकता और विचारों में समानता न होने के कारण वे मात्र भीड़ बनकर रह जाते हैं। किसी प्रकार की जरूरत होने पर वे एक-दूसरे की सहायता तक नहीं कर पाते, पर जब विचार और क्रिया पद्धति में एकरूपता होती है तो छोटा समुदाय भी बड़े चमत्कार दिखाने लगता है। कहने का आशय है कि सोच ही शक्ति और संगठन है और सोच ही एकता के सूत्र में बाँधने का माध्यम है। मेरे विचार से यह संसार सोच का ही प्रतिबिंब है। हम जैसे भी हैं—अच्छे या बुरे, सही या गलत, अमीर या गरीब, असफल या सफल, सबकुछ सोच का स्वरूप है। हम जो कुछ भी करते हैं, अच्छा या बुरा, पाप या पुण्य, धर्म या अधर्म, उचित या अनुचित, सब सोच की परिणति का प्रभाव है। जिस प्रगति एवं विकास की बात हम करते हैं, वह सब हमारी सोच का प्रभाव है। किसी व्यक्ति का व्यक्तित्व एवं कृत उसकी सोच का ही रूप है।

याद रखें—

"संसार की अच्छाई-बुराई इस बात से तय नहीं होती कि परिस्थिति कितनी अच्छी या बुरी हैं, बल्कि इस बात से तय होती हैं कि लोगों की सोच कितनी अच्छी या बुरी है?"

परिस्थितियाँ कितनी भी विकराल क्यों ना हों, यदि आपकी सोच अच्छी है तो आप विकट परिस्थिति को अपने अनुकूल मोड़ लेते हैं। जटिल से जटिल समस्या का समाधान ढूँढ़ लेते हैं। ठीक इसके विपरीत, आपकी सोच बुरी है तो अनुकूल परिस्थितियाँ भी प्रतिकूल लगती हैं। याद रखें—व्यक्ति अच्छा या बुरा नहीं होता, उसकी सोच अच्छी या बुरी होती है। हम किसी व्यक्ति, वस्तु या विषय पर जैसा सोचते हैं, उसी अनुरूप वह दिखाई देता है। जिस क्षण मन में यह बात कौंधें कि हम बहुत अच्छे हैं, हमारे अंदर कोई बुराई नहीं है, उसी क्षण हमें रुककर सोचना चाहिए, अन्यथा हम गलत सोच के शिकार हो जाएँगे। गलत सोच हमें गलत राह पर ले जाएगी। अत: बुरी सोच को मन से बाहर निकालें और हमेशा सकारात्मक सोचें। अगर हम नकारात्मक सोच को सकारात्मक नहीं बनाएँ और बुराइयों से सीख नहीं लें, तो खुद को आत्मा के संस्कारों से वंचित रखेंगे। दुनिया में जितनी भी समस्याएँ हैं, उसका कारण बुराई नहीं, व्यक्ति की सोच है। सच कहूँ तो अच्छाई और बुराई के

बीच घिरा हमारा जीवन कुछ नहीं, केवल एक दृष्टि है। आप किसी चीज को किस नजरिए से देखते हैं और उसके बारे में क्या सोचते हैं, यह महत्त्वपूर्ण है। मेरे हिसाब से यही चेतना है और जैसे-जैसे आप चैतन्य होते जाते हैं, वैसे-वैसे आप अच्छाई और बुराई के बीच अंतर समझ पाते हैं। फलतः आप और यह संसार अच्छाई की ओर बढ़ता जाता है।

ऐसी स्थिति में दुनिया अच्छी दिखती है और दुनियावाले को हम अच्छे दिखते हैं। मनुष्य का प्रत्येक कार्य और व्यवहार सोच से प्रभावित होता है। यह भी कहा जा सकता है कि मनुष्य को विचारशक्ति इसलिए मिली है कि वह उचित-अनुचित का ध्यान रखकर, सृष्टि संचालन की व्यवस्था में प्रकृति को सहयोग देता रहे। अगर कोई व्यक्ति केवल खाने-पीने, मौज-मस्ती, शारीरिक सुंदरता एवं संभोग की बात सोचता रहे तो उसमें और अन्य जीवों में कोई अंतर नहीं रहेगा। ये क्रियाएँ तो पशु भी कर लेते हैं। परंतु आप एक चेतनशील प्राणी हैं और हर संदर्भ पर बेहतर सोचना एवं बेहतर करना आपका दायित्व है।

चरित्र-निर्माण

किसी भी व्यक्ति का चरित्र कैसा है, यह उसकी सोच से प्रभावित होता है। हमारा चरित्र जैसा भी है, खुद की सोच का प्रतिरूप है। महापुरुषों की सबसे बड़ी विशेषता है कि वे अपने जीवन-उद्देश्य से कभी नहीं डिगते। सदैव धर्म पर अडिग और दूसरों के परोपकार में लगे रहते हैं। उनके जीवन का उद्देश्य सहयोग, सद्भाव, दया, प्रेम, परोपकार, क्षमा और त्याग का भाव है। ये गुण उनमें ऊँचे दर्जे के होते हैं। इसका कारण उनकी उत्तम सोच है। महान् बनने की राह व्यक्ति के विचार में निहित होती है कि वह अपने जीवन का लक्ष्य कैसा निर्धारित करता है ? वह अपने लक्ष्य के प्रति कितना आस्थावान है ? उद्देश्यों की प्राप्ति के लिए कितना त्याग और बलिदान करता हैं ? इसमें संदेह नहीं है कि जीवन लक्ष्य प्राप्ति की प्रक्रिया कठिन है, किंतु इस प्रकार के उद्देश्य-संरक्षण से ही मनुष्य का नैतिक विकास होता है। ऐसे लक्ष्य की प्राप्ति से जीवन धन्य हो जाता है। जो व्यक्ति खुद को मूल्यों की कसौटी पर कस लेते हैं और मन को नियंत्रित कर लेते है, उनका चरित्र सुदृढ़ होता है। नैतिक विकास और चारित्रिक सुदृढ़ता ही आध्यात्मिक बनने का विशुद्ध उद्देश्य है। विकारों को दूर करना और सद्गुणों का अभिवर्धन ही धर्म है। सोच हमारे दृष्टिकोण को प्रभावित करती है और दृष्टिकोण के अनुरूप हमारी मान्यताएँ बनती हैं। जब मनुष्य किसी

वस्तु के संदर्भ पर भले-बुरे जैसी धारणा बनता है, उसी अनुरूप वह वस्तु उसे प्रिय या अप्रिय लगती है। वह अपने सोच की धारणा के आधार पर ही किसी को प्रिय और किसी को अप्रिय ठहराते हैं। दृष्टिकोण बदलते ही जो वस्तु सुंदर लग रही थी, वह कुरूप, अप्रिय और अनुपयोगी लगने लगती है।

दृष्टिकोण

सोच का हमारे दृष्टिकोण पर व्यापक प्रभाव पड़ता है। कहा भी गया है—जैसी सोच, वैसा नजरिया! जैसे-कोई व्यक्ति आपका संबंधी, कुटुंबी या प्रियजन है, उसके साथ आपका पूरा सद्भाव और लगाव है, पर कदाचित् कुछ ही क्षण बाद उसकी मृत्यु हो जाए तो मृत शरीर के प्रति दृष्टिकोण बदलने में देर नहीं लगती। उसे हटाने या मिटाने की जल्दी पड़ी रहती है। कुछ देर घर में रखे रहना भी असहज लगने लगता है। अन्त्योष्टि कर्मों से भी जल्दी निपट लेना ही श्रेयस्कर प्रतीत होता है। जीवित, कमाऊ, हितैषी या उपयोगी होने पर, जो व्यक्ति प्रिय लगता है, वह मृतक या संक्रामक रोग से ग्रस्त हो जाने पर बोझ लगने लगता है। हम उसकी निकटता से जितना जल्दी हो सके, छुटकारा पाना चाहते हैं।

इंद्रिय स्वाद के संबंध में भी यही बात है। जो पदार्थ अभी स्वादिष्ट लगता था और खाने के लिए जी मचलता था, वही बुखार की दशा में मुँह कड़वा हो जाने पर बुरा लगने लगता है। मूर्तिकार की दुकान पर बिकने के लिए रखी हुई प्रतिमा एक खिलौना मात्र है, पर जब उसी को देवालय में प्राण-प्रतिष्ठा करके देवता के रूप में स्थापित कर दिया जाए तो पूज्य स्तर की इष्टदेव बन जाती है। गंगा का जल प्रवाह भक्तजनों के लिए पुण्यदायक और पापनाशक है, पर मछली पकड़नेवाले के लिए गंगा का जल प्रवाह आजीविका का साधन है। बच्चे के लिए खरगोश का बच्चा एक सुहावना खिलौना मात्र है, पर किसी हिंसक प्राणी की दृष्टि उस पर पड़ते ही वह सर्वोत्तम खाद्य पदार्थ बन जाता है। आस्तिक के लिए इस संसार के कण-कण में विराट् ब्रह्म की दिव्य चेतना का निवास है, पर नास्तिक उसे मिट्टी, कूड़े का ढेर भर मानता है। महत्त्व वस्तु का नहीं, दृष्टिकोण का है, जिसके आधार पर प्रिय और अप्रिय संबंधी मान्यता की स्थापना होती है।

ध्यान रखें—हमारी सोच केवल खुद को नहीं, दूसरों को भी प्रभावित करता है। हम क्या बनना चाहते हैं-अच्छा या बुरा? क्या करना चाहते हैं-सही या गलत? क्या पाना चाहते हैं—सुख या दुःख? क्या खोना चाहते है-शांति या अशांति? क्या

हासिल करना चाहते हैं-प्रशंसा या घृणा? ये सारी बातें सोच से प्रभावित होती हैं, क्योंकि हम जैसा सोचते हैं, वैसा करते हैं और जैसा करते हैं, वैसा बनते हैं। अगर आपकी सोच सकारात्मक है और आप सोचते हैं कि में दूसरों का परोपकार करूँ। व्यक्तित्व में अच्छे गुणों को समाहित करूँ, तो अच्छे लोगों की संगत करें। कार्य एवं समय का मूल्य समझें तथा सीखने को जीवन की नियति बनाएँ। अगर आप ऐसा नहीं करते और नकारात्मक सोच से घिरे रहते हैं, गलत लोगों की संगत में रहते हैं, धर्म के मार्ग पर नहीं, अधर्म के मार्ग पर चलते हैं और दूसरों का भला नहीं करते तो गलत परिणति भी खुद ही भुगतते हैं। इस प्रकार आपका करना, बनना, खोना या पाना, सबकुछ आपकी सोच से प्रभावित होता है।

इस प्रकार हम देखते हैं कि सोच का प्रभाव न केवल हमारे दृष्टिकोण पर, बल्कि हर कृत, व्यवहार और व्यक्तित्व पर पड़ता है। यह खुद और दूसरों की दिशा एवं दशा को प्रभावित करता है। हम जैसे और जिस स्थिति में हैं—अच्छा या बुरा, गलत या सही, सफल या असफल, अमीर या गरीब, ऊँचे व्यक्तित्व का या निम्न व्यक्तित्व के मालिक, सबकुछ सोच से प्रभावित होता है। हमारा दृष्टिकोण सकारात्मक है या नकारात्मक? हम अच्छा करना चाहते हैं कि बुरा, सबकुछ सोच के प्रभाव का कमाल है। हम खुद और इस सांसारिक दुनिया का जो स्वरूप देख रहे हैं, वह सब किसी-न-किसी व्यक्ति की सोच का ही प्रतिबिंब है। हमारा हर कृत सोच से प्रभवित होता है। अगर किसी व्यक्ति को लगता है कि सोच का प्रभाव निरर्थक है, तो वह किसी भी विषय पर सोचना छोड़ दे और शून्य की अवस्था में जाने का प्रयास करे। इस स्थिति में आना आम लोगों के लिए असंभव है। हम हमेशा कुछ-न-कुछ सोचते रहते हैं, जिसका प्रभाव हमारे व्यक्तिगत, सामाजिक, अर्थिक, सांस्कृतिक एवं आध्यात्मिक जीवन पर पड़ता है। यह दुनिया ही सोच की उपज है और हम सब उस सोच के प्रभाव की परिणति!

□

6

सकारात्मक सोच से फायदे

दोस्तो! यदि हम सकारात्मक सोच से फायदे की बात करें तो पाते हैं कि सकारात्मक सोचनें से कोई नुकसान नहीं है। सिर्फ फायदे-ही-फायदे हैं। जैसे ही हम किसी विषय-वस्तु के संदर्भ पर सकारात्मक सोचना शुरू कर देते हैं, हमारे अंदर अतिरिक्त ऊर्जा एवं उत्साह का संचार होने लगता है। यह हमारे उल्लास, उमंग, उत्साह को बढ़ाता है और हमें ध्येय की ओर मोड़ता है। यह हमें सकारात्मक बनाए रखता है और लक्ष्य प्राप्ति में मदद करता है। यह हमें जिंदगी जीने की कला, व्यवहार करने की कला एवं कार्य करने का कला सिखाता है। यह हमें विविध मूल्यों की महत्ता समझाता है तथा सदैव अच्छा करने के लिए प्रेरित करता है। यह हमारी सोच को व्यापक एवं दूरदर्शी बनाता है तथा बेहतर करने एवं बेहतर पाने की बात करता है। यह हमें नई दिशा एवं गति देता है तथा सोच को मूर्तरूप देने हेतु रचनात्मक माहौल बनाता है। विकट से विकट परिस्थिति में भी उलझने की नहीं, बाहर निकलने की बात करता है। यह समस्या की नहीं, समाधान की बात करता है। विपदा में भी नए अवसर का निर्माण कर दूसरों के लिए अवसर बनने की बात करता है।

यह सच्चाई है कि अगर आपकी सोच सकारात्मक है तो आप जीवन में बेहतर करते और बेहतर पाते हैं। जीवन-मूल्य, कर्म-मूल्य एवं समय-मूल्य की महत्ता समझते हैं। जीवन का अर्थ एवं औचित्य समझते हैं। जिंदगी जीने का ढंग और व्यवहार करने की कला सीखते हैं। खुद और दूसरों का मूल्य समझते हैं। सकारात्मक सोच के कारण आपके देखने, सुनने एवं कार्य करने का नजरिया बदल जाता है। आप हर कार्य दूसरों से बेहतर करने की सोचते हैं। फलतः कार्य

की परिणति बेहतर होती है और कार्य की परिणति बेहतर होने से आपको खुशी मिलती है। धन, यश की प्राप्ति होती है। आपका अलग नाम एवं पहचान होती है। आप सुंदर व्यक्तित्व एवं उत्तम चरित्र-निर्माण करने में सफल होते हैं। सकारात्मक सोच के धनी व्यक्ति खुद अच्छा करते हैं और दूसरे को भी अच्छा बनने में मदद करते हैं। इस प्रकार हम देखते हैं कि बेहतर करने, बेहतर बनने और बेहतर पाने में सकारात्मक सोच की भूमिका महत्त्वपूर्ण है।

सकारात्मक सोच का धनी व्यक्ति खुद के कृत्य एवं व्यवहार की समीक्षा करते हैं और समीक्षोपरांत खुद की खामियों को दूर करते हैं। निहित खामियों को खूबियों में बदलते हैं और जीवन के विभिन्न आयामों को जानते हैं। वे खुद को अनमोल मानते हैं और अपनी तुलना दूसरों से नहीं करते। उन्हें खुद पर विश्वास होता है और खुद को दूसरों से अलग एवं विशिष्ट मानते हैं। वे अपने अंदर छिपी शक्तियों को जानते और पहचाते हैं और छिपी प्रतिभा को निखारते हैं। निहित शक्तियों की परीक्षा लेकर खुद को आदर्श एवं उदाहरण के रूप में प्रस्तुत करते हैं और सदैव कुछ अलग करने की सोच रखते है। दूसरों में अच्छाई ढूँढ़ते हैं और उसकी अच्छाई से सीख लेते हैं। वह अपनी असफलता के लिए दूसरों पर दोषारोपण नहीं करता, बल्कि खुद की खामियों को दूर कर अच्छाई को ग्राह्य करता है। अपने व्यक्तित्व में निखार लाकर सुंदर व्यक्तित्व का मालिक बनता है। वह सदैव खुद और दूसरों के बारे में अच्छा सोचता और रचनात्मक करता है। वह कभी भी किसी विषय पर नकारात्मक नहीं सोचता, सदैव सकारात्मक बने रहता है। नतीजा, वह खुद की श्रेष्ठता साबित कर दूसरों के लिए उदाहरण बन जाता है।

दोस्तो! क्या आपको मालूम है, इस दुनिया का सबसे अनमोल एवं श्रेष्ठ प्राणी मानव है! वह खुद की श्रेष्ठता साबित करने के लिए सदैव सकारात्मक सोचता है। उसे सकारात्मक सोच की महत्ता मालूम होती है और वह जानता है कि सकारात्मक सोचने से नुकसान नहीं, सिर्फ फायदे-ही-फायदे हैं। अगर आपको लगता है कि सकारात्मक सोचने से कोई लाभ नहीं है तो नकारात्मक सोचकर देखें! आपको खुद समझ में आ जाएगा कि सकारात्मक एवं नकारात्मक सोच में आकाश और पाताल का अंतर है। सकारात्मक सोच हमें ऊर्जावान् एवं रचनात्मक बनाती है तथा चिंता और तनाव से मुक्ति दिलाती है। यह विपरीत हालात मे बाहर निकलने में मदद करती है। नतीजा, हम विपरीत हालात से बाहर निकलने में सफल होते हैं। इसकी अनुभूति सुखद होती है और मन प्रसन्नचित रहता है। यह हमेशा बेहतर करने और बेहतर

पाने की उमंग एवं उल्लास है। यही कारण है कि सकारात्मक सोच के धनी व्यक्ति सदैव रचनात्मक करते हैं और नित्य प्रगति-पथ पर आगे बढ़ते हैं। वे नियमित एवं संयमित होते हैं, उनकी जीवन-शैली सुंदर होती है। जीवन-मूल्य, कार्य-मूल्य एवं समय-मूल्य की समझ होने के कारण वे जीवन में बेहतर करते और बेहतर पाते हैं। ठीक इसके विपरीत, नकारात्मक सोच हमें चिंता और तनाव में उलझाए रखती है। यह हमें आगे बढ़ने की बजाए पीछे ढकेलती है।

अतः जीवन को सुंदर एवं अनमोल बनाने के लिए सकारात्मक सोचना जरूरी है। सकारात्मक सोचवाले व्यक्ति जीवन की अनमोलता एवं इनसानियत की कीमत समझते हैं। ये खुद की अनमोलता एवं श्रेष्ठता साकार करने में लगे रहते हैं और जीवन का औचित्य साकार करते हैं। उन्हें मूल्यों की समझ होती है और सकारात्मक सोच के कारण वे अच्छी आदतें एवं अच्छे गुणों को धारण करते हैं। ऐसे व्यक्ति का व्यक्तित्व प्रभावशाली, स्वभाव सुंदर, वाणी मधुर, व्यवहार शिष्ट तथा चेहरे पर गजब की खुशी होती है। गालों पर लाली, होंठों पर मुसकान और आभा पर गजब की चमक होती है, जो उनके सुखी जीवन का बोध कराती है। ऐसे व्यक्ति उत्तम जीवन-शैली और सुंदर व्यक्तित्व के मालिक होते हैं। हर कोई उनकी प्रशंसा करते हैं। नतीजा, वे दूसरों के लिए उदाहरण एवं सीख बन जाते हैं। आप भी सुंदर व्यक्तित्व का मालिक और दूसरों के लिए सीख बनाना चाहते हैं तो हमेशा सकारात्मक सोचें।

सकारात्मक सोच का कोई विकल्प नहीं है। यह हमें आगे बढ़ने और अच्छा करने की प्रेरणा देती है। जब आप खुद और दूसरों के बारे में सकारात्मक नहीं सोचेंगे तो बेहतर कैसे करेंगे? बेहतर करने के लिए सकारात्मक सोचना होगा। जब आप बेहतर सोचेंगे तो बेहतर करेंगे और बेहतर पाएँगे। बेहतर सोचने, बेहतर करने और बेहतर बनने से धन, यश की प्राप्ति होती है। समाज में अलग नाम और पहचान होती है। लोग आपको जानते-पहचानते और सम्मान देते हैं। आपकी लोकप्रियता बढ़ती है और सर्वत्र आपको प्रशंसा मिलती है। नतीजा, आप साधारण से असाधारण और आम से खास बन जाते हैं। हर व्यक्ति आपसे दोस्ती करने के लिए लालायित रहता है। सकारात्मक सोच का फायदा यह है कि हम जीवन में बेहतर करते और बेहतर पाते हैं तथा जीवन का औचित्य साकार करने में सफल होते हैं।

सकारात्मक सोच के धनी व्यक्ति हर चीज का मूल्य समझते हैं। उन्हें मूल्य और कीमत में अंतर मालूम होता है। वे हमेशा मूल्यों के संवर्धन में लगे रहते हैं और

मूल्यों का संवर्धन कर खुद को मूल्यवान् बनाते हैं। ठीक इसके विपरीत, नकारात्मक सोचवाले व्यक्ति जीवन में बेहतर नहीं कर पाते। उन्हें मूल्य और कीमत में अंतर मालूम नहीं होता है। वे खुद और दूसरों का मूल्य नहीं समझ पाते और हर वस्तु की कीमत लगाते हैं। ऐसे व्यक्ति गलत आदतों के शिकार एवं दुर्भावनाओं से ग्रसित रहते हैं। अत: नकारात्मक सोच को सकारात्मक सोच में बदलें और खुद को सकारात्मक बनाकर देखें, आपको सबकुछ बदला हुआ दिखाई देगा। आप हर व्यक्ति, वस्तु या घटना से संदर्भ पर सकारात्मक सोचकर देखें, खुद आपको अंतर महसूस होगा।

ध्यान रखें—जब तक आप नकारात्मक सोच से ग्रसित रहेंगे, आप जीवन में बेहतर नहीं कर पाएँगे। नकारात्मक सोच से ग्रसित व्यक्ति किसी विषय पर सही निर्णय नहीं ले पाते, क्योंकि उनकी सोच घटिया एवं निम्न होती है। वे किसी भी संदर्भ पर रचनात्मक नहीं सोच पाते और समस्या आने पर धैर्य खो देते हैं। ऐसे व्यक्ति व्यर्थ की उलझन और तनाव में रहते हैं। तनाव में रहने के कारण वे विभिन्न व्याधियों को आमंत्रित कर लेते हैं। चिंता, दु:ख और मानसिक व्याधि से ग्रसित रहते हैं। वे खुद दु:खी रहते हैं और दूसरों को भी खुश देखना नहीं चाहते। ऐसा व्यक्ति ईर्ष्या, द्वेष, क्रोध अहंकार से ग्रसित रहता है। नतीजा, उनका जीवन बोझ बन जाता है। नकारात्मक सोच से ग्रसित व्यक्ति को सही कार्य भी गलत और सरल कार्य भी कठिन लगता है। उसे समस्या का समाधान नहीं, सिर्फ समस्या दिखाई देती है। शायद ऐसे लोगों को यह नहीं मालूम होता कि किसी भी क्षेत्र में अच्छा करने के लिए सकारात्मक सोचना आवश्यक है। सकारात्मक सोच के अभाव में वे जीवन में अच्छा नहीं कर पाते हैं।

ध्यान रखें—बेहतर करने और बेहतर पाने के लिए सकारात्मक सोच का होना अति आवश्यक है। जैसे ही हम किसी व्यक्ति या वस्तु के संदर्भ पर सकारात्मक सोचना शुरू करते हैं, देखने का हमारा नजरिया बदल जाता है। नजरिया बदलने से हमें किसी व्यक्ति या वस्तु में बुराई नहीं, सिर्फ अच्छाई दिखती है। नतीजा, हमें बहुत कुछ सीखने को मिल जाता है। हम दूसरों की अच्छाइयों को ग्राह्य कर जीवन में बेहतर करते हैं। खुद सुंदर बन जाते हैं और दूसरों को भी सुंदर बनाने में मदद करते हैं।

याद रखें—

"सीखना जीवन की नियति है, परंतु सीखने,
के लिए सकारात्मक सोचना जीवन का सार।"

अत: हमेशा सकारात्मक सोचें। सकारात्मक सोच हमें सदैव अच्छा करने और अच्छा सीखने के लिए प्रेरित करती है। अगर आप सकारात्मक सोच की बजाय नकारात्मक सोच से ग्रसित हैं तो कुछ भी बेहतर नहीं सीख पाएँगे। नकारात्मक सोच वाले व्यक्ति सीखने को तैयार नहीं होते और निरर्थक सोच में उलझे रहते हैं। उन्हें अच्छा करने से मतलब नहीं होता और न ही दुनिया में क्या हो रहा है? उससे कोई लेना-देना होता है। ऐसे व्यक्ति को आप कितनी भी अच्छी बातें बताएँ, उन्हें अच्छी नहीं लगतीं। ठीक इसके विपरीत, सकारात्मक सोचवाले व्यक्ति सीखने और अच्छा करने में विश्वास रखते हैं। वे खुद अच्छा करते हैं और दूसरों को भी अच्छा करने में मदद करते हैं। वे खुद का मूल्य समझते है और दूसरों का सम्मान करते है। जबकि नकारात्मक व्यक्ति खुद अच्छा नहीं करते और दूसरों को अच्छा करते देख उनसे ईर्ष्या करते हैं। ऐसे व्यक्ति अज्ञानी होते हैं, लेकिन खुद को परिपूर्ण मानते हैं।

शायद उन्हें नहीं मालूम—

"दुनिया का कोई भी आदमी परिपूर्ण नहीं होता,
परिपूर्णता की बात करना मानसिक विक्षिप्तता है।"

याद रखें—कोई भी व्यक्ति परिपूर्ण नहीं होता। खुद को परिपूर्ण मानना नकारात्मक सोच की उपज है। अगर आप खुद को परिपूर्ण मानते हैं तो बहुत-सी बातें सीखने से वंचित रह जाते हैं। शायद आपको यह नहीं मालूम कि कोई भी व्यक्ति परिपूर्ण नहीं होता! नकारात्मक सोच से बाहर निकलें और सदैव सकारात्मक सोचें। जैसे ही आप नकारात्मक सोच का त्यागकर सकारात्मक सोचना शुरू कर देते हैं, आपको अपने अंदर बहुत सारी खामियाँ और दूसरों में अच्छाई दिखती हैं। नतीजा, आपको हर व्यक्ति से बहुत कुछ सीखने को मिल जाता है। फलत: आप अपनी खामियों को दूर कर सुंदर व्यक्तित्व के मालिक बन जाते हैं। सोच बदलने से आपका नजरिया बदलता है और नजरिया बदलने से आपको खुद और दूसरों का मूल्य समझ में आता है। ऐसी स्थिति में आप दूसरों की बुराई नहीं, अच्छाई देखते हैं और उसकी अच्छाई से सीख लेकर बेहतर करते हैं। सकारात्मकता आपके अंदर आशा एवं उत्साह का संचार करती है। फलत: आपके अंदर बेहतर करने एवं बेहतर पाने की तमन्ना जाग्रत् होती है। आप अपना समय रचनात्मक कार्यों में देते हैं और समय का समुचित प्रबंध कर जीवन में बेहतर पाते हैं।

जैसे, आप सोचते हैं कि पढ़ना जरूरी नहीं है। बहुत सारे लड़के इंटर एवं स्नातक की डिग्री प्राप्त कर बेरोजगार हैं। उन्हें कोई नौकरी नहीं मिल रही है।

इसलिए पढ़ाई में समय एवं धन बरबाद करने की जरूरत नहीं है। यही बात माता-पिता भी सोचें कि बच्चों को पढ़ाने-लिखाने से कोई फायदा नहीं है। हजारों बच्चे पढ़-लिखकर बेकार हैं, तो निश्चित है कि आप नहीं पढ़ पाएँगे। आपको देश-विदेश की जानकारियाँ प्राप्त नहीं होंगी और आप अपनी सोच नहीं बदल पाएँगे। आप अपने अंदर छुपी शक्तियों एवं गुणों को नहीं जान पाएँगे और न ही मूल्यों की महत्ता समझ पाएँगे। नतीजा, आप उचित-अनुचित, सही-गलत में विभेद नहीं कर पाएँगे। आपको यह अनमोल जीवन-मूल्यहीन लगेगा। ठीक इसके विपरीत, आप सोचते हैं कि पढ़ना जरूरी है, पढ़-लिखकर ही खुद और दुनिया को जान पाएँगे, खुद को समझ पाएँगे। अगर आप सोचते हैं कि पढ़ने का उद्देश्य नौकरी करना नहीं, ज्ञान अर्जन करना है। जीने की कला सीखनी है, सुंदर व्यक्तित्व का निर्माण करना है, खुद और दूसरों का मूल्य समझना है। खुद प्रकाशवान बन दूसरों को प्रकाशित करना है। दीन-दुःखियों की सेवा करना और दूसरों का परोपकार करना है तो आप शिक्षा का औचित्य साकार कर पाते हैं। कहने का तात्पर्य है कि जैसे ही आप पढ़ाई के बारे में सकारात्मक सोचते हैं, तो आपको पढ़ाई का महत्त्व समझ में आने लगता है। उस स्थिति में आप मन लगाकर पढ़ते हैं और अधिक-से-अधिक जानकारी हासिल कर खुद की अनमोलता एवं श्रेष्ठता साकार करने में सफल होते हैं।

आपको मालूम होना चाहिए कि पढ़-लिखकर ही हम खुद और दूसरों के बारे में बेहतर जान सकते हैं। किसी विषय पर बेहतर सोच सकते हैं, बेहतर निर्णय ले सकते हैं, सही-गलत की पहचान कर सकते हैं। हम किसी भी कार्य को बेहतर ढंग से कर सकते हैं और खुद की सार्थकता साबित कर सकते हैं। हम कीमत और मूल्य का अंतर समझ उचित-अनुचित तथा न्याय-अन्याय में विभेद कर सकते हैं। न्याय का साथ और अन्याय का प्रतिरोध कर सकते हैं। उपर्युक्त तथ्यों से स्पष्ट है कि जिन्हें सकारात्मक सोच का फायदा मालूम था, उन्होंने अपना नजरिया बदला और पढ़ाई का महत्त्व समझा। नतीजा, जीवन में बेहतर किया। कहने का आशय है कि जैसे ही आप खुद की नकारात्मक सोच को सकारात्मक सोच में बदल लेते हैं, आपको सकारात्मक सोच से फायदे और पढ़ने का महत्त्व समझ आने लगता है। आप पढ़-लिखकर एक बेहतर इनसान बनने में सफल होते हैं।

आप नजर दौड़ाकर देख लें, जो व्यक्ति पढ़े-लिखे नहीं हैं, निरक्षर हैं, उनसे बातें करें तो वे कहते हैं—'काश! मैं भी पढ़ाई का महत्त्व समझा होता और अच्छी शिक्षा प्राप्त किया होता तो मुझे भी बेहतर करने की समझ होती! मुझे खुद और

दूसरों का मूल्य मालूम होता तथा मैं भी जीवन में बेहतर करता। बाहर जाने पर जो समस्याएँ होती हैं, उसका समाधान सहजतापूर्वक कर लेता। पढ़ा-लिखा होता तो मुझे भी अच्छी नौकरी मिलती।' कहने का अभिप्राय है कि पढ़ा-लिखा व्यक्ति खुद और दूसरों का मूल्य समझते हैं और हर संदर्भ पर बेहतर सोचता है। कर्म एवं समय का मूल्य समझता है। सही-गलत में विभेद करने तथा उचित-अनुचित का निर्णय लेने के योग्य बनता है। ठीक इसके विपरीत, अनपढ़ व्यक्ति देश-विदेश की घटनाओं के बारे में नहीं जान पाता, खुद का मूल्य नहीं समझ पाता और न ही दूसरों के बारे में बेहतर सोच पाता है।

कहने का आशय है कि 'आप जैसा सोचते हैं, वैसा करते हैं और जैसा करते हैं, वैसा बनते हैं।' सोचना आपको है और करना भी आपको है। इसलिए हमेशा सकारात्मक एवं रचनात्मक सोचें। सकारात्मक सोच के धनी व्यक्ति का देखने, सुनने एवं कार्य करने का नजरिया अलग होता है। सकारात्मक व्यक्ति किसी विषय को सामान्य दृष्टि से नहीं, विशेष दृष्टि से देखते हैं। वे हर संदर्भ पर सकारात्मक, रचनात्मक एवं व्यापक सोचते हैं। जिसका लाभ न केवल उन्हें, बल्कि पूरे परिवार एवं समाज को मिलता है। आइए, हम सकारात्मक सोच से फायदे की चर्चा करें। मेरे विचार से सकारात्मक सोच से निम्न फायदे हैं—

- जीवन-मूल्य की समझ,
- कार्य-मूल्य की समझ,
- समय-मूल्य की समझ,
- खुद की समझ,
- व्यक्तित्व-निर्माण की समझ,
- बेहतर करने की समझ,
- बेहतर पाने की समझ,
- संसाधन-प्रबंधन की समझ,
- परिस्थितियों को परखने की समझ, और
- इनसानियत की समझ,

a. जीवन-मूल्य की समझ

सकारात्मक सोच का सबसे बड़ा फायदा यह है कि हम खुद को जानते और दूसरों का मूल्य समझते हैं। हमें यह बात समझ में आती है कि जीवन अनमोल है,

सुंदर है और इसके मूल्य अमूल्य हैं। इसकी अनमोलता एवं श्रेष्ठता साबित करना हमारा कर्तव्य है। यह जीवन हमें बड़े ही सौभाग्य से प्राप्त हुआ है। जीवन ही सबसे बड़ा अवसर है, इसका लाभ उठाकर हम आपदा में भी नए अवसर का निर्माण कर सकते हैं। ऐसे व्यक्ति जीवन-मूल्य को स्थापित करने में लगे रहते हैं। वे हर परिस्थिति को समभाव से देखते हैं और हालात का रोना नहीं रोते। दु:खद हालात में भी नए अवसर की तलाश करते हैं। वे जीवन के विभिन्न आयामों को जानते हैं और जीवन का औचित्य साकार करने की बात सोचते हैं। यही कारण है कि वे जीवन के हर क्षेत्र में सफल होते हैं।

दोस्तो! सचमुच यह जीवन अनमोल है, सुंदर है, अवसर है और यह बार-बार नहीं मिलने वाला। इसे पाने के लिए देवता भी तरसते रहते हैं। पूरी सृष्टि में मनुष्य ही ऐसा प्राणी है, जिसे सोचने-समझने की शक्ति प्राप्त है। वह चेतनशक्ति के सहारे खुद के जीवन को अनमोल और मूल्यवान् बना सकता है। परंतु यह संभव है, सकारात्मक सोच से। जो व्यक्ति सकारात्मक सोचते हैं, वे खुद की श्रेष्ठता एवं अनमोलता साकार करने में सफल होते हैं। आप भी खुद और दूसरों का मूल्य समझना चाहते हैं, तो नकारात्मक सोच से बाहर निकलें और सकारात्मक सोचें। खुद की नकारात्मक सोच को सकारात्मक सोच में बदलें, अन्यथा जब तक आप नकारात्मक सोच में डूबे रहेंगे, जीवन का मूल्य नहीं समझ पाएँगे। जीवन अनमोल है, अमृत है, खेल है या संघर्ष, समझ में नहीं आएगा। आप व्यर्थ की बातों में अपना कीमती समय एवं ऊर्जा बरबाद करते रहेंगे और इस अनमोल जीवन को बोझ बना लेंगे।

सकारात्मक सोच का लाभ यह है कि हम खुद और जीवन का मूल्य समझने में सफल होते हैं। जीवन-मूल्य की समझ होने से हम खुद की सार्थकता एवं जीवन का औचित्य साकार कर पाते हैं। हम खुद बेहतर करते हैं और दूसरों को बेहतर बनाने में मदद करते हैं। जीवन-मूल्य के विरुद्ध हम कोई काम नहीं करते और हमारा हर कृत जीवन-मूल्यों के रक्षार्थ होता है। ठीक इसके विपरीत, जिन व्यक्तियों को मूल्यों की समझ नहीं होती, वे कार्य की परिणति पर विचार नहीं करते और बिना सोचे-समझे कार्य करते हैं। नतीजा, वे जीवन में बेहतर नहीं कर पाते। ऐसे व्यक्ति आत्म-सुख की नहीं, तन-सुख की बात करते हैं। नैसर्गिक ऐश्वर्य की नहीं, भौतिक ऐश्वर्य की बात करते हैं, दूसरों के कल्याण की नहीं, अपनी सुख-सुविधा की बात करते हैं। वे जरूरतमंदों के लिए नहीं, खुद की स्वार्थ-पूर्ति के लिए काम

करते हैं। ऐसे व्यक्ति यह नहीं समझ पाते कि जीवन अनमोल है, तो कैसे? यह जीवन अमृत है या विष, सुख है या दुःख, आनंद है या बोझ, इससे उनका कोई लेना-देना नहीं होता।

दोस्तो! आप भी जीवन का मूल्य समझना चाहते हैं तो सकारात्मक सोचें। सकारात्मक सोच का कोई विकल्प नहीं है। जिन व्यक्तियों की सोच सकारात्मक होती है, वे खुद का मूल्य समझते हैं और जीवन को अनमोल, अमृत, आनंद, सौभाग्य एवं अवसर मानते हैं। नतीजा, वे आपदा में भी अवसर की तलाश करते हैं तथा सार्थक लक्ष्य निर्धारित कर आगे बढ़ते हैं। उनकी सोच हमेशा अच्छा करने एवं अच्छा बनने की होती है। ऐसे व्यक्ति की सबसे बड़ी खासियत यह है कि वे बुरे लोगों में भी अच्छाई ढूँढ़ते हैं। ठीक इसके विपरीत, जिन व्यक्तियों की सोच नकारात्मक होती है, वे अनमोल जीवन का मूल्य नहीं समझ पाते। उन्हें यह मालूम नहीं होता है कि क्या अच्छा और क्या बुरा है? क्या उचित और क्या अनुचित है? क्या सही और क्या गलत है? नतीजा, ते मूल्यों पर आधारित और मूल्यों से परे कार्यों में अंतर नहीं समझ पाते। यही कारण है कि वे जीवन में अच्छा नहीं पाते।

याद रखें—यदि हमें जीवन-मूल्य की समझ न हो, तो हम कैसे जान पाएँगे कि जीवन अनमोल है, अमृत है, आनंद का सागर है या समस्या का जाल है? हम कौन हैं, कहाँ आए हैं, क्यों आए हैं? हमारे आने का उद्‌देश्य क्या है? हम अन्य प्राणियों से श्रेष्ठ हैं तो कैसे? इस जीवन का उद्‌देश्य और औचित्य क्या है? इत्यादि प्रश्नों का उत्तर नहीं जान पाएँगे। इन प्रश्नों का उत्तर जानने के लिए सकारात्मक सोचने और जीवन-मूल्यों को समझने की जरूरत है। अगर हम खुद का मूल्य नहीं समझेंगे तो कैसे जान पाएँगे कि क्या अच्छा और क्या बुरा है? क्या सही और क्या गलत है? न्याय-अन्याय, धर्म-अधर्म और उचित-अनुचित में क्या अंतर है? अगर हमें उपर्युक्त बातों की परख नहीं है, न्याय-अन्याय, धर्म-अधर्म, उचित-अनुचित की समझ नहीं है तो खुद को चेतनशील प्राणी कैसे कह सकते हैं? खुद की अनमोलता को कैसे साबित कर सकते हैं। खुद की अनमोलता एवं श्रेष्ठता साकार करने के लिए जीवन-मूल्य समझें और अपनी चेतनशक्ति का सदुपयोग सकारात्मक दिशा और सकारात्मक सोचने में करें।

b. खुद की समझ

जीवन का औचित्य खुद को जानना और समझना है। खोने और पाने का

मर्म समझना है। अगर आप खोने और पाने का मर्म नहीं समझें तो खुद का औचित्य साकार नहीं कर पाएँगे। अगर आप खुद को नहीं समझें तो दूसरों को नहीं समझ पाएँगे। अगर आप पाने नहीं, खोने आए हैं तो मुझे कुछ नहीं कहना! लेकिन आप खोने नहीं, पाने आए हैं। खुद को ज़ानने और समझने आए हैं तो सकारात्मक सोचें। सकारात्मक सोच का फायदा यह है कि आप खुद को जानते और दूसरों को समझते हैं। खुद के जीवन का औचित्य साकर करते हैं। इस जीवन का औचित्य बेहतर पाना और खुद की सार्थकता साबित करना है। आप भी बेहतर पाना चाहते हैं तो सकारात्मक सोचें। खुद और दूसरों का मूल्य समझें। जो व्यक्ति खुद का मूल्य नहीं समझते या जिनकी सोच नकारात्मक होती है, वे खोने और पाने का मर्म नहीं समझ पाते। उनके नजरिए में खोने और पाने का औचित्य कर्म नहीं, भाग्य है। ऐसी सोच गलत है। खुद को जानने और कार्य का मूल्य समझनेवाला व्यक्ति ही धर्म-अधर्म, पाप-पुण्य, नैतिक-अनैतिक, सही-गलत का अंतर समझ पाता है।

शायद आपको नहीं मालूम, जीवन का उद्देश्य बेहतर करना और बेहतर पाना है। अगर आप बेहतर नहीं करते और बेहतर नहीं पाते, तो जीवन का क्या औचित्य? जीवन का औचित्य तब है, जब आप कार्य का मूल्य समझते हैं। कार्य सकाम भाव से नहीं, निष्काम भाव से करते हैं। कर्म स्वहित में नहीं, दूसरों के हित में करते हैं। आप कर्मफल की नहीं, कर्म-मूल्य पर चिंतन करते हैं। ऐसा व्यक्ति खुद की सार्थकता साकार कर समाज के लिए उदाहरण बन जाता है। जब आपका कृत्य खुद से ज्यादा दूसरों के लिए महत्त्वपूर्ण होता है, दूसरों के लिए सार्थक एवं रचनात्मक होता है और दूसरों के हित में होता है, आपके कृत से दूसरों का भला होता है और दूसरों की भावनाओं को ठेस नहीं पहुँचती, तो हर व्यक्ति आपकी प्रशंसा करता है। ठीक इसके विपरीत, जो व्यक्ति खुद का मूल्य, कार्य का मूल्य और इस अनमोल जीवन का मूल्य नहीं समझते, वे खुद के चेतनशीलता पर प्रश्नचिह्न खड़ा करते हैं। मैं सिर्फ इतना कहूँगा कि आप खुद को जानने और समझने के लिए सकारात्मक सोचें।

ईश्वर ने हमें चेतना इसलिए दी है कि हम सकारात्मक सोचें, रचनात्मक करें। खुद को जानें और समझें तथा मूल्यों पर चलें। जब तक हमें खुद का मूल्य मालूम नहीं होगा तो हम दूसरों का मूल्य कैसे समझेंगे? जब हम स्वयं को नहीं जानेंगे तो दूसरे हमारे बारे में क्यों जानेंगे? दूसरा हमें जाने, इसके लिए खुद को जानना होगा। खुद को सकारात्मक बनाना होगा और सकारात्मक सोचना होगा। अपने अंदर छुपी शक्तियों की पहचान करनी होगी और खुद की अनमोलता एवं जीवन का

मूल्य समझना होगा। सकारात्मक सोच एवं रचनात्मक कर्म कर खुद की पहचान बनानी होगी। स्वयं को जानने और जीवन का मूल्य समझने के लिए मन में उठ रहे नकारात्मक विचारों को सकारात्मक बनाना होगा। जैसे ही हम नकारात्मक सोच को सकारात्मक सोच में बदल लेते हैं, देखने का हमारा नजरिया बदल जाता है। हमें खुद का मूल्य और जीवन की अनमोलता समझ में आती है। नतीजा, हम एक बेहतर इनसान बनने में सफल होते हैं।

ठीक इसके विपरीत, जिन व्यक्तियों की सोच नकारात्मक होती हैं, वे अच्छे या बुरे की पहचान नहीं कर पाते। उन्हें खुद और दूसरों का मूल्य समझ नहीं आता। उन्हें यह भी समझ नहीं आता कि इस जीवन के मूल्य अमूल्य हैं। इसके अंदर अपरिमित गुण एवं शक्तियाँ छुपी हुई हैं। विविध शक्तियों एवं असीम गुणों के कारण ही मानव अनमोल और अन्य प्राणियों से श्रेष्ठ है। हम खुद के अंदर निहित गुणों को निखार कर, निहित शक्तियों की परीक्षा लेकर ही खुद को अनमोल और खुद की श्रेष्ठता साबित कर सकते हैं। परंतु दुर्भाग्य की बात है कि प्रायः व्यक्ति खुद को नहीं जानते, अपनी शक्तियों को नहीं पहचानते और नकारात्मक सोच में उलझे रहते हैं। नकारात्मक सोच में उलझे रहने के कारण अधिकांश व्यक्ति खुद को नहीं समझ पाते। खुद के अंदर छुपी शक्तियों को पहचान नहीं पाते। उन्हें अच्छे-बुरे की समझ और सही-गलत की पहचान नहीं होती। ऐसे व्यक्ति किसी विषय पर सकारात्मक नहीं सोच पाते। फलतः वे जिंदगी से उदास एवं निराश रहते हैं।

याद रखें—

"जीवन-मूल्य की समझ रखनेवाले व्यक्ति ही जीवन में अच्छा करते और अच्छा पाते हैं। आप भी बेहतर पाना चाहते हैं तो सकारात्मक सोचें। खुद को जानें और खुद का मूल्य समझें।"

C. कार्य-मूल्य की समझ

जीवन जीने के लिए कार्य करना आवश्यक है। हर व्यक्ति खुद को बनाए रखने के लिए कोई-न-कोई कार्य करता है, परंतु प्रायः व्यक्ति क्या करे और क्या नहीं करे, के संदर्भ पर विचार नहीं करते। इसका कारण है कि उन्हें कार्य-मूल्य की समझ नहीं होती। वे खुद की दुनिया में खोए रहते हैं और निरर्थक कार्यों में अपना समय बरबाद करते रहते हैं। कार्य-मूल्य समझने के लिए सकारात्मक सोच का होना महत्त्वपूर्ण है। सकारात्मक सोच के धनी व्यक्ति खुद एवं कर्म का मूल्य समझते हैं।

नतीजा, वे जीवन में अच्छा करते हैं। आप भी खुद का एवं कार्य का मूल्य समझना चाहते हैं तो सदैव सकारात्मक, रचनात्मक, व्यापक एवं दूरदर्शी सोचें। कार्य की परिणति एवं प्रभाव की समीक्षा करें और मूल्यवान् कार्यों को करने का संकल्प लें।

याद रखें—

"कार्य करना जीवन की नियति है,
और कार्य-मूल्य समझना जीवन का सार।"

अगर आप कार्य का मूल्य नहीं समझेंगे जो जीवन में बेहतर कैसे करेंगे? बेहतर करने के लिए कार्य-मूल्य की समझ महत्त्वपूर्ण है। कार्य-मूल्य समझने के लिए सकारात्मक सोचें और रचनात्मक करें। अगर आप सकारात्मक नहीं सोचेंगे और रचनात्मक नहीं करेंगे तो नकारात्मक सोच में उलझे रहेंगे। नतीजा, आप कार्य-मूल्य नहीं समझ पाएँगे। यह सर्वविदित है कि कोई भी प्राणी कार्य किए बिना जीवित नहीं रह सकता। जीवन जीने के लिए कार्य करने होंगे। अगर आप अकर्मण्य रहकर जीवन जीना चाहते हैं तो आप इस जीवन को बोझ बना लेते हैं। यह जीवन अनमोल है, चैतन्य हैं और अन्य प्राणियों से श्रेष्ठ है। आप इस पंक्ति की सार्थकता साकार करना चाहते है तो कार्य-मूल्य समझें और मूल्यों पर आधारित कार्यों को निष्पादित करें। ऐसा करके ही आप खुद की सार्थकता साकार कर सकते हैं। खुद को मूल्यवान् बना सकते हैं, परंतु दुःख की बात यह है कि अधिकांश व्यक्ति कार्य का मूल्य नहीं समझते और न ही कार्य का मूल्य समझना चाहते हैं। ऐसे व्यक्ति कार्य की सार्थकता, परिणति एवं प्रभाव का विश्लेषण नहीं करते और जो मन में आता है, वह करते हैं। नतीजा, जीवन में बेहतर नहीं कर पाते। ठीक इसके विपरीत, सकारात्मक सोचवाले व्यक्ति खुद का मूल्य, जीवन का मूल्य और कार्य का मूल्य समझते हैं। नतीजा, वे जीवन में बेहतर करते हैं।

अत: जीवन में बेहतर करने और बेहतर पाने के लिए कार्य-मूल्य की समझ आवश्यक है। कार्य-मूल्य समझे बिना हम या आप जीवन में बेहतर नहीं कर सकते हैं। जिन व्यक्तियों की सोच सकारात्मक होती है, उन्हें कार्य-मूल्य की समझ होती है। ऐसे व्यक्ति किसी भी कार्य को करने के पूर्व, कार्य की परिणति एवं प्रभाव की विवेचना करते हैं, तदुपरांत कार्य को मूर्त रूप देते हैं। उनके नजरिए में कर्म ही धर्म और कर्म ही पूजा है। कर्म ही पहचान है और कर्म ही हमें महान् बनाता है। ऐसे व्यक्ति की सोच हर कार्य ससमय एवं उत्कृष्ट रूप में करने की होती है और ऐसा कर वे दूसरों के लिए आदर्श एवं उदाहरण बन जाते हैं। ठीक इसके विपरीत,

जिन व्यक्तियों की सोच नकारात्मक होती है, उन्हें कार्य-मूल्य की समझ नहीं होती है। वे अपना कार्य जैसे-तैसे और आधे-अधूरे मन से करते हैं। वे कार्य को धर्म और कर्त्तव्य नहीं मानते, जिस कारण उनके कार्य की परिणति बेहतर नहीं होती है। कार्य की परिणति बेहतर नहीं होने से उन्हें कोई नही जानता। ऐसे व्यक्ति जीवन के अधिकांश क्षण निरर्थक कार्यों में बरबाद करते रहते हैं। यही कारण है कि वे जीवन में बेहतर नहीं कर पाते और बाद में पश्चाताप करते हैं। अतः कार्य का मूल्य समझें।

ध्यान रखें—कार्य की परिणति कर्त्ता को ही भुगतनी पड़ती है। आप जैसा करेंगे, वैसा भुगतेंगे। ऐसा नहीं है कि गलत कृत्य आप करेंगे और दुःखद परिणति दूसरा भुगतेगा! जैसा का तैसा, आपको ही भुगतना होगा। जैसे-आप अच्छा करते हैं तो अच्छा आप बनते हैं। आपको सुख-समृद्धि, धन और यश की प्राप्ति होती है। ऐसा नहीं है कि आप अच्छा करते हैं तो दूसरे को धन, यश की प्राप्ति होती है या दूसरों की प्रशंसा होती है। इसी प्रकार आप अच्छा नहीं करते हैं तो आलोचना भी आपकी होती है। आप जैसा करते हैं, उसी अनुरूप अच्छा या बुरा बनते हैं। यदि आप बुरा करते हैं तो बुरा बनते हैं और अच्छा करते हैं तो अच्छा बनते हैं। बुरे कार्य की दुःखद परिणति और अच्छे कार्य की सुखद परिणति भी आप ही भुगतते हैं। अतः जो भी कार्य करें, सोच-समझकर और कार्य-मूल्य को ध्यान में रखकर करें। कार्य की परिणति एवं प्रभाव की परिणति खुद और समाज के परिप्रेक्ष्य में करें। जिससे आपका कार्य उत्तम और कार्य की परिणति बेहतर हो।

अतः कोई भी कार्य बिना सोचे-समझे न करें। आप बिना सोचे-समझे कार्य करते हैं तो कार्य की परिणति एवं गुणवत्ता अच्छी नहीं होती है। कार्य की परिणति अच्छी नहीं होने से आपका समय, ऊर्जा एवं धन बरबाद होता है। आप जीवन में बेहतर नहीं करते और तनावग्रस्त रहते हैं। ठीक इसके विपरीत, आप सकारात्मक सोचते हैं और सोच-समझकर कार्य करते हैं तो कार्य की गुणवत्ता एवं परिणति अच्छी होती है। कार्य ससमय और उत्कृष्ट रूप में होने से आपको धन, यश की प्राप्ति होती है। परिवार, समाज में आपका नाम होता है और दूसरे आपको सम्मान की दृष्टि से देखते हैं। ये सारे फायदे सकारात्मक सोच के हैं।

याद रखें—

"जितना बड़ा काम, उतनी बड़ी पहचान,
और जितना उत्तम कार्य, उतनी बड़ी प्रशंसा।"

आपके अच्छे कार्य का प्रभाव न केवन आप पर, बल्कि दूसरों पर भी पड़ता

है। इसलिए कर्म का मूल्य समझें और बेहतर कर्म कर अपनी अलग पहचान बनाएँ।

दोस्तो! ध्यान रखें, ईश्वर ने हमें चेतना इसलिए दी है कि हम कर्म का मूल्य समझें। कृत कार्य की परिणति एवं प्रभाव के संदर्भ पर सोचें-समझें, तदुपरांत कार्य करें। अगर आप सोच-समझकर कार्य करते हैं तो बेहतर आप पाते हैं और बिना सोचे-समझे कार्य करते हैं तो खोते आप हैं। निर्णय आपको लेना है कि आप खोना चाहते हैं कि पाना? उपर्युक्त बातें आपको तब समझ में आएँगी, जब आप सकारात्मक सोचेंगे। सकारात्मक सोचवाले व्यक्ति कर्म का मूल्य समझते हैं एवं उत्कृष्ट कर्म कर दूसरों के लिए सीख बन जाते हैं। अत: खुद को समझने के लिए सकारात्मक सोचें। खुद की श्रेष्ठता और जीवन का औचित्य साकार करने के लिए कर्म-मूल्य समझें। कर्म-मूल्य की समझ हमें अच्छा इनसान बनाती है और बेहतर करने की सीख देती है। यदि आपको लगता है कि जिंदगी मेरी है, मैं जैसा चाहूँ, जीऊँ और जो मन करे, वह करूँ तो आप खुद को नहीं जान पाएँगे। आप मन की सुनें, परंतु उस पर सोचें-विचारें। अगर वह खुद और दूसरों के लिए महत्त्वपूर्ण है तो उसे जरूर करें, और महत्त्वपूर्ण नहीं है तो उसे नहीं करने का संकल्प लें।

ध्यान रखें-अगर आपको कार्य-मूल्य एवं जीवन-मूल्य की समझ नहीं है तो निश्चित रूप से आप जो भी कार्य करेंगे, औचित्यहीन होगा। जिंदगी आपकी है, इसका मतलब यह नहीं है कि आप कार्य-मूल्य समझे बिना जो मन में आए, वो करें। कार्य करने के लिए आप स्वतंत्र हैं। इसका मतलब यह नहीं है कि आप दूसरों का शोषण करते रहें और दूसरों की भावनाओं को ठेस पहुँचाएँ! खुद को श्रेष्ठ और दूसरों को तुच्छ समझें। आप प्रकृति प्रदत्त सुविधाओं की परवाह न करें और प्रकृति के साथ खिलवाड़ करें। आपकी जिंदगी से बहुत सारे लोगों का हित जुड़ा हुआ है। आप एक विवेकशील प्राणी हैं और विवेकशील प्राणी होने के नाते आपका यह कर्तव्य है कि ऐसा कोई भी कार्य नहीं करें, जिसे जीवन-मूल्यों की हानि और दूसरों का अहित हो। सदैव आपका कृत सारगर्भित, मूल्यवान् एवं परोपकारी होना चाहिए। कर्म का मूल्य जानना ही खुद को जानना है और खुद का औचित्य साकार करना ही जीवन की उपलब्धि है। मैं तो सिर्फ इतना कहूँगा कि आप किसी भी कार्य को करने के पूर्व कार्य का मूल्य समझें और कार्य की परिणति एवं प्रभाव की समीक्षा करें, तदुपरांत कार्य करें।

शायद आपको नहीं मालूम कि खुद को जाने और कर्म-मूल्य समझें बिना जीवन का औचित्य साकार नहीं कर सकते। जीवन का औचित्य साकार करने के

लिए सकारात्मक सोचना, खुद को जानना, अपनी शक्तियों को पहचनाना और कार्य-मूल्य की समझ होना आवश्यक है। जीवन का औचित्य वही व्यक्ति साकार कर पाता है, जिन्हें कार्य-मूल्य की समझ हो। कार्य-मूल्य की समझ उसी व्यक्ति को होता है, जिसकी सोच सकारात्मक एवं कृत्य रचनात्मक होता है। ऐसे व्यक्ति कार्य का मूल्य समझते हैं और उनके कार्य का मूल्य न केवल उनको, बल्कि परिवार एवं समाज को प्रभावित करता है। कर्म का प्रत्यक्ष या अप्रत्यक्ष प्रभाव किसी-न-किसी रूप में व्यक्ति को प्रभावित करता है। इसलिए आप जो भी कार्य करें, उस पर सोचें-समझें, तदुपरांत कार्य करने का निर्णय लें।

आपको अपनी आवश्यकताओं की पूर्ति के लिए धन चाहिए। इसका मतलब यह नहीं है कि आप अनैतिक तरीकों से धन प्राप्त करें, गलत मार्ग पर चलकर धन प्राप्त करें। दूसरों का अहित या शोषण कर धन प्राप्त करें। ऐसा कृत गलत, अनैतिक और विधि विरूद्ध है, इसका दुष्परिणाम पूरे परिवार एवं समाज को भुगतना पड़ता है। गलत कृत्य आपको गलत राह पर ले जाता है। अतः भूलकर भी ऐसा कोई कार्य न करें, जिसकी परिणति गलत और दुःखद हो। गलत वही करता है, जिसकी सोच सकारात्मक नहीं होती तथा खुद का मूल्य नहीं समझता। जिन व्यक्तियों की सोच सकारात्मक एवं जिन्हें कार्य-मूल्य की समझ होती है, वे गलत नहीं करते।

हर व्यक्ति की इच्छा धन-दौलत और नाम कमाने की होती है। अगर कोई व्यक्ति अनैतिक तरीकों से या गलत मार्ग पर चलकर धन प्राप्त कर ले, अच्छा मकान और अच्छी गाड़ी खरीद ले, अपनी चाहत की प्राप्ति कर ले, तो इसकी दुःखद परिणति भी उसे खुद भुगतनी होती है। अगर आप चोरी करते पकड़े नहीं जाते और सुखद जिंदगी जीते हैं तो दूसरे समझ लेते हैं कि चोरी करना अच्छा है। समाज में चोरी करनेवालों की संख्या दिन-प्रतिदिन बढ़ती जाएगी। याद रखें, चोरी करते पकड़े गए तो जेल जाना पड़ सकता है। उस स्थिति में समाज आपको हेय दृष्टि से देखता है और आप लोगों की नजर में घृणा के पात्र बन जाते हैं। अगर आप सद्मार्ग पर चलकर इच्छाओं की प्राप्ति करते हैं तो प्रत्यक्ष लाभ आपको और अप्रत्यक्ष लाभ परिवार एवं समाज को मिलता है। उसी प्रकार आप सरकारी या गैर सरकारी संस्थान में नौकरी करते हैं तो प्राप्त सुविधाओं का प्रत्यक्ष लाभ आपको, लेकिन अप्रत्यक्ष लाभ परिवार, समाज एवं देश को मिलता है। जैसे-आप नौकरी करते हैं तो प्रत्येक माह आपको वेतन मिलता है, लेकिन यह वेतन सिर्फ आपके लिए नहीं, पूरे परिवार के लिए मिलता है। इस राशि से आपके परिवार का भरण-पोषण होता है। अगर

आप ईमानदारीपूर्वक नौकरी नहीं करते और गलत राह पर चलकर पैसा कमाते हैं तो निलंबित या बरखास्त हो सकते हैं। उस स्थिति में परिवार बिखर जाता है। बच्चों का भरण-पोषण समुचित ढंग से नहीं हो पाता। इसलिए यह कहना कि जिंदगी मेरी है, मैं जो चाहे करूँ और जैसा चाहे, जीऊँ, इससे दूसरों को क्या लेना-देना? ऐसा सोचना बहुत बड़ी मूर्खता है।

दोस्तो! हमेशा यह सोचें कि आपके कार्य का मूल्य, खुद से ज्यादा दूसरों के लिए महत्त्वपूर्ण और मूल्यवान् हो। आपके कृत्य से न केवल आपका, बल्कि दूसरों का भी कल्याण हो। ऐसी सोच एवं कृत आपको महानता की ओर ले जाता है। फलतः आप खुद का औचित्य साकार कर दूसरों के लिए आदर्श एवं उदाहरण बन जाते हैं। आप किसी भी विषय, घटना या परिस्थिति पर सकारात्मक सोचें। सकारात्मक सोच आपको विकट परिस्थिति से बाहर निकालने में मदद करती है। उपर्युक्त तथ्यों से स्पष्ट है कि आपके हर कृत का प्रत्यक्ष या अप्रत्यक्ष प्रभाव आपके ऊपर और दूसरों पर भी पड़ता है। इसलिए जो भी कार्य करें, अच्छी तरह सोच-समझकर करें और बिना सोचे-समझे कोई भी कार्य न करें। सकारात्मक सोच का फायदा यह है कि व्यक्ति खुद एवं कर्म का मूल्य समझ पाने में सफल होता है।

d. समय-मूल्य की समझ

सकारात्मक सोच के धनी व्यक्ति समय का मूल्य समझते हैं और अपने समय के हर पल का सदुपयोग बेहतर पाने में करते हैं। दूसरों के परोपकार एवं जग कल्याण में करते हैं। ठीक इसके विपरीत, नकारात्मक सोचवाले व्यक्ति समय का मूल्य नहीं समझते, उनके पास से कीमती समय निकल जाता है, परंतु उन्हें पता भी नहीं चलता है। वे समय का सदुपयोग खुद नहीं करते और कार्य नहीं होने पर समय का रोना रोते हैं। शायद ऐसे व्यक्तियों को यह नहीं मालूम कि दुनिया का सबसे कीमती संसाधन 'समय' है। जो व्यक्ति समय का मूल्य समझते हैं, वे समय रूपी संसाधन का सदुपयोग बेहतर पाने में करते हैं। अतः समय का मूल्य समझें और इसका मूल्य समझने के लिए सकारात्मक सोचें और सकारात्मक बनें।

हम सभी जानते हैं कि कार्य निष्पादन में समय देना होता है। समय दिए बिना कोई भी कार्य संपन्न नहीं होता। अतः समय का मूल्य समझें और समय का समुचित प्रबंध करें। आप किसी भी कार्य को करने में जितना समय देते हैं, उतना ही कार्य हो पाता है। इस दुनिया में ऐसा कोई भी कार्य नहीं है, जो बिना समय दिए पूरा हो सके।

अतः समय का मूल्य समझें। जो व्यक्ति समय का मूल्य समझते हैं, वे ही अपना कार्य समय पर पूरा कर पाते हैं। ससमय कार्य होने से कार्य की परिणति बेहतर होती है और कार्य की महत्ता बढ़ जाती है। दूसरे लोग हमें सम्मान की दृष्टि से देखते हैं और खुद को संतुष्टि एवं खुशी मिलती है। धन, यश, समृद्धि की प्राप्ति होती है। समाज में हमारा नाम और पहचान होती है। ठीक इसके विपरीत, जो व्यक्ति समय का मूल्य नहीं समझते, वे किसी भी कार्य को समय पर पूरा नहीं कर पाते। नतीजा, उनके कार्य की परिणति बेहतर नहीं होती और वे हर क्षेत्र में पिछड़ जाते हैं। ऐसे लोगों को पछताने के सिवाय कुछ नहीं मिलता। आप भी सुखद एवं सफल जिंदगी जीना चाहते हैं तो समय का मूल्य समझें और समय-प्रबंधन की कला सीखें। कहने का अभिप्राय है कि जो व्यक्ति सकारात्मक सोच रखते हैं, वे समय का मूल्य समझते हैं और समय-प्रबंधन की कला जानते हैं। वे अपने समय के हर पल का सदुपयोग बेहतर पाने में करते हैं।

याद रखें—

"समय का मूल्य समझनेवाला व्यक्ति ही जीवन में बेहतर पाता है।"

आप भी जीवन में बेहतर पाना चाहते हैं तो समय का मूल्य समझें। समय पर कार्य करने की सार्थकता है, समय उपरांत कार्य अपनी सार्थकता खो देता है। समय का मूल्य समझनेवाले व्यक्ति जानते हैं कि समय पर कार्य नहीं करने से केवल नुकसान ही नुकसान है। दोस्तो! मेरा भी सुझाव होगा कि आप समय का मूल्य समझें और हर पल का सदुपयोग बेहतर पाने में करें।

जैसे-हमारे देश में बहुत सारे लोग खेती करते हैं। परंतु जो किसान समय का मूल्य समझते हैं और समय पर खेतों में फसल लगाते हैं, समय पर फसलों में खाद, बीज, पानी डालते हैं, उनकी पैदावार अच्छी होती है। बेहतर पैदावार होने से आय बढ़ती है और जीवन खुशहाल होता है। ठीक इसके विपरीत, जो किसान समय का मूल्य नहीं समझते, वे समय पर खेती नहीं करते। फसल लगाते भी हैं तो समय पर खाद, पानी नहीं डालते, जिस कारण उनकी पैदावार अच्छी नहीं होती। नतीजा, वे नियति और भाग्य का रोना रोते हैं। उनकी नियति समय पर खेती करना है, लेकिन वे खराब पैदावार को जीवन की नियति मान लेते हैं। ऐसे व्यक्ति खुद अच्छा नहीं करते और दूसरों की उन्नति देख ईर्ष्या करते हैं। नतीजा, वे खुद भुगतते हैं। अतः समय की कीमत समझें और समय का समुचित प्रबंधन करें। जो व्यक्ति सोच में बदलाव लाते हैं और समय रहते समय-प्रबंधन का गुण सीख लेते हैं, वे हर कार्य समय पर पूरा कर जीवन में बेहतर पाते हैं।

दोस्तो! 'समय सबसे मूल्यवान् है।' इस दुनिया में जो भी व्यक्ति सफल या महान् हुए और खुद का इतिहास रचा, उन्होंने समय का मूल्य समझा और हर पल का सदुपयोग बेहतर पाने में किया। आप भी सफल और महान् बनना चाहते हैं तथा खुद का इतिहास रचना चाहते हैं, तो सकारात्मक सोचें। समय का मूल्य समझें और समय-प्रबंधन की कला सीखें। दुनिया के समस्त संसाधनों में समय सबसे कीमती संसाधन है। जैसे ही आप सकारात्मक नजरिए से समय का मूल्यांकन करते हैं, आपको समय का मूल्य समझ में आने लगता है। नतीजा, आप समय के हर पल का सदुपयोग बेहतर पाने में करते हैं। आप समय-प्रबंधन की कला सीखते हैं और ससमय कार्य पूरा कर बेहतर पाते हैं। कार्य ससमय होने से आपको खुद पर गर्व होता है और दूसरे आप पर गौरवान्वित होते हैं।

याद रखें—

"समय का मूल्य समझकर ही हम जीवन में,
बेहतर करते हैं और बेहतर पाते हैं।"

कहने का अभिप्राय है कि बेहतर करने और बेहतर पाने के लिए समय का मूल्य समझें। समय का मूल्य समझे बिना आप बेहतर नहीं कर सकते और न ही बेहतर पा सकते हैं। यह भी सच्चाई है कि समय का मूल्य उसी व्यक्ति को समझ में आता है, जिनकी सोच सकारात्मक और नजरिया व्यापक होता है। नजरिए को व्यापक बनाने के लिए सकारात्मक सोचें एवं रचनात्मक करें। समय के साथ चलना और समयानुसार सोचना और समयानुसार कर्म करना ही बुद्धिमानी है। आप किस समय क्या सोचते और किस समय क्या करते हैं, यह ज्यादा महत्त्वपूर्ण है। आप जो सोचते हैं, उसकी सार्थकता क्या है ? आपकी सोच खुद और दूसरों के लिए कितनी महत्त्वपूर्ण हैं ? क्या आप अपनी सोच को ससमय मूर्तरूप दे पा रहे हैं ? अगर आप समय पर सोचते और समय पर कर्म करते हैं तो इसका अभिप्राय है कि आपको समय-मूल्य की समझ है। समय-मूल्य समझने के लिए उपर्युक्त बातों पर विचार करें और समयानुकूल चलें। यदि आप सोचते हैं कि मैं यह काम आज नहीं, कल कर लूँगा, तो इस प्रकार की सोच गलत है। ऐसी सोच को मन से बाहर निकाल फेंके, क्योंकि वह कल आपके जीवन में कभी भी नहीं आएगा। यदि आप आज का काम कल को संपन्न भी कर लेते हैं, तो भी आप बीते समय को वापस नहीं ला सकते। दूसरी बात-यह है कि बीते कल का कार्य लंबित रह जाएगा और आप कार्य के बोझ से दबे

रहेंगे। तीसरी बात, कल के दिन परिस्थितियाँ और कठिन हो सकती हैं। चौथी बात, आप बीते हुए समय का सदुपयोग अगले दिन नहीं कर सकते, क्योंकि समय संचित रखने की वस्तु नहीं है। समय रूपी संदूक में 24 घंटे से ज्यादा नहीं रह सकता। ऐसा नहीं है कि आपने अपने आज का सदुपयोग नहीं किया तो वह कल के लिए बचा रहेगा!

अत: भूलकर भी आज का कार्य कल पर नहीं टालें और आज के समय का सदुपयोग आज ही करें। यदि आप आज का कार्य कल पर टालते रहेंगे तो वह कल कभी नहीं आएगा, उल्टे आप कार्य के बोझ तले दब जाएँगे। ठीक इसके विपरीत, आज का कार्य आप आज ही कर लेते हैं तो आनेवाले कल को आप दूसरा कार्य कर सकते हैं। अत: कोई भी कार्य कल पर टालकर अपना बहुमूल्य समय नष्ट न करें। ऐसा करके आप बहुत सारे अवसर खो देते हैं। संत कबीरजी ने चेतावनी भरे शब्दों में कहा है—

"कल करै सो आज कर, आज करे सो अब,
पल में परलय होएगा, बहुरि करेगा कब।"

मेरा भी आपसे अनुरोध है कि समय का मूल्य समझें। समय की गति को रोकना आपके हाथ में नहीं है, लेकिन समय का प्रबंधन आपके हाथ में है। अत: जो कार्य आप कल करना चाहते हैं, उसे आज ही कर डालें। इसका लाभ आपको, आपके परिवार और समाज को मिलेगा। ध्यान रखें, समय ही सबकुछ है और समय का समुचित प्रबंधन करके ही आप बेहतर पा सकते हैं। आप समय की महत्ता समझें और कार्य को ससमय पूरा कर खुद को खुशहाल बनाएँ। ससमय कार्य करने से आपकी अलग पहचान बनती है तथा धन, यश की प्राप्ति होती है। ठीक इसके विपरीत, समय पर कार्य नहीं करने से धन एवं ऊर्जा की बरबादी होती है और आप चिंता एवं तनाव से ग्रसित रहते हैं।

सकारात्मक सोच का फायदा यह है कि आप समय का महत्त्व समझते हैं और समय का सदुपयोग बेहतर पाने में करते हैं। समय पर कार्य होने से आपको धन, यश की प्राप्ति होती है और आपकी लोकप्रियता बढ़ती है। समय का मूल्य समझकर आप समय को धन और पूँजी में परिवर्तित कर सकते हैं। समय का समुचित निवेश कर आप अपने हर सपने को पूरा कर सकते हैं। अत: समय का मूल्य समझें। समय का निवेश करना सीखें और समय का रचनात्मक निवेश विभिन्न क्षेत्रों में करें। समय का सदुपयोग करके ही आप जीवन में जो चाहते हैं, वह प्राप्त

कर सकते हैं। मेरा भी सुझाव होगा कि आप समय का मूल्य समझें और हर पल का निवेश रचनात्मक कार्यों में करें। जिससे आपका, आपके परिवार, समाज एवं देश का नाम रोशन हो।

व्यक्तित्व-निर्माण की सूत्रधार सकारात्मक सोच है। सकारात्मक सोच के धनी व्यक्ति को मालूम होता है कि व्यक्ति की पहचान उसकी धन-दौलत से नहीं, उसके व्यक्तित्व एवं चरित्र से होती है। ऐसा व्यक्ति खुद की खामियों को दूर कर सुंदर व्यक्तित्व का मालिक बन जाता है। अत: सुंदर व्यक्तित्व का मालिक बनने के लिए सकारात्मक सोचें। जिस व्यक्ति की सोच सकारात्मक, संगत अच्छी एवं परिवेश सुंदर होता है, उसका व्यक्तित्व सुंदर होता है। सकारात्मक सोच के धनी व्यक्ति व्यक्तित्व-निर्माण के प्रति सजग और सर्तक रहते हैं। उन्हें मालूम होता है कि व्यक्ति की सबसे बड़ी पूँजी उसका व्यक्तित्व है।

आप गौर करें तो पाएँगे कि एक ही समाज में रहनेवाले व्यक्तियों का व्यक्तित्व अलग-अलग होता है। कुछ लोगों का व्यक्तित्व खिला-खिला होता है, उनके चेहरे का आकर्षण, गालों की लाली और होंठों पर मधुर मुसकान उन्हें लोगों का चहेता बना देती है। उनके बात करने की शैली, व्यवहार करने की कला एवं कृत लोगों को प्यारा लगता है। उनकी जीवन-शैली सुंदर, आदर्श एवं अनुकरणीय होती है। उनके मुखमंडल पर गजब की आभा एवं आत्मविश्वास होता है। उनका हर कार्य समय पर और उत्कृष्ट होता है। फलत: उनकी लोकप्रियता बढ़ती है। ऐसे व्यक्तित्व से हर कोई मिलना और दोस्ती करना चाहता है। उनका हरेक कार्य दूसरों के लिए आदर्श एवं उदाहरण होता है। इसी समाज में आपको ऐसे भी लोग मिलेंगे, जिनका कार्य, आचरण, व्यवहार दूसरों को पसंद नहीं आता। उनके चेहरे पर उदासी एवं मायूसी छाई रहती है। आप उनसे बातें करें तो वे अपना दुखड़ा लेकर बैठ जाते हैं। ऐसे व्यक्ति गरीबी और भाग्य का रोना रोते हैं और असफलता मिलने पर दूसरों पर दोषारोपण करते हैं।

क्या आपने कभी सोचा है कि एक ही समाज में रहनेवाले लोगों के व्यक्तित्व में इतना बड़ा अंतर क्यों होता है ? किसी व्यक्ति का व्यक्तित्व सुंदर, आकर्षक, प्रभावशाली और किसी का निम्न क्यों होता है ? अगर आप इस प्रश्न पर गंभीरतापूर्वक विचार करें, तो पाएँगे कि इस अंतर का मुख्य कारण व्यक्ति विशेष की 'सोच' है। जो व्यक्ति जैसा सोचता है, उसी अनुरूप उसका व्यक्तित्व बनता है। अगर वह बुरा सोचता है तो बुरा व्यक्तित्व बनता है और अच्छा सोचता है तो अच्छे व्यक्तित्व

का मालिक बनता है। निर्णय आपको लेना है कि आप कैसे व्यक्तित्व का मालिक बनना चाहते हैं? जो व्यक्ति अच्छे व्यक्तित्व का मालिक बनना चाहते हैं, वे सोच में प्रतिदिन निखार लाकर, सोच को व्यापक, सकारात्मक एवं रचनात्मक बनाते हैं। जीवन में घटित हर घटना एवं परिस्थिति से सीख लेते हैं तथा खुद के कृत्य, व्यवहार एवं आचरण की समीक्षा कर निहित खामियों को दूर कर सुंदर व्यक्तित्व का मालिक बन जाते हैं।

जिस व्यक्ति की सोच उत्तम एवं व्यक्तित्व सुंदर होता हैं, वे सुखद हालात में न तो ज्यादा खुश होते हैं और न ही दुःखद हालात में विचलित होते हैं। वे हर परिस्थिति को सम्यक् भाव से देखते हैं और खुद को परिस्थिति के अनुरूप ढाल लेते हैं। ऐसे व्यक्ति हालात में उलझने की बजाय, परिस्थितियों से बाहर निकलने की बात सोचते हैं। वे खुद की शक्ति और क्षमता को पहचानते हैं तथा अच्छे गुणों को धारण कर सुंदर व्यक्तित्व का मालिक बन जाते हैं। सकारात्मक सोच के धनी व्यक्ति बाह्य सुंदरता की नहीं, आंतरिक सुंदरता को निखारने और अच्छे गुणों को धारण करने पर ध्यान देते हैं। उन्हें मालूम होता है कि ऊँचे व्यक्तित्व का मालिक बनकर ही हम अपनी अलग पहचान बना सकते हैं। इसलिए वे बाह्य सुंदरता के चक्कर में अपना समय बरबाद नहीं करते, बल्कि आंतरिक सुंदरता को निखारने में लगे रहते हैं। ऐसे व्यक्ति की सोच सकारात्मक होती है और प्रतिदिन सोच में निखार लाकर वे ऊँचे व्यक्तित्व के मालिक बन जाते हैं।

सकारात्मक सोच के धनी व्यक्ति जानते हैं कि व्यक्ति की पहचान धन और पद से नहीं, सुंदर गुणों एवं उत्तम कर्मों से होती है। ऐसे व्यक्ति खुद सुंदर व्यक्तित्व के मालिक बनते हैं तथा अपने बच्चों और दूसरों को भी सुंदर व्यक्तित्व की खूबियाँ बताते हैं। दोस्तो! याद रखें, व्यक्तित्व-निर्माण एक दिन की नहीं, निरंतर चलने वाली प्रक्रिया है। इस प्रक्रिया में प्रतिदिन खुद के कृत, व्यवहार एवं जीवन-शैली की समीक्षा करने तथा आंतरिक गुणों को निखारने की जरूरत है। ऐसा वही व्यक्ति करता है, जिसकी सोच सकारात्मक होती है। ठीक इसके विपरीत, जिन व्यक्तियों की सोच नकारात्मक होती है, वे अपनी सोच में बदलाव नहीं ला पाते। उन्हें व्यक्तित्व का अर्थ एवं महत्त्व मालूम नहीं होता और न ही जीवन-मूल्य, कार्य-मूल्य एवं समय-मूल्य की समझ होती है। ऐसे व्यक्ति बिना सोचे-समझे कार्य करते हैं। नतीजा, वे निम्न व्यक्तित्व के मालिक बन जाते हैं।

e. संसाधनों का समुचित प्रबंधन

सकारात्मक सोच का लाभ हमें संसाधनों के प्रबंधन में मिलता है। सकारात्मक सोच के धनी व्यक्ति संसाधनों की कमी का रोना नहीं रोते। उनके पास जो भी संसाधन होता है, उसका समुचित प्रबंधन कर आगे बढ़ने की बात सोचते हैं। उन्हें मालूम होता है कि संसाधनों की कमी सफलता के मार्ग में बाधक नहीं होती है। अगर बाधक है तो खुद की नकारात्मक सोच और आत्मविश्वास की कमी। आप सकारात्मक सोचें, खुद पर विश्वास रखें और निहित संसाधनों के बल पर आगे बढ़ने का संकल्प लें। संसाधनों की कमी का रोना नहीं रोएँ, बल्कि संसाधनों की कमी से सीख लें और निहित संसाधनों का प्रबंधन बेहतर पाने में करें। विचारणीय प्रश्न यह है कि हम निहित संसाधनों का समुचित प्रबंधन कैसे करें? हमारे पास जो भी संसाधन हैं, उसके बल पर आगे कैसे बढ़ें? इसके लिए सकारात्मक सोचें जिन व्यक्तियों की सोच सकारात्मक होती है, वे सीमित संसाधन के बल पर आगे बढ़ने का प्रयास करते हैं। निहित संसाधन का बेहतर प्रबंधन कर सफल बनने की बात सोचते हैं। ऐसे व्यक्ति संसाधनों की कमी का रोना नहीं रोते, बल्कि सदैव यह सोचते हैं कि निहित संसाधन का उपयोग बेहतर कैसे करें?

आप गौर करें तो पाएँगे कि इस दुनिया में ऐसे बहुत से लोग मिलेंगे, जिनके पास खाने को दो जून की रोटी, रहने को घर तथा पहनने को अच्छे कपड़े नहीं थे, लेकिन अपनी सोच में बदलाव लाकर उन्होंने सफलता का इतिहास रच डाला। ऐसे व्यक्ति असंभव को संभव और कठिन कार्य को सहजतापूर्वक कर खुद के लिए गर्व और दूसरों के लिए उदाहरण बन गए। यह है सकारात्मक सोच का फायदा! जबकि अमीर परिवार में जन्म लेनेवाले बहुत सारे व्यक्ति गरीब बन गए। इसका मुख्य कारण नकारात्मक सोच, आत्मविश्वास की कमी तथा कुछ कर दिखाने का जज्बा नहीं होना है।

मेरा भी मानना है कि आपके पास कुछ हो या न हो, लेकिन आपकी सोच सकारात्मक है, खुद पर विश्वास है और कुछ कर दिखाने का जज्बा है, समय-प्रबंधन की क्षमता और रचनात्मक करने की ललक है, तो आप कुछ भी कर सकते हैं। समस्त शक्तियों में सोच ही सबसे महत्त्वपूर्ण शक्ति है और समस्त संसाधनों में समय ही सबसे कीमती संसाधन है। आप इस संसाधन का सदुपयोग सकारात्मक और रचनात्मक सोचने में करें। आप गौर करें तो पाएँगे कि कुछ ऐसे लोग हैं, जिनके पास संसाधनों की कोई कमी नहीं है, फिर भी वे सफल नहीं हो पाते हैं।

इसका कारण नकारात्मक सोच है। सकारात्मक सोच की कमी के कारण वे निहित संपदा का समुचित प्रबंधन नहीं कर पाते हैं। नतीजा, धीरे-धीरे संपदा उनके हाथ से निकलकर दूसरों के हाथों में चली जाती है। सकारात्मक सोच का लाभ यह है कि निहित संसाधन का समुचित प्रबंधन कर हम जीवन में बेहतर पाते हैं।

f. बेहतर करने की समझ

सकारात्मक सोच का फायदा यह है कि उनके अंदर खुद और दूसरों को जानने की समझ बेहतर होती है। वे खुद को जानते और पहचानते हैं तथा विविध मूल्यों की महत्ता समझते हैं। उन्हें मालूम होता है कि जीवन में बेहतर करने के लिए, खुद की समझ, कार्य-मूल्य की समझ एवं समय-मूल्य की समझ आवश्यक है। उन्हें यह भी मालूम होता है कि कर्म ही धर्म है और कर्म ही पूजा है। ऐसे व्यक्ति कार्य का मूल्य समझते हैं और हर कार्य सोच-समझकर करते हैं। उनकी सोच हर कार्य को ससमय बेहतर ढंग से करने और हर संदर्भ पर समुचित निर्णय लेने को होती है। ठीक इसके विपरीत, जिन व्यक्तियों की सोच नकारात्मक होती है, वे कार्य करने के पहले नहीं, बाद में सोचते हैं। फलतः उनके कार्य की परिणति अच्छी नहीं होती। कार्य की परिणति अच्छी नहीं होने से वे उदास एवं हताश रहते हैं। मूल्यों की समझ नहीं होने के कारण वे सही और गलत में अंतर नहीं समझ पाते। फलतः वे गलती ज्यादा करते हैं और गलत को भी सही मान लेते हैं। जब तक उन्हें गलती का अहसास होता है, तब तक बहुत देर हो चुकी होती है। नकारात्मक सोच और बेहतर समझ नहीं होने के कारण वे कोई भी कार्य समय पर नहीं कर पाते और अपना महत्त्वपूर्ण समय खो देते हैं। वे संसाधन का सदुपयोग नहीं करते, क्योंकि उन्हें बेहतर करने की समझ नहीं होती है। महत्त्वपूर्ण यह है कि आप कार्य करने के पूर्व सोचें। ईश्वर ने हमें चेतना इसलिए दी है कि हम जो भी कार्य करें या जो भी समस्या उत्पन्न हो, उसके बारे में पहले सोचें-समझें, तदुपरांत कार्य करने का निर्णय लें। ऐसा करने से कार्य की परिणति बेहतर और प्रभाव रचनात्मक होता है। कार्य बेहतर होने से हमें खुद पर गर्व होता है और दूसरे हम पर गौरवान्वित होते हैं।

आप गौर करें तो पाएँगे कि जिन व्यक्तियों की सोच सकारात्मक होती है, उनके अंदर किसी भी कार्य को करने की बेहतर समझ होती है। वे स्वयं का कार्य करें या दूसरों का कार्य करें, उन्हें मालूम होता है कि व्यक्ति नहीं, कार्य महत्त्वपूर्ण होता है। कार्य की परिणति कर्त्ता को ही नहीं, दूसरों को भी प्रभावित करती है।

इसलिए वे हर कार्य सावधनीपूर्वक और बड़ी ही बारीकी से करते हैं। ऐसे लोग कार्य की गुणवत्ता, परिणति एवं प्रभाव की समीक्षा करते हैं। वे किसी भी कार्य को छोटा नहीं समझते, बल्कि हर कार्य को बेहतर ढंग से पूरा कर, उसकी सार्थकता सिद्ध करते हैं। सकारात्मक सोच के कारण उनके अंदर बेहतर करने की समझ होती है। ऐसे व्यक्ति उन कार्यों को करना ज्यादा पसंद करते हैं, जो खुद से ज्यादा दूसरों के लिए महत्त्वपूर्ण होते हैं। ठीक इसके विपरीत, जिन व्यक्तियों की सोच नकारात्मक होती है, उनके अंदर बेहतर करने की समझ नहीं होती है। वे बिना सोचे-समझे कार्य शुरू कर देते हैं, जिस कारण कार्य की परिणति बेहतर नहीं होती। कार्य की परिणति बेहतर नहीं होने से उन्हें निराशा हाथ लगती है। ऐसे व्यक्तियों को यह समझ नहीं होता कि क्या अच्छा और क्या बुरा है ? क्या उचित और क्या अनुचित है ? क्या सही और क्या गलत है ? और किसी कार्य को करना कब उचित और कब अनुचित है ?

नकारात्मक व्यक्ति को बेहतर करने की समझ नहीं होती है और वे हर कार्य इच्छापूर्ति के लिए करते हैं। इच्छापूर्ति के अलावा उन्हें कुछ भी दिखाई नहीं देता। वे अपनी स्वार्थपूर्ति में कुछ भी करने को तैयार होते हैं। ऐसे व्यक्ति को मूल्यों से कोई लेना-देना नहीं होता। उन्हें केवल स्वार्थपूर्ति से मतलब होता है। ऐसे व्यक्ति खुद को समाज से ऊपर समझते हैं। खुद को श्रेष्ठ और दूसरों को तुच्छ समझते हैं। भले ही वे खुद का मूल्य और जीवन का औचित्य नहीं समझते। यही कारण है कि वे प्रशंसा के नहीं, तिरस्कार के पात्र बन जाते हैं। इस प्रकार हम देखते हैं कि जिन व्यक्तियों की सोच सकारात्मक होती है, उनके अंदर बेहतर करने की समझ होती है। नतीजा, वे अपना हर कार्य ससमय और उत्कृष्ट रूप में निष्पादित कर आम से खास बन जाते हैं।

g. परिस्थितियों को परखने की समझ

सकारात्मक सोच का फायदा यह है कि सकारात्मक व्यक्ति हर परिस्थिति को परखने और समझने में सफल होता हैं। वह जानता है कि हर व्यक्ति के जीवन में विभिन्न प्रकार की परिस्थितियाँ आती हैं—सुखद, दुःखद, अनुकूल और प्रतिकूल। परिस्थितियाँ सदैव एक समान नहीं होतीं, ये आती और जाती हैं, परंतु अपना प्रभाव छोड़ जाती हैं। सकारात्मक व्यक्ति हालात से बाहर निकलने में सफल होते हैं, जबकि नकारात्मक व्यक्ति दुःखद हालात में उलझकर रह जाते हैं। उनमें परिस्थितियों को

परखने की समझ नहीं होती है। जिन लोगों की सोच सकारात्मक होती है, उनके अंदर परिस्थितियों को परखने की समझ होती है। वे विपरीत परिस्थिति से बाहर निकल इतिहास रच जाते हैं। सकारात्मक व्यक्ति हर परिस्थिति से सीख लेते और विपरीत परिस्थिति को भी आपदा नहीं, अवसर मानते हैं। वे विपदा में भी नए अवसर की तलाश कर दूसरों के लिए अवसर बन जाते हैं। सकारात्मक सोच के कारण ही वे हर परिस्थिति में बेहतर करते हैं। ठीक इसके विपरीत, नकारात्मक सोच वाले व्यक्तियों के अंदर परिस्थितियों को परखने की समझ नहीं होती। वे विकट परिस्थिति में धैर्य खो देते हैं। उनका साहस जवाब दे जाता है और लक्ष्य से विचलित हो जाते हैं। उन्हें इस बात की समझ नहीं होती कि विपरीत परिस्थिति में क्या करें और क्या नहीं करें? उनकी हिम्मत टूट जाती है और भय हावी हो जाता है, जिस कारण वे बेहतर नहीं सोच पाते और न ही बेहतर कर पाते हैं। नतीजा, दु:खद हालात उनके जीवन की नियति बन जाते हैं। ऐसे व्यक्ति नकारात्मक सोच में इस कदर उलझे रहते हैं कि वे परिस्थिति का सामना करने की बजाए रण छोड़कर भाग जाते हैं। उन्हें जीवन उत्सव नहीं, बोझ लगता है, जबकि सकारात्मक सोचवाले व्यक्ति विपरीत परिस्थिति में भी मुसकराते रहते हैं और हर परिस्थिति में नए अवसर की तलाश कर दूसरों के लिए अवसर बन जाते हैं।

दोस्तो! याद रखें—

"हमारी सोच सकारात्मक, कृत रचनात्मक और
परिस्थिति को परखने की समझ है,
तो किसी भी परिस्थिति में अच्छा कर सकते हैं।"

हम किसी भी परिस्थिति में नए अवसर की तलाश कर सकते हैं। प्रतिकूल परिस्थिति को अनुकूल और कठिन परिस्थिति को सहज बना सकते हैं। हिम्मत रखें और विकट से विकट परिस्थिति में भी धैर्य न खोएँ, बल्कि उत्पन्न हालात से सीख लें। हर हालात पर सकारात्मक सोचें और रचनात्मक करें। परिस्थिति को परखें और उत्पन्न हालात का मुकाबला करने को तैयार रहें। आप हर हालात का मुकाबला सकारात्मक सोच के साथ करें। आपको हर परिस्थिति में नए अवसर मिल जाएँगे।

याद रखें—

"विपरीत परिस्थितियाँ हमें केवल परेशान करने नहीं,
बल्कि बहुत कुछ सिखाने आती है।"

हालात की अग्नि में तपाकर यह हमारे व्यक्तित्व को निखारती हैं तथा आगे

बढ़ने की सीख देती हैं। अगर आपके मन में नकारात्मक विचार आएँ, तो उसे सकारात्मक बनाकर देखें। आपको प्रतिकूल परिस्थिति में भी नए अवसर मिल जाएँगे।

प्रायः व्यक्ति विकट परिस्थिति से बाहर निकलने की सोच नहीं रखते और न ही उत्पन्न हालात का सामना करते हैं। उनकी हिम्मत जवाब दे जाती है और वे धैर्य खो देते हैं। ऐसे व्यक्ति विपरीत परिस्थितियों के झंझावात में उलझकर रह जाते हैं। इसका मुख्य कारण नकारात्मक सोच है। नकारात्मक सोच के कारण वे अपने अंदर अच्छे गुणों को निखार नहीं पाते, छुपी शक्तियों को पहचान नहीं पाते। खुद की क्षमता और ईश्वर प्रदत्त शक्तियों पर विश्वास नहीं कर पाते। ऐसे व्यक्ति आत्मविश्वास खो देते हैं और भय के आगोश में समा जाते हैं। नतीजा, वे हालात का रोना रोते रहते हैं और हार को जीवन की नियति मान लेते हैं।

याद रखें—

"हार मान लेना जीवन की नियति नहीं,
हार से सीख लेना जीवन की नियति है।"

आप हार को स्वीकार नहीं करें। परिस्थिति से सीख लें और हार को जीत में बदलें। परिस्थितियों का सामना करना सीखें और दुर्भाग्य को जीवन की नियति नहीं मानें। आप नकारात्मक सोच को सकरात्मक सोच में बदलते रहें। ऐसा करके आप हार को जीत में और दुर्भाग्य को सौभाग्य में बदल देंगे। सकारात्मक व्यक्ति की सबसे बड़ी विशेषता है कि वे विकट परिस्थिति में भी धैर्य नहीं खोते और उत्पन्न हालात का मुकाबला साहसपूर्वक करते हैं। वे जानते हैं कि परिस्थितियाँ तुच्छ हैं। हम परिस्थिति के दास नहीं, स्वामी हैं। उन्हें विश्वास होता है कि वे किसी भी विकट परिस्थिति से बाहर निकल सकते हैं और यही कारण है कि वे विपरीत हालात से बाहर निकलने में सफल होते हैं। ऐसे व्यक्ति विकट-से-विकट परिस्थिति में भी हिम्मत नहीं हारते और पूरे आत्मविश्वास के साथ आगे बढ़ते हैं। नतीजा, वे प्रतिकूल परिस्थिति को अनुकूल परिस्थिति में बदल पाने में सक्षम होते हैं। इसका कारण सकारात्मक सोच, दृढ़ इच्छाशक्ति एवं आत्मविश्वास है। ऐसे व्यक्ति विकट परिस्थिति में भी नए अवसर का निर्माण कर लेते हैं। वे आपात परिस्थिति पर गंभीरतापूर्वक विचार करते हुए और उत्पन्न हालात का मुकाबला धैर्यपूर्वक एवं हिम्मत के साथ करते हैं। उनके अंदर परिस्थितियों से निपटने की इच्छा और उत्पन्न हालातों का मुकाबला करने की सोच होती है। नतीजा, वे हालात पर विजय

पाने में सफल होते हैं। आइए, हम कुछ उदाहरण से यह जानने का प्रयास करें कि सकारात्मक सोच के धनी व्यक्ति हालात का सामना कैसे करते हैं?

केस नं.-1

आप अपने गंतव्य स्थल की यात्रा समुद्री मार्ग से कर रहे हैं। जहाज में अन्य यात्री भी हैं; परंतु अचानक समुद्र में भयंकर तूफान आता है, जिसकी दिशा जहाज से विपरीत दिशा में है। ऐसी स्थिति में नकारात्मक सोच से ग्रसित व्यक्ति घबरा जाते हैं और भय के कारण इधर-उधर भागने लगते हैं। जिस कारण जहाज के डूबने की आशंका बढ़ जाती है। घबराहट की स्थिति में वे मुसीबत को और बढ़ा लेते हैं। अगर जहाज चालक और यात्री की सोच सकारात्मक होती है तो वे उत्पन्न हालात से विचलित नहीं होते और धैर्य रखते हुए विपरीत परिस्थिति से बाहर निकलने की बात सोचते हैं। उत्पन्न हालात की समीक्षा कर समुचित निर्णय लेते हैं तथा विपरीत हालात में धैर्य, हिम्मत एवं समझदारी का परिचय देते हैं। ऐसे व्यक्ति जहाज की दिशा को तूफान की दिशा में मोड़कर जान-माल की सुरक्षा करने में सफल होते हैं। आप कहेंगे—जहाज अपने लक्ष्य पर नहीं पहुँच पाएगा, तो फिर जहाज यात्रा करने से क्या लाभ?

दोस्तो! याद रखें—

ऐसी स्थिति में गंतव्य स्थल पर पहुँचने से ज्यादा महत्त्वपूर्ण जान-माल की सुरक्षा करना है। आपने यह कहावत सुनी होगी—'जान है तो जहान है, जान बचे तो लाखों पाए!' विपरीत हालात में बुद्धिमानी यह है कि संकटकाल में जहाज को तूफान की दिशा में मोड़कर खुद और दूसरों की जान बचाएँ तथा तूफान का वेग शांत होने पर पुनः जहाज की दिशा को गंतव्य स्थल की ओर मोड़कर लक्ष्य प्राप्त करें। यही विवेक है। कहने का अभिप्राय है कि विकट परिस्थिति में घबराने की नहीं, हालात को परखने और समझने की जरूरत है।

केस नं.-2

आपने बाघ एवं नाई की कहानी सुनी होगी! किस प्रकार नाई विकट परिस्थिति में अपनी जान बचाने में सफल रहा! यह कहानी बहुत ही रोचक एवं शिक्षाप्रद है। एक नाई रोजी-रोटी की खोज में परदेश जा रहा था। परदेश जाने के रास्ते में उसे बीहड़ जंगल मिला और बीहड़ जंगल में एक बाघ आते हुए दिखाई

दिया। उसने सोचा कि अगर मैं डरकर भाग जाता हूँ तो भी बाघ मारकर खा जाएगा, तो क्यों नहीं बाघ का सामना किया जाए? उसने साहस एवं विवेक का परिचय देते हुए अपने झोले से आईना निकाला और बाघ को आईना दिखाते हुए कहा—'देखो। मैं राजा का सिपाही हूँ। राजा ने मुझे जंगल से दो बाघ पकड़कर लाने को कहा है। तुम्हें पकड़कर राजा के पास ले जाऊँगा तो राजा खुश होकर बहुत धन देगा। एक बाघ मैंने पहले से पकड़ रखा है और दूसरा तुम मिल गए।' बाघ आईने में दूसरे बाघ को देख डर गया और नाई से छोड़ देने की अनुनय-विनय करने लगा। बाघ ने नाई से कहा-'भाई तुम मुझे छोड़ दो। मैं तुझे राजा से ज्यादा धन दूँगा।' नाई ने परिस्थति को परखा और बाघ को छोड़ दिया। इस प्रकार नाई सकारात्मक सोच के बल पर अपने प्राण की रक्षा करने में सफल रहा तथा धन प्राप्त कर खुशी-खुशी घर लौट आया।

केस नं.-3

एक यात्री परदेश जा रहा था। उसने बीहड़ रास्ते में देखा कि एक बूढ़ा बाघ हाथ में सोने का कंगन लिये आने-जाने वाले हर पथिक को जोर-जोर से आवाज दे रहा था—'रुको मेरे भाई! यह सोने का कंगन ले लो।' बाघ की बातों को सुनकर एक यात्री लालच में आ गया। उसने रूककर पूछा कि तुम मुझे मारकर खा तो नहीं जाओगे? बूढ़े बाघ ने कहा—'भाई देख नहीं रहे हो, मैं बहुत बूढ़ा हूँ। भला इस उम्र में, मैं किसी व्यक्ति को कैसे मार सकता हूँ? जवानी के दिनों में, मैंने बहुत पाप किया है, इसलिए मैं अब कुछ पुण्य अर्जित करना चाहता हूँ, ताकि अगले जन्म में मुझे भी मानव योनि मिलें।' वह व्यक्ति बाघ की बातों में आ गया और कंगन लेने हेतु उसके पास गया। पास आने पर बाघ ने कहा—'भाई! तुम जानते हो कि दान स्नान करके प्राप्त करना चाहिए। इसलिए तुम सामने वाले पोखर से स्नान करके आ जाओ।' वह आदमी स्नान करने पोखर में गया। पोखर में पानी के साथ-साथ दलदल मिट्टी थी, जिस कारण वह आदमी मिट्टी में धँसता गया। चाहकर भी वह दलदल से बाहर नहीं निकल पा रहा था। उसने दलदल से निकालने हेतु बाघ को आवाज दी। बाघ उसे बचाने पोखर में गया और उसे मारकर खा गया। इस प्रकार वह आदमी थोड़े से लालच में आकर अपनी जान गँवा बैठा, क्योंकि उसमें परिस्थिति को परखने की समझ नहीं थी।

आपने उपर्युक्त उदाहरण में देखा कि उस आदमी में परिस्थिति को परखने

की समझ नहीं थी, इसलिए वह बाघ के मुँह का निवाला बन गया। उसने बाघ की बातों पर नहीं सोचा कि वह सोने का कंगन क्यों दान देना चाहता है ? दान लेने हेतु पोखर में स्नान करना क्यों जरूरी है ? नतीजा, वह अपनी जान गँवा बैठा। कहने का तात्पर्य है कि जो व्यक्ति बिना सोचे-समझे काम करते हैं और हालात को नहीं परखते, वे हालात से बाहर नहीं निकल पाते है। ठीक इसके विपरीत, जो व्यक्ति सोच-समझकर कार्य करते हैं और परिस्थितियों को परखते हैं। वे विपरीत हालात से बाहर निकलने में सफल होते हैं। कहने का अभिप्राय है कि सकारात्मक सोच का फायदा यह है कि आप परिस्थिति को परखने, समझने और हालात से बाहर निकलने में सफल होते हैं।

h. इनसानियत की समझ

दोस्तो ! किसी भी क्षेत्र में मानवता की मिसाल कायम करने के लिए इनसानियत की समझ आवश्यक है और यह आती है सकारात्मक सोच, रचनात्मक कृत्य और अच्छे लोगों की संगत से। आप किसी भी क्षेत्र के सफल व्यक्ति क्यों न हों, ऊँचे-से-ऊँचे पद पर क्यों न आसीन हों, ज्यादा-से-ज्यादा धन-दौलत क्यों न अर्जित की हो। विभिन्न प्रकार की सुख-सुविधाएँ क्यों न प्राप्त हों, आप किसी विषय के प्रकांड विद्वान् क्यों न हों, मगर आपके अंदर इनसानियत नहीं है तो सब व्यर्थ है। याद रखें—पहले हम एक इनसान हैं, तब हमारा पद और धन। इनसानियत की समझ और इनसानियत पर चलना ही हमारा धर्म है। यह हमें अन्य जीव-जंतुओं से अलग पहचान दिलाता है और अन्य प्राणियों से श्रेष्ठ होने का अहसास कराता है। इनसानियत ही हमें मान-सम्मान दिलाती है और श्रेष्ठ प्राणी होने का अहसास कराती है। अत: इनसानियत का मूल्य समझें और इनसानियत की राह पर चलें। जिन व्यक्तियों को इनसानियत की समझ होती हैं, वे ही जीवन में बेहतर करते हैं। ठीक इसके विपरीत, जिन व्यक्तियों के अंदर इनसानियत की समझ नहीं होती, वे मानव होकर भी पशु तुल्य हैं।

शायद ऐसे व्यक्तियों को नहीं मालूम कि इनसानियत को जिंदा रखकर ही मानवीय मूल्यों तथा रिश्तों का निर्वहन की जा सकती है। परिवार, समाज एवं राष्ट्र की सुदृढ़ता एवं समरसता स्थापित किया जा सकता है। जो व्यक्ति इनसानियत का मूल्य समझते हैं और मानव सेवा को सबसे बड़ा धर्म मानते हैं, वे सहानुभूति की नहीं, समानुभूति की बात करते हैं। दूसरे के दु:ख-दर्द को अपना दु:ख-दर्द और

दीन-दु:खियों की सेवा को अपना धर्म मानते हैं। उनके पास कितना भी धन, बल क्यों न हो, वे निहित धन एवं बल पर अभिमान नहीं करते, बल्कि निहित धन एवं बल का सदुपयोग जन-कल्याण के कार्यों में कर गर्व की अनुभूति करते हैं। वे अपने इष्ट से हमेशा प्रार्थना करते रहते हैं कि—हे ईश्वर! मुझमें इतनी शक्ति एवं सामर्थ्य दें कि मैं दूसरों की सेवा कर सकूँ। दूसरों के काम आ सकूँ और दूसरों की मदद कर सकूँ।

ठीक इसके विपरीत, जिन व्यक्तियों की सोच नकारात्मक होती है, उन्हें नाते-रिश्ते, इनसानियत से कोई लेना-देना नहीं होता। उन्हें मूल्यों की समझ नहीं होती और हर चीज की कीमत लगाते हैं। वे हर चीज पैसे से खरीदना चाहते हैं। वे खुद को श्रेष्ठ एवं दूसरे को तुच्छ समझते है। ऐसे व्यक्ति, इनसानियत की नहीं, अपनी सुख-सुविधा की बात करते हैं। वे दूसरों को सम्मान देने की नहीं, शक्ति प्रदर्शन की बात करते हैं। वे निहित धन एवं संसाधन का सदुपयोग रचनात्मक कार्यों में करने की बजाय, विलासिता की चीजों में करते हैं। अपनी क्षमता एवं संपदा पर गर्व नहीं, अभिमान करते हैं। इसका कारण है कि वे संसाधन को खुद की मिल्कियत समझते हैं, जबकि संसाधन पर किसी एक व्यक्ति का नहीं, संपूर्ण समाज का अधिकार होता है। जिस व्यक्ति की सोच नकारात्मक होती है, उन्हें दूसरों के दु:ख-दर्द से कोई लेना-देना नहीं होता। वे सिर्फ अपनी बात करते हैं और खुद को इनसानियत से ऊपर समझते हैं। आप ही बताएँ, जो व्यक्ति खुद का मूल्य नहीं समझते, वे दूसरों का मूल्य क्या समझेंगे?

याद रखें—

"जब इनसानियत ही नहीं रहेगी,
तो हम जीकर क्या करेंगे? "

दोस्तो! सुख-दु:ख जीवन की नियति है। इसलिए संपन्नता हासिल होने पर ज्यादा खुश होने की नहीं, बल्कि संसाधनों का सदुपयोग जग-कल्याण के कार्यों में करें। ध्यान रखें, आप दूसरों का अहित कर खुश नहीं रह सकते, बल्कि दूसरों का परोपकार कर ज्यादा खुश रह सकते हैं। परंतु दु:ख की बात है कि अधिकांश लोग धन एवं पद प्राप्त होते ही घमंड के आगोश में आ जाते हैं। धन एवं बल के दर्प में चूर रहकर अपना होश खो देते हैं। उन्हें यह पता नहीं होता कि होश नहीं, दर्प खोने की चीज है। इसका मुख्य कारण नकारात्मक सोच एवं इनसानियत की समझ नहीं होना है। ऐसे व्यक्ति जवानी के जोश और धन के आगोश में इनसानियत भूल जाते

हैं और अपनी शक्ति एवं क्षमता में इस कदर चूर रहते हैं कि उन्हें कुछ दिखता ही नहीं। उन्हें लगता है कि जिंदगी मेरी है और मैं जैसा चाहूँ, जीऊँ। मेरा मन जो करे, वह करूँ। मेरी जिंदगी में दूसरों को हस्तक्षेप करने का कोई अधिकार नहीं है। ऐसे लोग जवानी के जोश में होश खो देते हैं और जो नहीं करना चाहिए, वह कर डालते हैं। जब उनकी जवानी ढलती है, तब उन्हें इनसानियत का मूल्य समझ में आता है। उन्हें यह अहसास होता है कि जवानी के जोश में मैंने बहुत गलत किया है। उस स्थिति में वे अपने बच्चों को इनसानियत का महत्त्व समझाते हैं। उन्हें अच्छा करने की सीख देते हैं। उन्हें बताते हैं यह करो, वह नहीं। कोई भी कार्य करने के पहले सोचो कि कृत्य-कार्य इनसानियत के लिए कितना सार्थक है! बिना सोचे-समझे कोई भी कार्य नहीं करों। याद रखें—"गलत कार्य की परिणति हमेशा गलत ही होती है और इसका खामियाजा आज नहीं तो कल भुगतना पड़ता है।" अतः इनसानियत के विरूद्ध कोई भी कार्य न करें।

इसी दुनिया में ऐसे लोग मिलेंगे, जो दो पैसे क्या कमा लिये, धन के नशे में चूर रहते हैं। कुछ ऐसे भी लोग मिलेंगे, जो असीम संपदा के मालिक हैं, परंतु उन्हें इनसानियत की समझ नहीं होती। ऐसे व्यक्ति धन के बल पर सबकुछ खरीदना और धन के लालच में कुछ भी करने को तैयार होते हैं। उनके नजरिया में पाप-पुण्य, धर्म-अधर्म कुछ भी नहीं, सबकुछ धन है। धन के नशे में वे गलती पर गलती करते रहते हैं। जब वे खुद दुःखद स्थिति में होते है, तब उन्हें इनसानियत की कीमत समझ मे आती हैं। ऐसी स्थिति में वे दूसरों को सीख देते हैं कि विकट परिस्थिति में दूसरों के काम आना ही इनसानियत है। ऐसे व्यक्ति दूसरों को समझाते हैं कि धन एवं बल के दर्प में चूर रहने की नहीं, रचनात्मक करने की जरूरत है। दीन-दुःखियों की सेवा एवं परोपकार करने की जरूरत है। धन, बल एवं पद का दुरुपयोग करने के लिए नहीं, दूसरों का परोपकार करने के लिए मिला है। आप इस सत्य को स्वीकार करें।

प्रायः व्यक्ति दुःखद स्थिति में ही समझ पाते हैं कि इनसानियत ही सबसे महत्त्वपूर्ण धन है। इस राह पर चलकर ही हम जीवन का औचित्य साकार कर सकते हैं। इस प्रकार हम देखते हैं कि जिन व्यक्तियों की सोच सकारात्मक होती हैं, वे जीवन-मूल्य, कर्म-मूल्य एवं समय-मूल्य की महत्ता समझते हैं। उन्हें मालूम होता है कि पहले हम एक इनसान हैं और इनसानियत की राह पर चलना हमारा धर्म है। इनसानियत का मूल्य समझनेवाले व्यक्ति के अंदर परिस्थिति को परखने की समझ, व्यक्तित्व की समझ, बेहतर करने की समझ तथा विविध मूल्यों की समझ

होती है। वे खुद और दूसरों का मूल्य समझते हैं तथा शुरू से ही व्यक्तित्व को सुंदर बनाने पर ध्यान देते हैं। ऐसे व्यक्ति अपने व्यक्तित्व में अच्छे-अच्छे गुणों को समाहित कर दूसरों के लिए उदाहरण बन जाते हैं। वे विकट परिस्थिति में भी धैर्य नहीं खोते और उत्पन्न हालात का मुकाबला सोच-समझकर करते हैं। उन्हें मालूम होता है कि इनसानियत की राह पर चलने के लिए क्या सही और क्या गलत है? ठीक इसके विपरीत नकारात्मक सोचवाले व्यक्ति खुद की इनसानियत का मूल्य नहीं समझ पाते हैं।

उपर्युक्त तथ्यों से स्पष्ट है कि जिन व्यक्तियों की सोच सकारात्मक होती है, वे खुद एवं दूसरों का मूल्य समझते हैं। वे इनसानियत के परे कोई कार्य नहीं करते। उनकी नजर में इनसान के लिए सबसे महत्त्वपूर्ण कार्य दूसरों के काम आना, दूसरों की सेवा करना और दूसरों का कल्याण करना है। अपने व्यक्तित्व में अच्छे-अच्छे गुणों को समाहित कर प्रभावशाली व्यक्तित्व का मालिक बनना है। ऐसे व्यक्ति हमेशा सकारात्मक सोचते हैं और रचनात्मक करते हैं तथा मानव सेवा को अपना परम धर्म मानते हैं।

इस प्रकार हम देखते हैं कि सकारात्मक सोच से फायदे-ही-फायदे हैं। सकारात्मक सोच के धनी व्यक्ति हमेशा बेहतर करते और बेहतर पाते हैं। अत: मन में किसी प्रकार का नकारात्मक भाव नहीं रखें। अगर मन में नकारात्मक भाव आए तो उसका त्यागकरें। मेरे विचार से आप जीवन में बेहतर करना चाहते हैं तो केवल दो शब्द—'सकारात्मक सोच एवं रचनात्मक कृत्य' को जीवन का मूलमंत्र बनाएँ। अगर आप इस मंत्र को आत्मसात् कर लें तो जीवन में आनेवाली बहुत सारी समस्याएँ स्वत: दूर हो जाएँगी। सकारात्मक सोच का सबसे बड़ा लाभ यह है कि यह आपको रचनात्मक बनाए रखता है और अतिरिक्त ऊर्जा प्रदान करता है, जिससे आपका कार्य बेहतर होता है। यह आपके उल्लास, उमंग एवं खुशी को बढ़ाता है और नई चाहत पैदा करता है। चेहरे पर मुसकराहट लाता है और मन प्रसन्नचित रहता है। फलत: जीवन में आनंद-ही-आनंद की अनुभूति होती है। दोस्तो! 'सकारात्मक सोच एवं रचनात्मक कृत!' यह सबसे चमत्कारी शब्द और सबसे बड़ा जादू है, जो आपको सदैव अच्छा करने के लिए प्रेरित करता है व असीम खुशी देता है। मैं तो सिर्फ इतना कहूँगा कि—

"सकारात्मक सोच ही सर्वश्रेष्ठ शक्ति और सबसे बड़ा जादू है।"

□□□